青龙三变

张洪成 著

中国文联出版社
http://www.clapnet.cn

图书在版编目（CIP）数据

青龙三变 / 张洪成著 . — 北京：中国文联出版社，2016.11（2021.1重印）

ISBN 978-7-5190-2207-5

Ⅰ . 青… Ⅱ . ①张… Ⅲ . ①长篇小说 — 中国 — 当代 Ⅳ . ① I247.5

中国版本图书馆 CIP 数据核字（2016）第 237453 号

青龙三变

著　　者：张洪成

出 版 人：朱　庆

终 审 人：金　文　　　复 审 人：王　军

责任编辑：郭　锋　　　责任校对：王洪强

封面设计：凤凰树文化　　　责任印制：陈　晨

出版发行：中国文联出版社

地　　址：北京市朝阳区农展馆南里 10 号，100125

电　　话：010-85923033（咨询）85923000（编务）85923020（邮购）

传　　真：010-85923000（总编室）　010-85923020（发行部）

网　　址：http://www.clapnet.cn　　http://www.claplus.cn

E-mail：clap@clapnet.cn　　guof@clapnet.cn

印　　刷：三河市宏顺兴印刷有限公司

装　　订：三河市宏顺兴印刷有限公司

法律顾问：北京天驰君泰律师事务所徐波律师

本书如有破损、缺页、装订错误，请与本社联系调换

开　　本：700 × 1000　　1/16

字　　数：276 千字　　印　　张：19.25

版　　次：2017 年 1 月第 1 版　　印　　次：2021年 1 月第 2 次印刷

书　　号：ISBN 978-7-5190-2207-5

定　　价：42.00 元

《青龙三变》与凤凰涅槃

周其伦

《青龙三变》是兵工企业作家张洪成先生新近创作的一部长篇小说，作品以时代变革的大跨度勾画和展现了古老羌族文化的拓展和延伸，呈现出一种旷美的人文情怀在宏大意义上的凤凰涅槃。这部小说故事温婉纯良，文笔朴素优美，写实意味深远，显示出作者近几年来在文学道路上艰难跋涉的积极姿态。

在中国文联出版社出版《青龙三变》之前，张洪成嘱我为他的这部新作写篇序言。尽管一开始我慎于对作者所描写的文学场域比较陌生，真怕写不到点子上，心里还多少有些忐忑，但当我读完这部小说后，真实地看到了其中所漫漶出来的文化传承意义，看到了这个故事本身对于今天的我们所具有的必须回眸的价值，当然也真切地感受到，作者多年创作历程的无比艰辛，出于对张洪成先生文学创作执着持守的敬重，我欣然地领受了这个重任。

几年前，我曾经为他的第一部长篇小说《边缘人生》写过一篇点评，据说反响还不错，而我对张洪成的了解，几乎就只限于几次不多的文学活动。后来作家协会活动多了，我们在一起交流也就多了一些，但深谈不多，可以说，我对他的创作过往和文学诉求知之甚少。

正是因为有了几次作家层面的活动，我得以观察到他是一个出言谨慎，甚至有些腼腆的作者，但是也能够让人感觉到他内心澎湃的文学激情。与他聊过几次后，更了解到他也是一位有着数十年梦想的文学中人。加入了作协后，业余文化生活愈加丰富多彩，既是中国微型诗社会员，又是嘉陵诗社会员。先后在《中国兵工报》《中国职工科技报》《西南企业文化》等多家报刊上发表过小说、散文、诗歌等作品。最值得一提的是，他的小说《军工情》，还曾经获得过重庆市工会系统“军工魂”文学作品征文奖的第一名。

拿到《青龙三变》的文本时，正值重庆赤日炎炎的盛夏。按照我以往写作的惯例，我都会把手中的文稿与作者先前的作品作一些勾连对比，而这一次放在我书案上的《青龙三变》，着实让我吃了一惊。这倒不是说这部小说的艺术质量特别高，而是我读完以后感到特别欣慰。最起码我能够从《青龙三变》的延展流变中，读出作者在文笔上的一种内敛沉稳和他收放得当的自信。我个人觉得这是一个业余作者特别难做到的，换个角度说，我们可以从这部小说中，看到作者经过这些年的打磨，逐渐走向了成熟，在文学创作这条布满荆棘的坎坷路上取得了明显进步，这样的欣慰，就恰似炎热的三伏天里喝到了一杯冰镇的绿茶，惬意极了。

如果说张洪成的《边缘人生》，客观、真实、细腻地描写了一个大型军工企业的一群人，在当年国家三线建设的总体要求下，豪迈闯进大山深处开始了一生的壮丽生活，反映的是一个具体聚集点嬗变的话。那么在《青龙三变》里，作者就更加着意于在故事层面去架构和情节设置由点带面了。作者在这部作品里，多了一些时空与背景的包容切换，增加了摧枯拉朽的地震灾难和社会深刻变革这两种不同的惨烈带给人们内心的深重烙印；作者还巧妙地植入了人文含量极高的羌族文化传承主旨，很妥帖地把这样一些多彩的元素互为映衬地融汇在一起，自然而然地增加了这部作品的文学况味。

作者很细腻地把小说里多个人物的内心彷徨、焦灼、挣扎与不安，对比性地与整个时代格局的变迁结合起来谋篇布局，一下子就使得作品的质感得到了拔擢和提升，同时也展示出作者当下的思维更加的宽广，运笔更加明快。

《青龙三变》以平顺和汶川两次大地震的时间顺序为逻辑背景，让风云突变的政治更迭与自然界的裂变经纬勾连，用明家和冉家的两三代人，在几十年风雨中命运纠结缠绊构成故事的主线条，并用婉约华美的羌族民俗和文化人脉作为串联故事各个结点的副线，经纬的四通八达和主线、副线相互交织，这就使得整个故事的演绎非常立体也栩栩如生。

在20世纪的70年代，出生于蓝冲的明文，在支援平顺的抗震救灾过程中，强烈地感受到了羌族文化的吸引与感召，深深地爱上了潇洒干练的羌族小伙冉林生。明文与冉林生因爱而走到了一起，但是他们的结合却是引发一系列矛盾冲突的承载结点。当这样的矛盾激烈到无法躲避时，甚至还影响到了明家和冉家几代人的悲欢离合。

在当年那样的时代背景下，一个并不复杂的人文关系渐渐浮出水面。明文是1978年春嫁到平顺的，她和老公冉林生相亲相爱，生下了女儿冉凤和儿子冉龙，不料冉林生因过失杀人锒铛入狱，公婆旧病复发，孩子上学要钱，生活的万般无奈扑面而来。明文只身南下打工，在极端险恶的生产环境里患上了白血病，1995年5月病逝，临终前她希望儿女能够传承美好的羌族民俗文化，以实现她此生的梦想。

冉凤姐弟历经磨难，终于携手走向新的天地。20年后，担任了省文化旅游局局长的冉凤始终不忘母亲的嘱咐，借山乡改革的大潮，率领众乡亲把大山深处古老的羌族文化整理挖掘出来，与时下风行的旅游热潮有机地结合在一起，此举让古老的羌寨发生着翻天覆地的巨大变化。

《青龙三变》通过这样的故事和情节来渲染着人们的勤劳善良和高风亮节情怀，也宣示着作者对人生的一种美好期冀。既便在人性遭受到多重挤压的恶劣环境下，应该向冉家和明家的后人们那样，用自己的不屈不挠求得合法的生存地位，对随意附加在自己身上的那些捕风捉影，要进行殊死的抗争。

更为可喜的是，作者没有一味地去粉饰现实，而是艺术地让人物的悲欢与命运，和时代变革中的鱼龙混杂有机地结合在一起，同时还糅进了人们在前行中自身的缺失和遭遇到的困厄与磨难，尤其是作者对冉凤这个人物的处理，很是可圈可点。

冉凤1995年考上了大学，父母和婆婆却相继去世，巨大的人生突变让她肝肠寸断，不得已含泪到南都打工，当保姆、拾破烂，还曾被拐骗到深川，历经多重磨难，但她最终用自己的智慧与坚强逃离苦海，在社会各界的关注下渐渐走向人生的辉煌。先是南都大学破格恢复她的入学资格，开始了她崭新的人生，毕业后她不忘初衷，坚持梦想，从平顺文化旅游局任职起，就开始了她开发羌族民俗文化特色旅游的思考，我们从冉凤的身上，不仅可以看到“青龙三变”的苦痛，还可以感受到凤凰涅槃的欢欣。

《青龙三变》是作家张洪成的第二部长篇小说，也是他创作渐渐进入成熟期的一道里程碑意义的标杆。在《青龙三变》里，作者设置的人物众多，关系微妙复杂，故事情节的曲折迂回都有了相当的艺术张力，这些都是他过去的创作所不能比拟的。但我更看好的是，作者在作品中对“青龙”这一文学意象的处理，有着含义深刻的考校与呼唤。

作品里的“青龙”，我们既可以把它看成是一个地名，同时又是一种不屈不挠的精神象征，还是美轮美奂的羌族文化特色旅游项目的朴素色彩。作者多次利用故事的转承转合做文章，把实实在在的“青龙”变化，描写得一波三折环环相扣；我最喜欢阅读作品中对大量羌族文化习俗的描写刻画：情思缠绵的对歌，活力四射篝火晚会，以及迎亲仪仗等等，都非常有看点。在过去几十年的时代风云际会和岁月更替的蝶变中，人们在物质生活满足后，精神气质和思想境界上的大改观，促成了“青龙”巨变的一个具体象征。青龙的文化复兴和活色生香，与人的心灵水乳交融相互映衬，这样对“青龙”的处理，让人看到了他文学思考日益走向老练与沉稳，也让我们对他未来的创作多了一些期待。

《青龙三变》的成功出版，是作者又一次创作实践活动的完结，这既是他文学寻梦过程的一次大胆艺术诠释，更是他自身一次不可小觑的艺术腾挪和飞跃，我觉得，这绝对不应该是他文学创作的终极目标。我们更愿意惊喜地看到，作者能够在未来的文学创作中多一些“青龙”的恣意和“变”的灵动。

相信在不远的前方，那里就会有一片灿烂的明媚。

周其伦

著名作家、评论家，重庆市“十佳”读书人

目录

引 …… 001

上篇 裂变 …… 003

第一章 如坐针毡 …… 004
第二章 山崩地裂 …… 008
第三章 紧急支援 …… 013
第四章 心急如焚 …… 016
第五章 初次见面 …… 018
第六章 投入战斗 …… 020
第七章 冥冥之缘 …… 024
第八章 火葬习俗 …… 028
第九章 缘来如此 …… 030
第十章 撕心裂肺 …… 034
第十一章 别有用心 …… 038
第十二章 私定终生 …… 045
第十三章 山水相依 …… 050
第十四章 刨根问底 …… 054
第十五章 口若悬河 …… 058
第十六章 喜结良缘 …… 063

第十七章　阴谋诡计 …………………………………… 066
第十八章　龙凤成祥 …………………………………… 068
第十九章　丰衣足食 …………………………………… 071
第二十章　陈年旧事 …………………………………… 075
第二十一章　诡运降临 ………………………………… 079
第二十二章　背井离乡 ………………………………… 081
第二十三章　忍无可忍 ………………………………… 084
第二十四章　黑夜慢慢 ………………………………… 086
第二十五章　计高一筹 ………………………………… 088
第二十六章　地狱之门 ………………………………… 093

中篇　突　变 ……………………………… 097

第二十七章　暗藏危机 ………………………………… 099
第二十八章　爱的传递 ………………………………… 101
第二十九章　不祥之兆 ………………………………… 104
第三十章　母女约定 …………………………………… 106
第三十一章　反常举动 ………………………………… 109
第三十二章　头七回家 ………………………………… 112
第三十三章　违约之痛 ………………………………… 115
第三十四章　天塌地陷 ………………………………… 119
第三十五章　忍痛割爱 ………………………………… 122
第三十六章　寄人篱下 ………………………………… 126
第三十七章　姐弟团聚 ………………………………… 128
第三十八章　酸甜苦辣 ………………………………… 134
第三十九章　五味杂陈 ………………………………… 137
第四十章　拆迁风波 …………………………………… 140
第四十一章　火烧连营 ………………………………… 144

第四十二章　深度调查……………………………… 147
第四十三章　水落石出……………………………… 151
第四十四章　临时夫妻……………………………… 154
第四十五章　弥天大谎……………………………… 156
第四十六章　三者插足……………………………… 161
第四十七章　好运连连……………………………… 164
第四十八章　狂风暴雨……………………………… 167
第四十九章　丧心病狂……………………………… 169
第五十章　潜伏南都………………………………… 172
第五十一章　逃出魔掌……………………………… 175
第五十二章　意外惊喜……………………………… 178
第五十三章　返乡风波……………………………… 181

下篇　巨　变……………………………185

第五十四章　兄弟情深……………………………… 187
第五十五章　艰难抉择……………………………… 190
第五十六章　乡音未改……………………………… 192
第五十七章　粮草先行……………………………… 196
第五十八章　运筹帷幄……………………………… 201
第五十九章　不谋而合……………………………… 209
第六十章　返乡创业………………………………… 213
第六十一章　一帆风顺……………………………… 216
第六十二章　绿色春风……………………………… 218
第六十三章　青龙风雨……………………………… 222
第六十四章　云雾笼罩……………………………… 225
第六十五章　青山绿水……………………………… 228
第六十六章　危机四伏……………………………… 230

第六十七章　阿舅探访 …………………………… 233
第六十八章　春暖花开 …………………………… 236
第六十九章　微服私访 …………………………… 250
第七十章　风雨欲来 …………………………… 254
第七十一章　阴谋诡计 …………………………… 257
第七十二章　鬼使神差 …………………………… 260
第七十三章　真相大白 …………………………… 263
第七十四章　善有善报 …………………………… 265
第七十五章　大义灭亲 …………………………… 268
第七十六章　两地联姻 …………………………… 270
第七十七章　两面旗帜 …………………………… 272
第七十八章　述职报告 …………………………… 274
第七十九章　欣慰返乡 …………………………… 281
第八十章　梦醒时分 …………………………… 285
后　记 …………………………… 289

引

云还是那片云，云变厚了。

山还是那群山，山变黄了。

人还是那群人，不过那群叫“半工半农”的人被更多叫“农民工”的人所代替……

明亮在表姐田大凤那儿听到的故事，让他如坐针毡。5.12 大地震后，他回到了老家蓝冲，在二爸那儿听到了关于明文的故事……

1976 年，在中华大地上发生了系列地质和政治裂变。在平顺抗震救灾过程中，明文被羌族文化深深吸引，并爱上了羌族小伙冉林生，随之引起明文人生的系列裂变。有惊险，有遗憾，有振奋，有期待！

面对阿爸、阿妈、婆婆的相继离世等一系列突变，女儿冉凤牢记阿妈遗言，为了保证阿弟安心上大学，她拾过破烂，被人拐骗过。她历经磨难，用自己的智慧跳离淫窝，得到社会媒体关注，重新回到学校，坚持梦想，最终在改革开放的大潮中，让大山深处古老的羌族文化与现代旅游有机地结合起来，给古老的羌族山寨带来了巨变！

听完明文的故事，受到“震撼”的明亮运用自己所有的资源，倾其所能为平顺县和蓝冲县的亲人牵线搭桥，在两县之间架起了一道虹桥，圆了亲人们的梦，也圆了自己的梦……

上篇 裂 变

1976年，在中华大地上发生着一件又一件地质裂变。罕见的陨石雨从天而降，七级以上的大地震接踵而来；随之而来的又是一场场政治裂变，毛主席、周总理、朱总司令相继逝世！正当祖国大江南北哀歌不断，人民万分悲伤之际，“四人帮”却肆无忌惮地兴风作浪！

云朵上的民族——羌族，其丰富的民俗文化，深深地将明文从蓝冲的三元吸引到了平顺的青龙羌寨。冥冥之中，却引出了明文的人生裂变。她在丈夫失手致人死亡而入狱后，公婆旧病复发的情况下，担当起了家庭的重担，南下打工染上白血病。最终没能完成自己的理想，留下了一个让人震撼、悲伤的故事……

第一章　如坐针毡

2009年的“五一”节，44岁的明亮踏上了回乡之路，他这次要去的是远在蓝冲县嘉陵区三元乡明家沟村高田埂社的二爸家。一路上，他不敢去想表姐田大凤给他讲述的故事，他希望这一切都不是真的。离老家越近，他的心就越忐忑，眼泪不知不觉流了下来，挡住了他的视线，任凭心中的雨刷如何刮，就是刮不掉视网膜上表姐告诉他的阴影……

为了安全起见，他尽量调整好心态，专心地开车。经过三个小时的努力，翻过一山又一山，终于钻进了大山沟。公路开始出现明显的裂缝，人越来越少，车也明显减少。偶尔从支路上驶出一辆三轮摩托车或两轮摩托车，驾驶员都是一些脸黑黑的老农，不是拖着苞谷就是拉着麦子，有的也拉着人。这让明亮想起了当年在达城销售摩托车的场景……

伴随着公路两边飞出的鸟儿，路旁闪过一户户墙体上刷得白白的，用黑油漆刷成立柱和横梁的茅屋或瓦房。不管是茅屋还是瓦房，房顶几乎都有一个烟囱，大门两边的墙体上掏有两个正方形的窗户，正面墙体上刷有红红的、黄黄的或黑黑的类似“饮水不忘挖井人，喝水不忘共产党”“要想富，先修路”“用希望饲料，猪儿长得快”等宣传标语和广告。一条与十年前大不相同，病态般地沿着公路的小溪，流淌着黑黄黑黄的水，没有半点清亮！水面上雾气腾腾的，散发着异味！小溪两边的小草和桑树已经枯死了许多，明亮的心情糟糕透了，他在想难道这山里也有化工厂？要不污染会这么严重？

小车向大山艰难的爬行着，爬上了一段弯弯曲曲的机耕道（简易公路）后，终于在半山的一栋土墙瓦房前停了下来。明亮记得这是他十年前到过的地方，这就是位于明家沟高田埂的二爸的家，也是他父亲曾经住过的家。十年，变化还算有点大，以前的茅草屋已经变成了瓦房，以前的夹皮沟现在也有了盘山公路，虽然还是机耕道，但大山里毕竟通车了。明亮将车开进了二爸家门前的大坝子。这时，从屋里蹿出一条大黄狗，汪汪叫着向明亮冲来，让一点准备都没有的明亮着实吓了一跳！他迅速回到了车里，关紧车门。听见狗叫声，屋里走出一位瘦骨嶙峋的中年男子。明亮立马摇下车窗按起了喇叭。来人望了望车内的明亮，有气无力地惊喊道："妈呀，是明亮弟娃回来了"。

"嗯，你是？"明亮一时不敢相信自己的眼睛。

"我是你哥，明武。"男子显然是提高了嗓门，但听起来声音还是那么微弱，男子一边说，一边慢慢地向小车走来，并对大黄狗说："滚开，好人坏人都分不清楚。"大黄狗看见明武在骂它，知趣地摇着尾巴走开了。

"天啦，明武哥，你怎么搞成这个样子了？"明亮虽然心里有所准备，但当看见明武哥站在他面前那一刻，还是惊讶地叫了起来。看见大黄狗被明武哥哄走，明亮打开车门走了下来。

"几年前生病了，老板不要了，只好回来了。先后找了好多家医院看，就是不见好啊。"明武表情痛苦。

"到大医院去看过没有？"明亮心疼地问道。

"嘿，以前挣那点儿钱，全都用光了，哪还敢上大医院哟。"明武一脸的无奈。

"就你一个人在家？"明亮心酸地立即转移话题。

"嗯，打工的打工，干活儿的干活儿，你二爸二妈他们在后山收麦子。"明武满脸的内疚。明亮知道，明武在自责，他没有帮上父母的忙，成了家里的累赘。

"哟，那你在家好好休息，我去看看二老。"明亮一边安慰明武，一边往后山走。

"不用了，弟娃，这么远回来，你先进屋休息一会儿，我去叫他们回来就是。"

"不行，还是我去吧。"明亮边说边摆手。

明武没有再说话，只是望着明亮远去的背影哀叹。明亮没有回头，眼睛湿润了，他默默地向后山爬去。他的眼前一直出现刚才明武皮包骨的脸和内疚的表情，他非常理解明武此时此刻的心情，但又有谁能理解他此时此刻的心情呢？

大黄狗非常通人性，它看见明亮要上山，就摇着尾巴跑到了明亮前面当起了向导，并时不时地抬起后腿在石头或大树边撒起尿来，好似在作回家的路标，要不就是在给同类或蛇类宣示：后面跟着的是我家主人远方的客人，你们不得轻易闯入我的领地，必须迅速离开。就这样，明亮在大黄狗的护送下来到一片相对低凹的山坡上，找到了二老。

当明亮第一眼看见两位年逾古稀的老人正弯着腰割麦子时，心里一酸，眼泪忍不住掉了下来，要知道二爸已经是70多岁的人了，二妈也快70岁了！

明亮二话不说，上前接过二爸手中的镰刀，割起麦子来。

“明亮，好久来的？”二爸惊奇而兴奋地问道。

“二爸二妈好，我刚到，听哥说你们在后山，我就找来了。”明亮强装轻松。

“哟，那还不回去休息，我们一会就回来。”

“不用，我们一起收完这块地的麦子后回去。”

二爸没有再说话了，二妈则问道：“听说你很忙，怎么有空回来呢？”

“嘿，我听大凤姐说起明武他们的事，想回来看个究竟。”明亮脱口而出。

“嗨，明文都走了10多年啦，都是些苦命的孩子哟。”二妈长长地叹了一口气。

“就是嘛，10年前我回来时，你们就应该给我讲明文的事，也好让我做点什么。”明亮知道自己勾起了二妈的伤心事，所以，他也没有打算继续装下去了。

“当时你回来就那么一点时间，高兴还来不及哟，哪还敢提明文的事。”

“过去的事就让他过去，活着的人好好过就行了，只要你们二老健康长寿就行。”明亮安慰道。

“我跟你二爸这把老骨头还算硬朗。”

“那就好。”

这是明亮跟二妈说话最多的一回，也是彻底颠覆二妈形象的一回，二妈在明亮心里一直是自私小气、贪得无厌，很少说话，说话就会伤人的那种。然而，今天的二妈却跟当年的二爸一样显得有几分干部味了，好像还比当年二爸会说话些。明亮的心情也好了许多。就这样你一言我一语，一会儿工夫麦子收割完了，明亮毫不犹豫地背起了最重的麦篓下山了。大黄狗一路上蹿前蹿后的，尾巴摇得非快，高兴得很！

吃过晚饭，大家围在一台 12 寸的老式“熊猫”牌黑白电视机前看起电视来。明亮知道自己不是来看电视的，也不是单一的来走亲访友的，他开始试探性的切入主题，问起了明武的情况。明武有气无力地讲起他的往事。他说，自己是 1983 年到深川打工，由于自己没有文化，干不了技术活，只有做点体力活。在一个摩托车配件厂当搬运工，后来老板看我很老实，就让我去当喷砂工，工资虽然高一些，但灰尘多噪声大。为了让孩子考上大学，我只有坚持打工，这一干就是 20 年。随着工作量的不断增加和年龄的增长，身体越来越差，后来听力明显下降，而且做起事来上气不接下气。总是完不成工作量，老板就以完不成工作任务，影响生产进度为由，将我辞退了。这不，回来 6 年什么都做不了，也医不好。你嫂子也跟别人跑了，大儿子虽然毕业在海南找了份工作，也安了家，但一年也只能回来一次，毕竟他自己也要养活一家人，也很不容易，有时也给家里寄点钱回来，当然这仅仅是杯水车薪。幺儿明山高中毕业也南下打工去了，现在还没有安家，很少和家里联系，我也不想告诉他，恐怕他也混得不好，否则，早就回家了。

明武讲述的声音越来越低，电视的音量几乎关到了最低，明亮听起来还是很费力！明武喘了一口气，又说起了明文的事。他说，明文比我还要惨，男人坐牢，公婆重病，她也被迫南下打工，给公婆治病，供两个孩子上学。结果公婆的病没有治好，自己也得了白血病。她男人出狱看见自己的阿妈和老婆都得了重病，自己又找不到工作，天天喝闷酒，一天醉酒后掉进青龙河淹死了。明文拖着病重的身子还要照顾公婆，两个月后也离开人世，公婆看见儿子儿媳都先她而逝，这白发人送黑发人的打击让她在那年夏天再也没有站起来，可怜侄儿侄女，就这样成了孤儿。我们自身都难保，更无法帮助他们……

“都是那场大地震惹的祸哟。”在一旁的二妈突然哭泣起来。

“这跟地震有啥子关系？”明亮诧异地看着二妈。

“要不是 1976 年的平顺地震，明文就不会嫁到平顺，就不会发生这么多的事情哟。”二妈流出了两行泪花。

“不急，二妈，这到底是怎么回事呢？”明亮焦急而关心地问。

二妈泣不成声的讲道：“可怜我的凤儿（外孙女）、龙儿（外孙）哟，苦命的孩子！”

二妈的插话不仅让明亮眼前模糊，更让他揪心。他尽量让二妈说慢点，一来是想听个究竟，二来是想从中发现一点什么，看能为亲人们做点什么。

看来，指望哭得一塌糊涂的二妈讲“故事”已经不可能了，明亮只好在安慰二妈的同时，向二爸投去了求助的目光。二爸看了看儿子明武，再望一望侄儿明亮，深深地吸了一口叶子烟后，讲起了那段不堪回首的心酸往事……

第二章　山崩地裂

以下是明亮二爸明二军讲述女儿明文的那段痛苦的往事。

那是 1976 年 8 月 16 日的夜晚，天气格外闷热，省地震办公大楼内灯火通明，电话铃声不断。21 时左右窗外阵阵闪电划破夜空，有人报告，发现“地光”。晚上 22 时许，梅山地震测报站电话反映：“我们的自动记录电子电位差计，从下午开始不断出现脉冲，现在仪器指针摆动不停，摆幅很大，看来今晚过不了啦！”正说着，大地突然颤动起来，此时时针正指向 22 时 6 分 45 秒。平顺发生了 7.2 级地震。一时间，平顺等地山崩地裂……

那是一个不眠之夜。省委立即召开了紧急常委会议，成立了省抗震救灾指挥部，并在地震灾区设立了三个前线指挥所，一场轰轰烈烈的抗震救灾活动拉开了序幕。

强震刚过，平顺县水银区党委书记刘建国接到了黄牛公社党委书记黄为民的电话，说雨太大，前锋水电站附近可能发生泥石流，随后就失去了联系。

由于这次地震预报成功，所以组织工作迅速，一小时候后部队就来了，水银区党委立即成立抢险队伍分别奔赴灾区，党委书记刘建国亲率一支，由一个连的解放军战士和30名基干民兵组成的抢险队伍向前锋电站出发了。

由于事先就有预报，加之公社党委书记黄为民早在三天前就被区委刘书记安排在青龙生产队坐镇指挥，要求他重点负责前锋电站的安全及防灾工作。他将自己的指挥部设在了前锋电站，这天他始终守候在电话机旁，所以面对这天崩地裂的灾难，他临危不惧，要求电站职工积极自救的同时，立即组织群众和基干民兵打起火把和电筒，向电站及下游挨家挨户（除羌寨以外的一些散户）查看，背起老人和孩子向上游转移。

前锋电站库容20万立方米，调节库容8万立方米，拦河坝最大坝高20米，电站装机容量30兆瓦，由发电引水系统和厂区枢纽两部分组成。坝址位于白虎溪与青龙河汇合口下游约3公里，也就是在黄牛公社星光大队青龙生产队的青龙峡下游1公里处，右岸有压引水隧洞全长5000多米。前锋电站是黄牛公社乃至水银区的生产、生活用电来源之一，是全区的重点工程，也是这次重点保护单位。

然而，就在电站职工和群众刚刚爬上通往青龙山寨的石阶梯的同时，强震过后的第一次余震，发生了。上万方的泥石流夹在暴雨中从青龙山上向前锋电站袭来，泥石流包围了前锋电站，电站枢纽进水，并将水库水面抬高数米，电站压引水隧道堵塞，严重威胁着电站大坝和下游群众的生命及财产安全。

好险呀，冉林生倒吸了一口冷气！

5年前，冉林生的阿爸因公去世后，他顶替进了前锋电站，当了一名值班电工。冉林生的家就在距电站上游5公里，距星光大队10公里的青龙山寨。青龙山寨全部住的是羌族人，是一个典型的羌寨，归青龙生产队管。青龙山寨建在青龙山半山腰的台地上，正下面是青龙峡，峡长一公里。青龙山寨全是碉楼。碉楼羌语称“邓笼”，也称“刮基”或“基喔格”。早在《后汉书·西南夷传》就有羌族人“依山居止，垒石为屋，高者至十余丈”的记载。整个青龙山寨建成迷宫式的水网、地巷，家家户户的碉楼相通，碉楼群的前面有一个开阔地，是平时搞各种仪式用的。而这些碉楼，错落有致，造型雄伟壮观，几乎家家碉楼的样式都不一样，有四角、六角、八角的；有用石块、黄泥土垒砌成的；有两层、三层的，但其功能大体一样，上层放粮食，中间一层住人，最下一层用来养牲畜。而且每家的碉楼顶上都立着一块乳白色的石英石。这是干什么用的呢？

相传在古时候，有一次羌族人对外作战，战斗连续打了几天几夜，人们都累得几乎没有一点儿力气了，可是还没能把敌人打退。就在大家万分着急而又想不出好办法的时候，他们的首领在梦里听到了天神说的话，说是用白石头打敌人一定能获胜。于是，他们照着天神说的去做，果然把凶猛的敌人打败了。为了庆祝胜利，也为了报答这位天神的功德，从此，羌族人家家都在房顶上立一块乳白色石英石。

嗨，扯远了，还是来继续说冉林生所在的青龙山寨吧。他们的山寨在羌寨中属于小寨，只有35户人家，电站周边还有一些藏族和汉族人家。

青龙山寨周围梯地层层，群山巍巍，原本淳朴自然之美的环境被地震划出了道道伤痕，群山处处在流血！

再说，冉林生的家是寨主，他们家的碉楼有五层，建在山坡向阳、背风处，位于山寨最高点，其前方是用于举行各种仪式的开阔地。

代表羌族文化精华的平顺县境内的羌寨，在这次地震中很多都垮塌了，但青龙山寨的碉楼除边沿的一个被震垮、两位老人未逃出外，其他碉楼和羌人都躲过一劫。青龙山寨在震灾中成了上苍的宠儿，于是，黄书记当机立断将电站和下游转移上来的群众（藏、汉等其他民族）及伤员安排在了青龙山寨。同时，黄书记要求冉林生配合自己的阿妈青龙生产队队长冉依娜负责组织群众和电站职工自救。

星光大队在强烈余震后火情不断扩大，下游一位独居的藏族老人因不愿撤离而被泥石流埋掉。黄书记悲痛自责，决定兵分两路，一路由冉林生带队，顺江而下，再次冒险踏着仍在流动的泥石流继续向下游搜索前进，劝说那些不愿意撤离的群众迅速撤离。一路由黄书记亲自带领部分基干民兵向地处上游的星光大队摸索前进。原来前锋电站大坝下面有一条简易公路桥，可以通往对岸到水银区，但是下游河床已经被泥石流全部损毁淹埋了。而大坝上的人行便道因水位上涨和泥石流堆积也不能通行，他们只有冒险东进。

青龙山寨东进星光大队的道路有一段长约 1 公里的石栈道。石栈道建在青龙河悬崖绝壁上，因为电站建在青龙峡下游，青龙山寨又在青龙峡的台地上，所以要下到青龙河对岸的星光大队就只有这一条石栈道。这条石栈道是明末清初修建的，当时的羌人缘岩凿孔，插木为桥，形成此道。黄书记一行冒着大雨，在黑暗中摸索前进，当他们艰难地通过石栈道后，前方突然传来一声巨响，地动山崩，乱石飞滚，黄书记被乱石击昏。等他苏醒过来睁眼一看，天昏地暗，不见了其他人，他连忙打开电筒呼找，民兵们纷纷应声，有被泥石埋了半截的就用双手刨开泥土；有被石头击中忍痛爬起来，好在基本上都是轻伤。黄书记额头上的大包还在往外冒血，他强忍剧痛，毫不犹豫地带民兵走出乱石堆向绳桥方向摸去。

从石栈道尽头的平坡到星光大队，要过青龙河，青龙河上有一座绳桥。绳桥就是两端砌石为洞门，门内立石础，两岸间用拴在石础上的胳膊粗的竹绳连接，共 12 根，其中桥面 8 根，竹绳上面铺有木板，两旁分别有两根高于 0.5 米、1 米的竹绳做栏杆和扶手。桥面宽 1 米，长 20 米，绳桥高出水面 6 米。

强震后绳桥的竹绳被震断了 8 根。仅剩了桥面的 4 根竹绳，上面的木板几乎全部掉进了青龙河，比当年红军飞夺泸定桥还难。虽然没有敌军围追堵截，但剩下的却是几根随时都有可能断掉的竹绳，而且是在雷雨交加的晚上。怎么办？民兵连长骆朗杰（羌族）主动请缨，背上竹绳，准备将震断的竹绳接上。他知道，只要接上两根用于扶手的竹绳，就可以做成简易绳桥。他将自己的想法告诉了黄书记后，自己带上两位民兵向绳桥的对面爬了过去。由于下游电站被泥石流阻拦，河面水位被抬高了三米多，绳桥中央已基本上与江面齐平，他们快到河中心时，一个民兵被一块从山上滚下的巨石击起的大浪打下水中，迅速消失在漆黑的河面上。看见自己的战友就这样被恶浪卷走，连一句话都没有留下，骆朗杰痛心疾首，一个劲地捶打自己的胸口，责怪自己只图快，忽略了安全。想到这里，他猛拍了一下自己的脑袋，想到了一个好办法。他让另一个民兵和自己一样，将自己套在绳子上，绳子的另一头做一个可以在未断的竹绳上滑动的活套，这样即使被大浪打中，也不会被冲走，还有生还的希望。于是他们两人艰难地向前爬行，将竹绳引到了对岸，成功地拴在了石础上并与对岸的民兵一起将竹绳拉直，抬高了桥面。

黄书记带领民兵迅速摸过了青龙河，来到了大队办公地。大队办公室位于白虎溪与青龙河的汇合处，是一片相对安全的开阔地。

为了尽快到达公社，了解受灾情况，黄书记找到大队党总支书记布置完相关工作后，小憩片刻带领民兵向白虎溪对面的黄牛公社进发了。

这时，深感内疚的民兵连长骆朗杰一心想“将功补过”，他再次请求打先锋，黄书记同意了他的请求，再三叮咛他要注意安全，随时警惕滑坡和滚石。要求他们在保证自身安全的同时，尽快探明前方情况。骆朗杰带领五位民兵走在队伍的最前面，他们刚进入山谷，就被滚滚激流的青龙河支流白虎溪阻挡。于是，他们利用被岩石打断的电杆搭在河心的巨石上，架起独木桥。一路上砍开荆棘、攀藤，沿着悬岩绝壁而上，翻越过海拔3000多米黄牛坪，下山来到了黄牛公社。在这里聚集了许多逃难的灾民，黄书记立即召集在场的公社干部，要求他们迅速成立自救小分队，立即展开自救。黄书记知道，他必须要在第一时间内与区委刘书记会合，将前锋电站的灾情汇报，并且要尽快将救灾物资运到前锋电站。要完成这些，他必须抓紧时间继续东进。因为通往区委的路还有40多公里，其中要绕行近20公里的山路才能到达黄水简易公路。于是，黄书记扩充了东进队伍，仍然由骆朗杰为前锋。当他们来到盘山简易公路时，发现前面有几公里的路面严重垮塌，道路被岩石阻断……

再说区委刘书记带领的抢险救灾队伍，在距黄牛公社20公里处受阻，为了及时把抗震救灾物资送到黄牛公社，把受伤群众送出来，随行的解放军战士和民兵一起抢修道路和桥梁。他们冒着飞石和倾盆大雨，顽强战斗，肚子饿了就啃几口干粮，苦战一天，修通了仅3公里的便道，还有5公里路未能打通。

两天，两天余震不断，但没能阻挡两支队伍的会师。打通了生命线的解放军战士和民兵将沉重的物资背到了黄牛公社，为黄牛公社的群众带来了救命物资。也给星光大队、青龙生产队以及前锋电站带去了希望……

第三章　紧急支援

平顺大地震后，伟大领袖毛主席、党中央和国务院对灾区各族人民十分关心，向灾区各族人民发来了慰问电。省委、省革委召开紧急会议，按照灾前的预案布置救灾工作，在抗震救灾指挥部的统一指挥下，全面领导组织包括部队在内的救灾抢险队伍，调动救灾物资进入灾区抢险救灾。会议要求除军队外，全省成立基干民兵救灾应急队伍，支援灾区。会议号召灾区各族人民在党的一元化领导下，以阶级斗争为纲，学唐山、丰南人民的革命精神，自力更生，奋发图强，恢复生产，重建家园，以“山崩地裂无所惧，七级地震震不垮”的英雄气概，投入到抗震救灾之中。

一方有难，八方支援。

17日上午，蓝冲县委、县革委积极响应，立即成立抗震救灾指挥部，组建支援大队，各区组建中队，公社组建小队。明文作为一名基干民兵，第一个到公社报名参加，当时作为党员的明文父亲肯定是支持的。因为时间就是生命，速度就是希望，15 名由基干民兵组成的精干小队带上干粮，在明文的带领下于 17 日下午五时乘坐两辆手扶式拖拉机向嘉陵区出发了。

明文当年才 17 岁，在明家沟大队中学读初中时，就曾和一些红卫兵串联到过北京天安门等地。因文化大革命搞运动太多，她初中没有毕业就回家务农了。不过，在当时她却是十里八乡的长得标志的能干人哟，也是大队、生产队的大红人，能说会道，组织能力强，平时最爱穿一身绿军装，胸前那对圆圆的鼓鼓的东西总是将军装顶得紧紧地，军帽下面一对小羊角辫使劲往外跷，整齐的刘海挂在圆圆的小脸上，两个小小的酒窝总是显露出自信的微笑，走起路来特别精神。

手扶式拖拉机在群山中转悠了大半天后，在三山夹一平原的嘉陵江边的嘉陵区政府办公楼前停了下来，那里已经来了六支支援队伍。

晴朗的天空突然下起了雨，而且越来越大，一点也没有停下来的意思。明文带领民兵跑进了区武装部大礼堂。这时，时针已经指向 22 点，区武装部的同志看见最后一支队伍到了，就立即安排大家吃饭。饭是简单的，只有炒白菜和南瓜汤，但大家吃得特别香，也特别快，10 分钟就结束了战斗。就在吃饭的时候，嘉陵区委书记来了，他让大家边吃边听。他说，我们七支队伍就是一个中队，各小队还是由原来的队长负责，中队队长由区武装部部长刀剑鸣同志担任。大家要以一不怕苦，二不怕死的大无畏革命精神投入到抗震救灾之中，我们要紧密地团结在以毛主席为首的党中央周围，以阶级斗争为纲，以高度的无产阶级革命牺牲精神去完成这次任务，不但要为灾区人民带去希望，也要为家乡人民争光！

接下来就是刀部长讲话，他说："同志们，你们都是各个公社选送的民兵骨干，我相信你们能够打好这一仗。现在，请各位小队长在签到处领取必要的物资，20 分钟后准备出发。"

动员会就这么简单。

明文让三位民兵到签到处领取了必要物资，自己则带领其他民兵到指定地点集合。这次他们比整个中队提前五分钟完成集结，刀部长一声令下，队伍出发了。

汽车很快驶入大山沟里，在淋漓的盘山公路上蜿蜒前行，明文非常激动，这是她又一次坐“过山车”，第一次坐“过山车”是到北京天安门。那次心情特别激动，她要是去见伟大领袖毛主席。而这次她的心情同样激动，因为她要去抗震救灾！汽车经过近七个半小时的奔跑，将大雨甩到了群山之后。天放晴了，早起的太阳在大山顶上露出了笑脸，将这群热血青年那焦急的面容所感染，在车上睡了几个小时的民兵们也随着太阳露出了微笑，清晨将他们带到了县城蓝冲。

蓝冲县红十字会的物资已经堆放在县武装部的大院里，有棉衣、棉被、帐篷、药品和食品等，他们已经按照 5 个中队分成了 5 堆，由各中队自行领取装车。

吃过早饭，县委书记、县革委会主任到现场为民兵们送行。县委书记说：“毛主席、党中央十分惦记和关怀平顺县灾区人民，已经派出解放军支援！我县委、县革委已经成立了抗震救灾支援临时指挥部，县委同时任命了嘉陵区武装部部长刀剑鸣任我县抗震救灾支援大队大队长，并兼任嘉陵区中队队长。县委、县革委希望你们在刀队长的带领下，像一把锋利的尖刀，消灭一切困难，尽快完成任务，胜利而归！现在，我宣布蓝冲支援大队出发！”

插满红旗的十几辆绿色解放牌汽车，载着蓝冲人民的深情厚谊启动了，第一辆解放牌汽车两边还挂有横幅，上面写着“立即行动起来，向灾区人民伸出援助之手”和“一方有难八方支援，抗震救灾共渡难关”。车队翻过一山又一山，淌过一沟又一沟，进入绵羊区（现绵羊市）境内，雨就没有停过。汽车在大山中艰难地蛇行，经过了十多个小时的长途爬行，终于赶到了绵羊区。大家简单吃了一点东西，顾不上长途劳累，又继续北上——平顺县。

第四章　心急如焚

从绵羊区出发，支援车队驶过涪江大桥，发现灾情越来越明显，有些地方的路断裂了，越往前走，房屋倒塌也越来越严重。一路所见，满目疮痍。汽车疾驰前行，民兵们忘记了饥渴，也忘记了疲劳和炎热，心中时刻想着一个问题，就是早一点到达目的地。

刀部长坐的第一辆车在前面探路，要求每辆车保持一定的安全距离。汽车越接近平顺县，道路就越难走，公路路面断裂严重，坎坷不平，有的路段被泥石和倒下的树木堵住，民兵们就下车用铁铲、砍刀、锯子等打通道路。汽车就这样在余震中冒着山上随时掉落的滚石走走停停，终于在 17 点以前缓慢地驶进了平顺县城。县城的房屋均有倒塌，明文他们在惊愕中突感心情沉重，整个县城面目全非，触目惊心！

这时，省委第一书记也刚刚到达平顺县现场，指挥抗震救灾。当他看见这些从祖国各地赶来的救灾队伍时，激动地对平顺县委、县革委一班人说："震后通往灾区的多处公路中断受阻情况严重，你们一定要组织好养护公路的职工努力工作，以最快速度抢通道路，不但要保证省交通部门派出的 800 多辆运送救灾物资和人员的汽车顺利畅通，还要保证从全国各地涌来的运送救灾物资和人员的车辆畅通……"

进入县城，街道堵塞，到处可见在废墟中挂着写有"军民鱼水情，人民军队爱人民""向唐山人民学习，积极开展自救"的大红横幅。

死者惨象，伤者呻吟。一步一惊，离县武装部不足 5 里的街道，车队就行驶了 30 多分钟，一路上，除了平顺县中学教学大楼茕茕孑立，其余几乎被地震震平！

平顺县委考虑到晚上在大山里行驶很不安全，尤其是余震不断，为了保证救灾人员和物资的安全。县委要求武装部安排各救援大队原地休息，等待天亮后再向各自的目的地出发。蓝冲救灾大队跟其他大队一样住进了平顺县武装部临时搭建的帐篷内。

19日清晨，平顺县广播车就开始宣传了："全县人民要积极行动起来，按照省委、省革委的要求千方百计抢救阶级弟兄，全县人民要振作精神，化悲痛为力量，建设好家园。有毛主席、党中央的英明领导，我们一定能够战胜困难，把平顺建设好。中国共产党万岁！毛主席万岁！"

明文他们听着广播，在平顺县武装部的统一安排下又出发了。这次明文他们小队离开了支援大队要单独去执行一项特殊的任务。他们的目的地就是地处水银区黄牛公社星光大队青龙生产队的前锋水电站。

一路上，明文他们触景生情，回想起昨天进入平顺县境内的所见所闻，一个个心情越来越沉重，他们的心情就跟大货车外下着的雨一样，为灾区人民而哭泣。他们为那些永远静默于废墟下的生命低首致哀；他们想到那些仍在等待救援的同胞，心急如焚。大灾岂敢漠视，人事岂能怠慢，唯有在危局之中保持果断，灾难面前传递坚定，始终焕发举国同心的能力与勇气。他们一路艰辛从平顺县城来到水银区后，没有再停留。

水银区不大，是一个小镇，但灾情很重，在一个"T"字形路口，一位满身是泥的人民公安冒着大雨，笔直地站在路口中间，从容地指挥着抗震救灾大军奔向各方。大雨落在他身上像水柱一样从头顶流到脚底。望着他的背影，明文在想，难道他家中无儿无女，没有老人需要照顾？这次地震家人就没有受伤？但转念一想，因为他是人民公安，也许这里更需要他！是的，拥挤的交通在他的指挥下很快畅通了，人们频频挥手向他致意，明文被他的精神所感动……

从水银区到黄牛公社的道路被山崩砸断，桥梁被震垮。汽车在解放军和区民兵临时抢修的道路上艰难前行。就在距黄牛公社还有五里路程的地方，道路被洪水冲垮了一段，虽然解放军在抢修，但短时间内，汽车是无法通过的。明文果断决定，放弃汽车，让司机原地待命，自己则带领小队和赶来迎接他们的群众一道，冒着随时有可能从山上飞滚而下的乱石，用肩挑背扛，翻山越岭将粮食、药品和棉被等物资送到了黄牛公社。等在那儿的黄书记亲切地接待了他们，当他发现领队的是一个浑身是泥，满脸是汗的个小姑娘时，关切地问：“小姑娘，受累了，快点来好好休息一下。”

“黄书记，我们不是来休息的，我们要尽快赶到目的地。”明文心急地说。

“再忙也要吃了中午饭再走，现在已经是下午。同志们的心情我能理解，但人是铁饭是钢呀。”黄书记和蔼可亲地说。

“谢谢，那我们就简单吃点东西吧。”明文爽快地答应了，因为当她听到黄书记讲的话后，突然感觉肚子真的在闹革命了。

“嗯，好的没有，也只能简单吃点了。”黄书记点头微笑着招呼民兵们就座。

“同志们，抓紧时间吃饭，随时准备出发。”明文立即下达“命令”。

草草地吃完饭，民兵们跟随黄书记向星光大队青龙山寨进发了。

第五章　初次见面

平顺县水银区黄牛公社星光大队人烟稀少，山脉高耸，几乎被森林全部覆盖。地处水银区西部，位于四川盆地西北部，位居青龙河上游，相对于人口密度大的大队来说，此次地震给星光大队造成的人员伤亡和财产损失要小得多，尤其是青龙山寨，除了青龙山发生严重的泥石流外，基本上没有多少人员伤亡。

经过几个小时的艰难跋涉，明文他们途经星光大队，来到了青龙山寨。青龙山寨坐落于青龙山腰的台地上，位于青龙峡正上方。明文一行刚进入山寨大门，青龙生产队队长冉依娜就带领社员迎了上来。黄书记一面介绍，一面吩咐冉依娜统一安排支援小队的食宿，确保其队员安全。并宣布支援小队的主要任务是与电站职工一道尽快恢复因地震毁坏的水电站，使其早日投入使用。

冉依娜，40多岁，身穿一条青色拖在踝处的长衫，衣领镶有一支梅花形状的银饰，襟边袖口、领边都绣有花边，腰束一根绣着桃花纹图案的飘带。头上包一张绣花帕，脚穿一双鞋尖微翘的云云鞋。佩戴的一对漂亮的麦穗耳环跟随她走动的身体前后晃来晃去，显得特别“高端大气上档次”。在来的路上，黄书记给明文介绍了目的地是羌族人居多的少数民族地区，要注意党的民族政策，要多与他们进行交流，适应当地民族文化。明文心里有了一定的思想准备，但当她第一眼看见冉依娜时，心里还是在打鼓，心想怎么都受灾成这个样子了还穿这么好？像过节一样，有点不合适吧，羌族人怎么了？

就在明文还在钻牛角尖的时候，被黄书记拉到了冉依娜的面前。冉依娜面对眼前这位小姑娘，心里同样也在打鼓，难道蓝冲县没有人可派了吗，居然派一个小姑娘到山寨来，这可不是来玩的呀！心里虽然这么想，但还是走到明文面前，伸出了她那戴有玉镯的右手，说道：“欢迎你和你的小分队，只是我们这儿条件差，照顾不周之处还请多多原谅。”

“哪里，我们来晚了，你们受苦了，我们是来救灾的，不是来做客的。”明文热情地上前握手。

“呵，看不出来明队长人虽年轻，说起话来却很有水平嘛。”冉依娜提高音量笑道。

“哦，姜是老的辣，还是冉队长说话一套一套的哟。”明文虽然有点不好意思，但一点也不示弱。

“晦，明队长不仅长得漂亮，还很会说话哟。”冉依娜明显带有点赞美式的答话。

“冉队长过奖了。”明文非常高兴地回答道。

两人你一言，我一语的，很是投缘，就好像是久别重逢的朋友，完全没有“代沟”，很快双方就打消了各自的顾虑。冉依娜用她那双美丽的大眼微笑着将民兵们安排在了碉楼前开阔地周边搭建起来的帐篷内。开阔地中间仍留一大片空地。

入夜，帐篷中间的空地上烧起了篝火。在队长冉依娜的带动下，分别站立成扇形，面向明文的支援小队，羌民用小手指扣住两侧人的腰带，缓歌曼舞，跳起了迎宾客的礼仪性舞蹈，以表达山寨羌人对宾客的尊敬。一会儿，一位个子高高的皮肤黝黑身着白色麻布长衫的，头戴一顶黑色毡帽，一根麻布腰带上佩挂着一把镶嵌有珊瑚火镰的，用麻布裹着绑腿，脚穿一双麻草鞋的20多岁的羌族小伙唱起了《忍木纳·耸瓦》（即尊敬客人，以礼相待），女舞者和着歌声，两脚交换踏地，以胯为轴，由右向左，反复做“胴体环动”的动作，舞姿端庄、典雅，生活气息浓郁。这种很有特色的羌族民间舞蹈深深地吸引了明文，明文对这些古拙的舞蹈形式有着一种亲切之感。羌族儿女热情好客的歌舞完全看不出山寨刚刚遇到过大灾。是的，就是这些舞蹈在羌族人民生活中，发挥着团结和鼓舞人们奋进的作用，体现出重文尚武、诚挚豪爽、热情好客的古风。这让明文看到了冉依娜带领的羌民是多么的乐观向上，让原本带着悲伤和焦急而来的支援小队民兵们沉重的心情得到了释放！这也解开了明文的心结，因为她一直在想，在大震面前，在举国同悲之时，羌族人为什么还穿得鲜艳、整洁，唱歌跳舞？虽然上苍怜惜羌寨，让这里的人员伤亡和财产损失极少，但也不至于唱歌跳舞吧。不过，当明文看见羌族人积极乐观向上的精神风貌，想起黄书记对她的嘱咐后，她好像明白了什么，心情也随之转晴，不再纠结。

第六章　投入战斗

“天地不仁，以万物为刍狗。”斯为浩劫，诚为国殇。刚刚发生了唐山地震，一月不到又发生平顺大地震，虽然这次地震预报成功，但还是有不少人遇难、失踪。血泪之地，民生之哀，家国之痛。当两次大地震几十万的生命失去了迂回与生还，也同时将全国人民带向了悲伤与疼痛，明文一刻也没有忘记自己的使命。

稍有释放的心情，一下子又被拖了回来。第二天她起了个大早，向队长冉依娜请缨。冉队长也少了先前的客套，直接将自己在前锋电站工作的儿子冉林生叫来，也就是昨天晚上领唱的那个羌族小伙子。因为公社救灾指挥部要求冉林生负责接待支援小队和具体的电站救援技术指导工作。

冉林生看见阿妈给他介绍的支援小队队长居然是如此清秀、白里透红的汉族女子，眼睛直勾勾地盯着明文胸前那两砣圆圆的东西，一时不知道自己该说什么好。然而，还是当过红卫兵，搞过串联，到过天安门见过世面的明文，主动伸手与表情木讷的冉林生握手，请冉林生布置任务。这时，刚刚回过神来的冉林生才冒出一句："欢迎你们的到来，布置不敢，刚得到消息我们站长在出差返回的路上被滚石击中遇难了，区委刘书记让我临时代理一下。至于任务嘛，就是清理电站内的泥石，电站外的泥石则由从上游库区（水库）货船运来的推土机负责清理。我们的目标主要是尽快恢复发电。不过电站场地窄小，要分成两队作业才行。"冉林生就是冉林生，不愧是电站职工，反应还是很快，工作安排也算有条理。

明文听完冉林生的安排爽快地答应道："好的"。

昨天，刚听到黄书记交代她们来山寨是抢修电站的，还有点失望。因为她原本以为是来抢险救人的，结果是清理电站泥石。不过通过一夜的思考，明文很快调整了思路，心想只要保证电站尽快恢复供电，这对抗震救灾来说肯定也是一件大事。想到这里，明文的心情也一下子变得愉快了。同时，明文对冉林生也有了新的认识，她想这个男孩子一点也不像所谓的山里娃，工作安排如此有序，还真不是刚见面时认为的那样只是一个摆设的"花瓶"！

接下来，冉林生告诉明文将在支援小队里安排五名电站职工，协助支援小队工作；另外青龙羌寨的民兵也有 20 人参加抢险救灾，两个队各施其责。

老天爷有时还是通情达理的，早早地就放晴了，好像知道明文他们今天要开始工作了，也许是老天爷被他们这种精神所感动吧，特地为他们创造一个良好的工作环境。反正随着天气的变好，民兵们沉重的心情放松了许多，大家拿上工具急匆匆地出发了。他们从推土机推出的简易通道穿过，进入前锋电站内。明文做了简短的战前动员，她说："我们虽然是突击清理电站，恢复电站生产，但我们要以解放军战士为榜样，学习他们'把生的希望让给群众，把死的危险留给自己'的高尚精神，希望大家要怀着'宁肯自己倒下，也要让电站早日发电'的坚强决心，奋力拼搏，让灾区重建工作得到有力的保障！同志们，加油！"

"加油——！"民兵们振臂高呼。

年轻的民兵们投入到了紧张的战斗之中，个个埋头苦干，有的用铁锹铲泥石；有的用铁棍撬大石头；有的用手抱石头；有的用锄头松泥石；有的用推推车往外运泥石；有的……整个现场热火朝天，井然有序。许多民兵的手被划破了，鞋被石头磨穿了，但他们仍然坚持战斗。

明文将裤脚卷得高高的，手握铁锹用劲地铲泥石，向建华走了过来准备帮她，被明文拒绝了："去，去，去，干你自己的，我这儿不需要你。"

"我怕你铲不动。"

"谁说的？"明文放下铁锹，擦了擦汗，两手叉腰看着向建华。

向建华碰了一鼻子灰，没趣地一边干活去了。

提到向建华，这里得说一说。向建华，明文的同学，早熟、闷骚型，明家沟大队的。早在读初中时，他就开始暗恋明文了，只是明文对他一点意思都没有，故意装着二百五数不清，对他不冷不热。因为向建华这个人心胸狭窄，占有欲特强，硕大的酒糟鼻上一对小小的三角眼，满脸的青春痘。一天到晚总是贼眉鼠眼地盯着明文胸前看，不管是上学还是放学，总像跟班一样屁颠屁颠的。这次听说明文要来支援平顺灾区，硬是给他父亲说非来不可，他的父亲就是蓝冲县嘉陵区三元公社明家沟大队党总支书记。没办法，书记大人都发话了，明文这个小队长只能同意向建华参加。这个总是拿老子压人的做法，恐怕就是明文看不起向建华的主要原因之一吧。更让明文讨厌的是：向建华这个人到处显摆自己是大队书记的儿子，在大队如何了得，说他们是明家沟仅有的几家外姓，自己的父亲却管着这些姓"明"的人，明文迟早都会是他的人，这一辈子要定了。所以只要明文到哪儿，他就跟到哪儿。在那个年代有这么大胆的赖皮，完全就是在给“官二代”抹黑。虽然有人讨好他，有人怕他，而明文却不理不睬他，任何情况下明文都是四季豆不进油盐——我行我素！

再说冉林生是个开朗的男孩，高兴时，还要来一段劳动歌。他对明文特别有好感，就是一见钟情那种，在他眼里，明文就跟他阿妈一样是羌族人的骄傲，是他心中的“神”！

休息的时候，他热情大方地给明文讲起了他们的民俗。他想通过这些来展示他们民族的特色和自己的才能，从而吸引明文的好奇心，进一步来引起明文对他的注意，他知道只有这样做才有机会让明文更多地了解他，了解他们的民族。因为他知道单凭在劳动中这点时间的交流是远远不够的。一旦抢修任务完成，明文他们是要离开这儿的，要想留住明文，就得搞点动静出来！要说冉林生善于“心计”恐怕就在于此吧。然而，明文正是一个好奇心很强的人，她对冉林生产生了一种非要读懂不可的感觉，也有一种一见钟情的冲动。这不，她也发出了一连串的问题。

你跟你阿妈姓冉？

你阿爸、阿妈都是羌族人？

郎格没有看见你阿爸呢？

“嗨，我阿妈是羌人，我阿爸是汉人。我阿爸当年随西南建设大军来到我们青龙峡修建前锋电站，后来成为一名电站外线电工，被我阿妈‘娶’了回来，成了我们羌族人的倒插门女婿，按照我们羌族人的习俗，男子‘嫁’入我们羌族人家，就得跟女方姓。再后来，我阿妈在森林里与阿爸一道采蘑菇时生了我，所以我阿爸就给我取名叫林生，自然我就叫冉林生哟。不过，5 年前我阿爸因大雨抢修电路时，从电杆上滑下摔进了峡谷……”冉林生讲的声音越来越小，而且眼里略带一丝湿润。

“对不起，我不知道你阿爸已故。不过，你们寨子里好像姓冉的怎么还特别多呢？”明文立即转移话题。

“嗯，我们这个山寨基本上都是来自一个部落的。”

“是吗？”

“就是，据甘肃、宁夏、青海等地史志记载：秦汉时期，一支名为‘冉马珑’的羌族部落游牧至岷江上游定居，此后由于历史文化等原因，居住在此地区的羌族人接受了汉族文化和其他民族文化。到唐朝时，一部分羌族人同化于藏族，另一部分同化于汉族，还有一部分传承了祖先留下的文化，虽然他们没有本民族文字，只通用汉文，但他们却有着自己的语言。而今天我们冉姓羌族，就是这支古代羌族的后裔。”

“哟，看不出来你们姓冉的羌族人还有点历史悠久哟。”说此话时，明文不知道是出于激动或是惊奇，总之话里似乎带有“任性”的调侃味道。

“你还别不信，我说的都是真的。”怕明文不相信，冉林生加重语气强调。

“是，是，是，我肯定相信，只是觉得你讲得太认真了。”明文微笑着。

两人有说有笑，十分投缘。这可让向建华不高兴了，气得他一个劲地往电站大坝的下面乱扔石头，拿石头出气。就好像哪个借了谷子还了他糠一样，就差没有将自己连同石头一起滚下堤坝去了，就连他那满脸的青春痘痘都气得个个白了头。而明文权当没有看见，她从来就没有正眼看过他，她知道自己哪怕是一辈子不嫁人也不会嫁给他，甚至明文有点讨厌他了。

第七章　冥冥之缘

第一天的中午饭是队长冉依娜特意安排的。吃的是米饭，桌子上放有一大碗切成片的看似香肠的东西和一大盆猪肉炒南瓜，当然里面猪肉不多，外加一碗萝卜叶子泡的酸菜和一盆丝瓜汤。十多个人围着两张连在一起的八方桌吃饭，好不热闹。明文坐在冉依娜和冉林生两人中间，夹起一片看似香肠的东西说：“我最喜欢吃香肠了。”

“哦，这个不是香肠，在我们这儿叫‘瓤肚’，就是用新鲜的猪肉放在新宰的猪肚子里加盐、花椒等扎紧、风干，煮熟后切成片有点像你们做的香肠。”

“唉，原来是这样，我是觉得好像比香肠粗多了。那，这个应该不是炒腊肉吧？”明文又夹了一块猪肉问道。

“对，这个不是腊肉，在我们这儿叫‘猪膘’，我们羌人一般不常吃新鲜猪肉，都是将猪宰杀后去毛，剖成两半或切成几大块，吊在房梁上熏烤制成‘猪膘’，存放时间一般为一年。食用时，要么与蔬菜同煮，熟后捞起猪膘，切成长方形大片盛入碗中即可；要么就像我们今天吃的这样，将生腌的猪膘切成小块，同南瓜一起生炒，再加些花椒和辣椒提味。”

“嗨，这个跟我们的腊肉还是有点像。”

“嗯，有点像。我阿妈看见你们远道而来，又这么辛苦，所以要求没有受灾的寨民各家各户出一点，让你们品尝一点我们地方的特色菜，慰劳慰劳你们的。”

“哦，谢谢了。”说话间，明文斜着身子，朝冉依娜轻声地连连道谢，然后回过头来继续跟冉林生交谈。这一切冉依娜看在眼里，喜在心头，她为儿子这么快就进入“角色”而高兴，要是通过这次抗震救灾，能留住一个儿媳妇当然是件天大的好事。

“虽然我们大山里也很穷，但如果不是地震，恐怕今天我们还会去采蘑菇、抓野鸡、摸鸟蛋什么的‘山味’来招待你们。当然，还有酒。因为这是非常时期，没有办法，只有将就一点了。”

“呵，这已经很好了。在我们那，一个月还不一定能吃上肉，像我已经是快半年没有吃上肉了。”

“那，多吃点。”冉林生边说边往明文碗里夹。坐在明文对面的向建华也要给明文夹肉，被明文硬生生地挡了回去：“你自己吃，别往人家碗里夹。”然后，她起身向所有民兵说：“请大家多吃一点，下午好好干活，以实际行动感谢羌寨人民对我们的盛情招待。”民兵们齐声回答：“请队长放心，保证完成任务。”

显然，只有向建华没有回答，他有一种失落感，此时正醋意大发呢……

晚上，青龙山寨的开阔地上再次燃起了篝火，山寨再次跳起了舞蹈，原来他们是在为地震中遇难的三位老者跳丧事锅庄，锅庄又称为“果卓”、“歌庄”、“卓”等。冉林生特意邀请明文他们参加，当晚冉林生没有去跳舞，而是坐在明文旁边给她当起了解说员。他说：“今天的锅庄舞本应该在葬礼的第二天，也就是昨天举行。因为你们的到来，我们临时改成欢迎你们的篝火晚会。所以纪念死者的仪式就改在了今天晚上。一会在跳这个舞蹈时，来自白虎大队的释比景多吉大叔，会左手执单面大鼓，右手执一个弯形鼓槌和铁响板，节奏由慢而快像大猩猩一样常有前后左右的深蹲大跳动作，这就是我们现在的丧舞，也叫盔甲舞。我们羌语叫‘克苏巩·黑苏得’，这个舞蹈以前是为有功将士举行大葬时跳的舞蹈，后来一般葬礼也跳此舞。舞者为男子，分为两排相对而立，身着牛皮铠甲，戴皮盔，插野鸡毛或麦草，手执‘弩’或‘戈’，步伐似战场上的攻守状，左脚向左跳一步，右脚以脚尖点于旁，以此交替而做。接着舞者高举双手，抖动双肩，配以单脚踮跳。然后手执兵器前伸，作冲杀式，在‘嘀哈、嗒哈’的呼喊声中稳步起舞。对阵的舞蹈用碎步进退，并配有‘全村的战士打胜仗回来了’等歌词。”

“什么叫释比？”明文突然插话问道。

冉林生解释道：“释比又称‘许’或‘比’，是我们羌人的精神领袖，是我们羌人举行各种活动的主持者，其担负着我们羌族文化传承的重任。口传身教的特殊传承方式，使释比文化更显得神秘和珍贵。几千年来，在岷江的高山峡谷中，通过猴头帽、神杖、响盘、经文、咒语、羊皮鼓舞等表现形式，彰显着我们羌族释比文化的独特魅力。”

讲着讲着，篝火旁的舞蹈开始了。冉林生看了看大家跳的舞蹈，立即转移主题，解释说：“这个舞蹈不是盔甲舞，是席步蹴的一种。我们羌语的意思是：办酒席时跳的舞。是后来专门为丧事或祭祀举办酒席之后跳的舞蹈。你好好看这个舞蹈，很有意思。它没有固定的程序，自娱性很强，跳法和韵律与‘萨朗’近似。‘萨朗’，原为我们羌语北方言词汇，意为‘唱起来、跳起来’，是我们当地羌族人民娱己娱神的重要手段。‘萨朗’后引申为歌舞，并扩大词义为羌族歌舞的统称。嗨，还是说我们这次遇难的三位老者吧，可能是因为这次他们年龄较高吧，所以才能跳这种席步蹴。冉林生指着篝火边跳舞的人说，你看舞者联臂歌舞，以唱为主，两脚交替前踏，重而有力，膝部微颤，徐缓前进。他们所唱歌词自古相传，是祝祷死者灵魂安息，慰藉其家属的。”

紧接着，又一个舞蹈开始了，冉林生又开始解释说：“这个舞蹈也是席步蹴的一种，是用来祭神灵的，祈求风调雨顺，人畜平安，这个舞蹈充满虔诚、恳切的气氛，寄寓着人们的无限希望。你看我阿妈就是领舞者，她正示意其他表演者放开相牵之手起舞，做对称的动作，即‘一顺边’体态‘胴体拧倾环动’动作，这样显得热情而美妙。”

舞蹈空隙，冉林生怕明文问他其他的问题，他干脆来个竹筒倒豆子，全部说完。他说：“席步蹴在我们这儿的种类很多，如果表现的内容不一样，歌词也不一样，舞蹈的跳法也不一样。比如，有一种席步蹴名为‘莫连筛筛’，它反映的是劳动的形象。舞者左腿跪蹲，拉着自己的衣襟作‘胴体环动’，很像晒谷场上筛簸谷物的动作。还有一种名为‘石奎余奎’，舞者边舞边展示服饰上的精美饰物，欢快风趣得很。”

冉林生讲得津津有味，明文一边听一边看，很少插话。不知不觉忘记了一天的疲劳，而冉林生则向一只夏天的蝉叫个不停，但这个蝉，一点也不让人感到心烦，反而听起来像是音乐，深深地感染着明文，这让冉林生激动不已。他几乎没有停顿，又接着说：“我们羌族自古以来，英勇善战，以为民族捐躯为荣，所以，现代许多舞蹈都带有古代战争的遗风。只是，我们现在‘丧舞’的歌词一般都是颂扬死者生前的品德和亲友们对死者的怀念之情……”

在冉林生滔滔不绝的讲解中，晚会结束了。

明文意犹未尽，原本还想来个刨根问底的。如：既然给亡者跳锅庄以表达怀念，那为什么还要跳席步蹴？为什么受灾了还要跳欢快之舞？等等。但明文是知道孰轻孰重的人，所以还是告别冉林生回帐篷休息了。

第八章　火葬习俗

第二天在休息的时候，冉林生又跑到明文身边坐下，接着头一天晚上的话题说，这也是明文好奇的话题。冉林生说，昨天晚上的舞蹈是前天火葬后的仪式，跟你们汉族的“头七祭拜”类似。他说：“在 16 日发生的这次地震中，青龙山寨有两位羌族老人由于未按要求及时撤走，先后遇难，还有一名民兵。17 日才找到 3 人的遗体，按照我们的习俗要 3 天后火葬。本来我们羌族的葬式分火葬、土葬、岩葬和水葬。火葬是羌族的传统葬俗之一，每个家族或早期部落都有自己的火坟场，用石头砌一个圈，往往还要在碑上记载本族姓氏与开始设立坟场的时间。现在我们羌族仍然盛行火葬。60 岁以上正常病故的被认为是寿终归天，要唱丧歌，举行火葬。这次遇难的两位老人均在 60 岁以上，而民兵是因公而亡所以我们选择了火葬。当然，凶死或传染病死的也要火葬。不过，如果死的是婴儿，则要么岩葬，要么水葬。

“岩葬？水葬？”明文歪着脑袋好奇地问道。

“岩葬，就是将死婴装进小木棺置于岩洞之上；水葬就是将死婴装棺放入河水中飘走。”冉林生认真地解释着。

“呃，还有这么多的讲究呀。”明文摇了摇头说。

“嗯，就是。因为这次地震中死亡的 3 人属凶死，所以 18 日我们将 3 人火葬了。”

“看来你们羌人的火葬与我们汉人的火葬还是有区别的哟。”

冉林生取下军用水壶喝了一口水，笑着说：“当然有区别。记得，我还在读小学时，就好奇地问过阿妈，人死后为什么要火葬？阿妈总是笑着对我说，等你长大了阿妈再讲给你听。就这样一直等到 15 岁，阿妈才详细地给我讲述了火葬习俗的由来，这让我至今记忆犹新。”冉林生两眼望着远方，若有所思地擦了擦汗说：“记得那是一个春天的早晨，阿妈把我叫到门前的坝子上，坐在石条上非常严肃地对我说：“林生，你已经长大了，应该懂事了，阿妈今天就将我们青龙羌寨的一些习俗及来历讲给你听，你要记住，我们羌族没有自己的文字，我们的文化只能口口相传，靠记忆将文化传承下去，所以今后你要担当起传承青龙羌寨习俗的责任。今天先给你讲火葬的事。火葬是我们羌族人自古相传的丧葬习俗。据晋代皇甫谧《帝王世纪》记载：神农氏，姜姓也……有圣德，以火德王，故号炎帝。又据《左传·哀公九年》记载：‘炎帝为火师，姜姓其后也’。由此，可以清晰地知道炎帝的名号是因为他以火为德，尚火的缘故。其本身具有原始社会的遗风，是原始社会的人在自然条件极其恶劣，无力与之对抗的情况下，对火产生敬畏感，进而崇拜火的观念在我们古羌人中延续。而尚火情节又直接反映在我们古羌人的丧葬过程中，这就是我们羌族实行火葬的又一原因。因为炎帝被羌族尊称为始祖，其中‘以火德王’的尚火习俗已经在我们羌人中世代传袭，这是为了不忘祖先之功德。还有《吕氏春秋·义赏》中说：氐羌之虏也，不忧其系累，而忧其死不焚也。还有《太平御览》中就引用了‘羌人死，焚而扬其灰’之说。”

冉林生讲到这里，眼睛里充满自信，他将坐在石头上的屁股移动了一下，面对明文继续说：“另据文献记载，我们青龙羌寨的火葬习俗于清朝‘改土归流’后有了较大改变，一般实行土葬。这在《石泉县志》和‘释比’的丧葬词中均有反映。释比所唱的丧葬经典中有：‘康熙四十二年前，羌人死后不用棺。草帘软裹架柴烧，寨寨都有火坟场。四十二年天下乱，乱后羌人归大朝，人死须穿六件衣，装入棺材用土埋。习俗改变行土葬，人畜兴旺万民安’。我们有的羌寨土葬墓碑所记时间最早的是清朝乾、嘉时代，土葬是羌人‘改土归流’后才兴起的。这与清王朝的强制推行土葬和本地土司顺应中央政令，带头实行土葬有着直接的关系。‘清嘉庆二十二年（1817年）茂州属静州土司法从武母死，改火葬习俗，验周棺掉，筑坟以葬，悉如华制，人羡其善变。其后，羌族民间亦多用土葬’。现在，羌族地区火葬和土葬并行，小孩子死后实行岩葬，一般人实行土葬，高寿的老年人则希望火葬。当然，子女一般都会遵循老人的意志，以火葬的形式安葬老人。一对老年夫妇中如有一人实行了火葬，那么另一人也要火葬，意为继续做夫妻。可见，老一辈羌族人在心理上对火葬还是有着深深的依赖。”

“你阿妈真有文化，你的记忆也真好，这么多的历史资料你能倒背如流，了不起！像老师讲课一样。”明文屌丝般地望着冉林生说道。

“这算什么，要知道我阿妈是青龙羌寨的寨主，她将这些知识传授给我，是责任所在，阿妈还指望我将羌族的习俗传承下去呢！所以，我刚满15岁，阿妈就以此为由，不准我参与“文革”，只要没有事干，她就一天到晚在我耳边讲羌人的历史和习俗。这样反反复复地讲，我自然就记得非常清楚了。”

“哎哟，看不出来你还是寨主之后，是‘王子’，未来的寨主哟。”明调皮地开起玩笑来。

“‘王子’的不敢当，寨主更不好说。”冉林生得意地笑道。

“唉！”一直在后面拉长耳朵偷听冉林生讲话的民兵们发出了戏笑声。

民兵们这一笑，明文倒有点不好意思了，她原本想让冉林生继续讲下去的，但看见时间不早了，她立即起身命令民兵们继续干活，示意冉林生回头再讲。

“嗨——”民兵们长叹一声，嘻嘻哈哈地干活去了。原来，明文只注意听冉林生讲民俗，没有发现民兵们是什么时候围坐在后面的！

第九章　缘来如此

那天的午饭是社员们送到工地上的。

民兵们一边吃饭一边催着冉林生接着上午的民俗讲。冉林生也很乐意，他狼吞虎咽地吃完了饭，把嘴巴一抹说：“我们在举行火葬时，要请释比诵咒，然后抬棺至本族的火葬场。那里设有一座可以移动的小木屋，内供奉本族历代祖先的神位，葬时将小木屋移至他处，而置应葬的棺木于其地，然后四周堆放柴火连棺木焚烧。这时死者亲属围坐大哭、唱孝歌、跳丧舞。焚化之后，将骨灰由小门投入‘火坟’。”

说到“火坟”，冉林生更是讲得头头是道。他说：“我们羌族的‘火坟’形状多为条形，而方形较少，上窄下宽，长约六至八公尺，宽四至六公尺，深约七至八公尺，内部用黄泥抹得相当平整。其边沿高出地面五至六寸，坑上架着能抬开的木屋，木屋的屋顶是用染黄或染黑的杉木制成，可以挡风遮雨。现在，还并存几种火葬的‘火坟’类别：一种是以宗族为单位修的‘火坟’，旁边还立有家族碑，只有本族人才能进入，即‘家家都有火坟场’；一种是只有火葬坪，人死后抬到火葬坪焚化后，可以不捡骨灰；一种是一寨人集体修的‘火坟’，凡是本寨人火葬后都入此‘火坟’，我们青龙山寨就只有一个‘火坟’，在后山坡上……”

冉林生越讲越精神，干活也越卖力。而明文是越听越想听，越听工作越有动力，只有向建华一天黑起一张脸，有事没事地找泥石出气，用手推车一车、一车地将泥石往电站外推，搞得满身都是泥和汗，像唱大戏的。

当然，明文也少不了关心民兵们，劳动时少不了提醒一大家注意安全、注意休息。后来，冉林生成了民兵们的开心果，故事讲解员。这不，刚刚休息，民兵们就非要冉林生讲民俗故事。而冉林生也毫不含糊，他放下铁锹，坐在铁锹把子上就讲开了。他说：“今天我给大家讲一个我们羌族人关于《燃比娃盗火》的神话故事，要不要得？”

“要得。”大家异口同声地回答道。

明文将军用水壶递给冉林生，示意他喝口水后再给大家讲。冉林生会意地笑了笑说：“远古时期人间本来没有火，是羌族的祖先燃比娃从天上偷来的。”

当年，火神蒙格西和羌女阿勿巴吉相爱，阿勿巴吉很快怀孕了。就在火神蒙格西返回天庭之前，他对阿勿巴吉说，等我们的孩子长大后，让他到天庭来找我。蒙格西回天庭不久，阿勿巴吉生了一个毛猴人，取名叫燃比娃。

10多年后，阿勿巴吉就让燃比娃去天庭找阿爸。燃比娃找到了阿爸，阿爸让他把火种带回人间，经过两次失败后，蒙格西把火种藏匿在白石中交给燃比娃，燃比娃终于瞒过了恶煞神，把火带到了人间。两块白石相互碰撞，便冒出了火花，人间从此才有了火种，彻底改变了茹毛饮血的生活方式。再说，燃比娃也因在前两次盗火中被天火烧掉了猴毛，在最后一次盗火中被天门夹断了尾巴而变成了人。”

冉林生讲到这里，用深情的双眼望着明文，稍作停顿后自豪地说道：“这个神话反映了火是来之不易的，是与我们羌人有血缘关系的天神恩赐的，是我们羌人争取的结果。正如好人有好报一样，燃比娃也经过火的洗礼而从毛猴变成了真正意义上的人。在我们羌族人的观念中，火不但来自天上，而且火在燃比娃从猴到人的转变过程中起到了决定性作用。就这样，我们羌族人死后就开始实行火葬，这里包含着‘从天上来，回天上去’的神圣含义。”

“太神奇的传说了，大家鼓掌，今天就让冉林生讲到这儿，大家继续战斗。”明文第一个站起身拿起锄头。

“坚决完成任务。”民兵们说笑般地齐声回答。

“干活。”明文严肃道。

“好嘞。”民兵们跑向了各自的岗位。

晚上，山寨没有其他娱乐活动，加之冉依娜特别喜欢明文和她的这支小分队，她怕民兵们劳动一天，晚上没有地方去，于是山寨再次燃起了篝火，人们又跳起了舞蹈。劳累一天的支援民兵，坐在篝火旁，从观赏舞蹈到参与，支援民兵从某种意义上说，这才真正融入到了山寨羌人的生活之中！冉林生拉着明文一边跳舞一边解释着舞蹈的意义。他说：“这是我们的‘劳动舞’。我们羌族人长年生活在特定的高原环境，为适应山地环境所进行的劳动方式和行动往来的体态，这些动作逐渐升华为我们羌族民间舞蹈的风格特点。”

“这样，我们让其他民兵一起来边学边跳如何？”冉林生在舞蹈间隙对明文说。

“好呀。”

“那，你把他们叫过来，好吗？”

“要得。大家都过来。”明文爽快地回答，并转身向民兵们喊道。民兵们兴奋地跑了过来。

“现在，我们男女分开站，围成圆圈，男民兵先跟我唱，然后女民兵再跟着男民兵唱，好不好？”

“好。”民兵们齐声回答道。

就这样，冉林生领头，带领大家边歌边舞，其节奏转快后，冉林生加快舞步，一会两脚交替重踏，一会左右旋转，男女民兵随着他协调而跳，而且带有竞赛性，气氛越来越热烈。正当明文跳得欢时，突然听到冉林生带着男队高喊“呀喂”，明文立即按照事先冉林生教的方法带领女队应声“学喂”，舞蹈结束了。

第二曲舞蹈开始了，明文环视舞池一周，看见支援民兵们个个跳得欢，唯有向建华坐在板凳上没有跳。她走了过去，将向建华拉到冉林生旁，给冉林生说，你负责教会他。冉林生二话没说，拉起向建华就往舞池里走，边走边说：“这个舞蹈叫《萨朗》，我们羌语的意思是：‘唱起来，摇起来’，是自娱性舞蹈。你也看见了，整个舞蹈中手臂动作较少，腿部的动作较多，小腿灵活、敏捷，并形成‘胴体的轴向后转动韵律和上身倾斜转动的拧倾韵律’。这种舞蹈动律是随舞者移动重心，胯向两侧斜前方顶出中形成的，重心在出胯一侧的腿上，膝部微屈、腰胯以上至肩部作轴向的环动，上身微拧倾，从而形成‘S’形的优美体态。这种别致的动态和韵律，表现了我们羌族特有的‘一顺边’之美。”向建华心不在焉，面无表情。跟随其后的明文权当没有看见，插话道：“你们平时晚上也这么跳？”。

“不一定，但只要是天晴，愿意跳就跳。”

“震后如此严重，你们也跳？”

“我们这儿，不管是劳动，还是节日，不管是喜事还是丧事，都跳，只是跳的内容和形式随之改变而已。”

“哦，原来如此。”听着冉林生的解释，明文好像明白了什么，是“原”或“缘”？总之，她对能歌善舞的羌族人越来越感兴趣了，尤其是对身边这位知识丰富的羌族小伙子有一种说不清道不明的感受……

第十章　撕心裂肺

1976年，是中华民族的大灾之年。回想走过的这一年，让我们不寒而栗。

1月8日，深受人民尊敬的周恩来总理病逝。

3月8日，吉林下了一场罕见的陨石雨。

7月6日，中国人民解放军德高望重的总司令朱德元帅逝世。

7月28日，一场人类的浩劫，唐山大地震夺走了20多万人的生命。

8月16日，平顺大地震。

9月9日，也就是明文他们全力以赴投入前锋电站灾后抢修的第20天，伟大领袖毛主席也离开了深爱他的人民……

这天，前锋电站的天空突然黑下来，乌云遮满了天顶，闪电像是舞动的金蛇，青龙河放慢了奔流的脚步，青龙山失去了它那美丽的外衣。顿时，风雨交加，山河昏暗，哀声一遍……

这是一个怎样的年份啊，让十多亿的中国人民撕心裂肺地痛哭。

那一天的下午，天特别的阴沉。明文接到通知，停止一切工作，到山寨开会，收听重要新闻。那个年月，经常有中央精神和最高指示要用这样的形式传达。明文洗了洗满手是泥的双手，通知所有的民兵回到山寨听新闻。

回到山寨，看见平时乐观善言的冉依娜一语不发，而且其他人表情木然，明文意识到问题的严重性。以前是用广播播放，而今因为没电只能听收音机。这时，收音机里传来中央广播电台播音员极其低沉的通知：将有重要新闻发布。而且是反复广播，反复穿插播放着《国际歌》。每一个在场的人内心都在猜测会有什么事发生。其实明文已经想到了，只是不敢去这么想，难道是毛主席去世了？

时间到了，收音机里终于传来了播音员带着哭腔的沉痛播报：伟大的领袖毛泽东主席不幸逝世！顿时，屋里的人全部被这一噩耗震呆了，好似又一场大地震爆发了，人们开始放声大哭起来。尽管心里猜想过，但被证实的一刹那，明文的内心还是被强烈地震撼了！

17岁的明文,突遇如此巨变,突感有一种失去依靠的惶恐,她哭着高喊:“毛——主——席……”一位羌族老阿妈一屁股坐到了地上泪流满面地捶打着自己的胸口，许多还不懂世事的孩子被惊吓得哭喊起来，向各自的碉楼和大人跑去……

明文知道，此时全国各族人民都陷入了巨大的悲痛；明文知道，自己遇到了史无前例、恐怕也是空前绝后的历史时刻。眼前浮现出九州同悲、全民真情痛悼的场景。

在接下来的日日夜夜里，明文和民兵间很少说话，她也不找冉林生讲故事了，大家都默默地拼命干活，向建华也没有了牢骚，人与人之间变得特别的团结。人们都主动抢着加班加点。晚上大家围坐在篝火旁满怀深情地编花圈，扎白花，制黑纱，布置毛主席的灵堂，加入守灵，参加追悼……

随着余震的减弱，民兵们已经分别被安排在山寨羌碉里居住了，所有的帐篷已经撤了。

9月18日这天，青龙山寨的上空乌云密布，在正对着冉林生家碉楼前的开阔地上，临时搭起了台子，上面挂着一幅写有“伟大的领袖和导师毛泽东主席永垂不朽”的白底黑字的醒目标语。在冉林生家碉楼墙体上挂着一幅镶嵌有宽宽的黑边的毛主席遗像，悬挂在他家碉楼顶端的五星红旗，降半、低垂着……

全生产队的人来了，有参与救援的民兵，有参加抢险救灾工程队的人，密密麻麻地挤在开阔地上。人们在等待着，等待着上午十点那一刻的到来。

开阔地上的收音机响了：“中央人民广播电台，中央电视台，现在是在北京天安门广场上播音……”一下子，开阔地突然静了下来，明文也收住了思绪。突然间，静得人们的呼吸声好似十二级台风，心跳声好似在打雷！鸟儿知趣地躲在树上不敢出声。然而，没能维持多久，山巅上老鹰的哀鸣打破了宁静……

10点钟到了，随着北京时间最后一个呼号音的结束，全国规模的毛主席追悼大会开始了。哀乐，那撕人心肺的哀乐，泛起了滚滚哀潮……

同一时刻，收音机里传来凄厉的响彻云霄的汽笛声。这一时刻，中华大地任何一个地方所有的防空警笛、运行中火车、轮船的汽笛，所有汽车的车笛，全部响了起来。这是中华儿女的哭泣，这是九曲黄河、万里长江、巍巍昆仑的哀悼！明文觉得整个神州大地好像痛得在抖动，好似又一场“大地震”！忽然，倾盆大雨漂泊而至，老天也哭了！所有的人都会这么想，于是悲痛被推到了极点！

开阔地上的人，被浇在大雨中，谁也没料到，谁也没有带雨具，碉楼就在眼前，但谁也没有离开！所有认识和不认识的人，不管是干部还是民兵，不管是汉人还是羌人，不管是藏人还是彝人，他们相互搀扶着，坚持着。泪水，雨水，交织着。流吧！哭吧！人们和老天一同向伟大的领袖毛主席致哀！大雨倾泻着，泪水倾泻着，人们在这大雨中与天同悼，给伟大的导师毛主席，给救人民出水火的毛主席送行！

全国性的追悼大会，在悲壮的国际歌声中结束。但青龙生产队的追悼会还在持续，雨仍旧下着，大家依然在默哀，悼念毛主席，缅怀毛主席的恩情。大家七嘴八舌地说起了自己的经历和感受。有在这次地震中受伤的伤员说：地震时，没有听从生产队事前安排的在预定地点过夜，结果被砸，是社员们把我从坍塌的房中救出来，是毛主席的关怀，是人民群众救援及时。感谢毛主席，感谢党中央，感谢社员同志们！有的说：我吃住在医院，不用一分钱。今天，毛主席走了，今后我们该怎么办？

明文也按捺不住激动的心情，她在听人们讲述的同时，自己一刻也没有停住思绪的步伐，这次自己亲眼看见了毛主席、党中央对灾区人民的关怀，自己在路过平顺县城时，听到了被解放军从废墟中救起的群众高呼毛主席万岁！人民解放军万岁！这让她自己更加坚信毛主席的英明和伟大！而今天他老人家就这样走了，走得太突然，未来将如何办？她没有了主见……

奇怪的是，就在青龙生产队队长冉依娜宣布悼念活动结束之时，大雨也随之而停，真的好像上苍有灵。

再说明文，一个刚出“道”的小姑娘，整个灵魂，都在这场大雨、大泪中得到洗涤。她的耳边，不时地响着“跟着毛主席，我们向前走！”的雄壮旋律，可是，今天毛主席不在了，自己怎么办？这种失去依靠的心理恐惧，让明文紧紧地拉着冉林生的手，冉林生也不由自主地一把握住明文的手，这恐怕是他们共同的感受。两个年轻人在心里暗暗发誓：我们一定要继承毛主席的遗志，完成毛主席的未竟事业。

追悼大会痛哭一场过后，大家的内心似乎轻松了一些，剩下的就是拼命地工作和学习。明文在想，一定要用最快的速度恢复电站生产，让毛主席在九天之上的英灵放心，我们民兵是不会给他抹黑的！

下午，在明文的倡导下，支援民兵和山寨民兵展开了劳动竞赛。比一比，哪支队伍清理的泥石最多；看一看，哪支队伍清理速度更快！一场紧张激烈的劳动热潮就这样掀起来了，两支队伍你追我赶，装的装土，搬的搬石，进进出出的推推车满载着泥石，向抢险救灾工程队方向推去，只见推土机吐着粗气，哐啷、哐啷地将泥石推到江边垒起的堤坝中。那场景真壮观，人们个个满头大汗，埋头苦干，大家像上足了发条的钟，嘀嗒、嘀嗒地来回奔跑……

夜晚，草坪上，劳累了一天的民兵们和羌民围坐在篝火旁。火光照亮了黑暗，民兵们先是观看山寨羌人跳起的羊皮鼓舞，也叫皮鼓舞，羌语称“莫恩纳莎”。这种舞蹈原来是用来祭神、驱鬼、求福、还愿以及送死者灵魂归天等。羌族风俗，人生病或死后举行葬礼时均要跳皮鼓舞，必由释比领跳，亲朋都要参加。今天晚上是为了纪念伟大领袖毛主席，是属于大型的法事活动，由德高威望的星光大队的释比景多吉主持。他戴着金丝猴皮帽，持神杖和盘铃，念咒语、挥法器为先，其他羌寨应邀而来的 8 名释比，分成左右两排，各 4 人紧随其后，一手持单面羊皮鼓把手，一手挥鼓槌敲击起舞，按照一定的队形走着。

全寨老少都来了，都参与了跳舞。支援民兵也在明文的带领下离开座位加入了舞蹈的行列。冉依娜给每个民兵发了一个皮鼓，民兵们背着皮鼓跟在羌人后面跳起来了皮鼓舞。虽然民兵们没有跳过，但他们跟在羌人后面学得认真，为的是他们要将对领袖的忆念融入其中，他们一会学着“蹲跳猫步”；一会左脚跳向左前侧，右脚立即靠拢其旁以脚尖点地，双脚交替而做，学起了“两脚踮跳”；一会右脚向前迈出后放松膝部，双脚交替而做，作微微颤动的特殊动态，学起了“松膝走步”；一会双脚跳起后落八字步全蹲，同时击鼓，学起了“八字步全蹲跳步”；一会站大八字步，鼓经两腿之中向上甩同时击鼓，又学起了“甩鼓击鼓步”……

整个皮鼓舞开始时鼓声沉闷，盘铃声轻，舞步单一、迟缓，形成虔诚、神秘的气氛，祈求天神下凡附体。节奏转快后，动作力度加强，蹲跳、转打，情绪振奋，表示就像得到神力，已将鬼怪邪魔赶走，羌寨可保平安。民兵们很快就进入了角色，他们击鼓的舞姿，粗犷、稳健。就在大家陶醉于舞蹈之美，追怀伟人之时，唯有向建华坐在那儿一动不动，还时不时地摸出一个小本本在记录着什么。明文今天的心情很复杂，上午的洗涤，下午的竞赛，让她看到了民兵们再次焕发出的奋斗精神，让她对未来充满了希望。所以当她看见向建华一人坐在那儿记录什么时，她没有多想，而是过去递给他一个皮鼓，将他拉进舞蹈队伍中。而向建华则向做错事的孩子，慌慌张张地收起本本，胡乱地跟在大家后面生硬地跳了起来……

第十一章　别有用心

1976 年，裂变中的中华大地给中国人民带来了一系列的沉重打击，就在亿万民众还没有缓过神来的时候，“四人帮”的反革命阴谋活动也达到了登峰造极的地步。年初，主持中央工作的邓小平同志被“打倒”，军委主要负责人叶剑英同志“靠边”，“四人帮”为了篡党夺权，以“反击右倾翻案风”为名，迫害各级领导干部，国民经济面临崩溃边缘，民生艰难，民怨沸腾。恰在此时，自然灾害又骤然一个接着一个地降临！毛主席的逝世，更让“四人帮”加快了抢夺最高权力的步伐。

在此严峻时刻，中国人民没有被“天灾人祸”吓倒，党中央审时度势，力挽狂澜，对王洪文、张春桥、江青、姚文元采取果断措施，一举粉碎了“四人帮”。人们挺直脊梁，在“灾难”的废墟上化悲痛为力量，写下了民族精神的光辉篇章，笼罩在人民心头上的愁云惨雾终于散去了，举国上下一片欢腾，全国人民无不欢欣鼓舞。而青龙山寨的篝火自然在明文的倡导下天天晚上都熊熊燃烧着……

冉林生与明文又有了笑声。

“听我弟弟说，他们今天恢复上课了，上课时语文老师给他们讲了一首宋朝民间小诗人马定国的诗。”

“马定国的诗？”

“你看，这是我弟弟抄回来的。”

冉林生边说边从衣包里取出一张纸条递给明文。明文接过纸条打开一看，上面歪歪斜斜地写着：苏黄不做文章伯，童蔡自为社稷臣。三十年来无定论，到头奸党是何人？紧接着是注解：“苏”指的是苏东坡，“黄”指的是黄庭坚，“童”指的是童贯，“蔡”指的是蔡京。

正当明文看完纸条内容，准备发问时，冉林生说，这首诗反映的是宋朝元祐年间，王安石变法，进步派和保守派的激烈斗争。

“这样的斗争本来就很正常，毛主席说，有人的地方就有江湖，就有斗争，不要看不惯斗争，不要扼杀斗争。”明文学着主席的湖南话说道。

“嘿嘿，你真逗。你知道吗，当时宋徽宗上台后，蔡京谋得相位，他就在皇宫门前立了一块石碑，叫‘元祐奸党碑’，碑上刻了三百多人，有苏东坡、黄庭坚、司马光等，都是当时参与斗争的人，蔡京把这些人都打为奸党，说这些人祸国殃民，无恶不作，把屎盆全扣到这些人的头上，并把这些人关的关，贬的贬，已经死了的，也进行追贬。他不光在皇宫门前立这块碑，还下令地方衙门都要立这块碑，让全国人民都知道谁是奸党，便于分清是非。一下子就揪出来了这么多的奸党，蔡京、童贯等当然就成了安邦定国之才，对社稷有大功之臣。不过，再后来呢，大家都知道了，事实证明奸党恰恰是蔡京、童贯等人。到头奸党是何人？”冉林生讲得很认真，明文也听得很认真。向建华在旁边听得摸出笔记本记录，只是他的表情有点怪异。

“耶，比老师讲得还好，有文化，了不起，你干脆去当老师算了，在这儿真有点屈才。听说你们羌族情歌很好听，你能给我唱一个吗？”明文突然调皮地转移了话题。

“能！我们羌族情歌以对唱和独唱为主，词意富于比兴，很易上口。情歌开头都有‘纳吉纳那，那尤西，尤西惹那，惹那杂沙’。”

“啥意思？”

“意思是‘纳吉纳那的歌要唱，不唱纳吉纳那的歌，就不是自己的民族，会忘掉自己的祖辈’这四句唱完，再引申内容。你敢跟我学吗？”冉林生拍着胸脯玩笑地回答道。

“给你一根杆子你就往上爬，也不谦虚一点。好吧，我跟老师学。”明文露出灿烂的笑容。

休息时，冉林生“得寸进尺”要明文跟他唱情歌。他说：“我们羌族情歌是我们羌族青年男女进行社交活动时所唱的歌曲。其特点是善用比喻，纯真动人，常常是男女对答而唱，以表达相互的爱慕之情。这种通常被称之为‘莒西’，就是情歌中的衬词。”

“算了，你在给我挖坑，不跟你学了。”明文笑嘻嘻地说道。

“唉，哪个敢给你下套哟。这样吧，我给你唱一首当年我阿妈唱给我阿爸听的《绣荷包》，如何？”

“是你阿妈写的？”

“当然，是我阿妈年轻时专门写给我阿爸的，我这就唱给你听。”冉林生没等明文回答就唱了起来：

正月里闹元宵，小妹开始绣花包。
月亮弯弯哟，绣片彩云蓝天飘。

花荷包绣一针，一绣天上一朵云。
月亮弯弯哟，寅时下雨卯时晴。

二月里百花开，缎子荷包绣鸳鸯。
月亮弯弯哟，绣对鸳鸯闹青龙河。
花荷包绣两针，二绣情郎两样新。
月亮弯弯哟，莫让小妹胡乱思。

三月里是清明，缎子荷包绣麒麟。
月亮弯弯哟，绣对麒麟弄桃花。
花荷包绣三针，三绣桃园三结义。
月亮弯弯哟，桃园三人一条心。

四月里莲花开，缎子荷包绣莲花。
月亮弯弯哟，绣个雀雀像个他。
花荷包绣四针，四绣桐树花已开。
月亮弯弯哟，桐子树下坐媒人。

五月里是端阳，缎子荷包绣百花。
月亮弯弯哟，绣对蝴蝶恋百花。
花荷包绣五针，五绣麻雀闹五更。
月亮弯弯哟，半夜子时叫五声。

六月里天气热，缎子荷包绣不得。
月亮弯弯哟，汗手摸花花变色。
花荷包绣六针，六绣天气热又热。
月亮弯弯哟，汗手难抽绣花针。

七月里仙下凡，隔壁小妹上鹊桥。
月亮弯弯哟，隔壁小妹嫁远方。
花荷包绣七针，七绣天上七颗星。
月亮弯弯哟，仙姑下凡配董郎。

八月里是中秋，缎子荷包绣柳州。
月亮弯弯哟，绣个莲蓬在东海。
花荷包绣八针，八绣天上八位神。
月亮弯弯哟，八仙过海显神威。

九月里九月九，缎子荷包绣的有。
月亮弯弯哟，有到有还没到手。
花荷包绣九针，九绣久久长思情。
月亮弯弯哟，小妹何时跟你走。

“唱得好，唱得好。但就是觉得哪里不对劲。”女民兵明正兰插话道。

“所以说，得由你们女民兵来唱，这是阿妹唱给阿哥的情歌。现在我们请明队长领唱，好不好？”

冉林生，放下铲子，弯着腰将左手放胸前，右手慢慢地向前伸开，做邀请状。

“这么长，郎格学得会？我们不唱。”明文虽然说不唱，其实她已经记下歌词了，心里很高兴，只是在“装”。

“哟，有的革命同志，关键时刻败兴，你们说是不是？”冉林生故意向民兵们大声说道。

“诶——”民兵们起哄。

“谁，败阵了，好好干活，劳动完了，姑娘们唱就是了。”明文突然“严肃”起来。

“有的干部开始‘以权压人’了。”平时不愿说话不爱掺和的向建华突然不怀好意地高声喊起来，他这一喊，反倒让民兵们不敢说话了。只有冉林生朝着明文做了个军礼，笑道："坚决听从队长指示，大家干完活后一起唱，好不好？"

"好——"

冉林生总算是给明文台阶。同时，也让向建华知趣地干活去了，工地上铁铲的声音再次与欢声笑语奏响了美妙的劳动之歌……

晚上，冉林生吃过饭叫上明文，下山来到青龙河边，教她唱《高原的女人》，这是冉林生的又一个"阳谋"。但明文却心甘情愿去地钻进了他布的这个"局"。

河边传来了冉林生的歌声：

在高原的女人不哭，
因为这里的每一座大山都是她们的脊梁。
在高原的女人善良，
因为这里的每一片草原都在她们的心上。
高原的女人就像高原上的鲜花，
不需要呵护却长年灿烂美丽。
她们的歌声中充满着纯白的清澈；
她们的眼睛里包藏了日月的精髓；
她们是男人们的骄傲和依赖；
她们是高原的灵魂，
高原的灵魂。

然而，明文却调皮地将歌词改了，她说自己要唱一首《来到高原的女人》给他听。冉林生激动得眼睛都眯成了一条缝，他深情地望着明文，认真地听了起来。

来到高原的女人笑了，

因为这里的每一座大山都让她们向往。
来到高原的女人友善，
因为这里的每一片草原都让她们折服。
来高原的女人就像云朵上的鸟儿，
能自由自在地飞翔。
她们的歌声中充满着幸福的期盼；
她们的眼睛里包藏了美好的未来，
她们希望成为高原男人的骄傲和依赖；
她们希望能成为高原的灵魂，
高原的灵魂。

这首明文发自内心的歌，冉林生不会听不懂，明文唱完后冉林生久久地拉住明文的手不肯放开，明文的脸在黑夜中发烧，不好意思地将自己的手从冉林生手中抽出来，低头不语了，这时冉林生哈哈大笑地唱了起来："你就是我们高原的灵魂，你就是我的骄傲和依赖！"

"去，去你的，你胡唱些什么呀。"明文娇嗔道。

冉林生则唱起了民歌《阿哥阿妹是一家》：

哥是山中树一桠，妹是桠上一朵花。
红花绿叶相和映，阿哥阿妹是一家。

"对，阿哥阿妹是一家！嘻－嘻－嘻。"远处传来民兵们偷听后的欢笑声。明文拉起冉林生就朝青龙河下游跑……

第十二章　私定终生

清晨，火红的太阳刚从山谷中露出半个笑脸，羌家碉楼上已不同往日，青龙河上游雄伟壮丽的雪山在缭绕的云雾中闪着耀眼的银光，奔流直泻的瀑布垂帘百尺，水坠潭中，溅起点点碎玉。碉楼后青龙山的坡上是一片片鲜花的海洋，红色，粉色，白色的羊角花，紫色的鸽子花，黄色的狗尾巴花，点缀在翠绿如茵的山坡上，如锦如绣，调皮的男孩子们光着脚丫，手中高举着阿妈精心烧制的“弯弯月儿馍馍”欢快地奔跑追逐……

明文他们在这短短的时间里，经历了太多的事件，明文变得成熟了，冉林生也变得成熟了，他们在大风大雨中成长。他们提前恢复了电站供电，受到了上级的嘉奖，冉林生被破格提升为前锋电站副站长。就在明文的支援小队即将离开前锋电站的一个早晨，冉林生将明文约到了青龙河边，终于鼓起勇气告诉明文“你能不能留下来，嫁给我”，并唱起了民歌《探花小郎奔妹来》：

日头落坡又落岩，狼奔青山虎奔岩。
高山喜鹊飞高技，探花小郎奔妹来。

而明文在这短短的时间里已经融进了这山这水之中，早就对冉林生产生了好感，她没有反对，保持沉默。沉默是金呀，冉林生心里似明镜一般。他将这事告诉了阿妈，请阿妈帮助，阿妈说，她早就看上了这个准儿媳了，这么大的事，得按照我们羌族人的习俗来办，给姑娘一个尊重！于是，冉依娜找到民兵连长骆朗杰当“红爷”。由于明文家远在蓝冲，加之灾区重建任务还重，所以“红爷”就请来明文的大队长刀剑鸣充当明文的长辈，以给支援小队饯行为由，在青龙山寨办酒席“答谢”支援小队的全体民兵，这实际上就是羌族人给冉林生准备的“开口酒”，这样一来就表示冉林生和明文订婚初步成功。

提到“红爷”，在这里得多说两句。

羌族婚俗中的“红爷”相当于汉族的媒人，是为男女双方撮合婚事的人，但是羌族的“红爷”又与汉族的媒人有许多不同之处，这是由羌人的民族道德观念决定的。汉族的媒人是一种职业，全由妇女充当，男子以当媒人为耻，而羌族的“红爷”则是一种社会身份地位的象征。“红爷”全由男性担当，而且年纪必须在40岁以上，儿女双全，妻子健在，能说会道，懂得羌族古规等。因此并不是任何人都能担当这一角色的。担当“红爷”的人往往成为十全老人的代名词，是幸福和谐、吉祥如意的象征，所以羌族男子以能否当“红爷”和当“红爷”的次数多为荣。不像汉族的媒人无论婚事成功与否都有报酬，羌族当“红爷”是无偿的，顶多有些实物相送，如果在当“红爷”时有过失败记录，也就没人再请了。因此羌族“红爷”的积极性是很高的，为确保其“红爷”资格会竭尽全力促成婚事，可以说具有极佳的“职业道德”。羌谚有云：“宁拆十座房，不破一桩婚”，可见羌族对婚事的重视，但由于“红爷”过于“积极”，也出现强行成亲后家庭不睦的事情，当然，这肯定是极少数。

现在，还是回过头来说“开口酒”吧，晚上自然少不了歌舞，这种歌舞叫酒歌。

酒歌是羌族生活中婚、丧、喜庆、节日、请客迎宾所离不开的。就是既要唱歌跳舞还要喝酒。羌族一般饮用的酒称为咂酒，羌语称“日麦希”，意为羌人酒。咂酒的制法是用青稞煮熟拌上酒曲，封入坛内，发酵八天左右即可饮用。羌族饮咂酒，不用酒具，而是将酒坛开封，用一根细竹管咂吸，咂饮时以长幼为序，轮流顺饮，并不断地注入凉开水，直到味淡为止……

夜，一弯月牙儿时而躲进云彩，时而从云彩里钻出来。青龙羌寨碉楼也随着月光的照射忽明忽暗。篝火跳动着，民兵连长骆朗杰坐在明文和冉林生对面的长条桌旁，一边喝酒一边和寨民们唱起了《酒歌》：

酒真的这么好喝
喝的时候
不用皱眉头
酒真的能有好运
喝过以后
总是会快乐
酒一口一口地吸进了口
幸福涌上胸口
酒一口一口地吞进了喉
歌声源源出口

骆朗杰一会独唱，一会引领大家齐唱，歌声缓慢而旋律优美，声音高昂，拖腔婉转，具有典雅朴素的优美风格。听得明文如痴如醉。这时，冉林生拉住明文的手说，现在该对唱了。事前冉林生用了两个晚上已经教会了明文。于是，冉林生带领民兵小队与骆朗杰的寨民开始对唱《酒娘》：

（月光光月光光）
（大缸装细缸呀）
（月光光月光光）
（蒸酒喷喷香）
不到土楼
不知那米酒香（米酒香）
不到客家
不知细妹靓（细妹靓）
端起这碗酒

你就是酒郎
喝下这碗酒
我就是酒娘
酒娘

天上月光光
眼中泪汪汪
伴着树叶吹
伴着竹板响
酒是山泉酿
一曲酒歌醉
心房

（月光光月光光）
（大缸装细缸呀）
（月光光月光光）
（蒸酒喷喷香）
走进碉楼
才知那米酒香（米酒香）
走进客家
才知细妹靓（细妹靓）
别忘这碗酒
你就是酒郎
记住这碗酒
我就是酒娘
酒娘

天上月光光

眼中泪汪汪
送你骑白马
送你过莲塘
今日交了有情妹
哪怕山高路途长

月光光月光光
大缸装细缸呀
月光光月光光
蒸酒喷喷香

还别说，明文唱起来还真有羌族山歌的味道，他们这一唱，坐在他们对面的羌寨人也跟着唱起来，整个晚会达到了高潮，整个青龙山寨的夜空一直回荡着这首优美的歌声，大家不由自主地跳起了舞来。

话说回来，明文与冉林生订婚了，向建华是第一个不高兴，他在“开口酒”宴上大发酒疯，装疯卖傻，这一切被刀队长看得明白。就在大家跳舞休息的时候，刀队长走到向建华跟前，面对大家故意将这桩婚事“爬高”，举起酒杯说道：“今天冉林生与我们明文订婚，是一件喜事，是青龙羌民灾后遇到的第一件大喜事，这是我们民族大团结的象征，谁要是破坏这桩婚事，就是破坏民族团结，所以我真心地希望他们能早日成为革命伴侣。让我们羌、汉民族亲上加亲！让我们蓝冲县和平顺县结为‘亲家’县，大家说好不好？“其实刀队长的话是有所指的，向建华一下子就像泄了气的皮球焉了。

“好——！”

整齐而欢快的声音伴随着掌声、歌声在青龙山寨上空盘旋……

第十三章　山水相依

回想起这段时间以来，支援小队和青龙山寨的社员们同吃同住同劳动，一起唱歌跳舞，一起彼此温暖对方，亲如一家。虽然，昨晚明文与冉林生在青龙山寨大张旗鼓地“私定”了终生，但冉林生心里还是空空的。因为，他知道，任务完成了，仪式一旦结束，明文就要离开山寨。有一种莫名的感觉让他特别怕明文这一走就再也不会回来。他知道还有一个向建华一直在暗恋明文，明文这一走，他们就变得近了，而自己则远在大山深处鞭长莫及了！冉林生突然没有了自信。于是，他想继续用自己的才华和家乡的山山水水及习俗来吸牢明文。

天一亮，冉林生就拉着明文往羌寨的后山跑。

阳光照耀在青龙半山腰的碉楼上，薄雾渐渐散去，青龙羌寨下的青龙峡，在汩汩奔流的青龙河上，乳白色的雾气还在缓缓漂流，冉林生和明文采撷着野花。他俩的头上都各编织了一支用狗尾巴花、濡未花和藤条的花环。明文那美丽动人的脸，在配上那顶鲜艳夺目的花冠和冉林生给他戴上的绣花头帕，越发显得光彩照人。这时，冉林生从裤袋里摸出羌笛吹了起来，而明文则跟着唱起来：

你好比奔腾的骏马，我好比你背上的鞍子，只要肚带拴紧，我俩永不分离，你好比衣服上的纽扣，我好比银子做的钮子，只要扣在一起，风吹雨打也不分离……

草地上，鲜花丛中，冉林生和明文手拉着手在追逐游戏，捕捉蝴蝶，草地上传来了阵阵银铃般的欢歌笑语。

冉林生指着青龙峡吟诵起清代诗人程湄的诗：“潮水阔无际，苍路兼落晖。”

“客帆东北下，水鸟来去飞。”明文没等冉林生朗诵下一句就接了上来。这让冉林生顿时对明文敬佩三分，激动地拉住明文的手说：“你也知道这首诗？”

“就允许你知道？”

“呵，是这样的，我是说这首在我这儿有着特殊的意义。”

“是吗？”

“当然。其实在地震前，我们的青龙峡因电站大坝拦隔，青龙河的水流变得平稳、碧蓝，俨然就是高峡出平湖，天地相连，山水一色，有着胜过程湄笔下的芒稻河之美。在青龙峡这段河的两边，春天绿树成荫，栈道高悬，松树依依宛如一条由西向东不断延伸的绿玉带，与碧蓝的湖水、碧蓝的天空辉映在一起，灵秀中平添了几分清雅。今天，这种美景虽然消失了，但我们相信随着震后重建和自然的修复，她会重新回到我们山寨羌人的身边。”

“哦。”明文故作若有所思状调皮地望着冉林生，心里明白冉林生此时的心情，于是她微笑着说：“你放心，等我回去给父母说了后，到时候会回来的，我很喜欢这个地方，也很想你的阿妈。”

冉林生拉着明文的手突然用劲，故意问道：“原来你只想我阿妈呀？”

“去你的，不想你阿妈，难道还想你不成？”

羊角树上羊角花，你要爱我莫爱她。
一缸莫煮两样酒，一树不开两样花。

冉林生突然唱起了民歌《一树不开两样花》，而且在唱到“莫爱她”时，冉林生指着山下阿妈所在的方向，故意加重语气唱道。

“去你的，我就要一树开两样花，就爱她——你阿妈，郎格？要不这次回去就不来了。”明文也玩笑起来。

“两样花就两样花。既爱阿妈，又爱阿哥。”

“自作多情，我爱阿妈，爱山寨。就不爱你这个傻阿哥，看你能把阿妹怎么样？”明文边说边用手去拍打冉林生的头。

“嘿嘿，这里的山，这里的水，这里的人浑然一体，她们都深爱着你，让你自然有着安全感。就拿这次地震来说吧，事先就有预兆。记得地震前的那天晚饭前，我家的鸡就是不进屋，阿弟冉林东满坝子地追鸡，鸡腾起满坝子的尘土，母亲生气地说，不进去就算了，别追了，跑不远的。现在想来，那就是我们的鸡在报警！”冉林生故意偷换概念，笑望着明文。

“你们还敢养鸡，就不怕被当成资本主义的尾巴给割掉？”明文知道冉林生心中的顾虑，就不想继续开他的玩笑，故意引开话题。

“没事，我们这儿山高皇帝远，我阿妈说了算，上面有人来了就说是在山上抓的野鸡。”冉林生自豪地说。

“呵呵，这可叫瞒天过海，上有政策，下有对策。在我们那儿谁也不敢，要被抓现行的哟。”明文坐在河沟边大石头上将身体靠在了冉林生的肩膀上，双脚泡在河沟里。

“是啊，还是我们这儿好。”

“是，你们这儿好！不过，我怎么就没有感觉到呢？”明文又忍不住玩笑起来。

“你看，还是得拿这次地震来说吧。那天，我们吃完晚饭，因为太闷热，我和阿弟就到青龙河里游泳，结果河里的鱼上蹿下跳的，有一条居然跳到我的头顶上，真想抓住它，因为这让我有一种被鱼调戏的感觉，我正跟鱼儿较劲的时候，突然想起在学校老师讲的，这有可能是地震的前兆。于是，我立即拉起阿弟就往家里跑。这时，天已经黑了，阿妈告诉我说公社黄书记接到上级地震预报通知，说今晚可能有地震，并叫我阿妈立即安排社员往山寨平坝转移。我也将在青龙河发生的一切告诉了阿妈，阿妈更加肯定了上级的预报。她立即叫我马上去电站与黄书记会合，组织职工及下游的社员向山寨转移。她自己则通知山寨群众快速搭建已经准备好的帐篷。听完阿妈的话，我迅速向山下跑去，电站职工在黄书记的安排下已提前行动起来，正往山寨撤离。黄书记看见我到了，就让我继续往电站的下游去动员社员转移。但不管我怎样解释，就是有一个老人不愿离开他的家，结果后来遇难了，人就这样说没有就没有了。”

“嗨，生命就是如此的脆弱。不想这些了，我已经感受到你们这儿比我们那儿好了，行不？”明文此时此刻真的读懂了冉林生的心，调皮般地笑着说。她不想太严肃，以免让冉林生紧张。

“真的。如果当时都能即时撤离，就不会有伤亡发生了。这是我第一次感到由于自己没有尽到责任，造成了老人的离世。”而此时的冉林生明显“跑题”了。其实这也是冉林生故意想掩盖自己的不自信。

看见冉林生的自责，明文的心一下子安静下来，这让她加深了对冉林生的认识，她更加坚信自己的选择是对的。她不仅爱上了这里的山山水水，而且更加爱上了这个有责任感的小伙子。明文被冉林生的真情所感动，被他的“阳谋”所融化……

明文和冉林生的发展出人意料。地震改变了人际关系，人们更加相亲相爱，没有了往日的争斗。当然，这对于向建华是个例外，在他看来，冉林生就是一个道貌岸然的第三者，就是他“抢”了原本应该是属于自己的女人！

明文与冉林生在电站恢复生产的救灾过程中由革命的战友迅速发展成为恋人，这无论如何是让向建华不能接受的。但事实是冉林生与明文已经在“家人”的同意下订婚了，而且他们是羌、汉民族亲上加亲的代表，是平顺和蓝冲两县友谊的使者。明文自己也愿意坐“过山车”，从一座大山嫁到另一座大山，这是向建华万万没有想到的，也是万般无奈的……

由于冉林生指挥有方，明文组织有力，他们克服了无数次余震和恶劣的作业场地以及抢修工具落后等所带来的种种困难，让前锋电站的恢复工作进展异常迅速，提前 60 天完成任务，他们也因此双双受到指挥部的嘉奖。

随着电站成功恢复生产，明文他们的任务圆满完成。明文接到支援大队刀队长命令，立即带领队伍回蓝冲。

第十四章　刨根问底

由于这次抢险任务完成漂亮，加之“红爷”骆朗杰一心想成全冉林生和明文，他将这次“红爷”之职添加了一点“政治”色彩。他除了请刀剑鸣当明文的“家长”外，还主动到水银区党委找到刘建国书记，得到了刘书记的特许，同意冉林生一周的假期，让冉林生与明文支援小队一到回蓝冲。所以这次回撤的队伍中多了一名羌族小伙。路上，冉林生将他阿妈的意图悄悄地告诉了明文。他说：“介于自己有一半是汉人血统，加之这次地震给山寨带来了不小的伤害，为了勤俭节约，阿妈同意我们的婚事一切从俭，综合羌、汉婚俗，这次我代表我的阿妈和红爷去你们家商量婚事，你看如何？”

“听你的。”一直有主见的明文这次爽快地同意了冉林生的意见。

“谢谢娘子”冉林生戏言道。

“小声点，小心别人听见。”明文用手拍打了一下冉林生的大腿，责怪他“音量”开得太大。然而，坐在明文旁边的女民兵明正兰这时故意接话：“诶，都搞出了这么大的动静，还怕别人听见，硬是把我们当成聋子、傻子了嘛？冉站长，快点给我们讲一讲你们羌族人的婚俗和你们准备举办一个什么样的婚礼，全当给我们讲故事好啦，要不要得？”

“就是，给我们讲讲吧，反正在车上又没有什么可以干的。”车上除了向建华没有出声外，其他民兵异口同声地央求道。

冉林生为难地看了看明文，明文以最快的速度扫了一眼车内，然后眯眼示意冉林生可以讲，其实明文比民兵们更想知道。

“哟，这就得了气（妻）管炎嘛，还要请示。”冉林生和明文的这一点细微举动被明正兰察觉，她打趣地说道。

“少空话，听不听。”明文有点害羞地强“装”。

“听，我们听，请站长给我们讲吧，领导已经同意了。”明正兰夸张地说道。这时，向建华仍然没有出声。

“好，讲就讲，不过下次不准叫站长，是副站长！”

“好，副站长同志，那你就讲吧。”明正兰嘻嘻笑道。

“要得，看来你是想急着出嫁了，我就先给你讲一讲我们的‘吃小酒’吧。”

“唉，学坏了，这就开始损人了”明正兰也不示弱。

“听不听，不听拉到。”明文故意为难。

“听，听。”明正兰吐着舌头做着鬼脸。

冉林生没有再理会明正兰，而是望了一眼明文后，说：“我们这儿男女订婚后，就要‘吃小酒’，就是定亲。定亲是送完第一道‘手情’，也就是‘开口酒’之后，过一段时间男方就要叫红爷带上更加丰盛的第二道‘手情’。有猪肉、扎面、酒、饼子、点心等礼物去女方说亲，并索要女方的生辰八字。男方的父母要请释比占卜，一旦男女双方的八字相合，就可定亲。男家去女家备酒席招待近亲，称‘小定酒’，此时要送上一些彩礼，置于神龛之上，以示庄重。而女方不请外人，只有本家和红爷商量‘吃小酒’即定亲的日子。到了‘吃小酒’这一天，男方要按女方房族的多少备礼，送给女方的老辈子，男方一般派红爷、阿妈带儿子去。红爷要在吃酒前亲自烧香、敬神、祭祖，向女方、祖先禀告两家结为亲家之事，并按古规念‘说亲词’，以后逢年过节男方要去女方探望并送礼。”

说到这时，明正兰突然发话说：“红爷骆朗杰和你阿妈怎么没有一起来？你们的八字合吗？你一个人去就想把我们队长带走？恐怕不得行哟。”

“不带走明队长，难道还要把你带走不成？”一个男民兵做作鬼脸打趣道。

“就是，还是听冉站长讲吧，别在这儿捣乱。”另一个男民兵装成领导的腔调笑着说。

“嘿嘿，我们婚事新办，羌汉结合吗。其实早在说亲之前，我就有意问了明文的生辰八字，偷偷让释比给算了的，要不我怎么敢轻举妄动呢？

对了，这是我跟明文的事，你急哪门子呀？”冉林生接过那个男民兵的话，歪着头对明正兰说道。

冉林生这一说，明正兰心里突然想到：看来冉林生也不是一个省油的灯。

“哟，长胆量啦，敢跟你姨姐较劲啦？”明正兰端出是明文姐姐的架势来压冉林生。

“嘿，你还想不想听哟，想找茬是不是？还姐呢，比我还小三个月份呢！冉林生，别理她，接着讲。”明文听了心想看不出这小子还抓得住问题的根本，一不小心就击中了明正兰的“要害”，为了防止明正兰得寸进尺，立即帮腔制止。

“诶，原来是小姨妹想抢姐夫嗦。姨妹，姨妹，姐夫一份！”众人发怪音。

“是不是不想听了，开始胡说八道啦？”明文指着其中一个带头的男民兵说。

“别，领导，请冉站长继续讲。”

气得明正兰一脸通红。冉林生权当没有看见，也没有听见。他按照“领导”的要求继续讲。他说：“若男方认为男女双方的年龄足够大，男方已经做好了一切物质上的准备，该办喜事了，就请红爷带上礼物去转告女方，商定婚期‘吃大酒’。‘吃大酒’也叫‘大订酒’，就是两家具体商定结婚日期，男方要大宴宾客，款待女方亲人。此时男方要拿出两份一定数额的酒、肉、米和女方穿戴之物，如头饰、耳坠、手镯、金箍子、银坠子、衣服、裤子、鞋袜等聘礼。特别要备一分银子奉送岳母，财礼视各地规矩而定，反正要让女方满意才行。在整个订婚过程中，姑娘不得露面，藏于房内或亲友家中。

一旦婚期定好，就要准备成亲。在举行婚礼的前几天，男女双方各自请寨中的家门、房族、邻居喝“开笼酒”，正式邀请各家帮忙。商定每个人负责的事项，并给自家神龛换新衣，彻底清扫房屋。接亲这天，男方由红爷、新郎的老辈子或叔辈、同辈的小伙子及兄弟姐妹和唢呐手等近二十人组成接亲队伍，背上喜蜡、喜酒、鞭炮、娶亲帖子、喜钱等，到女方家后，女方家人会竭力阻止接亲队伍进女方家门。男方要给女方的姑娘们发红包，一次一次地给，等女方满意了才打开门请男方的接亲队伍进去。进门后女方唱欢喜歌，男方给钱，再唱再给，满意为止。另外，男方要给女方送一个太阳馍，馍上挂有一条白布、一条红布、一根羊毛线、镶有一颗珊瑚珠。男方把礼品放在堂屋的神龛前的桌子上，红爷致‘接亲词’：

“世间万事有来由，羌人婚配从头说。理不讲来人不知，须将此事晓众人。自古男女皆婚配，此制本是木姐兴，所有规矩她制定，后人不敢有增减。一代一代传下来，羌人古规须遵守……”

“慢点，木姐是那个？”明正兰问道。

“就只有你的问题多。”明文故意责怪道，其实，她比明正兰更想知道这些。

“为姐想给你把把关，怕你今后吃亏上当吗。”明正兰嘟着嘴说。

“我比你大，你还要当姐？你不怕一会他们又拿你开玩笑。冉林生，别管她了，继续讲。”明文开心地望着明正兰。

“木姐就是我们羌族女始祖神木姐珠。”冉林生认真地回答道。

“哦。”

“唉，我刚才说到哪儿了？”冉林生被明正兰打断了，忘了。

“红爷接亲词。”明文提醒道。

冉林生诶了一声拍着脑袋说：“接下来是女方答词：

贵客辛苦到我家，迎亲之日上门来。开天辟地到知今，男女婚配木姐定……此次婚事按古规，女家东西很齐备。主家接待如不周，敬请贵客多原谅。

答谢完毕后，女方家人用规模最大的宴席宴请众人。称之为‘正席’。

当天晚上，新娘要邀集。”

“啥子叫邀集哟？”明正兰又插话了。

“看来，你是真想跟你姐一样嫁到羌寨去了，那你干脆让冉站长给你当一回红爷嘛。”另一个女民兵打趣地说。

“不得行，冉站长还没有资格当红爷”一个男民兵在一旁插话道。

“不如，直接叫明队长带着明正兰一起嫁过去算了，冉站长不是还有一个弟弟吗？”民兵们高兴开了，全拿明正兰开玩笑了，说什么的都有，整个车上笑声不断。

“嘿，嘿，嘿。不要再闹了，还想不想听下去？”明文再次故意阻止道。

“对头，对头，接着整。”民兵们起哄道。

“要得。”

第十五章　口若悬河

车子在山间穿行，鸟儿在林中追逐……

冉林生继续在讲他想讲的趣事。

他说：“结婚又有‘花夜’‘正宴’及‘谢客’三道仪式。先讲一讲男女‘花夜’吧。我们羌族人结婚，‘花夜’最为隆重，一般在娶嫁的前一天晚上举行，就是为新人开个娱乐晚会，男方办的叫‘男花夜’，女方办的叫‘女花夜’，男的庆祝娶妻，女的欢送出嫁。

“‘女花夜’由女方备咂酒两坛招待。新娘堂屋里灯火通明，中间摆着二张并拢的八仙桌，周围摆设条凳，前来庆贺、送礼的客人按男女各坐一桌，桌上放有咂酒和十二个干盘子，盘子里放有花生、核桃、红枣、柿子、苹果、橘子、糖果等。另外还有一些菜肴，十分丰盛。整个房间充满着吉祥、喜庆的氛围。晚上七、八点钟，花夜开始，新娘要坐上席，姐妹们依次入席，男方接亲的人也在座，新娘入席时要哭，倾诉阿爸阿妈养育之恩，姐妹们开始唱歌。”

“一会儿唱‘花儿纳吉’：

今晚姐妹坐得全哟，花儿纳吉，齐家一首唱起来哟，吉吉儿来，唱歌不要银钱买哟，花儿纳吉，只要心中有肚才的，吉吉儿来。

“一会唱‘盘歌’。女方伴娘问：

这首盘歌你来解哟，花儿纳吉，什么弯弯儿吉来，哟唉天边转的，吉吉儿来？

“接亲姑娘答：

这首盘歌我来解哟，花儿纳吉，月亮弯弯儿吉来，哟唉天边转的，吉吉儿来。

“一会儿又唱‘格妹哟呀’。

女方伴娘问：格妹哟呀，新人穿的呀什么衣呀，格妹哟呀？

接亲姑娘答：格妹哟呀，新人包的呀钢青帕呀，格妹哟呀。

问：格妹哟呀，新人穿的呀什么衣呀，格妹哟呀？

答：格妹哟呀，新人穿的是葱白衫呀，格妹哟呀。

“大家唱歌跳舞直至午夜待凑热闹的人逐渐散去后，花夜才告终。

“‘男花夜’的内容与新娘相似，所不同的是新郎要由母舅来升冠，挂红冠的样子就像清朝官帽的红穗圆形双层帽，上面插一对红色喜牌。舅舅给新郎升冠，赋予新郎以新的社会角色，预示他已步入了成年人的行列，就要成家立业、另立门户了。”接着给新郎挂第一道红，并致辞：

‘一对金花亮堂堂，今天拿来贺新郎，左插一支生贵子，右插一支状元郎，儿子儿孙入朝堂。’

“接着母舅家人按长幼排序依次给新郎挂红，然后由新郎家门房族中的人依长幼排序给新郎挂红，最后由新郎的阿爸阿妈挂红，即‘收拜’。每人都要说一段祝福的话，祝新郎娶回一个如意娘子，日子和谐美满幸福。

“男方‘花夜’过后就是‘正宴’即娶媳妇，男方各三匹马前来迎亲，一匹新娘乘骑，另两匹伴娘骑，伴娘必须由内亲闺女担当。女家‘花夜’的第二天是出嫁的日子，女方做一对太阳、月亮馍，装在一个新竹篓里，选派一个阿爸阿妈双全的男童随新娘背到男方家去，馍上刻有松柏图案，象征一对新人与日月同寿，似松柏常青。”

“发亲时间一到，唢呐响起‘留念调’，新娘穿着特制的红嫁衣，脚穿由家嫂做的红绣花鞋，并在闺房里哭，阿妈、姑嫂也陪着哭，男方接亲队里的女人劝其停止哭泣，一对阿爸阿妈双全的姑娘扶新娘到神龛前，边哭边拜祖先、阿爸阿妈、长辈、哥嫂，拜毕转向大门，这时年老的妇女就反复叮咛新娘：‘千万不要回头看，规规矩矩走出去’同时，释比高举一个插有白色小旗的馍站在门边，新娘从馍下走出门，伴娘代替新娘的父母唱哭嫁歌。然后，新娘亲兄弟将其背出大门上马，阿爸阿妈将平日为新郎做的鞋、袜等塞进背篼，让女儿带到男家。准备完毕，乐队吹起唢呐相送，送亲者背起箱子，抬起柜子，热热闹闹送新娘出嫁。送亲途中，如经过亲戚家门口，便由亲戚摆设茶席、备糕点水果等招待送亲队伍，炮手放两响以示到达。迎亲和送亲的队伍快到男家时，早有新郎的姑婆、姑母、姨婆、姨娘在大门外等候，她们一手执香，一手端酒，给送亲的人敬酒，紧接着释比做法事，口中念叨：

‘天地开张，新人到此，大吉大利…’，‘东方一朵青云起，南方一朵紫云开，两朵腾云接成彩，新人下轿迎进来。’

“到了男家，男方亲戚手捧面条上前敬献，伴娘同送亲的人即入茶席。当然，还要给伴娘和牵马人少量下马钱，否则不下马。下马后新郎在门口撒把米在地上，厨师提只雄鸡，宰杀后洒鸡血于大门上，以避邪煞之意。新娘由两名姑娘扶着踩烂一个倒扣在门槛上的碗后进门，以示退煞。一对新人在男方神龛前一拜祖宗创业恩，二拜阿爸坷妈养育恩，三拜夫妻偕百老，四拜子孙个个强。再拜来客、帮众，最后夫妻对拜，新郎揭去新娘的红盖头，双双进入洞房。新郎新娘入洞房后，设在露天空地上的盛大宴会便开始了。依次请送亲的女方近亲、男方母舅、家门长辈、远客、邻居和新郎家中近亲，一轮一轮往下吃。贵客们边吃边喝、边歌边舞，先唱‘赞新娘’的酒歌，跳‘莎朗’：

我家妹子十八岁，她本天仙女下凡。人品好来又能干，内外料理都周全。头发乌黑巧梳妆，穿戴样样好上好。银牌耳环已备足，圈子簪子也齐全。

“后唱‘赞新郎’，称颂新郎人品端庄、精明能干。赞美新人时，新人早就悄悄地从洞房里出来向众人跪下，撩起围腰，众人撒米、麦、青稞、花生、红枣，祝福新人。人们一直歌舞到深夜，甚至天明。

“第二天，主人再备两席‘谢客’，整个仪式才结束。婚后第三天，新郎同弟兄背酒肉送新娘回娘家，新郎住一两日，新娘得住数日甚至数月，也有的要住一年甚至三年，才由丈夫接回。”

“好复杂哟，我都听麻了。”坐在明文旁边的明正兰叹道。

“你们羌族人的婚礼程序太复杂，过程太长，这不把我们明队长累惨哟。”另一位女民兵接着说。

“就是，如果按照我们羌族的婚礼，往往要持续半年到几年不等。这是男女双方家族为了达到婚姻关系的认同感，展开的漫长烦琐的渲染和接触过程。但这也充分说明我们羌族对血缘传承的重视。整个订婚过程，同样显示了女方家族的身价和在婚姻关系中的社会地位。这表现了我们羌族生活中十分重视女方家族的血缘和素质。这说明我们羌族对婚礼的重视程度，也反映出我们羌族人通过婚礼仪式，使传统文化得到提炼、升华、发展，从而传承下来。当然，现在我们也减少了许多不必要的程序。”

听到这些，明文心里有些后悔了，她想这要“折腾”到猴年马月。这时，明正兰又发话了：“不行，不行，你是半个汉人，我们明队长是汉人，得按照我们汉人习俗办。”

“又不是你结婚，你急哪门子吗。”另一位女民兵笑着说。

“嗨，我这不是跟明文一起回去同岳父母商量吗，何况我是听明文的。”冉林生讨好般地拉着明文的手说道。

“哟，都岳父母了。”明正兰打趣地说。

“我们定亲后，就这么叫。怎么了？我们羌族本来就尊重女方家人嘛。”

“哦，你是说我们汉族男人就不尊重女方哟？”在一旁憋了一肚子气的向建华好像终于找到了突破口，面带恶意地插嘴道。

冉林生没有回答，他只是笑了笑，他知道，他无论如何回答，向建华都会发难。因为冉林生后来在明正兰那儿证实了向建华一直暗恋明文，所以他觉得自己有点“亏欠”向建华，向建华说点气话也是无妨的，自己少说两句全当是弥补。有了这个念头，冉林生决定无论向建华说了什么，他都不会还击。实力不是靠嘴巴，得看姑娘怎么看，怎么想。短暂的沉默还是被明正兰给打破了，她说：“别个冉站长说得实在，只是说他们羌族人对女人好，又没有说我们汉族男子对女人不好，难道你是那种对女人不好的汉族男人吗？”一句话反问得向建华哑口无言。又是短暂的沉默，沉默过后又是欢歌笑语。汽车继续在大山沟里艰难地行驶，年轻人你一言我一语，在不知不觉中支援小队回到了三元公社，公社举行了一个简短的欢迎仪式后，小分队解散了。民兵们各自回家……

第十六章　喜结良缘

离开公社，小分队解散后，明文有一种说不出来的失落感！她一声不响地带着冉林生向大山走去，一条弯弯的山路，延伸到长满杂草的大山深处，一缕炊烟从一栋低矮的毛草房上升起，那就是明文的家！

明文拉着冉林生沿着一条像泡涨了的挂在半山腰的方便面似的小路，下到了山的底部。过了一条小溪，他们又开始沿着一条由N多个“S”组成的小路，向着山上那飘出一束摇曳升腾着青烟的地方爬去。

毛草房里走出一位黑黑的、胖胖的、矮矮的、长着一张苦瓜脸的中年妇女，这个人不是别人，正是明文的妈。她看了一眼明文，懒洋洋地朝屋里喊道：“老头子，娃儿回来了。”

随着喊声，从屋里走出了一老一少两个男人，老的自然是明文的老爸明二军，少的自然是明文的哥哥明武了。

没等明文介绍，明武就抢着将冉林生的背囊接了下来，热情地招呼着，请进了屋。原本就黑的明文妈，这时脸黑得像锅底一样。

原来，在明文他们即将回来之前，刀剑鸣部长就打电报给明家沟大队党总支书记向永德，要他一是要做好自己儿子的工作，不要再纠缠明文，明文是有对象的人了，而且事关民族团结；二是要给明二军做工作，要他同意这门婚事，这是政治任务，他是党员得服从组织安排。向永德知道自己儿子暗恋明文的事，但这上面都打招呼了，他也不能怎么样，只有违心地去给明二军做工作，让他同意这门婚事。虽然，明二军觉得这事有点突然，但他相信自己女儿的眼光不会错，同时，他也相信组织，所以他也就算默认了。回到家，明二军将这事给老婆讲了，老婆是一万个不愿意，她认为自己的女儿这样能干，为啥要嫁那么远，到时家里的农活一点也帮不上，这样自己不就白养了一个女儿。何况那里刚刚地震了，好危险，又不是嫁不出去，嫁给向建华也不错，他爸又是书记，反正这门亲事就是三个字——“不满意”！

但是，当她看见冉林生长得结实，按照现在的说法土帅、土帅的，这让她心里稍微平衡了一点。所以，虽然先前心里不满意这门亲事，但终究没有说出来，只是全写在她那张脸上了。

明文在回来之前就给冉林生打了预防针，说可能爸妈不满意，特别是妈，所以就看你的表现了。冉林生说自己有能力说服他们的。明文也完全相信冉林生说的话。所以冉林生早就有了心理准备，只见他拉着明武的手哥哥长哥哥短的问个不停，十分亲热，他权当没有看见明文妈的表情。等明文爸妈堂屋正中坐下后，他给二老来了一个深深的鞠躬礼，笑呵呵地说：“由于是非常时期，我和明文是在抗震救灾中自由恋爱的，也得到了组织上的认同，没有时间提前征求二老意见，是我阿妈和我这个做晚辈的错，在这里，我代表我阿妈给二老赔罪了。这是我家的一点山货。”他一边说一边从背囊里取出各种礼物，有野鸡肉、山羊肉，还专门给明文妈送了一对银手镯、银坠子等，当明文的妈看见准女婿专门给她送有一对银手镯和一对银坠子时，眼睛亮了，脸放晴了……

要晓得，在那年月银手镯、银坠子对于明文妈来说已经是奢侈品了。何况野鸡肉、山羊肉等在明文的老家也是非常难得的食品了。

再听冉林生介绍，自己刚提升为副站长，是电站小领导，吃皇粮的。随便郎格也比做工分强噻。听到这些，明文的妈笑着叫明武去做晚饭，那张锅底般黑的脸自然变得灿烂多了。

然而，明二军却显得心事重重，因为他不希望自己的女儿嫁那么远。不过介于组织原因，他还是耐心地听完了冉林生所讲的“故事”和他阿妈的建议。最终明二军被面前这位能说会道的山里娃给征服了。

经过商量，二老同意冉林生阿妈的意见，明年春节结婚。减去羌族人的一些婚俗程序，只保留一些必要的礼仪，来一个具有羌汉特色的婚礼。

……

经过一年的恋爱终于修成正果，一切发展顺利，婚礼定在了正月初五。

这天正是羌族人“耍山调”的日子。按羌族风俗，每年农历正月初五，青年男女上山游玩，俗称耍寨子。“耍山调”就是在这种场合里所唱的歌曲。这种拉木号子在羌族因方言多、土语杂，版本也就多，但总体来讲这种民歌原始古朴，音域不宽，一般在八度内，属于民族微调式，多以二乐句、四乐句构成的单调曲式结构，旋律流畅。

可能有人会想，这与结婚有啥关系呢?

有。选择这一天，有着冉林生阿妈的精心考量：一是为了让大家在这种歌声中感受羌族民歌的美丽，给明文留下美好的终身记忆。二是由于这天山寨的男女青年都上山了，白天山寨里“清静”，要闹也只有在晚上，这样会让明文会感到轻松一些。

……

其实，明文原本打算春节在自己家陪爸妈过的。但是为了尊重双方家长的意见，她在爸妈及哥哥的陪同下，初四就提前悄悄住在了民兵连长骆朗杰家。她们将这儿当着自己的“娘家”，等待冉林生家来迎亲。

第二天早晨，冉林生的迎亲队伍早早地就来了。骆朗杰的女儿当伴娘，她为新娘明文梳妆打扮，唱起了“穿戴歌”，然后由明文的哥哥把她背出寨门，明文身着红衣，手举红伞，骑上骏马，在伴娘和迎亲客的簇拥下，浩浩荡荡向新郎家出发，其实这段距离也就800多米。

晚上，仪式和宴席如冉林生先前所介绍的一样进行着。在冉林生家的碉楼前，让人意外的是仪式中，骆朗杰的老婆居然代表明文娘家唱起了：

我家姑娘到你家，今夜须把她来夸，好比一株千年树，开始一芽发九芽，犹如一堆万年火，初时一堆变九堆，又像一株火葱苗，由一株来发九丛。

她这一唱引来了掌声一片。

紧接着亲友们跳起了“祝贺舞”。歌词简朴，动作中出现了右脚向左脚前方踏一次和两次的“一步踏”和“二步踏”。只见“祝贺舞”刚结束，身穿红裙的妇女们又跳起了“礼仪舞”，她们腰拴红皮带，在篝火前站成半圆队形，高唱喜歌“日西热啦”，祝愿冉家人丁兴旺、家庭和睦相处。她们两人一对，互抓舞伴的红皮腰带，做碎步并抖动身体，然后依次猫腰转胯，上身不动……

亲友们跳起了以酒为题的酒舞，场面很大，舞蹈模拟孔雀形态，动作生动活泼。他们站成两排，两人相对而跳。一会跳起了“强多强”，就是“两边翻”向左右两边翻跳；一会儿又跳起了“惹英波”，就是“四角翻”向前后左右四个方向翻跳；一会儿又跳起了“西来瓦夏”，就是“跳三方”向左右和前方翻跳。亲友们围着篝火，一个舞接一个舞的跳，把这个山寨搞得好不热闹！

然而，远在蓝冲的明正兰，却在这一夜里开始了她的人生裂变……

第十七章　阴谋诡计

青龙山寨的喜庆没能淹盖住蓝冲三元的悲痛！

正月初二，原本想前往青龙山寨给明文贺喜的明正兰突然接到向建华的通知，说是大队党总支要在初五这天慰问参加过平顺抗震救灾的部分民兵，请她届时务必参加。明正兰是明文隔房大爷的女儿，是亲戚，而且一起长大的，就是前面民兵们开玩笑说的姨妹，而且按现在的说法就是闺密，所以，她自然要将此事告诉明文。明文听后淡淡地笑了笑说，我是嫁出去的女，泼出去的水了，肯定不会通知我的。说来也是，大家也没有多想，只是明文感觉有点失落而已，感觉有点酸酸的。但她还是希望明正兰留了下来接受慰问。

然而，又有谁会想到这是向建华精心为明正兰设的局呢。明正兰按照通知要求，下午三点准时到了大队会议室。可是到了大队会议才发现，根本就没有其他人，只有向建华一人坐在会议室。他看见明正兰来了立即上前热情地招呼道：“大队党总支委员一行可能稍后才能到，他们先到另外两个远一点的生产队慰问去了，恐怕要晚一点，这是大队党总支书记、我爸说的。要不你先到我家等一等，反正还早，他们即使回来也是先到我家。”明正兰没有多想，因为他们是曾经一起参加过抗震救灾的民兵，她就跟向建华到了向家。向家离大队不远，走了大约一刻钟就到了。向家在一个山坳里，单地独户的，有三间土墙瓦房，一间茅草屋，听说这房子原来是一个富农的，富农的娃儿是国民党的一个军官，解放前将一家人全部弄到台湾去了。土改时，向家分到了这套房子。再说明正兰跟向建华来到他家，发现家中没有人，只有一只大黄狗，她心是顿感不爽。

就在向建华家的坝子前，明正兰停住了脚步问道：“你妈和几个姐呢？”

“她们就在附近的地里干活一会就回来。”向建华不以为然地回答道。

“那，我们就在这儿等吧。”

“要得。”向建华跑进屋里搬了一根长板凳。明正兰其实也很讨厌向建华，只是觉得是大队书记安排的慰问，加上明文也希望她参加，也就来了。但当她坐下的一瞬间，突然想到了什么，像触电一样弹了起来问道：“对了，向建华，还有的民兵呢？不可能就慰问我一个人吧？”

“嗨，他们不是很远吗？我爸他们上午就是分别到他们所在的生产队去慰问了啥，你是最近的，就请你自己来了，现在可能要回来了，我爸说了，他们回来先到我家，我也是民兵啥，他们还不是要慰问我，你放心等一会就是了，我去给你端开水。”边说边往屋里走。

明正兰跟向建华本来就没有共同语言，根本就找不到话题，一阵沉默后，明正兰摸出了随身携带的小人书看了起来，一边看书一边喝水，不知不觉地睡觉了……

就在明文结婚这天晚上，明正兰睡在了向建华的床上。向建华家没有人，爸妈和三个姐姐都回他外婆家过年去了。向建华跟他爸妈说自己要去参加明文的婚礼，让他们放心，所以没有跟着去。这是他精心地给明正兰下的一个“套”，他将明正兰骗到家中，在开水中稍稍放了安眠药，等明正兰熟睡后，将其奸污，造成生米做成熟饭的事实！

当明正兰醒来，发现自己躺在向建华的床上，自己的下体阵阵的疼痛，她一下子就明白了。可已经晚了，她赶忙起身穿好衣服就往外面跑，被正在烧火煮饭的向建华拦住。向建华一下子跪下，抱住明正兰的腿央求道："求你了，别走，都是我糊涂，我会对你负责的，我会对你好的，嫁给我吧！兰兰。"

明正兰气愤地抬起手掴了他一巴掌，流着眼泪怒视道："给我滚，你这个流氓，骗子，我去公社告你。"

"求求你，都是我的错。原谅我，嫁给我吧，我会对你好一辈子的。"向建华紧紧地抱住明正兰的大腿，从眼角边挤出了两滴眼泪。他可能是真的怕了，怕明正兰去告他，如果告他强奸，那将会坐牢的，甚至会被枪毙！所以，他的央求是发自内心的……

悲痛欲绝的明正兰在向建华身上一阵乱抓乱咬，痛得向建华咬着牙不敢作声，直到忍无可忍时他才大声叫道："你要告就去告，大不了我去坐牢，被枪毙。你也好不到那去，反正到时候全大队的人都会知道，你也没有脸见人，也嫁不出去。"向建华这一叫，居然震住了明正兰。在那年月你能怎么样，一个弱女子唯一能做的就是打掉牙齿往肚里吞，何况向建华说了要娶她。想到这里，明正兰没有再闹。只怪自己太简单，太单纯，轻易地被这个男人谋骗。事已至此，只有嫁鸡随鸡，嫁狗随狗了！

然而，她哪里知道，生活的苦难才刚刚开始……

第十八章　龙凤成祥

9 月 29 日这天，冉林生家碉楼的大门外挂起了背篼。山寨的羌人们知道，寨主家又添新人了，这是冉林生春天播下的种子有了收获，一个取名叫冉凤的小公主，来到了这个幸福的家庭，成为羌人的一员……

有苗不愁长！

从那以后，每当冉林生下班回到家就会看见一天一个样的女儿，心中的幸福感油然而生。

光阴似箭，一晃半年过去了。

一天，冉林生下班回家看见女儿坐在一张席子上，望着他，小手手放在高高的鼻尖上，小眼睛一闪一闪地望着他，看着，看着，她朝他笑了，大概是回忆起这个人是早晨离开家的人，他是她的阿爸。她朝他笑，而且挥动着小手，把大拇指伸着往自己嘴里放，还歪着头看着他，太可爱了。他一下子把女儿抱起来，女儿挥舞着小手，小眼睛露出迷人的微笑。抱着女儿，冉林生心里漾满了幸福。

日复一日，幸福让冉林生一直生活在春天里，忘记了夏天的到来，山寨的夏天，热情似火，蝴蝶们欢舞，鸟儿们的歌唱，蓝蓝的天空漂着洁白的云，青龙河水在青龙电站前形成的高峡湖清澈见底，劫后余生的电站和山寨更加具有童话般的美丽。冉林生天天回家，看见朝她微笑的女儿，他都会心花怒放。他对女儿说，叫阿爸，女儿反而不看他，眼睛却往屋里看，顺着女儿视线的方向看去，他才发现老婆站在门口！女儿扭着身朝阿妈的方向扯。这时，他才发现老婆的肚子突然大了许多。老婆行动缓慢地抱过女儿，冉林生看见老婆粉红的脸蛋，情不自禁地亲了一下。老婆的脸蛋软软的，粉粉的，嫩嫩的，白白的，不然女儿不会白嫩。冉林生想，自己长得黑，不管生几个孩子都得像老婆才行，不能随他，这一点在冉林生心中扎下了根的。老婆才 19 岁，当然看上去很白，尽管她在家每天要和阿妈去山上干农活，脸蛋却没有晒黑。

事实上，这段时间，家里、山里的活，都是明文和阿妈干的，明文还要跟阿妈学羌族舞蹈。想到这里，冉林生有时很惭愧，他在电站虽然是副站长，但毕竟只管十几号人，工资也不多，挣的只是个名分。当然，在大山里有时候就是讲个虚名。内疚的冉林生十分感谢明文给他的爱情，也许他认为他们之间的爱情可以代表一个典型的跨越民族的乡村爱情，他们并不浪漫的爱情故事却让冉林生心存感激。明文能守在大山，守在他和阿妈身边，守在女儿身边让他感激！每当他看见老婆那婀娜的身姿，那漂亮的眼眸，那圆圆的脸蛋，他的心就会嗵嗵地跳，因为在他眼里，明文就是女神！

情既如此，所以每到夜晚，冉林生就会迫不及待地将明文拉进被窝，干起男欢女爱的事来，不管明文愿不愿意，也不管明文累不累，反正他认为这是对明文的报答，是对明文的爱，是一种感恩。然而，每当欢爱之后，冉林生就会蒙头大睡，明文还得照顾女儿，这一切冉林生全然不知。他完全沉浸在做男人，做父亲的幸福之中，用洋洋得意来形容他完全不过分，就在他这种天天都要进行“人口生产”的情况下，明文的肚子能不越来越大吗？

如花似玉的老婆，又有了一个天使般的女儿，冉林生能不幸福吗？这个家里的笑声在青龙山上漫延，繁忙而劳碌阻挡不了这个家的幸福笑声。老婆窈窕的身段，白里秀红的漂亮脸蛋，光彩照人，让冉林生在山寨、在电站的同事面前，更加春风得意。每天早晨六点钟就起床帮老婆和阿妈做家务，8点准时到电站上班，一路上他看见光鲜明亮的水珠晶莹体透，像一棵棵草的眼眸子，投来羡慕的眼光……

女儿在山寨人羡慕的目光中可以走路了，也就是在女儿可以走路不久，儿子冉龙出生了。冉龙的出生忙坏了冉林生的阿妈和明文。由于当时冉依娜生了冉林生后就得了一场病，10年才医好，阿爸去世时弟弟冉林东才7岁，阿妈为了将所有的爱都给他们兄弟俩，就没有再嫁。山寨也有勇士来抢过婚，但都让冉依娜给拒之门外。如今刚40多岁的冉依娜当起了婆婆，还得照顾一大一小的孙儿孙女。冉林生在电站上班根本就没有时间照管，冉依娜和明文还要在生产队里上班做工分，这当然就显得有些无头绪了。于是冉依娜将儿子儿媳叫到身边，商量道：“你们已经是有龙有凤的父母了，冉家也不缺没有后了，应该满足了，只要将这一双龙凤培养成人就算托毛主席他老人家的福了，所以我希望你们不要再生了，行不行？”冉林生当然理解阿妈的心情，只要她老人家没有多子多福的想法，他自然会顺应阿妈的想法，而明文则认为自己还年轻，还应该多学习一点羌族文化，多干一点对社会有用的事。三个人的想法就这样不谋而合地统一了，就在冉龙满月后不久，明文就让阿妈陪着自己到区卫生院做了绝育手术。

第十九章　丰衣足食

森林不灭，
森林是女人的敬仰，
森林的故事，
是一个传说……

高山不倒，
高山是女人的天堂，
高山的故事
是一个童话……

山寨不老，
山寨是女人的宫殿，
山寨的故事
是一个神话……

森林，高山，山寨，
任由女人独来独往，
独来独往……

这是明文编写的山歌《高山的女人》，她时常挂在嘴边，山寨的上空，经常响起明文的歌声。同样，冉林生的歌声也不断，这不刚下班的冉林生就在回家的石梯小道上唱起了《变牛变马乐陶陶》：

江罗带子系妹腰，想起阿妹脸发烧。
有朝一日亲一口，变牛变马乐陶陶。

伴随着美妙的歌声，明文的生活充满了阳光！

转眼8年过去了，冉凤到了上学的年龄。冉依娜向明文提出将冉凤、冉龙一起送到学校去。明文与冉林生没有反对，将两个孩子送到了星光大队小学读一年级，姐弟俩同在一个班。

清晨，冉凤两姊妹在婆婆的带领下，沿着青龙峡栈道向星光大队小学走去。在校门口遇到了前来迎接新生的校长，冉依娜热情地迎了上去。校长望着她身边的小朋友微笑着对冉依娜说："你是把学校当成了托儿所了吧？"

"嗨，就请你校长大人高抬贵手，让他们都入学吧。小的一个已经7岁了，离入学年龄差不了多少。"冉依娜笑呵呵地将孩子们往校长面前推。

"你冉队长的面子还是要给的。"景校长哈哈大笑起来。

"那就多谢校长大人哟。"

就这样，明文得到了解放，她全身心地投入到了自己的承包地里。开始孩子们上学放学她还接送，后来也不管了。冉凤是个聪明懂事的孩子，她很会照顾弟弟，这让明文省心很多，她放手让孩子们自己独立行动。而冉依娜也支持明文的决定，自己也有了更多的时间来做农活。

随着改革开放的不断深入，农村实行土地包产到户，这不但给农民带来了实惠，而且农民有了更多的空闲时间和剩余劳力，年轻人陆续走出大山外出打工去了。冉林生在电站的工作仅仅是按部就班，也不可能有多大的出色，而两个孩子的成绩却很好，明文对两个懂事的孩子越来越放心。她原本也想外出打工，但考虑到孩子们还小，于是决定将更多的时间用于学习羌族文化，尤其是羌族的歌舞。这原本就是她嫁到羌寨来的原因之一，也是她的兴趣和爱好所在。

有了想法不怕没有动力，一旦有空她就找阿妈学羌族文化，学跳舞，参加节日活动，逢节必跳。五月初一是羌人的“俄约纠”节，他们祈求山神不要降冰雹，不要闹洪水，有着祈年和还愿之意。“俄约纠”节羌人要跳“神前忙”锅庄，舞蹈中主要有低身绕脚拍手的动作。明文有舞蹈天赋，一学就会，而且跳得很好。

端阳节是羌人的重要节日，这一点与汉人有区别，羌人主要以祭祀山神为主，节日当天羌人要跳“瓦沙瓦足贴”舞，跳时双脚交替向左、右迈步，双臂平伸随脚步上下舞动，如雄鹰飞翔。晚上在山寨空地跳这个舞时，明文会将冉林生拉到身边与自己一起跳，她认为这样对山神才更显得有诚意。

秋天，是收获的季节，也是明文收获的季节。明文是个聪明的女人，她用了不到一年的时间，基本上学会了青龙山寨的二十多种羌族舞蹈。有“青菜花”“白菜花”“优西衣”“木西”“周周来”等，其内容多与生产劳动、农业丰收紧密相连。如锅庄“筛筛”，表现在打谷（麦）场上，人们在筛谷（麦）扬灰时想到丰衣足食，仿佛听到铲子在锅里叮叮当当地响个不停。

这不，十月初一为羌历新年，是羌人的“羌年节”。要跳“农节”锅庄舞。其内容多与生产劳动、农业丰收紧密相连，这天男性均穿妇女的红裙，一手执羽毛到山上唱、跳整日，迎接歌仙，祈福灭灾。明文出于好奇，来了个女扮男装，混进了舞队，学作男人们步伐，约有颤动，且表现为柔韧性，以扇翅步行拍手，随后膝向内拐，左手侧伸于左脚的上方，手掌向上翅时，左脚微抬起，诙谐幽默，欢快无边……

明文的聪明，赢得了青龙山寨羌人们的尊敬，让阿妈冉依娜感到自豪，让阿妈自豪的是因为儿子在电站工作没有机会传承羌寨的文化，而媳妇明文却能让她如愿以偿，这真是天意啊！所以她处处支持明文，处处教着明文，家里的活她总是抢着干，孙子们的事她几乎全包了，这让明文也非常感激。这也是明文学习羌族文化的润滑剂。

转眼春节将至，明文对羌寨的游戏锅庄产生了浓厚的兴趣，她非要阿妈教她不可。阿妈故意不教说：“你一天只晓得好玩，郎格就不学难度大的也？”

“阿妈，我就想学一学《柒朵纳依玛玛卡》吗，听说这个很有趣！”明文一边说一边撒娇。

“看你都是当阿妈的人了，还这么调皮。”

“不嘛，我不管，在阿妈面前我就是长不大的孩子，你得教我。”

“是，是，是，我怕你，我的小祖宗。”

“谢谢阿妈。”明文嬉笑着。

“听好了，在整个《柒朵纳依玛玛卡》锅庄舞中，舞时拉手站成横排，当右脚踏下时，左脚在低位蹁腿，由于连续踏脚蹁腿就会出现臀部的摆动。”

“就这么简单？”

“你还想怎么样？按我说的跳一遍再说。”

“听命。”明文调皮地站了起来，她跟在阿妈后面很快就学会了。

“记住，在跳我们羌寨《卡子》游戏锅庄时，难度比刚才学的《柒朵纳依玛玛卡》要大一点。跳舞时，大家拉手站成一个横排，领头人带着大家走一圈后，众人依次从第二、三名的腋下钻过去，将自己的手背在右肩上，又接着走一圈，从第三、四名腋下钻过，一直到把所有人的手都背在肩上，就像一根扣环链子，然后又从最后三名的腋下钻出，直到解脱。跳时踏步而行，伴有欢笑之声。”

“这个好玩。说慢点嘛，阿妈，我记不住。”

“是，小祖宗，你只晓得好玩，我再给你讲一次，记清楚哟！还有，你明天等林生下班后，让他找几个人一起跳就会了。”

“要得，谢谢阿妈，我去给龙儿洗衣服了。”

“去吧，去吧。”冉依娜笑得合不拢嘴了。

“婆婆，阿妈，我们放学了。”冉凤冉龙背着书包回来了……

然而，就在明文的日子顺风顺水，越过越好的时候，天边突然出现了一片乌云，正悄悄地向山寨袭来，让明文一点心理准备都没有。

第二十章　陈年旧事

天有不测风云，人有旦夕祸福。

1987年7月，水银镇（原水银区）党委收到一封来自深川特区的群众来信，信中写道：当年在青龙山寨举行的毛主席追悼会上，汉人明文和冉林生居然有说有笑地跳舞，这是对伟大领袖毛主席的极大不敬；还有，冉林生给明文讲马定国的诗时，有意混淆视听。并附有一个记录时间为1996年9月18日和10月16日的复印件为证据。党委书记刘建国从秘书手中接过人民来信，心想，虽然“文革”过去了，但这事关政治问题，还得认真对待人民来信，将事情弄个水落石出，对写信人和被告人一个交代。于是，他立即要求秘书通知相关人员前来开会，成立了以镇信访办主任为组长的专门调查组。

这天，冉林生被莫名其妙地叫到了镇信访办。

接待他的是镇信访办主任。在小会议里，镇信访办主任马起一张脸问道：“1976年9月18日，你干了些什么？”

“都10年了，已经记不清楚了。”冉林生丈二和尚摸不着头脑地回答道。

“就是在给毛主席开追悼会时，你都干了些什么？”

“哦，我没干什么啊，就是开会，唱歌跳舞。”

“唱歌跳舞？”

“是啊，我们羌族人遇到丧事都要唱歌跳舞，这个你们是知道的呀。”

“你是羌族人？”

“这还有假？”

“为啥有人举报你是汉人？”

“嗨，我父亲是汉人，早年‘嫁’到我们羌寨，已经跟我们阿妈姓冉了，我阿妈是羌人，我从小就生活在羌寨。你说我应该是什么族的？”

“哦，那你老婆明文是汉人吧？”

“是的，有问题吗？”

“哦，随便问问，还有你在 1996 年 10 月是不是给你老婆讲过宋朝诗人马定国的诗。”

“这个有点映像，好像讲过，这又有什么问题吗？是不是又要搞文化大革命了哟？”冉林生有一种不祥的预感，他两眼死死地望着镇信访办主任。

“那倒不是，你是否用这道诗来暗指谁是奸臣？”

“诗中的奸臣蔡京、童贯等人反将苏东坡、司马光等打为奸臣，而把自己标榜为忠臣。就这些，有问题吗？”

“你还记得那首诗的内容吗？”

“应该记得。”

“好，请你将它写下来。行吗？”镇信访办主任一边说，一边递过笔和纸。

冉林生接过笔和纸，一口气写下了：

苏黄不做文章伯，童蔡匀为社援巨。
三十年来无定论，到头奸党是何人？

然而，将写好的诗递给了镇信访办主任。要知道这首诗是冉林生当年追明文时，用来证明自己才华的诗，早已熟记于心了，10 年，就算这辈子恐怕都不会忘记。

镇信访办主任接过诗稿看了看，说：“你能将其意思也写出来吗？”

“能。”冉林生自信地提笔就写：

诗里“苏”指的是苏东坡，“黄”指的是黄庭坚，“童”指的是童贯，“蔡”指的是蔡京。诗歌反映的是宋朝元祐年间，王安石变法时进步派和保守派的激烈斗争。宋徽宗上台后，蔡京谋得相位，他就在皇宫门前立了一块石碑，叫“元祐奸党碑’，碑上刻了三百多人，有苏东坡、黄之坚、司马光等等，都是当时参与斗争的人，蔡京把这些人都打为奸党，说这些人祸国殃民，无恶不作，把尿盆全扣到这些人的头上，并把这些人关的关，贬的贬，已经死了的，也进行追贬。他不光在皇宫门前立这块碑，还下令地方街门都要立这块碑，让全国人民都知道谁是奸党，都恨奸党。一下子扰掀出来了这么多的奸党，蔡京，童贯等人当然就自认为自己有安邦定国之才，对社稷有大功，自封为稳定社稷的栋梁之臣，是大大的好人，善人。不过，再后来呢，大家都知道了，事实证明奸党恰恰是蔡京、童贯等。到头奸党是何人？正是这些人。

镇信访办主任让冉林生在纸上签名盖上手印后说：“你可以回去了。请你通知你的老婆明天到镇信访办来一下。”

“为什么？”

“这是组织程序，你照办就是了。”

冉林生忐忑不安地回到家中，将今天在镇信访办的情况给明文讲了一遍，明文对10年前的事记忆犹新，一下子想起了一个人——向建华！因为，镇信访办主任问冉林生的这两个问题，当时向建华都在场，而且当时还摸出笔记本来记录什么，明文当时就觉得怪怪的，只是没有在意。现在想来，向建华当时的小动作，是在搞这个明堂。明文越想越是气，哼，原来向建华这么阴险，如此小肚鸡肠！

气归气，第二天明文还是如约到了镇信访办。镇信访办主任看见满脸疑问的明文，一改昨天对冉林生的那种冷淡，热情地递给明文一杯茶水，并搬来一根凳子示意明文坐下后，说：“请坐，有些事需要你来解释一下，不要紧张，没什么大事，走走组织程序而已。”

“嗯，有什么事就请问吧。”明文顺势坐下，心情平稳了许多。

“是这样的，有人举报说你们当年在毛主席追悼会上有说有笑，还唱歌跳舞，还有就是对‘四人帮’的态度不明。这是政治问题，尤其是冉林生同志是党的干部，更要将这事查清楚。不过，昨天我们已经找了冉林生同志。我已经将了解到的情况给刘书记汇报了。通过调查组的同志对相关情况的核实，现在已经初步确定冉林生同志没有问题。请你来就是想再进一步作个了解。”

“哦，原来是这样。昨天下午林生回来已经跟我说了，我想起来了。其实这事很有可能就是原来我们老家一个叫向建华的同学干的，我真没有想到这个人会这样无耻，10 年前我们一起来支援平顺灾区时，我认识了冉林生，并结婚生子，而向建华这个人当时一直在追求我，我一直就对这个人没有好感，从来就没有正眼看过他，没有想到他竟然会采取这样不光彩的手段报复。记得，当时按照统一要求，我们参加了青龙羌寨举行的毛主席追悼会，一切是按照羌族习俗进行的，在‘四人帮’问题上我们的态度是旗帜鲜明的。林生给我讲的诗也是非常正确的。”

“好的，我们就谈到这里，辛苦你走一趟，请你在记录上签字盖印，好吗？”

“行。”明文接过记录，在上面签了字，并盖了手印。随手递给了镇信访办主任。

镇信访办主任接过纪录，起身热情地紧紧握住明文的手微笑着说：“昨天冉林生同志离开后，我们调查组的同志通过调查证实。刘书记已经作了指示，冉林生同志的历史是清楚的，没有政治问题。同时，明文同志也没有政治问题。请你回去后给冉林生同志转达组织上的决定，请他安心工作。今天请你来，就是需要进一步确认而已。好将这件事的来龙去脉弄清楚，给举报者一个交代，同时，也还冉林生同志和你一个清白。”

悬在明文心上的石头终于落地了。她离开镇信访办，深深地叹了一口气，伸展了一下腰，高兴地回家了。一场虚惊终于算是过去了，明文还是将向建华的可耻行为写信告诉了远在老家蓝冲的父亲。父亲在回信中说，向建华的父亲因贪污农民提留款已经被关押了，向建华已经到南方打工好多年未回。现在自己是明家沟村（原明家沟大队）的党总支书记了！

收到父亲回信的明文更加肯定，那封人民来信就是向建华的“杰作”。她也庆幸当年自己的选择是正确的，但让她万万没有想到的是，一波刚平一波又起。

第二十一章　诡运降临

福不双降，祸不单行。

一个风雨交加的夜晚，前锋电站接到白虎村（原星光大队）打来的电话，问为什么要停电。正在值班的冉林生怀疑是风吹断了电杆引起的。他立即通知护线工外出查线路，护线工打着电筒摸过青龙峡栈道，向白虎村方向摸去。这时他发现，在不远的一根电杆上有一个黑影移动。

护线工迅速用对讲机向冉林生报告说：好像是有人在盗割电线！

“稳住，千万别让他跑了，我们随后就到。”冉林生用对讲机喊道。

紧接着，冉林生和另外两名护线工，顺手抓起消防沙铲、钢管等工具追了出去，眼看盗贼摸下电杆就要收拾电线走人。冉林生从小就恨盗贼，尤其是盗割电线者！所以，他抡起沙铲就追了过去，不管三七二十一举起沙铲就是一阵乱打，盗贼应声倒下。几乎就在同一时间，手举钢管追过来的护线工也倒在了地上。冉林生这才意识到自己抓贼心切，出来追贼时忘记了通知值班电工断开电闸。手执钢管的护线工可能是接触到割断的裸露电线而发生了触电事故。他立即照亮手电筒，发现果然如此。在懊悔的同时，他迅速用对讲机指挥值班电工断闸，自己则和另一名护线工用沙铲将触电护线工身上的电线打开，开始进行紧急抢救。但因为是下雨天，没有救援条件，找不到必要的绝缘场地进行抢救，最终没有将护线工救活！

回过头来再看盗割电线的贼娃子，也没有了呼吸。冉林生这才意识到自己把事情搞大了……

经县公安、法医现场勘察和鉴定认为：贼娃子的死因为钝器击中太阳穴所至；护线工则是触电身亡。贼娃子的死因是冉林生直接造成的，这一点冉林生本人也如实向公安机关交代了；而护线工的死亡则是因冉林生一时大意间接造成的。总之，这两个人的死都与冉林生有关。于是，公安机关依法拘留了冉林生。

案件事实清楚，县检察院很快介入，冉林生被移交县人民法院。这时，水银镇党委书记刘建国电话通知黄牛乡党委书记黄为民，两人一起到平顺县检察院为冉林生说情。因为他们知道冉林生是无辜的，是为保护公共财产失手的，情有可原。他们希望检察机关从轻判决。同时，他们还专门为冉林生请了辩护律师，电站职工也自发地为冉林生求情。

经过漫长的等待，在万般无奈的情况下明文和冉依娜终于等来了冉林生案的开庭审理。法庭上，控辩双方经过多轮辩论，经法庭调查，认为当事人冉林生的行为系故意伤害致人死亡。考虑到死者是盗贼，违法在先，且当事人与死者没有仇恨，有另于其他故意伤害致死罪，因此有从轻判决的情节。但同样考虑到当事人在明知（尤其是下雨天）未断电的情况下容易导致包括本人在内的所有在场人员触电身亡，而没有在第一时间采取必要的安全措施（如拉闸断电），造成下属触电身亡，冉林生作为领导者负有不可推卸的责任。中途经过多次休庭，考虑到当事人有保护公共财物情节和电站职工求情等因素，综上所述，法庭宣判：决定执行有期徒刑八年。

就在公安机关决定拘留冉林生的同时，前锋电站党支部按照组织程序报请水银区党委开除了冉林生的党籍。因县检察院最终宣判冉林生有期徒刑八年，前锋电站上级部门也只有将冉林生开除前锋电站。

随着冉林生的入狱，党籍的开除，公职的除脱。对于冉林生来说无疑是晴天霹雳，就好比一下子被打入十八层地狱。而对于明文来说又何尝不是？对于这个家简直就是一场灾难！不仅冉林生想不通，明文想不通，就连受过党多年教育的阿妈冉依娜也想不通！电站职工也无法想通，这明明是抓坏人，保护公共财产不受破坏，这充其量算是失手导致小偷意外死亡，这也不至于犯法了啥？何况还是干部？这又错在哪儿呢？

然而，我们是法制社会，法大于情，有些事看似是合理却不一定合法！有些事看似合法但不一定就合“情”。所以，对于冉林生也好，对于明文和冉依娜来说，也只有认命。

天塌了，地陷了，家中没有了依赖，山上成熟的粮食只有明文和阿妈一起收割了，地里的农活只有婆媳俩自己劳作。弟弟冉林东在华东农业大学毕业后，分到了鲁城工作。当收到阿妈的信，得知阿哥出事后，就没有再回来，第二年也就跟家人“失联”了。再说，阿妈冉依娜经受不住如此打击，旧病复发，几乎完全丧失了劳动力不说，就医看病的钱一时间也成了问题。明文家的生活一下子回到了“解放前”。冉依娜虽为寨主，但家道中落，没有了男人的家，却不被族人所同情，有的甚至处处为难她们，冉凤、冉龙也常被同学们欺负，而被冉林生打死的小偷家属更是变本加厉地找她们的麻烦。虽然村、乡，甚至镇领导多次出面交涉，但阴影始终围绕着冉家转。

每当夜深人静，明文都会独自倚着碉楼的小窗与黑夜对视，原本的湛蓝早已无踪迹，星星泛着微弱的光，染墨的底色漆黑得有点透明。几朵漂浮的行云，足以遮掩星星的忧伤，世界正一点点褪去它的颜色，无尽的黑暗，无情地吞噬着，眼神空洞的她，感觉突然坠入无尽的深渊！就好比一个人静静走在漆黑的夜晚，夜的寒风如此凄凉、蚀骨，抬头仰望星空，她深深地吸了一口气，忧伤的空气夹杂着落魄的味道。闭上眼捂着憔悴的脸，闻到指尖淡淡的泥土味，再也无法承受这样的煎熬，她想远远地离开这里麻痹自己。天上的星星是那样的黯淡无光，不知是因为寒冷还是因为少了那颗曾经依赖的星星！然而，她哪里知道随着这颗星星的黯淡，命运之舟将会载她到更加黑暗而遥远的黑洞……

第二十二章　背井离乡

一年来，每当明文去探监时，她不但不能给冉林生说阿妈生病的事，还不能讲家里就要断粮的事，也不能说小叔子“失联”的事，更不能说两个孩子快无钱读书的事，而且还要强装笑脸安慰冉林生，怕它想不通做出什么傻事来。嗨，真是一江愁水向东流，天上云儿山腰溜，时间一天又一天地伴着青龙河水，陪着青龙山上的云儿移动着，生活的重担压得明文直不起腰来。她知道这样下去肯定不是办法，得想法子找钱给阿妈治病，得找钱给两个孩子吃饭和读书！明文迫于无奈，在一次探监的时候，她给冉林生编造了一个自认为完美的故事。她说，她想到南方去打工，听哥哥明武说南方打工能挣不少钱，家里的土地有阿妈做就行了，两个孩子很懂事，他们能够照顾自己。所以明文说自己在家里没有事，也想到南方去见识一下。

然而，冉林生心里明白，这是老婆善意的谎言，家里正缺钱花！只是他不知道阿妈生病了，不知道阿弟“失联”了。他知道家里肯定出现了危机。由于自己的失误，给亲人带来了压力，他陷入了深深的自责之中。他暗下决心，只有在监狱里好好改造，争取早日出去帮助家人渡过难关！所以他强装不知道，嘴上表示支持，心里却是很难受的，等明文离开后整整哭了一个晚上。

再说明文，虽然自己说服了自己，也认为成功地骗过了阿妈和老公，但她心里还是十分清楚，这一走，两个孩子就可能彻底失去依靠。这是她最难割舍的，怎么办？事已如此，只有横下一条心，南下，南下！

明文与哥哥取得了关系，决定到哥哥打工的地方去找工作，明文强装笑脸千叮咛万嘱咐，与阿妈和孩子们告别，坐上了南下的火车……

再说，冉依娜强忍心中的悲伤，暗自流泪。送走了明文，她知道摆在明文面前的是人生的一道坎，这何尝又不是她人生的一道坎呢？

随着拥挤的人流，明文背着背包，走出站台，穿过地下通道，她老远就看见检票口外面齐刷刷高高低低举起的牌子上面清一色写作“招工”字样，牌子上还写作多少不等的工资数额。明文立刻兴奋起来，她想：这么多招工的，这下不愁没有人雇了！她刚走出检票口，就被一群举牌子的包围了。“是来打工的吧？”“我们的工资高。”“我们还包吃住呢！”虽然说明文见过一些事面，但这样的场面肯定是第一次，五颜六色的人群就像一个花的海洋，完全没有当年在天安门前等待毛主席接红卫兵人那样只有一片军绿。明文突然发现自己好像有些色盲了，无法辨识眼前的一切！好在明文来前就跟哥哥商量过，她对那些人说，我是来走亲戚旅游的。她趁那些人愣怔的时候，迅速突出了包围圈。

她按照哥哥信中所一说的地址找到了明武，稍作休息后，她开始寻找工作了。劳务市场比火车站广场还热闹，人挤人乱哄哄的，就在明文一脸茫然地东张西望的时候，几乎同时有几个人围拢过来，将各自手里印着鲜艳图片的招工广告，争先恐后地塞到了她的手里。明文看了看，没有一个是自己愿意干的。不是洗头的，就是洗脚的，不是卡拉OK厅的，就是夜总会的，反正没有一个“正当”的。有建筑工地的，有哥哥打工的摩配厂的，有家政公司的，但人家不是嫌她是女的，就是说她是新来的没有经验。反正就是高不成低不就的，没有一个心仪的。没有办法，一连几天下来，她只好找了一家名为“人间天堂”的夜总会表演舞蹈，工资高一点。明文之所以最后选择这份工作，是因为对方保证是正当职业，这既可以相应钱多一点，又是自己所爱好的，而且又可以将自己在羌寨学的歌舞派上用场。到了夜总会后，她不但负责教姑娘、小伙们跳羌族锅庄舞，而且还成了主唱。在她的提议下，歌厅老板还专门去定做了一批羌族人的服饰，每天晚上都要来上几场“青菜花”“优西衣”等羌族锅庄舞。这一独特的表演形势成为歌厅的招牌节目，很快在南方新城深川传开，歌厅老板为此也大赚了一笔！

自然，明文的地位也一下子提高了，说话的分量也重了，老板也舍得在她身上花钱，为她专门打造了一身戏服，工资也从原来的280元猛涨到每月800元。明文将钱全部寄回家，因为自己是包吃包住的，所以基本上没有消费，平时连一件像样的衣服也舍不得买，日子就这样一天一天地好起来了。不过，俗话说“出头椽子先遭难”，福兮祸所伏！

第二十三章　忍无可忍

三年过去了，明文从一个乡下少妇，成长为一位亭亭玉立的亮丽“熟女”，经过化妆后的明文有了明星般的光鲜亮丽，她很快就成了“人间天堂”夜总会的招牌人物，多少高官富商都慕名而来。

夜总会，三教九流，什么样的人都有。有的是专程来听羌族民歌的，有的是专程来观赏羌族舞蹈的，特别是锅庄舞更受欢迎，有的是专门来看羌族美女的，当然也有不怀好意的。总之，林子大了什么鸟都有。

一天晚上，一个自称是研究我国少数民族文化的“国家干部”老刘，在老板的安排下，非要明文到名为“青梅”的KTV包房接受他的独家采访。明文还特意穿上羌族的迎宾服，经过一番打扮后轻轻地推开包房的门，在沙发上落座，她看见茶几上摆放有洋酒、果盘，而且灯光暗淡，一时有点手足无措的感觉。开始老刘还像一个国家干部，拿着一个小本本，装模作样地问这问那，一边做做笔录，一边品着洋酒什么的。他说，他非常尊敬明文以及她所代表的羌族，听说羌族很能喝酒，非要敬明文的酒不可，说什么敬酒一定要喝哟，酒品看人品哟。明文也出于尊重，接了酒杯。没想到，就这样，老刘以各种理由频频敬明文的酒，明文本来就不胜酒力，她哪里吃得消。明文想，自己也算是见过世面的，没有见过这样做采访的，明明自己每天下午是休息时间，老板也是知道的，为什么要安排在晚上最忙的时候来采访，采访就采访还喝哪门子的酒吗？而且老板还要她好好接待，不要得罪贵客。既然是国家干部，为什么不能在下午光明正大地来搞采访，偏偏要在这种场所？老板为什么还这么大方，宁可放弃表演？难道说这个人来头不小？明文越想越觉得有些不对劲，这个人越看越不像什么国家干部，这也不由什么文化干部来采访呀，要采访也是记者的事吗，难道这是假的。

明文就像一颗羞涩的青梅，坐在那儿一语不发。老刘上前对明文说，听说你们羌族人能歌善舞，要不我们一边跳舞一边谈如何？他没有等明文同意就拉起来跳慢四步。明文面色羞红地跟着节拍很不情愿地跳了起来。明文心想哪有这种做采访的，分明是把老娘当“小姐”来陪他玩了。但考虑到这是老板的贵客，她强忍心中的怒火，提醒自己再忍一忍。而这时的老刘看着眼前这位端庄美丽，充满“异域风情”的性感美女，早就忘记了自己“国家干部”的伪装，迫不及待开始动起手脚来，他故意越抱越紧，慢慢地将手往下移，嘴也靠了过来。明文歪着头使劲地将他往外推，好不容易舞曲完了，明文立即挣脱他的手坐到了沙发上，脑袋里冒出了一句话——道貌岸然的伪君子！这时的明文脑子里想的全是如何摆脱这个伪君子。

坐下来的老刘借着酒劲耍起疯来，他一屁股坐在了明文的身上，明文迅速躲开。他又故意将手放在明文肩膀上，一会又故意装豪爽，在明文大腿上拍打，说什么只要明文好好配合，今后有什么事找他，在深川没有他办不到的——经他这么一说，明文更加肯定这个人不是什么“国家干部”，大不了就是一个“土豪”！明文试着离开，都被他拉了回来，说还没有采访完毕，他说自己不但是研究少数民族文化的国家干部，而且还是一名管记者的官员，他会将采访内容刊登在本市各类报刊杂志上，到时候你就出名了。明文心想自己只是为了挣钱养家，供阿妈看病，供孩子们上学。对出不出名不感兴趣！明文再也坐不住了，她心想，配合，什么配合，不就是把老娘当成“鸡”了吗。想到这里，明文全身直冒冷汗，她必须尽快离开这儿，忍无可忍无须再忍，她什么都没有说，起身就往包房外面走。这时老刘彻底撕掉了伪装，上前一把抱住明文就往沙发上按，嘴上还说什么，今天你依也得依，不依也得依。反正老子已经给你们老板交了2000元的包场费，时间还早，今晚你得归我，什么地方都别想去，只能在这里陪我，否则你从今往后就别想到这个道上混了。

不混就不混，谁怕谁，本姑娘还真就不混了，又不是好稀罕，非混不可！明文越想越气愤！挣脱老刘就往外跑。老刘并不甘心，他抱住明文就是一阵乱摸。明文想，以前最多也是一些地皮流氓和混混来，大不了就是让自己陪他们喝点酒，唱唱歌，跳跳舞什么的，也没有人敢如此对她，简直没有王法了。她跟老板早就口头协商好了的“卖艺不卖身”，这是底线！今天老板怎么了？必须找老板搞清楚，不能这样不负责任地出卖自己的员工啥。想到这里，明文使出了吃奶的力气，用山里人特有的技巧将缠着自己不放的老刘像摔一只山羊一样抛翻在地，自己拼命地跑出了包房……

第二十四章　黑夜慢慢

命运再一次跟明文开了一个玩笑。

当明文跑出包房，原想去找老板问个究竟时，一股凉风吹来让她突然冷静下来，她想如果这个时候去找老板，以自己的性格肯定也无法控制情绪，不会有什么好结果，弄不好整出什么乱子来，到时候还真就没法混了。想到这里，她看了看身后没有人追来，就独自一个人向海边跑去。

望着波涛汹涌的大海，她张开了双臂，多想融入这片大海的怀抱，她慢慢地走进大海，想让自己得到彻底的清醒。就在一浪高过一浪的海浪不断地拍打中，她恍惚听见远方儿女们在呼喊；恍惚看见自己的丈夫向她走来；恍惚听见自己的父母在向她挥手；恍惚阿妈在向她微笑。大海的星空明亮了许多，她的思路一下子理清了许多……

找老板，对找老板，工资还没有给呢！明文悄悄地向经理室走去，正当她准备推门进去时，突然听见里面传来熟悉的声音，她立即停了下来！只听见老板在说，这是你的事，我已经将人给你安排到了包房，是你没有办法搞定她，刘局长，我也算是帮到忙了，你不能怨我。

“我连手都没有拉着，我一抱她就跑了，这个妹儿像个野女人，性子也太烈了噻”一个男人的声音。

“刘局长，我说你也算是老手了，虽然说四川妹儿有点辣，但怎么也是一个乡下妹儿啥，你怎么就把戏演砸了呢？我可是冒着失去台柱的危险答应你的哟”老板的声音。

“好了，好了，好人做到底，你想法再把她给我哄过来，其他的事你就别管了，要是我还搞不定，就不麻烦你了。我老刘想要得到的女人，还没有说得不到的。”还是那个男人的声音。

“现在她跑到哪儿去了，我也不知道，只有等她回来了再找个合适的时间，行不行？”

“要得，就这么定了，跑得了和尚，跑不脱庙，我就不信了。”

“这可说不好，听说她还有一个哥在深川，弄不好跑到她哥那儿去了，那我就没有办法了咯。”

“你不是包吃包住吗，工资还没有给，她真能跑啦？”

“这可说不准。”

“没事，我想只要她不跑出深川，只要她还在夜总会上班，不管是在那一家，我一定办了她。”那个男人明显有些生气。

“局长，对不起啦，这事没有办好。”

“没事，不怨你。我想她会回来找你要工资的，到时你把她稳住，让我来想办法。”

“要得。我明白了，到时我找几个道上的人把她给你送过来，给她来个生米做成熟饭，看她还能怎么样。”

“别把动静搞大了，千万别节外生枝。”

“放心吧，刘局长，只要你能将场面上的事给我摆平了，这事包在我身上。对付一个乡下女子，我还是有办法的，只是恐怕我的损失有点大，她可是我的台柱子！不过，你放心，为了朋友你，我也豁出去了。就请你把心放进肚子里去，我做事是有分寸的。我会让她神不知鬼觉的自己找上门来。”

“嗨，我知道你肯定会有损失，我会关照你的。要说，我老刘身边美女多的是，就他妈的想尝一尝山里羌族妹儿的味道，不好意思哟。”

“没事，我懂，你局长大人是何等的高贵，玩这种妹儿单纯，有野性，刺激！又不怕有病，搞起来放心。而且，事后给她点钱就打发了事，她掀不起什么大浪。不会像那些熟女，到时候反来缠你。”

“就这样，事成了，你今后在深川面上的事，我全包了。”

“谢谢局长，我会尽快将此事搞定。”

“行，我先走了。”

听到这里，明文立即轻脚轻手地躲到了门后面，背心直冒冷汗。心想，哪来的啥子局长，听起来如此神通广大、无所不能的，不会是公安局长吧，难道是税务局长？不可能是工商局长吧！嗨，管他啥子长不长的哟，就是他妈的一个“黑社会”。管不了那么多，本姑娘得把工资弄到手再走。

明文毕竟是大山里来的，她对经济特区发展中出现的一些黑暗的东西估计不足，她完全没有想到仅自己的能力是无法跟道上的人较劲的。虽然，她跟哥哥明武精心设计好了对策，但是她的想法还太天真，她哪里知道等待她的又是……

第二十五章　计高一筹

再说，明文听到老板和“刘局长”的对话后，知道了整个幕后交易的来龙去脉，这让她感受到了江湖的可怕。她悄悄回到房间将门反锁，倒在床上用被子捂住自己放声大哭起来。怎么办？怎么办？家里人可是等着用钱呢。这种情况下如果找老板要工资，等于自投罗网，简直就是羊入虎口，但是如果就这样走了，走得脱当然是好事，恐怕还没有走出深川就会被老板或“刘局长”弄回来了。明文想到这里出门悄悄地跑到了哥哥打工的地方，跟哥哥商量出了一个可行的应对方案。

趁着夜色，在哥哥的护送下，明文悄然地回到了宿舍。第二天下午，经过一番精心打扮后，明文推开了老板办公室的门，老板起身上前装着什么也没有发生的样子问道：“这么早，你来干啥？”

“我来请假。”明文强忍心中怒火。

“请什么假？你这是怎么搞的？”老板突然像发现什么，故意指着明文的颈子惊叫道。

“我还想问你呢？你安排的什么国家干部。”明文假意温怒，但仍然保持着微笑。

“怎么了，他欺负你了？嗨，这个老刘怎么能这样呢。”老板假惺惺地说道。

“就是你安排的那个国家干部，动手动脚的，在我颈子上抓了一条口子。我跑到医院包扎了一下，不碍事。”

“哦，我也不晓得他是这样的，他是文化局的，他说是来做专访的，我也不晓得会搞成这个样子。”

“没事，反正事情都过去了，我也不怪你。”

“对不起，小明。让你受惊了。”看来老板入戏很深。这个老江湖一心想稳住明文，她又哪里知道明文也是在跟他“装”。

“谢谢老板关心。不过，老板，昨天我收到家里的电报，说是我阿妈病重，叫我速回。所以，今天我来给你请假的。”明文知道老板是要稳住她，于是她来了个将计就计。

“哦，是这样。那你得回去看一看。”

“就是，我得赶紧回去一趟。不过我想找你借点钱。当然请你放心，你可以在我这个月的工资里扣，好吗？”

“这个，本来没有多大问题，不过还没有到支付工资的时候，我得问一问会计再说。”

“帮帮忙，老板，看在我多年工作的份上，就提前借点钱给我，好吗？我明天一早就要走。”

“嗯，我争取一下，你先回去休息，今晚就不用演出了。”

明文暗自高兴，自己的口才和演技不错，得意地回到宿舍，关上门一边收拾起东西，一边等老板的答复。她明白，这个地方不能久留，既要得到工资又要尽快脱身才是硬道理。

然而，就在明文刚刚离开办公室后，老板就起身跟到门口确定明文真的向宿舍走去后，才回到办公桌旁拿起“砖头”（手机）就给“刘局长”打电话：

“喂，刘局长，明文刚才来找我借钱，说是要回老家看她阿妈。你看怎么办？”

“你借钱给她了？”

“没有。我想她这可能是借口，其实是想要工资走人。”

“你这么想就对了。她现在在哪？”

“我叫她回宿舍等。”

“没有让她演出？”

“那能，她不是受伤了吗。”

“啥伤？”

“说是昨天你抓的。”

“是吗？”

“她说是医院缝了几针，不过我看不像，要是真那样，她不会不找我的麻烦。”

“看来，这女人还有点心计。”

“就是，她表现得很淡定。”

“哦。”

“所以，你得多留神，要不就算了。”

“她，还嫩了点。这事你放心，我有经验。你现在确定她在宿舍？”

“肯定还在。”

“好，10 分钟后，我找人把她弄走。你权当什么都没有发生。”

“这……”

没等老板说完，对方就挂断了电话。

明文正在房间收拾行礼，突然门被踢开，没等她反应过来，两个蒙面人上前就将她的嘴堵上，拖起就往路边的车子里塞。上车后她的眼睛被蒙住了，然后只听到车子发动的声音。大约过了 30 多分钟，车子停了，听见吱嘎的开门声后，车子又移动了几下，停了下来。她被两个人拖进了一个房间，绑住了手脚。然后被扔在了软绵绵的东西上，应该是一张床。哐当一声，门关了。然后是死一般的静，即便是掉一根针在地上也听得见！

明文努力想挣脱，但都无济于事，她试着翻滚了几下结果“咚”的一声掉在了硬板上。明文听了听，没有动静，她又用鼻子闻了闻，一股霉味赴面而来，她估计自己是掉在了地上，而且这里人来光顾的时间很短，可能是卧室。她又卷曲身体然后用劲伸直，像猪儿虫一样向前移动着，突然身子碰到了一个应该是桌子的东西。然后，她又试着坐起来，用头去寻找什么。她的头慢慢地移动着，头碰着一个小东西，应该是挨到了一个杯子，她用头将杯子顶到地上了。她听见杯子破碎的声音，心先一紧，发现屋外依然没有动静，她心中一阵惊喜！然后，慢慢移动屁股，将捆绑的双手尽量向外伸，用手指轻轻地去摸地上的碎玻璃。手指碰到一个碎片，划破了明文的手指，她顾不了十指连心的痛，继续摸索着，终于摸到一块较大的碎玻璃，她用手指将其夹住，用力割绳子。功夫不负有心人，一会绳子被割断。她取下眼罩，拿出塞在嘴里的东西，轻轻地走到门口将耳朵贴在门边听动静。发现没有动静后，她又从门缝往外看，天快黑了，门外是个院子，院子里没人。于是，她试着开门，门居然没有上锁，明文又是一阵惊喜。她轻轻地推开门，然后将门合上后，轻手轻脚地往院子外面摸去。原来，这是一个库房。刚才她所在的地方应该是值班室。

突然，一只狼狗不知从什么地方窜到了她跟前，吓得明文半死。好在狼狗跑过来闻了闻明文，不但没有咬她，也没有叫，反而给她摇起了尾巴。明文发抖的身子终于恢复了一点自信。她继续住大门走去。大门由两扇对开的铁门组成，左边的铁门上有一个小门，小门被一把暗锁锁住了。她试着推了一下，没能推开。然后，战战兢兢地去推大门，没动。她又用力推，门吱嘎一声推开了。跟当初汽车停下来之前发出的声音一样，不同的是这次警报响了，狼狗也叫了。同时，从另一个门传来了喊叫声，“站住。别跑，老子上个厕所你就想溜。”这突如其来的一切，吓得明文手脚发抖，她本能地拼命地从推开的门缝挤了出去，用力将门关上，防止狼狗窜出。看来天无绝人之路，她没命似地往大路上跑，刚跑上公路，就遇到了一辆警车。她立即朝警车挥手，警车立即停了下来，一名警察下车问她什么事？她说自己被人绑架了。自己刚刚逃脱，后面有人在追自己。警察问是什么人干的？她说不知道。警察朝明文指的方向看了看，没有发现可疑人。就让明文上了警车，带他们去找，可警车转了几圈也没有找到明文描述的仓库。警察考虑到可能是明文惊吓过度，无法辨别方向了，警察只好将明文带回了派出所。明文知道，这很有可能是老板或者是那个刘局长派人干的，但她不想将事情搞大，她只想平安找钱，她要养活一大家子。所以她并不关心能不能抓住绑架她的人。于是，她只是给警察说自己想跟老板把工资结了！回老家去看望阿妈，由于自己人生地不熟的，又是一个女人，胆子小，想让警察陪她到单位去拿工资。她说老板对她很好，同意将工资提前借给她。指导员见她可怜，人也诚实，就将电话打到了“人间天堂”的夜总会。老板很快就过来了。了解情况后，他从自己皮夹里取出了两千元钱交给明文，并说了一大堆安慰的好话，还说希望明文回去后，尽快回来上班。然后，问明文是不是现在回去拿东西。

明文犹豫的神情还是让精明的指导员看出了一点什么，她对明文的老板说：“这样吧，我们安排人过去将她的东西拿过来，她可能受到了惊吓，就让她在我们这儿休息一下，今晚我们来安排她的住宿。”老板看了看明文一眼，心虚地说了一句：“看来就按指导员说的办吧，这样可能要好一些！如果没有事我就先走，希望你好好配合警方办案，千万别说错话。”然后提心吊胆地退出了房门。

第二天，明文上告诉指导员，她必须要回去看望病危的阿妈，但回去之前还要到东莞哥哥那儿带点东西回去。指导员知道这里面肯定有问题，介于当事人又有急事，为了便于事后破案，他让明文留下联系方式。明文将哥哥工作的假地址告诉了指导员。最后，指导员同意明文上了到东莞的车。

明文走了，带着万般无奈离开了深川，她没有回老家，而且是去了东莞，东莞将带给她的又是什么呢？

第二十六章　地狱之门

命运对于明文为什么总是这样的不公平，原本认为逃脱了魔掌的她，却又怎么知道，更大的灾难在等着她！

其实，明文的哥哥就在深川，她是善意地欺骗了派出所的指导员，因为她离开深川迫于无奈的，她也是不可能回老家的，家里还有那么多人等着吃饭呢！她跟哥哥商量好了，只要拿到工资就迅速离开深川，到东莞的摩配厂打工。东莞的摩配厂是明武在深川打工的所在企业的配套厂，明武通过所在企业的同乡帮忙，给明文找的，这个摩配厂是个作坊式的，生产设备落后简单，作业环境恶劣，是生产摩托车油箱的。摩托车油箱生产的主要工作程序包括冲压、焊接、油漆、检验、包装等，要么就是技术工种，要么就是管理工作，要么是后勤服务。技术、管理、后勤这些工作都是老板的亲戚或熟人把持着，外人是无法拥有的。明文到东莞后，直接来到这家名为“鑫发摩托车油箱厂”。这里只有油漆工的位置等着她。这个工作难度不大，工资较高，但又脏又臭，几乎没有人愿意干。明文为的是找钱，她不怕吃苦。对于现在的她，包吃包住，一个月600元的工资算是不错的了。虽然比起她在“人间天堂”夜总会时的工资差远了，但这儿“清静”！所以，她高兴地接受了这份工作。

鑫发摩托车油箱厂占地面积20多亩地，除了办公室的房子像个样子外，其他厂房都是烂垮垮的。职工宿舍是用南竹搭建起来的，四周用竹板席隔成无数小房间，每间约10平方米，住8个人，上下床，宿舍离厂房只有20米远。

早晨，明文被老板叫到了办公室，给她指定了一名师傅，发了一套工作服。这就算是鑫发摩托车油箱厂的正式职工了。她穿上工作服，哼着小曲，顺着石子路向厂房走去。厂房四周由塑胶布包围，形成一片硕大的“生产区”。走进生产车间，车间里五彩缤纷的，地上、墙上全沾满了各种颜色的油漆，车间里面有两条简易的生产线，全部挂着各式的摩托车油箱，串满油箱的两条生产线就像明文老家过年时挂的腊肉一样，几名工人正在给油箱喷漆，喷完漆的油箱被送进了烤箱。一股刺鼻的臭味扑面而来，随着臭味寻去，一位中年妇女迎了上来。这位中年妇女身上穿着一件糊满了五颜六色油漆的脏兮兮的工作服，一张好像几个月都没有洗过的脸蛋上一双深凹的眼睛里发着暗光，她面无表情地拉着明文的手说：“姑娘，这活苦哟，看你细皮嫩肉的，恐怕吃不消的。”

“你是张师傅？”

“嗯，我是你的师傅。”

“哦，师傅，你放心，我会好好学的。”

“好，今天你就来刷这些油箱的底漆。这是刷子，这是底漆。”师傅一边将刷子递给明文，一边指着一桶淡红色的油漆桶说。

明文戴上手套，拿起刷子跟在师傅后面学着刷了起来。

“这个要涂均匀。如果涂多了要起沱，而且要往下面掉，到处滴起；如果涂少了又达不到效果，还要影响油箱的使用寿命。如果发现涂多了就用刷子反复刷几下，直到涂均匀为止；如果涂少了，就用刷子再少粘一点油漆，轻轻地在较少的部位刷几下，直至均匀。”师傅一边做，一边耐心地教明文。

一天下来，明文基本上学会了刷底漆，但衣服裤子上也到处都是红红的油漆，脸上也糊起了油漆，师傅心疼地苦笑道：“嘿，瞧瞧你，弄成一个唱花脸戏的啦。这桶子里是汽油，你用这个布条粘一点汽油，在脸上轻轻地擦一下，然后把肥皂涂在洗脸帕上将油漆洗净。”

“唉，谢谢师傅。”明文笑嘻嘻地回答道。

就这样，一天过去了。晚上回到宿舍感觉到腰酸背痛的明文早早地睡下了，为的是明天还要继续劳动，自己虽然不适应，但得坚持，这一点明文从来就没有动摇过。因为她知道自己必须适应这里的一切，远方的亲人还等着她挣钱养活呢！

天还是亮得那么早，还没有等明文休息够，又催着她出工了，今天的工作是给油箱喷漆，师傅教她如何调和油漆的颜色，如何使用喷枪，如何保证喷漆均匀。明文是个聪明孩子，她很快就掌握了要领，不到一个小时就能独立操作了。只是喷漆释放出来的气味异常难闻，臭得让人作呕。

……

明文这一干就是几年，这几年真是从“人间天堂”到了“人间地狱”！

不知是从什么时候起，明文也跟师傅一样上班就咳嗽、头疼、胸闷，动不动就感觉到疲劳、四肢无力，开始她认为师傅比自己年纪大，有这些表现很正常，可后来自己也这样经常头晕、头痛、恶心、呕吐，有时还出现意识模糊。

有一次，师傅持续发烧，感冒久治不愈而且出现抽搐。明文就将师傅带到镇上的医院去，医生说这是苯中毒。随后医生又问师傅是不是从事类似油漆等方面的工作，是不是经常头痛和呕吐，稍微多做点事就气喘和晕眩。然后，医生又让师傅卷起袖子和裤管，指着皮肤上出现的微绿色硬块说，这叫绿色瘤！医生又问师傅是否感到骨痛或关节痛。当师傅点头认为医生所说的这些症状都存在时，医生将明文叫到一边小声问道：“她是你什么人？”

“我师傅。”

“她家人在吗？”

“不在，她是从陕西农村来东莞打工的，这儿没有亲人。”

“她现在得的是白血病，这种病目前我国还没产有特效药，得到大医院去治，要花 10 多万元，恐怕还不一定治得好。目前，治愈率仅仅为 5%左右”

“那该怎么办呢？”明文愕然地望着医生。

“看来只有直接告诉你师傅，还是让她自己来决定吧。”医生喟然长叹道。

当医生将实情告诉明文师傅后，师傅淡然地说道：“不用了，谢谢。我还是回老家去找郎中，我那儿的郎中可行啦。”

……

记得明文送走师傅那天，她悄然落泪，因为她的症状一点也不比师傅轻，这4年，她为了拼命挣钱，白天夜里的加班干活，一天要工作10多个小时。现在她知道等待自己的命运也不过如此，就在送走师傅不到一个月的时间，明文也被诊断出得了白血病！她终于明白了师傅的决定意味着什么！自己又能坚持多久？因为师傅回去不到三个月就有人带信来说，师傅已经去世了。

明文是个乐观的女人，她想到远方的亲人，暗暗地告诉自己，得好好地活下去！所以每当工作之余，再累她都要唱唱歌，组织工友们跳跳“农节”锅庄舞，她坚持歌舞相伴，乐观向上，疾病带来的痛苦少了许多，就这样她又多坚持了两年。后来因为疾病更加严重，做事非常困难，动作迟缓，而且老犯错。于是，就在1994年春节前，在老板的多次警告后，明文被“放”了长假。

这时的明文，再一次陷入困境，生活的来源断了。怎么办？自己已经无能为力了。她的心都碎掉了，在她眼前浮现的是生病的阿妈，瘦弱的儿女和日夜相思的失去自由的丈夫。此时此刻的明文太想他们了，太想家了。她突然明白了当年师傅为什么要回老家去找郎中！

回家，回家，只有回家！她想到这里，不仅怆然泪下……

中篇 突 变

随着阿爸、阿妈、婆婆三位亲人相继离世的突变，原本与婆婆相依为命的冉凤冉龙，一夜间变成了孤儿。命运几乎将他们推到了绝境，冉凤为了让阿弟上大学，自己放弃了学习的机会，外出打过、当过保姆、捡过破烂，为了让阿弟能安心上学，毕业后能找个好工作。然而，一个叫李兰的女人出现后改变了冉凤原本就苦难的命运，她用自己的聪明才智逃出了淫窝……

第二十七章　暗藏危机

一天正午，山谷里的温度急剧上升，地上各种草木在太阳的照射下，腾出丝丝雾气，云雾绕山，冉凤快速追赶着比自己先放学的阿弟冉龙。蔚蓝的天空，挂着几朵棉花糖般蓬松的白云，清晰的大山微笑着露出了乳峰，路边布满各种各样的花草和奇形怪状的大小石头铺向青龙河。这是学校通往山寨的必经之路，自然也是冉凤回家的必由之路！

青龙河边石崖断壁上爬满了各种藤蔓，就像无数条青蛇伸颈交尾地在崖壁上面绕来绕去，叫人心里麻酥酥的。突然，一阵奇异的蚂蚱声从毛草丛中传出，平时跟阿弟一路没有注意这种声音，今天一人走在江边，还真就让冉凤产生了怕感。

冉凤倏然止步，犹豫不前，可是蚂蚱像是发现了什么似的，瞬间也屏声敛息。这蚂蚱仿佛也在犹犹豫豫，几秒钟后又开始叫一声，顿一顿，又叫一声，总像是感觉到了某种潜在的什么危险。

虽说冉凤产生了怕意，但她还是惦记着前面的阿弟和家中的婆婆。所以，她还是自己给自己壮胆，唱着山歌一个劲地往栈道方向走去。因为她没有更多的时间去理会蚂蚱可怕的叫声，自然也没有发现周多巴正尾随其后。周多巴就是被她阿爸打死的那个小偷的儿子，比她大五岁，长得肥头大耳的。周多巴正贼头贼脑地东张西望，发现前后都没有人后，他突然蹿到冉凤前面，用一根棍子将栈道挡住，不准冉凤过去，并恶狠狠地说："想过去，得从老子胯下过去。你以为你还是'寨主'之后，你阿爸是杀人犯，你阿妈跟别人跑了，不要你们两个狗崽子了。"

山歌被吓了回去，冉凤愣住了。因为刚才蚂蚱这么一闹，她原本就有了一些怕感，再被周多巴这么一吼，倒真把冉凤吓得不轻！但毕竟冉凤吸取了她阿妈的优点，遇事不惊，很快就冷静下来，并开始还击："你才是狗崽子，你阿爸是小偷，是坏蛋，罪有应得！”

“信不信老子今天灭了你。”被激怒了的周多巴高高地举起棍子。

“你打，你打呀，你敢灭我，你也活不成，你们家就得断后。”冉凤怒目相对，并放大嗓门大声地怒吼道。一来是给自己壮胆，二来是为了求援。

“嘿嘿，吼啥子吼！老子的家才不会断后呢，今天老子就把你办了，让你给老子续种。”周多巴脸上露出了淫笑。

“流氓。给你屋阿妈、阿妹丢脸，羞死你屋先人。”冉凤本来想以断子绝孙来镇他，没想到反倒招来更大的危险。

“老子今天就要搞你，看你能把老子怎么样。”周多巴边说边扔下棍子，迅速向冉凤扑来。冉凤见机突然弯下腰往前冲，躲过了周多巴这一抱，周多巴转过身来就追。这时，听见吵架声的民兵连长骆朗杰赶了过来，抓住周多巴就是一巴掌：“不许欺负小同学。不管咋样，她都是我们山寨的寨主之后。必须尊重！这是‘寨规’。下次再让我遇见这样的事，小心我打断你的腿。”

周多巴突然被骆朗杰抓住，经这么一教训后灰溜溜地跑了。

骆朗杰拉着冉凤走过了栈道，说：“冉凤，今后要小心一点，随时跟阿弟和达娃阿哥一路，尽量不要单独行动。”

“谢谢，骆大爷。”冉凤泪流满面地往家里走。

回到家，冉凤看见阿弟已经烧好水，正在给婆婆擦身子洗脚呢。心想，原来阿弟放学没有等她，是为了早点回来照顾婆婆。看见懂事的阿弟，原本想埋怨阿弟的冉凤，此时只有感动没有了怨言。冉凤原本以为自己可以保护阿弟，现在看来，自己不但保护不了阿弟，而且阿弟反而学会帮助她了。今天幸亏骆朗杰大爷及时赶到，否则……

瘦弱的冉凤没有再往下想，她放下书包，换上背篓，拿上镰刀往自家的菜地里跑。那是平时婆婆身体稍好的时候种的菜。后来全靠骆朗杰大爷帮忙种点菜。冉凤在菜地砍了几颗白菜背了回来，她放下背篼又挑起水桶到山下挑水去了。一个十来岁的小姑娘挑着水桶“三爷子”一样高，一路跌跌撞撞地挑回家已经只剩大半桶了。冉龙则在烧火做饭了，坐在灶台口前的冉龙被柴火熏得两只眼睛水直往外冒，好似大哭了一场，泪流满面。每当看见这种场景冉凤都会心疼地说：“阿弟，你找一点干的树枝烧吧，等阿姐回来再烧这些湿草。”

“放心吧，我是男子汉，我行的。”原来，是阿弟怕阿姐被烟熏，自己烧湿草，把干柴留给阿姐。每当这个时候，婆婆在床上会悄悄流泪。

就这样，冉凤和冉龙几乎天天过着同样的生活。

“穷人”的孩子早当家。

自从阿妈南下打工后，年仅 10 岁的冉凤和 9 岁的冉龙便与重病卧床的婆婆相依为命。

第二十八章　爱的传递

再说，当初明文背井离乡时，千叮咛万嘱咐，她告诉女儿：你比阿弟大，一定要带好阿弟。婆婆身体不好，你要主动做一点家务事。然后含着眼泪依依不舍地离开了曾经让她骄傲而自豪的山寨。当然，她也知道这一别，会给一双儿女留下让人无法想象的经历……

自从明文南下打工后，冉凤冉龙忽然觉得失去了所有的依靠，没有了安全感。两姊妹经常无缘无故地站在青龙河边的杨柳树下号啕大哭。有时候，放了学一进碉楼就下意识地喊一声阿妈，可是碉楼里空荡荡的，于是“哇”地一下失声痛哭。婆婆听见了也跟着伤心，含着眼泪说：“乖孙们，别哭，到婆婆这儿来。听婆婆讲，你阿妈去给你们挣钱买好吃的、好穿的了。”

慢慢地冉凤开始明白了：是啊，我们哭什么呢，哭又有什么用呢？阿妈又不是不要我们了。婆婆说得好，阿妈是去挣钱给我们买好吃的、好穿的，供我们上学。何况不是每月还要给我们寄信回来吗？冉凤这样想，也这样安慰自己和阿弟……

“冉凤，这里有你阿妈寄来的信。”校长举着手中的书信，朝着刚刚放学的冉凤喊。

“诶，来了。”冉凤拉着阿弟，高兴地向校长跑去。

两姊妹迫不及待地当着校长的面将信拆开。

凤儿、龙儿：

阿妈好想你们哟。婆婆还好吗？她的病好些没有？你们虽然不能跟阿妈在一起，但跟婆婆在一起是不会孤独的，她会照顾你们的。对了，婆婆有病，你们要听话，要让她开心。阿妈知道你们吃了不少苦。但我希望你们要学会坚强，阿妈不是不爱你们，只是在外打工挣钱，没有时间回来看你们而已。很快你们就要小学毕业了。一定要听婆婆的话，好好学习，天天向上！不要让阿妈失望，还有抽空让婆婆或骆大爷带你们去看看阿爸。你阿爸现在怎么样了，下次来信告之阿妈。好了，就写到这里。方便的时候，阿妈一定会回来看你们和婆婆的。请代我问婆婆好。再见！

想你们的阿妈。

1991年3月28日

几乎每一个月明文都要给家里写信，汇钱，寄东西。冉凤、冉龙也会及时地给阿妈回信。信的内容虽然不多，但每次有信来，两姊妹都会高兴好几天。因为两姊妹将阿妈的信看着好似与阿妈温馨相聚。当然，时间一久，这温馨的相聚似乎只是为了接下来残忍的等待，每次悲痛的等待，似乎只是为了下次意外的“相聚”！就这样书信成了他们之间唯一的“相聚”。

婆婆的病时好时坏，严重时几天都不能下床，完全不能自理。两姊妹放学回家后，不但自己要洗衣做饭，还得照顾婆婆生活。星期天还要做农活。

以前阿爸阿妈在身边时，两个孩子十分幸福，同学们也相处得非常好，可自从阿爸出事后，他们的“贵族”地位一下子没有了，同学也冷落和孤立他们。尤其是阿妈南下打工后，两姊妹经常被同学们欺负。

校长看眼里，疼在心里。小学就要毕业了，也不见两个孩子的阿妈回来，他心里有些着急。他在骆朗杰那儿或多或少了解到一些情况后，就在即将毕业的前一个月，他将两个孩子叫到办公室语重心长地说："孩子们啦，目前你们的学习成绩不错，再加一把劲。千万不能让你们在外打工的阿妈失望。她在外面打工肯定很辛苦，这么多年没有回来，是为了给你们赚钱交学费，供你们生活。是为了让你们好好学习，长大了能考上大学，有点出息哦。所以，小学就快要毕业了，你们一定要好好考试，争取到镇中学去读书。将来争取考上一所大学。好好感谢你们的阿妈吧。"

"谢谢校长，我们一定努力。"冉凤很有礼貌地回答，阿弟则只是望着校长笑。校长起身用手轻轻地摸着冉龙的头，慈祥地微笑道："傻孩子，难为你了，比阿姐小一岁却要跟阿姐一起读完小学，不容易哦，再接再厉，争取跟阿姐一道最终考上一所大学，那才是真正的男子汉呢！"

"放心吧，校长。我还要保护阿姐呢。"

"好孩子，我这就放心了。"望着两个"成熟"的孩子，校长满意地笑了。

冉凤冉龙毕业了。

两姊妹又收到了阿妈的来信，信中说：冉凤冉龙要听婆婆的话，我已经写信给骆朗杰大爷商量好了，到时候他会带你们到镇中学报道的。暑假，要好好准备一下，多帮婆婆做点事，冉凤要照顾好弟弟……

阿妈：

你好！

我和阿弟都想你了，还有婆婆也想你了。昨天，骆朗杰大爷带我和阿弟到监狱去看了阿爸，他瘦了许多，他说他想你，想婆婆，想我们了，他哭了，我和阿弟也哭了。

阿妈，好久不见，我们非常想你，你上次寄回来的照片我们也拿给阿爸看了，他笑了，说你长漂亮了。还有阿弟长高了，已经高过我了，怕你回来认不出我们来，我和阿弟到照相馆照了一张照片，下次给你寄去。阿弟很懂事，你放心。这个夏天我和阿弟不但上山砍柴，还帮婆婆种地，婆婆的病也好了许多，你放心吧。

再见

祝阿妈健康！

女儿　冉凤。

1991年8月23日

这个暑假，对于冉凤冉龙来说，意义非同。他们不但要忙着学做农活，上山砍柴，还要准备新学年的东西。他们不再孤独，他们终于有了充实的生活，他们有更多的时间陪着婆婆，有更多的时间感受这“家”的温暖……

第二十九章　不祥之兆

冉凤和冉龙虽说成了“孤儿”，招来不少人的冷眼，但两姊妹的学习成绩还是很好的。

一晃快7年了，已经是高一的两姐弟听说阿妈要回来，别说那高兴劲。记得那是一个冬天，两个孩子彻夜难眠，要知道这是阿妈外出打工快7年来第一次回家呢！

第二天，刚刚放晴的天空飘着白云，山间云雾缭绕，一片祥和。明文那张与天上白云一般的脸上露出了久违的笑容，在阳光的映衬下，终于有了点血色。她背着本不沉重的背包却显得疲惫不堪，当她进碉楼的一瞬间，看见已经长高、长大的两个孩子时，情不自禁地放下背包，将两个孩子紧紧地抱在了怀里。虽然让她透不过气来，但泪流满面的她已经激动至极，与两个孩子一样沉浸在幸福之中。

冉依娜同样是流着眼泪，她艰难地支起身体，坐在床上唱起了《高原的女人》：

在高原的女人不哭，
因为这里的每一座大山都是我们的脊梁……

明文轻轻推开两个孩子，随着歌声寻去，上楼看见病床上的阿妈，不知道是激动还是心疼，是自责还是内疚，听阿妈有气无力的唱腔，也忍不住唱起了：

她们是高原的灵魂，高原的灵魂……

歌虽然唱得有气无力，但两个女人的心唱在了一起。跟随着婆婆和阿妈的歌声，冉凤和弟弟欢快地跳起了羌族传统的欢迎舞蹈！久违的歌声和舞蹈，让碉楼的温度骤升，将大山之巅的白雪融化。冉龙高兴得一个劲地拉着阿妈看他这些年来所得的各种奖状，给阿妈讲他在学校是如何保护姐姐，如何回家帮助姐姐做事，如何照顾婆婆，如何坚持跟姐姐好好学习……原本成熟的他突然变成喋喋不休的小男孩了！

相反，已经 16 岁的冉凤却显得比起阿弟要“老验”得多，观察力也非常强，她已经看出了今天的阿妈已经不是当初南下的阿妈了。她早从阿妈满脸的汗水和中气不足的歌声中读懂了问题的严重性，阿妈虚弱的身体已经向她证明了自己的判断。她预感到了阿妈的回来，不仅仅是想看望他们这么简单，要知道阿妈完全可以坚持到阿爸出狱后，有了工作并有能力养活大家之后才回来，可阿妈却偏偏选择这个时间回来，这肯定是存在着某种迫于无奈的原因，别无选择！

这一切冉凤看在眼里，急在心里，她又不能让大家扫兴，只有强装什么都不知道，只是告诉弟弟：“别闹了，阿妈这么远回来肯定累了，让阿妈好好休息一下，我们去给阿妈做饭吧。”

“对，快点去给你阿妈做饭，只顾高兴，忘记了你阿妈还没有吃饭。”聪明能干的婆婆冉依娜其实早就发现儿媳身体的特殊表现，她也意识到了什么，立即应和冉凤道。

冉依娜又何尝不明白呢？自己的病不见好转，该看的医生也看过了，都说她这病需要休息，需要静心，需要营养，可没有哪一条做得到。家庭的现状不可能满足这些条件。一句话，就只能等死！她比谁都清楚。如今儿媳突然回来，且没有了先前的欢快，不要说跳舞，就单凭儿媳唱歌的底气不足就能判断出她不是旅途疲劳，而是某种疾病所至。依旧精明的冉依娜有着一种不祥的预感……

第三十章　母女约定

这个寒假，原本有点寒冷。

然而，阿妈的回家，让姐弟俩再次感到了“家”的温暖！即使阿妈从前的“冷漠”也从未减少两姊妹近 7 年来对母爱的渴望！

要不，为什么说冉凤冉龙是懂事的孩子呢？因为他们不像别的留守儿童那样，要么打架闹事，要么上课不听讲，成绩很差。他们身边有婆婆，心里有阿妈，还盼着阿爸早日出狱。他们知道婆婆阿妈还有阿爸是爱他们的，阿妈之所以这么多年在外，是为了给他们挣钱交学费，是为了养活他们和生病的婆婆，所以，他们学习刻苦，做事认真，成绩一直很好。而今阿妈虽然病重在身，但他们仍感幸福，因为他们又可以朝夕相处了。虽然，阿妈身体明显不如从前，但在冉凤看来只要有阿妈陪伴在身边，自己就是幸福的，就不再是留守儿童，就会让“你阿妈改嫁，不要你们另走他乡”的谎言不攻自破。自己从此在同学面前就可以扬眉吐气了！冉凤知道只有自己和弟弟好好学习，将来有出息，考上大学。这样才不会让阿妈的辛劳白费，才对得起阿妈的一番苦心，才会有机会挣钱给阿妈看病。

然而，一次偶然的机会，冉凤从骆朗杰大爷那儿隐隐约约地知道了阿妈这种病是不治之症，恐怕活不了几年啦。虽说冉凤知道阿妈生病了，有一定的思想准备，但并不知道有如此严重。所以，当她得到这个消息后简直就愣了，对于她来说完全是天崩地裂，她不能跟弟弟讲，不敢让婆婆知道，更不能给阿爸说！这样的日子要过多久，她不得而知。她只想阿妈能多活几年，因为阿妈苦了这么多年，还没有享福，这么年轻就要离开他们。每当想到这里，她都泪如泉涌，一个人跑就到青龙河边去大哭一场，她不甘心！

就在他们即将离家上学之前，跟往常一样，他们到地里提前忙春耕。虽然，冉凤不允许阿妈下地劳动，但阿妈坚持要到地里去，冉凤拗不过阿妈，只能由她。在太阳光的映衬下，阿妈已大不如从前了，她步履艰难，动作缓慢，不一会儿就大汗淋漓，还远不如生病的婆婆。冉凤看在眼里，疼在心头。她不敢相信阿妈的病来得这么快，因为她发现阿妈的手是肿的，脚也是肿的，脸也显得浮肿！冉凤终于忍不住落泪了，她悄悄地跑到阿妈身边，接过阿妈的锄头，恳请阿妈下山，回家休息。可阿妈笑了笑，说自己没事，早已经习惯了。冉凤说什么也不肯，非要阿妈带着婆婆一起回家休息。在冉凤的再三要求下，明文也说服了冉依娜，两人相互扶着下山了。冉凤为了不让阿弟有所察觉，她一边劳动，一边唱起了《劳动歌》：

哦，有索勒西索，哦勒西阿哦，（哎）哟阿哩索，哦，拾嗯，有阿得索阿罗（喂）。哦阿哩索哟，哦（啊）……

天快黑下来的时候，明文艰难地出门要接女儿回来，这是她有话要给女儿交代，等女儿下山时，她上前告诉儿子，快点回家帮助婆婆做点事，自己跟你阿姐有点事要说。冉龙是个懂事的孩子，他二话没说就往山下跑。等儿子跑远了，明文这才拉住女儿的手悄悄地将自己的病情告诉了女儿，并叮咛女儿：“凤儿，这么多年委屈你了。阿妈恐怕等不到你阿爸出狱的那天了，这事千万不能告诉你婆婆、阿爸和阿弟。到时你得担起这个家。”

冉凤强忍泪花，可怜巴巴地望着阿妈说："不会的，阿妈。你会没有事的，我不读书了，我去找钱给你看病。"

"傻孩子，阿妈这病是治不好的，阿妈唯一希望的就是你们姐弟俩能考上大学，将来有出息。"明文含着眼泪轻轻地抚摸着女儿的头。

"不会的，阿妈，我一定要救你。"冉凤嘟着嘴，一下子扑在了瘦弱的阿妈的怀里。

"好凤儿，听阿妈的话，你一定要坚强，你一定要照顾好阿弟和婆婆，一定要让阿弟考上大学。这样阿妈才走得放心。"明文顺势将女儿搂在怀里。

"阿妈，你一定要好好活，我保证一直进步，但，我的数理化只要没有达到100分，只要我在进步，就不许你离开我们。你一定要看见我和阿弟考上大学，大学毕业，然后接你到我们工作的城市去。"冉凤在阿妈怀里撒起娇来。冉凤这么说是想让阿妈有个盼头，有活下去的动力，她知道自己这么说有点奢望，但她只想让阿妈能多活几年，她也只能做到这些了。

"嘿嘿，你这孩子，阿妈也舍不得你们呢，我当然还想多活几年。这样吧，我努力活，能唱歌跳舞，我都尽量参加。不过你们得好好学习。就这么说定了。"

"好的，阿妈，我们就这么定了。这是我们之间的约定，不许反悔。"说完，冉凤抬起头，伸出手，要跟阿妈玩"拉钩上吊，一百年不许变"的童年游戏。她想借此来缓解气氛。

明文伸出手与女儿玩起了游戏，心酸地接受了女儿的"约定"！

天黑下来了，明文拉着女儿的手唱起了《收工歌》：

尼拉舍惹咯，哦加达惹沙，沙杰罗哎罗哦查惹，惹也哦杰惹略沙。（歌词大意：天快黑了，要收工了，地里的活路多，忙都忙不赢。）

母女俩唱着山歌一步一步往回走，家就在山下，但这个家能坚持多久，明文心里没有底，冉凤更是不敢想！但冉凤却相信阿妈的约定，因为阿妈是值得她信任的！她相信通过自己的不断努力和进步，阿妈也是一定能坚持住的，一定能坚持到阿爸出狱的时候，阿妈不会失约！

第三十一章　反常举动

学校的灯熄了。

为了不影响同寝室的同学休息，冉凤跑到了教室，她在教室点起了桐油灯，油灯冒着黑黑的烟，火苗一跳一跳的，照得冉凤鼻子黑黑的，脸黄黄的，身子瘦瘦的，像根在黑暗中不断向上生长的黄豆芽。巡夜的班主任黄文娟发现教室还有微弱的灯光在跳动，就走了进去，发现是冉凤，心疼地说："孩子，该睡觉了，这样下去，你受不了的。"

"没关系，我行。我要不断地进步，不能落后，我要考上大学，这样我才能对得起阿妈。"

"你已经是全班第一，年级第二名了，只要上课努点力，考大学应该是没有问题的。就算考不起，你也尽力了，你阿妈是不会责怪你的。"

"不，如果那样的话，我不能原谅我自己。"冉凤可怜巴巴地望着老师。

"为什么？老师认为你已经很刻苦了，应该没有问题的，老师相信，赶快回宿舍睡觉。"黄老师带有点命令的口气。

"哦，完成这道题，我就回去。"

"好的。"黄老师用慈母般的眼神望着冉凤，无奈地摇了摇头，向教室外走去。

夜，突然间静了许多，望着黄老师远去的背景，冉凤静了静心，做完最后一题后收起书包向宿舍走去……

转眼，期末到了。

"老师，能否将我的分数改一下？"冉凤怯生生的来到班主任黄老师的办公桌前。

"冉凤，你这次考得这么好，你还改什么分？"一头雾水的黄老师惊讶地望着眼前这位骨瘦如柴的学生，尤其是看见她手中那原本不错的成绩单。

“请老师把我的语文和数学的得分改少5分，好吗？也就是全部改成90分吧，这样下学期我就能赶上来。我要让我的阿妈知道，我在不断地进步。”冉凤期待地望着黄老师。

“嗨，这孩子，考好了就是考好了，这是好事，按你现在的努力程度还怕下学期考不好吗？”黄老师嘴里这么说，脑海里却在寻找着答案。她那双犀利的眼睛注视着冉凤的表情，想从冉凤的表情中寻找到自己想要的答案。因为从教这么多年，她还是第一次遇到这种事，以前只听说学生考差了，哭着要求老师给加分的，还从来就没有听说考好了主动要求减分的。但让她失望的是，她从冉凤的言辞和表情中找到的只有恳请和期盼，再没有别的什么，她只好违心地稀里糊涂地将冉凤的分改成了90分。

这是黄老师从教10年，不，也是她所在的整个县中第一次有学生要求在考试成绩单上降分的，因为要求加分的倒是遇到过，降分的却真真切切的是头一回。

怪事，有些想不通，不过怪是怪了点，冉凤是个听话的尖子生，黄老师也没在意，只是想了想也没有深究下去。

第二学期冉凤又是全班第一，而且还是全年级第一，这次冉凤的数理化外语全在96分以上，但她还是在拿到成绩单的第一时间跑到黄老师的跟前，再次要求改分。

望着眼前这位刻苦、诚实、可爱的不断进步的好学生，黄老师不知该说什么好，她不知道孩子的真实想法是什么，改分对冉凤来说究竟意味着什么？为什么只有冉凤要求改分，而她的阿弟为什么又没有这样的要求？难道冉龙就不顾及他阿妈的感受？这次黄老师虽然同意了冉凤的请求，再次更改了分数，但她这次决心要将事情调查清楚，因为从来没有看见过冉凤的父母来过学校，她不知道这到底是怎么回事，也不知道冉凤的家到底住在什么地方。于是她有了一个奇妙的想法，何不来个化装侦察？于是就在这学期放假后，冉凤冉龙回家的路上多了一个隐藏的

“尾巴”。原来，黄老师远远地就像警察跟踪嫌疑人一样悄悄地跟在了两个孩子的身后。当然，黄老师是进行了一番精心打扮的，她化妆的技术算是一流的，完全就是一个回乡的“村姑”！要不然坐在同一个车上的冉凤冉龙是会认出来的。黄老师经过两个小时的车程，再走了近两个小时的山路后来到了一个羌寨。难道冉凤冉龙就住在这里，黄老师远远地望着孩子们的背景在想。黄老师看见冉凤冉龙在一个高大的碉楼前停了下来，姐弟俩说了几句什么，冉龙放下书包向山上跑去，而冉凤则轻轻地推开大门进去了。看上去两个孩子非常忙的样子，完全没有发现身后的老师！黄老师几个快步紧随其后，看看四周没人也跟了进去。只听见里屋有人说话，这是冉凤的声音，只听见冉凤在说：“阿妈，我这次又进步了，比上一学期又多考了五分。我还会努力的，你也要努力锻炼，要唱歌，要跳舞，要乐观，要尽快康复，少做农活，我和阿弟放假回来帮你，千万记住我们的约定。你一定要坚持看到我和阿弟都考上大学，还要等着阿爸回来。”

然后，听见一个柔弱的中年女人的声音：“凤儿，你受苦了，阿妈会信守诺言的，好好地锻炼，一定会坚持到你和龙儿考上大学的那一天，因为我舍不得离开你们……”

听以这里，黄老师是否什么都明白了。黄老师心头一酸落下泪来，这是一个什么样的家庭呀，这个孩子多么的懂事啊。一年来，自己作为班主任，什么都不知道，真的是失职哟，她原本想进去打个招呼的，但她没有这个勇气。不，不对，是没有想好这种情况下见面后该怎么说，说什么？于是，黄老师带着深深的内疚和对冉凤的尊重，悄悄地向大山外走去！回去的路变得难走，原本晴朗的天空突然下起了雨，山里的天气就跟山里的孩子内心一样，总是让人难以琢磨。黄老师的心里难受极了，泪水和雨水挡住了她下山的视线……

第三十二章　头七回家

冉林生出狱了。

大山里的天气随人，一会儿晴一会儿雨，没有定数，根本不可能知道接下来是什么天气。就好像冉林生一样，刚出来，却在不到半年的时间里，又毫无价值地扔下一家老小走了。他的离开给这个原本以为有了希望的家带来了更大的灾难……

8年，原本想提前出狱的他，没有积极争取减刑。因为阿妈和老婆在后来的日子里已经多年没有到狱中探视，好似已经放弃了他！孩子们也仅仅是暑假去看过两次。孩子们带去的照片，让他更是伤心，因为明文越来越漂亮，穿得也越来越时髦，越来越"妖娆"！他开始怀疑明文的工作性质，越想越没有了动力。

记得有一天，黄文皮（原黄牛乡政府办秘书，因贪污救济金获刑10年）躲在角落里哭，冉林生向前安慰他。因为两人都是同乡，所以在狱中无话不说，完全就是兄弟伙。黄文皮哭着告诉冉林生：家里来人讲，自己的老婆跟别人跑到南方去了，好多年都没有回来过，最近听说被人卖去做"鸡"了。听到这里，冉林生不禁倒吸一口冷气。他想起了明文的那张照片，那张照得非常时髦的照片！他想，对呀，自己老婆不也是好多年都没有回来了吗？一个女人能用什么养活这么大一家子，她有什么本事，再能干，在那些地方又能做什么？为啥阿妈这么多年也没来看自己了，她是不是怕我知道什么，或者来了说漏嘴什么的。孩子们来了也仅仅是说婆婆农活太重，抽不出身来，说他们阿妈在南方打工，一时半会回不来。这一"打工"二字，让冉林生心里更加紧张。监狱里不是有人悄悄地唱什么"黄色调"："老公，老公，我在广东，工作轻松，替人放松…"

越想越可怕，就这样，原本是安慰别人的冉林生，自己倒紧张起来。

他越来越不敢相信自己的老婆，他越来越消沉。从一个性格开朗阳光的男人变得心胸狭窄、猜忌怀疑、沉默寡言。慢慢地他自己就将自己与外界彻底隔离了……

处处怀疑人，处处以怀疑的眼光看待人和事，自然没有了积极的表现，表现出来的反倒是让人失望的一面。所以，导致他差点儿延期出狱。能按时出来，还是刘书记反复努力的结果。

然而，当冉林生出狱，回到家中，看见生病的阿妈和生病的老婆后，虽然心中一切都明白，当初冤枉了老婆，不过今天的冉林生还是一天到晚疑神疑鬼的。虽然也有过深深的自责和内疚，但管不了多久，又旧病复发。整天以酒解愁！虽然他也努力地寻找过工作，但多次寻找均无果而终，只好做点农活。而从小的“贵族”身份让他十分爱面子，加之 8 年的牢狱生活让他性格“奇诡”，对农活已经产生了强烈的“排斥”！在水银镇刘书记和黄牛乡黄书记的争取了下，好不容易可以回电站值班，但他在狱中养成的猜忌性格，又让他无法接受现实的“反差”（从经理到值班工），同事们的关心和善意，在他看来则是“同情”“可怜”！他无法与同事和谐相处，最终不得不放弃了这份工作！慢慢地，他跟酒较上了劲！也就在孩子们即将毕业的时候，也就是春耕正忙的时候。一天晚上，他没能打败酒精，而是被酒精彻底地打败了，他听从酒的召唤，在青龙河下面永远“守护”电站大坝去了。从此再也没有上来……

等到第 7 天，冉凤、冉龙才被骆大爷从学校叫回山寨，才知道他们的阿爸已经没有了，回来是为了参加阿爸的“头七”。

“头七”是所有中国人的丧葬习俗，是根据死者去世的时间，再配合天干地支计算出来的日子及时辰，然而习惯上大家都认为“头七”指的是人去世后的第七日。其实“头七”只是“做七”中的一部分。还有“五七”、“七七”等。建国后，虽有所革新，但举办丧事，农民家庭一般仍按历史相沿的传统习俗进行。如：准备“后事”、报丧、请灵、出殡等，后来简化了许多程序。

羌族人的丧葬习俗原本来源于汉族，只是经过历史的演变形成了具有本民族特色的一种习俗。羌族人极为重视丧礼。丧葬仪式古风甚浓，明代《维州志》就有记载："人死则座于木架上置之仓舍，衣帽弓俱如生佩服，端公咒一献以猪羊，用火烧之。"

羌人也讲"头七"。按传统的说法，人死后第7天才知道自己已经死了，于是就有了"头七"的说法。老人们讲，"头七"的时候，人的灵魂还在各处飘荡，在望乡台上，时时刻刻都在看着自己的家乡。到了"头七"当天的子时回家，死者魂魄会返家，家人应于魂魄回来前，为死者魂魄预备一顿饭。然后，在家里烟囱旁边烧一个天梯，就是用纸做成梯子形状的东西。据说只有烧了这个天梯，灵魂才能顺着这个梯子到达天堂。之后自己的亲人便需回避，最好的方法是睡觉，睡不着也要躲入被窝；如果死者的魂魄看见家人，会令他记挂，便影响他投胎转世。这听起来有点迷信，但谁又肯让自己的亲人在这种事情上受委屈呢？

所以，羌人特别重视"头七"，冉依娜自然考虑到孩子们的学习不能耽误，但阿爸的"头七"孩子们必须得参加，所以她才跟明文商量，请来骆朗杰帮忙到学校去叫两个孩子回来。这天晚上，青龙山寨给冉林生办完葬礼后，跳起了忧事锅庄，青龙山寨所跳忧事锅庄的动作和名称上均与其他羌寨有所不同。青龙山寨综合了龙溪的"南坎索"和雁门乡的"加洒加洒"，有一整套规范的舞步。其音乐和舞蹈虽然没有汉族习惯上的庄严肃穆，但其旋律跳跃活泼，动作轻快。在阿妈冉依娜的领唱下，明文、冉凤、冉龙与亲朋好友一道边唱边跳。忧事锅庄的歌词内容简朴，抒发着悼念之情，追述冉林生生前爱护妻儿之情，追述他积极工作求上进之德，追述他短暂而不幸的一生。山寨羌民集体舞动起来，动作比较丰富。主要以足踏地，双膝微颤，以单腿跳步，即在左脚向前踢出时，右脚在原地轻轻地小跳一次，然后换脚。跳时两手由下划向胸前拍掌。由于过度悲伤，加之重病在身，明文跳了一曲就只能坐下了。她叫来冉凤，代表她，引领大伙跳起了羌人古老的丧事舞蹈：《叶龙》和《莫尔达沙》，以抒发其内心的怀念……

这又何尝不是女儿想对阿爸抒发的怀念之情呢？

经过一夜的歌舞，冉凤伤心至极，泪水早已经化着歌舞的润滑剂，悲伤让她清醒地意识到：阿爸走了。阿妈、婆婆病重了，自己和阿弟还要上学，原本因阿爸出狱而燃起的希望之火，也伴随着山寨今晚的篝火熄灭而熄灭，今后的路该怎么走？她已经深深地掉进了未来的“漩涡”之中！

在阿妈和婆婆的再三催促下，姐弟俩含泪跪别了两位坚强的女人，带着悲伤向学校走去。

然而，姐弟俩哪里知道，等待他们的将是更加残酷的现实！

第三十三章　违约之痛

两位乐观向上的女人，几乎被彻底打倒了。

失夫之痛和生活的重担，终于使重病缠身的明文瘫痪在床；而同样是病魔缠身的冉依娜，经受着失子之痛。

明文的病情更加严重，每天大小便都要阿妈冉依娜扶着她到茅房里解决。此时的冉依娜知道自己必须坚强，要尽快让儿媳好起来，当然她也知道这是不可能的。尽管如此，她还是每天坚持以歌声来激励儿媳。明文又何尝不想坚持，因为她跟女儿的“约定”还没有实现！但她同样也知道不可能兑现给女儿的承诺。是的，她没能挺过失夫之痛，最终她还是带着遗憾离开了爱她的和她爱的人……

苍天无眼，就这样短短的三个月内，冉凤冉龙就失去了阿爸阿妈，又回到了从前，身边仅剩下病重的婆婆。噩耗传来，姐弟俩再次带着沉重的步伐向山寨艰难奔去。一路上，山风狂猛，将各色草木吹弯了腰。说来就来，山寨的石板路上扬起了尘土，这是姐弟俩第二次感到了寒冷！

山寨传来亲朋一浪接一浪的哭泣声。

见此情景，冉凤冉龙已经是心里装满了泪水，虽然双眼已不在流泪……

但他们不止一次地想起那湛蓝的天空下，那鲜艳的花儿开得格外的显眼，在阿妈温柔的大手牵引下，骄傲地走过山寨，向青龙河走去，向阿爸工作的电站走去。今天那一幕幕仿佛就在眼前。一向语文成绩很好的冉凤，此时却不知用什么词汇表达自己的感情……阿妈去了，带着她对世间无限的眷恋去了；带着许多的无奈去了，她那么漂亮那么年轻，就这么去了。鲜艳的花儿刺痛了冉凤的心，让冉凤无法证实这突如其来的一切……冉凤的耳旁响彻阿妈的声音，那么亲切，那声声呼唤对冉凤是一种彻头彻尾的洗礼，无论冉凤走到哪里，都能感觉到阿妈的气息，冉凤实在无法接受从此与阿妈这神圣的称呼绝缘。虽然冉凤已不在年少，但冉凤依然像年幼的女儿在怀里撒娇一样依恋着已经故去的阿妈。她和阿弟与阿妈一起生活的时间远比其他孩子要少，但他们得到的母爱却很多很多。对于阿妈的离去，冉凤仿佛经历了一个世纪的诀别，时间在此刻凝固，她感觉整个人已经半机械化，在与阿妈做最后告别的时候，她的脑袋嗡嗡作响，眼前阿妈的形象和鲜艳的花儿交汇晃动，一切都在明确地告诉她，阿妈已离自己远去！而冉凤心中鲜艳的花儿也将随记忆远去。她跪在阿妈的灵柩前，不停地哭诉着，阿妈，您违约了，您没有遵守我们的约定，我的成绩一直在进步。说好的只要我的成绩在进步，您就不能离开我和阿弟，我们拉过钩的，一百年都不能变的，您怎么几年就变卦了，您不守信用，您没有坚持到我们考上大学……

晚上，青龙山寨的篝火燃烧起来，冉凤一改羌族人的传统，她唱起了在学校学会的歌曲《天之大》，但歌词加以了适当的修改。于是，青龙山寨上空飘来了：

阿妈，月光之下，静静地我想您了，静静淌在血里的牵挂；阿妈，您的怀抱，一生爱的襁褓，有您晒过的衣服味道。

阿妈，月亮之下，有了您，我和阿弟才有家，离别虽半步即是天涯；思念，何必泪眼，爱长长，长过天年，幸福生于会痛的心田。

天之大，唯有您的爱，是完美无瑕；天之涯，记得你用心传话。

天之大，唯有您的爱，我交给了他，让他的笑像极了阿妈。

……

当姐弟俩回到房间，看见他们所有奖状、荣誉证书、课本、作业本等被阿妈生前精心的捆扎着时，泪水再一次占据了他们的眼眶，仿佛又一次依偎在阿妈的怀里，感受她温柔的抚摸……想象一下阿妈在整理这些东西的时候是怀着怎样的心情，希望、憧憬……

所有的一切在阿妈离去后都无法考证……晚上，当姐弟俩围坐在婆婆的床前，精心地照料婆婆时，不知道天堂里的阿爸阿妈是否能感知到。两个孩子一直很努力，努力地做自己想做的事情，努力地让天堂里的阿爸阿妈永远欣慰！

眼看他们就要毕业了，黄老师坐不住了。上次她的“化装侦察”，让她对冉凤冉龙产生了同情心，她不想让两个孩子的努力像青龙河水负之东流！

她亲自跑到山寨，及时找到骆朗杰，也就是现在的社长（在冉依娜生病期间，经冉依娜再三请求，村里同意冉依娜辞去社长一职，由骆朗杰担任），黄老师想让骆朗杰社长帮忙安排人照顾好冉依娜，解决两个孩子的后顾之忧，好让两个孩子能尽快返校学习，因为两个孩子就要高考了。

其实，骆朗杰已经安排好了人手，早就想让两个孩子返校，只是因两个孩子突然间失去了阿爸阿妈，打击太深，又害怕再失去婆婆，所以两个孩子舍不得离开婆婆。这两天，婆婆也看出来了，她正在给两个孩子做工作，躺在床上不停地“唠叨”：希望你们不要辜负阿妈生前的期盼；希望你们不要辜负阿妈生前对这个家所做的一切。因为你们阿妈最终是希望你们能考上大学，如果你们为了我而未能考上大学，那么婆婆死后还有什么脸去见你们的阿妈……

冉依娜跟儿媳明文一样，是个坚强的女人，即使在如此痛苦的时候，她也不忘孩子们的学习。就在办完儿媳丧事后的当天晚上，冉依娜为了让冉凤冉龙放心回校参加高考，她就在前来吊唁的黄老师的陪同下，找来骆朗杰，强打精神告诉孩子们说，骆朗杰已经安排人来照顾自己了。而骆朗杰也来了个顺水推舟，演起了“双簧”（头一天，黄老师就找过骆朗杰商量孩子们回校准备参加高考的事。骆朗杰知道冉依娜需要人照顾，就安排好自己的儿媳来照顾，费用由社里出。他只是没有想到冉依娜会主动来找他商量如何劝说孩子们返校的事），两个涉世未深的孩子就这样被说服了。

冉凤明白婆婆的心意，也深知阿妈生前的期盼。她和阿弟不得不哭着跪拜婆婆，带着矛盾的心情，依依不舍地准备回校迎接高考。然而，他们哪里知道，更加难考的人生高考正等着他们呢？

在返校的山路上，在山寨的上空响起了冉凤冉龙思念阿爸阿妈的歌——《天亮啦》

初夏
风儿多么缠绵
阿爸阿妈就在我们的心里
就在这美丽风景相伴的地方
我们突遇狂风暴雨
就是这个初夏再看不到阿妈的脸
她用她的“坚定”托起我们重生的起点
相思中泪水　沾满了双眼
应这山路之间
我们看到阿爸阿妈就这么走远
留下我们在这陌生的大山之间
不知道未来还会有什么风险
我们想要紧紧抓住阿爸阿妈的手
婆婆告诉我们希望还会有
看到太阳出来
天亮啦
夜晚
天上宿星点点
我们在梦里看见

我们的阿爸阿妈
他们告诉我们在世上
要学会坚强
要相互扶持　共同进步
我们看到阿爸阿妈就这么走远
留下我们在这陌生的大山之间
我们想要紧紧抓住阿爸阿妈的手
婆婆告诉我们希望还会有
看到太阳出来
天亮啦
我们看到阿爸阿妈就这么走远
留下我们在这陌生的大山之间
我们想要紧紧抓住阿爸阿妈的手
婆婆告诉我们希望还会有
看到太阳出来
天亮啦……

第三十四章　天塌地陷

再说冉依娜，在两个孩子真正离开她回到学校后，她整整哭了一夜。她没有想到，在短短的几个月里儿子、儿媳都离她而去，这白发人送黑发人，让她受尽了煎熬。现在自己也可能坚持不了多久啦，这个家也就算完了，可怜的孙儿孙女，还没有长大成人就要承受如此巨大的压力，这对于两个孩子实在是太不公平了。两个孩子又将如何面对自己的人生，他们的未来又将是怎样的呢？

冉依娜越想越伤心，病情也越来越重……

坚强的冉依娜终究被痛苦击倒了！就这样，冉依娜带着未完成的心愿也离开了人间。

那一天冉凤冉龙的小世界一片黑暗。如同他们阿妈当年经历过的“三袖”（毛主席、周总理、朱总司令）离世一样，姐妹俩的小世界天塌地陷了！

两姊妹的思绪永远滞留在了那一刻，忘不了那瞬间的天翻地覆，出殡那天冉凤哭天喊地，像一把利刃刺痛了阿弟冉龙的心脏。冉龙想起了自己在婆婆面前调皮的画面，是多么的不懂事。假如时光能倒流，自己愿长长久久陪在老人家身边。这些天冉龙老是梦见自己大学毕业工作了，梦见了婆婆，还有阿爸阿妈与自己幸福地在南都市一起生活的场面。他想：假如能显灵，就让这个梦永远做下去吧。婆婆，我想您，我真的很想您，想您带着阿爸、阿妈和我们两姊妹，一家人永远不分离……

其实，冉龙是个懂事的孩子，虽然儿时调皮，那也毕竟是十年前的事。自从阿妈南下打工，他就非常听阿姐的话，总是主动承担起照顾婆婆的重任，他对婆婆的感情一点也不比阿姐少，他想通过自己的努力来留住婆婆，就像当初阿姐想留住阿妈而悄悄跟阿妈的“约定”一样。然而，他们的愿望最终都落空了。

冉凤清楚地记得，毕业回家后的第三天，她和阿弟忙着收苞谷。回家后，她开始做饭，阿弟在给婆婆擦身子。此时的婆婆瘦得皮包骨，由于疼痛引起倦倔，像一个十来岁的小孩。劳累了一天的冉凤喂完婆婆的饭后，早早地来到婆婆房间，靠在婆婆的床边想尽量多陪一陪婆婆。这时，房间里异常闷热，让人透不过气来。窗外的天空诡秘地发着白光，继而又变成了阴森森的铁灰色。大山里的天变得越来越低，像一口巨大的吊锅，倒扣着，不由分说地向山寨压了下来。山坳上雷声说来就来，轰隆隆，咔嚓嚓，不遗余力，不可一世。闪电这条抽搐着的亮鞭，跟随雷声肆意地挥动着，大山的上空被劈出一道又一道伤口，猩红并且诡异。紧接着，倾盆大雨像泼妇似的，一点过渡也没有，直接就“疯”了起来。大山在瞬息之间就被一团浊白所笼罩，而风也开始趁火打劫了，撒着野，打着旋，恨不得把山寨的草和树连根带梢地全部吹走。雷声、风声、雨声，声声纠缠不清，窗外噼里啪啦的声响吓得冉凤和弟弟钻进了婆婆的被窝。这时，只听得婆婆的喉咙里发出吓人的声音，冉凤和弟弟从被窝里爬起来大声叫着：“婆婆，婆婆！”婆婆却张大嘴巴说不出话，瞪着眼睛直直地看着他们。在弥留之际，眼泪流了下来。原本被这狂风暴雨惊吓了的冉龙不知从哪儿来的胆量，毫不犹豫地冲进风雨中，向骆朗杰家中跑去，可等骆朗杰赶过来时，婆婆已经驾鹤西去！

待冉凤冉龙心情稍微平静一些后，骆朗杰才将事情的缘由道出，他告诉冉凤冉龙，其实婆婆早年得的是肝硬化，因为自己没有照顾好自己，在这期间，又经历了失子丧媳之痛，长时间的忧伤加深了她的病情。但为了让你们完成学业，参加高考，关键时刻，她还是担当起了做婆婆的责任，就这样她的病情很快转化为肝癌，因五脏六腑都不行了——心脏病、肺气肿、半身不遂…积劳成疾，心力交瘁，她已经耗尽了心血。她已经尽力了，你们现在得学会自己照顾自己。你们外公外婆远在蓝冲，身体也不好，这次就不要告诉他们了。所以今后有什么事，就来找我，我会尽力帮助你们的。

办完丧事这天傍晚，骆朗杰大爷长长地叹了一口气，拍了拍冉龙的肩膀对两姐弟说道：“孩子们节哀顺变吧！”

说完骆朗杰大爷起身离开了，随着骆朗杰大爷的离开，天边的血色残阳映照着碉楼，不愿带走它剩下的几抹余晖，山的那边传来几声夜归鸟儿的叫声，辽阔的天际仿佛只剩了它们掠过的身影罢了，在这片大山里，它们又能留下些什么呢？

夏天的夜晚，天高露浓，一弯月牙在天边静静地挂着。清冷的月光洒下大地，是那么幽暗，银河的繁星却越发灿烂起来。茂密无边的丛林里，此唱彼应地响着夏天虫子的唧令声，蝈蝈也偶然加上几声伴奏，阴影罩着野草丛丛的蜿蜒小路。冉凤冉龙该怎样在这条小路上走出大山呢？

第三十五章　忍痛割爱

秋天的黄昏来得总是很快，远山近岭迷迷茫茫，举目顾盼，千山万壑之中像有无数只飞蛾翻飞抖动，还没等山野上被日光蒸发起的水气消散，太阳就落进了西山。于是，山谷中的狂风带着浓浓的凉意，驱赶着白色的雾气，向山下青龙河游荡；而山峰的阴影，迅速地倒压在山寨上，阴影越来越浓，渐渐和夜色混为一体，很快天地就被月亮烛成银灰色了。

阿妈没有等到冉凤冉龙高考的结果，就扔下他们匆匆去追赶阿爸了。同样，婆婆也很自私，在孙儿孙女刚刚考试完不到三天，就迫不及待去关心自己的儿子和儿媳去了。让姐弟俩一毕业就变成了孤儿。

冉凤想知道：为什么一瞬间我们就在风里长大了，那些花开日落，那些单纯清澈的时光，那些明亮的青春，以及年少的忧伤，究竟是怎样穿过我们的身体，流淌得如此干净？

自然，多年来的磨炼也让姐弟俩变得坚强了。弟弟主动承担起了家里的农活，姐姐则完全包揽了家里的所有琐事，自然实现了弟主外，姐主内的相依为命的转变。

然而高考的成绩总是要下来的，这几天冉凤的心里开始忐忑不安。她在想，如果自己和弟弟都考起了自然是好事，可学费又从何来，阿妈婆婆生病后已经用干了所有的积蓄，目前仅凭自己的力量肯定办不到的。要是没有考上，又怎么面对三位已去世的亲人。如果仅仅是自己考起了，那么弟弟又怎么办？要是弟弟考起了，自己落榜了，自己不是也跟阿妈一样“失约”了吗？怎么办？越想越害怕……

这天，山寨的天空特别的美丽，阳光在白云的点缀下释放出七彩虹，一大清早冉凤就叫来弟弟说，自己要到镇上去办点事，让弟弟自己在家里忙农活。冉龙没有多想，自己就上山去了。只是冉龙这几天也跟姐姐一样，一直在想高考的事。

再说冉凤将书包里的书全部倒出来，将空包包背在肩上，心事重重地离开了山寨，她要去镇中学找黄老师。

……

从黄老师那儿回来，她已经有了打算，黄老师了解冉凤，理解冉凤，信任冉凤，也很心疼冉凤，不管冉凤出于什么原因，黄老师都相信她的决定是有理由的，所以黄老师同意了冉凤的请求，因为她知道仅凭自己的力量是无法帮助冉凤的。

回山寨的路变得漫长，冉凤的心情更加复杂，她将面临人生的第一道选择题，这道选择题的指导思想就是阿妈生前的那句话：阿妈走后，你要自己保重自己，并一定要照顾好阿弟，让他上大学。

该来的总归是要来的。

又过了一个多月，冉凤得到通知，说是镇中学的黄老师找她有事，冉凤火急火燎地往镇中学跑去。远远地就看到黄老师在自家的门口等她，没等她坐下，黄老师就笑嘻嘻的拿着两个红纸片对她说：“冉凤，祝贺你和你的阿弟，你们都被南都大学录取了，这是你们的录取通知书”。

“谢谢，谢谢老师。”冉凤颤抖的声音中喜忧参半。

黄老师这才让冉凤坐下，并给她递了一杯水，接着说：“你们给学校争了光，全校考上三个，你们姐弟俩就占全了。本来早就想通知你来领取录取通知书的，但介于你上次来说过，如果有录取通知书，就要晚点通知你，所以我一直忍着，直到快要开学了，昨天我才找人通知你来。当然，我不知道你出于什么原因要这样做，也许有你的考虑，老师尊重你的意见，替你保密到今天。不过，我还是事先将你们的实际困难给镇政府做了汇报，镇政府得知你们的家境后，同意给你们一定的资助，学校也要资助一点，这样一来，你们的学费基本上不成问题了。至于生活费，到时再想办法，希望你们都能去按时报到入学。”

“好的，谢谢黄老师，不过你还得为我继续保密哟，我怕知道的人多了，我们应付不过来。”冉凤诚恳地望着黄老师。

“行，努力吧，这是我的一点心意。”黄老师一边说一边递给冉凤两百元钱。

“不行，黄老师，你自己都很困难。谢谢你的好意，我们会自己想办法的。”冉凤用坚定的口气回答，并将黄老师递钱的手推了回去。

“这孩子，这是老师的一点心意啊。”黄老师将钱往冉凤的包里塞。

“老师，再见。记得给我保密哦。”冉凤快速转身，来了个金蝉脱壳，迅速离开老师。离开学校，向山寨奔去。

“阿弟，恭喜你，大学录取通知书来了。”冉凤一进家门，就给阿弟报喜。

“真的？哪个大学？你呢？”阿弟兴奋地跳了起来。

“南都大学。”

“阿姐，你的呢？”

“我的通知书还没来，黄老师说了，可能是我填写的志愿有问题，还要等一等。”

“哦，阿姐成绩比我好，肯定没问题。等就等吧。说不定是北大、清华呢！”阿弟的语气中带有一丝忧虑。

“嗯，黄老师说了，你的学费问题已经基本解决了。只是生活费还得我们自己想办法。”冉凤怕阿弟担心学费而打退堂鼓，立即进行说明。

“我找时间跟骆达娃去青龙河里摸鱼来卖”（骆达娃就是骆朗杰的孙子）。

“要的，注意安全哦。”

“嗯。”

这段时间以来冉凤心情很复杂，她知道必须保证阿弟按时上学，并且不能让阿弟知道自己也考上了，因为她知道自己无论如何也不能去上学，否则阿弟下学期的学费，生活费谁来管。所以她必须保持平稳的心态，必须保住这个秘密。因为，她在火坟前给阿妈发过誓，一定要照顾好阿弟，让阿弟上学。

开学报到了，阿姐的录取通知书仍然没有来，冉龙百思不得其解，这是为什么？阿姐一点也不在乎自己是否能上大学，而是非常关心他的事，跑前跑后看上去很高兴很满足的样子。这更让冉龙不敢相信这是事实吗？冉凤提前到镇上办完了相关的奖励费用后，送弟弟到南都大学报道。并递给阿弟一封信，她再三叮嘱，要在她走远后才能打开。同时，告诉阿弟，不管今后再大的困难都要坚持，不能放弃。

冉龙的双眼涌出了激动的泪花，接过阿姐的信，冉龙的心一下子忐忑不安起来，他有一种说不出的预感。他望着远去瘦弱单薄的阿姐的身影，再次落下了眼泪。他迫不及待地打开了阿姐递给他的信。

亲爱的阿弟：

阿姐知道纸是包不住火的，一旦你入学就会知道阿姐和你考入的是同一所大学。阿姐不是有意要瞒你，阿姐也是没办法，如果我们都去读书，生活费从哪儿来，下一学期的学费又从哪里来。阿姐想好了，也在火坟前给阿妈发了誓，我到外地打工去挣钱让你读书。所以，不管发生什么事，阿姐都会在你身边，但你不能来找阿姐，也找不到阿姐。你一定要坚持好好学习，才对得起病逝的阿爸阿妈和婆婆，你一定要相信阿姐，一定学会自己照顾好自己，切记。再见。

爱你的阿姐

1998 年 8 月 28 日

“阿——姐。”冉龙朝着阿姐消失的方向声嘶力竭的喊了起来。眼泪唰唰的流。他的哭声惊动了报到处的所有师生，这突如其来的一幕让大家屏住了呼吸，学校的鸟儿失语了，天空的云儿停飞了，突然间下起了倾盆大雨，让人们猝不及防……

第三十六章　寄人篱下

转眼寒假将至。

这个月与以往不同，冉龙收到的汇款单上有一段附言。阿姐在附言上写道：这个寒假阿姐就不能回山寨了，春节你自己过吧，可能的话你要么到外婆家，要么到骆郎杰大爷家，要么留校。阿姐。

冉龙看见汇款单上有附言，非常高兴，但只有一瞬间的快感。因为他原本想在春节和阿姐团圆的，他有好多话要给阿姐讲，何况有几个月没有见到阿姐了。冉龙想阿姐了，他想知道阿姐现在过得怎么样？到底在哪儿？在干什么？

冉龙也曾经想到去找阿姐，可汇款单上阿姐从来就不落地址，他又该到什么地方去找呢？他知道阿姐不回山寨是为了多挣一点钱给自己下学期做学费和生活费，是为了节约路费。他在猜想阿姐可能去了南方，跟当年阿妈一样。

他想到这些，自己决定也不回山寨了，不去外婆家。寒假他准备在学校周边打工。于是他开始做家教的小广告，但一个星期过去了没有人来找他，眼看寒假将至，怎么办？他晚上跑到学校周边的商场、餐馆转悠，最后在一家名为“好又来”的小餐馆找到一份打杂活，每天八元包两顿饭。冉龙乐坏了，虽然工作时间长，上午 10 点到晚上 11 点，有时要到凌晨。但偶尔老板也要给几角钱的加班费，主要是餐馆离学校很近，10 分钟就到了。他跟学校值班师傅混熟了，什么时候回校都没问题。

再说冉凤，将冉龙送到学校后，就在学校附近的一个印刷厂当装订工。这样，几乎每周都能见到阿弟。一个月只有 200 元，除了吃饭租房子外，还剩 110 元。就这样她将余下的全部寄给了阿弟，自己分文不剩。她选择在学校附近，主要是不放心阿弟，这既能看见阿弟，又能暗中保护阿弟。

后来，她发现阿弟很快适应了学校生活，打听到阿弟学习认真。于是，她在一起打工的同事介绍下，到了离学校较远的一个小区给人家当保姆。主要负责带孩子，吃住不要钱，每月 150 元。这比起在印刷厂要好一些，工作轻环境好，不仅保证阿弟每月的伙食费，而且还约有结余，又能给阿弟下学期准备学费。

为了保住这份工作，她不敢请假，房东是做生意的，很忙，也很少回家，只有一个老太太在家里，平时家里就她们三个人在一起，所以寒假前的一个月，冉凤才特意在汇款单上附了言。

一天，一位大妈到房东家收破烂，房东老太太让冉凤收拾一下家里的废旧书报，冉凤趁机向这位收破烂的大妈问起了收破烂的情况。收破烂的大妈是个好人，她给冉凤介绍得很详细，两人也很是投缘。后来这位大妈又来了几次，冉凤得知大妈叫刘大慧，平时以收破烂为生，住在开发区的城中村，她们很快成了好朋友。

春节这天，房东两口子回来了，说是门市放假两天，回来看看娃儿，女房东回来告诉冉凤可以回家两天，两天后再来。可冉凤这两天能上哪儿呢，她只好说自己没有地方去。女房东说，也行。那你就帮忙做点别的吧，这两天孩子就由我们自己照顾。

冉凤高兴地接受了安排，她留下来将房东换下来的衣服全部洗了，并将房间打扫干净。累了一天的她回到自己房间准备休息，这时跟女房东回娘家吃年饭的男房东提前回来了。他悄悄摸进冉凤的房间，将完全没有防备的冉凤从后面抱住，吓得冉凤拼命地挣扎、不断地喊救命。冉凤这突然大声地喊叫惊动了隔壁房间的老太太，她冲过来，发现自己儿子摸到了冉凤的床上，抬手就给儿子一巴掌，随即就是一顿臭骂：“你这个不要脸的狗东西，在这里干什么，看把我孙女吓成这样子，还不滚回你的狗窝去。”

“妈，我喝多了点，走错了房间，你也用不着打我啥，我是你儿子哟。”男房东尴尬地回答道。

“滚，给老子滚远些，有多远滚多远。不跟媳妇一起回来，喝那么多马尿干什么？”

“妈，别这么凶嘛，我这就滚。”男房东灰溜溜地离开了。

老太太拉着冉凤的手安慰说：“孙女，别怕。有婆婆在，看谁敢欺负你。”回过神来的冉凤许久答不上话来，周身依旧抖得厉害。

受此惊吓，冉凤一夜也没有睡觉，她想这样下去，说不定哪天就被人欺负了。老太太虽好，可那毕竟是她的儿子呀。想到这里，她想到了刘妈。第二天一清早，冉凤就给老太太请了假，说是要去学校看阿弟。老太太知道冉凤是昨夜受到惊吓，想去见见自己的阿弟也很正常。但她还是不放心，再三叮嘱冉凤路上要当心，早点回来。

第三十七章　姐弟团聚

时间过得真快，一晃又是一学期，转眼暑期又到了。

到了吃晚饭的时候，冉龙跟往常一样在食堂的角落里，慢吞吞地咀嚼着饭菜，心里想着阿姐这时是不是吃饭了，她吃得好吗？吃罢晚饭，冉龙闷闷不乐地回到宿舍躺在床上，巨大的孤独感包围着他，在这个宿舍时，他努力回忆着家的概念，升起了“想家”的欲望。冉龙什么时候睡着了，他自己也不知道，他做了一个噩梦，梦到阿姐被人欺负。欺负阿姐的是一个肥头大耳，长着酒糟鼻的男人。他要阿姐给他洗脚，阿姐不肯，他就用脚踢阿姐。冉龙非常愤怒，想冲过去帮忙，可手脚却动不了，急得大喊大叫，那个男人挥动着拳头向他打来……他终于醒了，睁眼一看天已亮，自己还躺在床上。

冉龙立即坐起来，想着刚才的噩梦，心里还怦怦发跳，他下意识地摸了摸自己的包包，那节省下来的几块钱还在。

冉龙是个聪明的，在接下来的日子里，他认真地查看了阿姐最后寄来的一张汇款单，发现汇款汇出的时间在一天左右，而且发现盖的邮戳是“四川省南都市经济技术开发区邮政分局”。所以，他断定阿姐就跟他在同一座城市，因为他想起了阿姐离开时说过：“阿姐就在你身边。”于是这个假期他决定要去找阿姐。

这天，冉龙坐上212路公交车，这是学校通往经开区的，但这么大一个经开区他该去哪找呢？到了经开区，冉龙看见到处都在搞建设，他猜想阿姐会干什么呢？是在工地当临时工？是在工厂打工？是在小区当保姆？总之，他找遍了经开区，也没有找到阿姐。不知不觉到了晚上11点，班车已经没有了。只有出租车，自己身上的钱又不够了，怎么办？

冉龙在地摊上买了一碗凉粉，将就对付一下肚子，想继续找，碰碰运气。夜深人少了，他感到非常疲倦，在一个新修的立交桥下面坐下来，居然睡着了。

“小伙子怎么在这里睡觉？你是做什么的？”

“我找我阿姐。”睡梦中的冉龙脱口而出。等他睁开眼睛时，才发现他面前站着一位大妈。

“你阿姐是谁？她在哪里？”

“我阿姐叫冉凤，我只知道她在经开区，我跑遍了也没找到。”这时，冉龙才发现跟他搭话的是一位手里提着装满东西的蛇皮口袋的中年妇女。大妈微笑着说：“这儿是经开区的城中村，我认识一个叫冉凤的，不知是不是你阿姐。”

冉龙一下子跳了起来，两眼闪着光芒，惊喜道：“你认识我阿姐？”

“你跟我去看看不就知道了。”

冉龙想都没有多想，就跟着大妈走了，他这才发现自己已经到了郊区，四周都是工地，中间一大片全是烂棚子和菜地。菜地一块一块的很小，紧挨着棚子，棚子也是一个挨一个。有用石棉瓦搭的，有用油毛毡搭的，有用彩色塑料布搭的，有用蛇皮袋子搭的。花花绿绿而乱七八糟，高低错落而大小不一，棚子外面堆满了纸壳、矿泉水瓶之类的东西。一缕缕轻烟从小棚子里边往天上蹿，有的绕过高架桥向外面工地延伸，有的像一团团浮云，照着小棚子，许多人在浓浓的炊烟中穿梭，嘈杂而零乱，冉龙感到迷惑，他吃惊地问道；“这就是城中村？”

大妈说：“周围全是建设中的现代化城市，高高的楼房，直直的宽宽的公路，哪点没有大城市样子，这棚子，这菜地又哪里不像我们的农村？你说该叫它啥？”大妈笑着继续说：“这还是那些到这儿来采访的记者们取的名字呢。这一叫就出名了。”

冉龙好奇地问：“这些小棚子里都住些什么人？我阿姐也住这儿，她不是说她在外面打工呢！”

“这就是我不敢肯定住在这里的冉凤就是你的阿姐的原因，所以要你自己来认。当然，住在这里的人不是在外打工，而是在做其他的事。”大妈在一个用蛇皮口袋搭成的低矮小棚前停下来告诉冉龙，这就是冉凤的家，我就住在她隔壁。

“冉凤，你看这是不是你阿弟。”大妈朝小棚子里喊。

棚子里没有声音，大妈说：“冉凤每天都起得很早，看来她已经出去了，你在这里等她吧，一会儿就回来的，到时你就知道这是不是你阿姐了。”说完大妈就匆匆离去。

小棚子的门是用彩色塑料布扎成的，一把破了油漆皮的小锁，挂在门上，冉龙从门缝中看了看，里面没有什么值钱的，就是一些破烂的东西，破烂旁边有一个黑乎乎的东西，发着轻微的鼾声，大妈不是说冉凤已经出去了，还有谁住在小棚子里呢？他们又是什么关系？冉龙想去找大妈问问，可大妈回家放下装满东西的袋子，重新提了一个空袋子又走了，其他的人也显得忙忙碌碌，只是好奇地朝他看一眼就离去了，没有人愿跟他搭话。

冉龙在小棚子旁发愣，难道为了给自己挣学费、生活费，阿姐就住在这里？冉龙的眼睛不由得湿了。

“小兄弟，你是来找冉凤的？”一个披着长发的时髦大姐突然从冉龙背后冒出来吓了他一跳，忙问：“你是谁？”面前这个穿着特别“妖娆”女人，与这里挑筐的，提袋子的，穿着破烂衣裳的人显得格格不入，其他人都显得忙忙碌碌，而她穿得整洁，且看上去很悠闲。女人没有回答冉龙的问话。“你认得这里的冉凤？”冉龙打量着这个女人诧异地继续问道。

“老邻居，怎么不认得。”女人接着说：“我叫李兰，你就叫我李大姐吧。”

“你也住在这里？你是干什么的？”冉龙还是不相信她会住在这里，虽然他知道这样问人家是很不礼貌的。

“打工啊。”

“不是说这儿没有打工的吗？”

“你是记者还是公安，像查户口似的。”李大姐笑了笑继续说：“冉凤挑潲水去了，一会就回来，要不你去我那儿坐坐？”

“不了，我就在这里等，还不知道这个冉凤是不是我阿姐呢。”

这时，李大姐指了指山坳那边说：“那就是冉凤。”

冉龙朝山坳那边看去，果然有一个年轻女子挑着一个白色的塑料桶摇摇晃晃地从山坡上走下来，冉龙连忙告别李大姐，立即跑了过去。远看那年轻女子穿着一件补丁衬衫，脸黑黝黝的，身材瘦瘦的。走近一看，冉龙一下子就认出来了，那双长得亮亮的大眼睛正挑着潲水朝自己走过来的女子，不正是自己要找的阿姐吗？此时，在冉龙的脑海里突然浮现出了童年的影子，给予他最多安全感的不是父亲那种如山如峰的身影，相反，他所依靠的竟是这样一个瘦削的、脆弱的身影！无数次，他在半睡半醒之间把这样的身影当成了阿妈的身影，如同此刻，他也只是把阿姐的身影看作是一个幻影、一个替代品。想到这里，冉龙的眼泪夺眶而出。他下意识地高声喊道：“阿姐……阿姐……”

冉凤看见长得白白胖胖的阿弟的突然出现，先是一怔，然后满脸的惊喜说：“阿弟，你怎么来了？”

“阿姐，昨天我找了你一天，也没找到，在立交桥下睡着了，是一位姓刘的大妈把我带到这儿的。这不放暑假了，我想来找你一起打工挣钱，我好想你哟。”冉龙边说边抢阿姐的担子，冉凤不让。

“还没吃早饭吧？”冉凤心疼而慈祥般地问。

“没有。阿姐，你挑潲水做什么？你做什么工作？怎么住在这里？你的小棚子里好像还睡得有人，他是谁？”冉龙一股脑的把所有的问题都端了出来。冉凤没有回答阿弟的问题，而是埋怨道：“要来又不先给我打个招呼。”

“阿姐，我怎么给你打招呼，我是根据汇款单的印章找来的。”冉龙满脸的委屈。

“嘿嘿。”冉凤仅仅是淡淡地笑了笑，心想明明是自己的错，怎么倒怪起阿弟来了呢！

到了小棚子，冉凤放下挑子，就朝小棚里喊：“花儿，起来吃饭了。”冉龙这才想起棚子的鼾声，想问花儿是谁，又不好开口。阿姐才 19 岁，离开自己才一年，不应该有男朋友或孩子什么的。她跟在阿姐后面，钻进了小棚子，想看个究竟。原来小棚子里有一张用工地上废弃的竹子搭成的小床，小床的下面及其周围都堆满了矿泉水瓶子和废旧报纸之类的东西。冉龙看着棚子里乱七八糟的东西已经明白了一半，阿姐是做什么的。这时，从里面的角落里传来一阵哼哼声，吓了冉龙一跳，这分明是猪的叫声。“阿姐，你养得有猪儿呀。”冉凤没有回答，只是回头笑了笑。这时冉龙才看清楚里面那个用塑料围起来的小小的空间里面果然有一头黑白相间的猪儿。冉凤将一桶潲水提了进去，猪儿把头伸进去吃了起来，冉凤再用扫把将里面的猪粪打扫干净，用一只小塑料桶装着提到外面的菜地倒掉，顺便在菜地里弄了一点青叶子菜，回来开始在小棚子外面用断砖头搭起来的灶台上给阿弟下面吃。冉龙看着穿着补丁衣服，又黑又瘦的阿姐，泪水再次流了出来。“阿姐，我不读书了，我不能看着你在这里受苦啊，我们回山寨吧。”

冉凤心疼地伸出手给阿弟抹去了脸上的泪水说：“男子汉，我的阿弟，可不能动不动就掉眼泪啊，你是大学生了，已经会分析了，你想一想，要是这儿不好，怎么会有这么多人住在这里呢？”

“这里有什么好？”

“住这里的人大多数是从农村来的，要么是在城里摆摊做生意，要么是算命看相的，要么是打零工的，要么就是捡破烂，我就是捡破烂的。有时还要上门收别人家准备扔掉的破烂，只要废品收购站要的，我都收。然后背去卖给废品收购站，这样比打工要强几倍，才能保证你的生活费和学费。为了保证你下学期的学费，我还买了花儿，到时候卖了，你的学费就差不多了。”冉凤得意地讲着。

“阿姐，原来你是这样给我攒学费的啊。”冉龙抱住阿姐痛哭起来。

“阿姐苦是苦了点，但比在山寨强，只要你好好读书，将来有出息，就对得起死去的阿爸阿妈和婆婆了，傻阿弟，不准哭了。”

“阿姐，你累瘦了。”冉龙心疼地松开阿姐，望着阿姐说。

“不累，阿姐看见你就高兴。对了，你还没有讲你这一年的学习情况呢。”

“嗯，我在学校很好，上学期还拿了奖学金，寒假我也去打工了。还挣了一百多块，所以今后阿姐不用这么辛苦了。”冉龙一边抹眼泪，一边显得有点自信。

“真能干，我的阿弟能干了。好好学习，将来一定有出息。快把这碗面吃了，没有佐料，只有盐巴和油，将就点。”冉凤端着刚做好的面条说。

“阿姐，你先吃。”

“我吃过了。你吃，吃了就回学校去吧。”

“不，我放假了，我也要攒学费，不能只让阿姐一个人受累啊。”

“阿姐行，不需要你。”

“阿姐，这个暑期我跟定你了。”

“这样吧，今天刚来，休息一下，明天我带你去捡破烂，你敢吗？”冉凤知道阿弟的性格，得哄，得顺着毛毛摸。

“敢。”

“你不怕被同学撞见？”

“撞见怕啥，我是靠劳动挣钱，又不是偷。”

第三十八章　酸甜苦辣

这天，冉凤在她的小床前另外又搭了一个只能容一个身子的小床，在床上铺了一些硬纸板对冉龙说：“这个床我睡，你睡那个床，那个床长一点。夏天睡在小棚子里有点热，我这有纸板做的扇子，扇一扇风就凉快了。”

冉龙不跟阿姐争，他也知道阿姐的性格，很倔。

躺在小床上，汗水像温泉般一个劲地往外冒，冉龙不停地用扇子扇着，冉凤也坐起来帮冉龙扇扇。

“不用了，阿姐，你自己也热。”冉龙心疼地说。

“没事，我习惯了。”冉凤不以为然地说道。

“阿姐，平时你就这样过的呀？”

“这样不好吗？记得我在印刷厂打工时，晚上回住处要过一个小巷子，又黑又长，屋子里几个人挤一间屋，比这儿好不到哪儿去，何况租金也很贵。当初选择在你们学校附近打工，主要是我不放心你。后来我发现你学习很认真，就在同事的介绍下，给人家当保姆了。房东老太太对我很好，但男房东欺负人。虽然跟吃跟住，但钱并不多，是刘妈帮助了我，就是早上带你回来的那个刘妈，她给我搭了这个小棚子。捡破烂虽然苦，但自由，钱也比以前挣得多一些。”

“阿姐，你受苦了。”

蚊子仍然嗡嗡地叫着，冉龙用扇子扇着，冉凤也用扇子帮阿弟扇着，说：“阿弟，阿姐不苦。这一年阿姐不在你身边，苦了你啦，想阿姐吗？”

“想，我做梦都在想。我哪里苦，阿姐比我苦多了。阿姐，我还是不读书了，我去打工，你就不用这么苦了。”

“听阿姐的话，你一定要好好学习，等大学毕业了，找个好工作，我就不再捡破烂了，回山寨去劳动，我们的根在那里呀。”

这时冉龙想起了白天打招呼的那个李大姐，好像她没有捡破烂，穿得和别人也不一样。冉龙想到这里就问道：“那个李大姐是干什么的呢？”

“不太清楚，她几乎白天都在这里，晚上才出去。”

“哦。”

“睡吧，阿弟。明天还要干活呢。”

“嗯，要得。”冉龙懂事地睡了，可这那里睡得着呀，冉龙只是眯上眼睛而已。他知道阿姐起得早，不能影响阿姐，虽然自己还有很多话想跟阿姐讲，他也只有忍了。

不知是什么时候睡着了，第二天早上，冉龙醒来时阿姐已经挑潲水去了。冉龙赶紧起来，他看见刘妈正在吃饭，就上前打招呼：“刘妈你起得好早哟。”

刘妈说：“我们这儿起得最早的是你阿姐，她已经出去了一阵子，你一定要为你的阿姐争口气，你阿姐一天到晚就是为了你哟。”

“我阿姐真苦。看她这样，我都不想读书了。”

“那怎么得行，你阿姐苦点累点没啥，为的就是要你好好学习，你只有好好学习才对得起你阿姐，否则你会要了她的命的。”

“嗯。我知道啦，谢谢。”冉龙边回答边洗脸，然后他准备做饭等阿姐回来吃。

冉凤回来了，她把潲水拿去给花儿吃，并对冉龙说：“我买了点卤菜，你拿去放在面里边，我吃过了。”冉龙心想，阿姐在外面吃过了也好，天天吃面可不行啊。冉龙没有回答阿姐的话，他一边想一边吃着面条。冉凤又对他说：“一会儿你跟阿姐去捡破烂，过两天你还是回学校去，自己找一份像样子的工作，全当着是实习，提高自己的技能就行。学费，由阿姐来想办法。”

其实，经过昨天晚上跟阿姐的交流和早上与刘妈的几句谈话，冉龙也想明白了，他也准备在这儿跟阿姐一起劳动几天，看看这一年来阿姐是怎么过的，然后自己再到寒假那家餐馆去打工。他不想给阿姐在这里增添麻烦，处处还要阿姐来照顾他。冉龙这么想着，没有回答阿姐，他也没有跟阿姐讲自己的真实想法，吃完饭，他跟在阿姐后面，提着一个蛇皮袋，不知不觉来到了一个居民区大门前，执勤大爷拦住姐弟俩说，不能进去。冉凤说：“您不认识我了，我常来这里。”

“我知道你常来这里，但今天不行。”执勤大爷温和地说道。

“为什么？”

“昨天我们这儿有几家人被盗，警察正在调查，外来人员一律不准进。”

“怎么会这样。”

“快走，少废话。”执勤大爷有些不耐烦了。

冉龙没有出声，心想捡破烂也要受气啊。而冉凤笑了笑，拉起冉龙就到了另一个居民区。那个居民区的执勤大妈点了点头让他们进去了。冉凤进了大门就大声地喊叫起来：收废旧书报纸矿泉水瓶，牙膏皮废铁卖钱。

阿姐突然这么大声叫喊，冉龙的脸唰地红了起来，浑身的不自在，不敢正眼看人。这时，阿姐从一个垃圾桶里找到了矿泉水瓶和废纸，她小心地装进了蛇皮袋对冉龙说：“这个瓶子可以卖五分钱。”

正说着，二楼一住户的阳台门打开了，一个中年妇女对冉凤说：“收破烂的，来把我阳台上的几个纸箱拿出去称了吧，其他收破烂的我都不给，专门给你留的。”

“谢谢。”冉凤拉着阿弟就往楼上走。门开了。女主人望了望冉凤身后的冉龙问道：“这个年轻人以前没来过，是你什么人？”

“他是我阿弟，在南都大学读书。”冉凤自豪地拉着冉龙的手说。

“你们农村孩子读书就是用功，将来一定能找到好的工作。”

“谢谢。”冉龙腼腆地插话。

“哟，阿姨，买新家电啦？”冉凤笑着问道。

“嗬，买了彩电和冰箱。”女主人自豪地说。

“真好。”冉凤一边和主人聊天，一边进了阳台，收拾起来。

冉凤将纸箱打捆，称秤，付了钱，中年妇女又说：“今后家里有什么破烂我还给你留着。”

冉凤连连说谢谢，提起蛇皮袋又在居民区里转悠了起来，八月的太阳毒辣辣的，晒得他们俩浑身流汗，两眼发黑。再没有其他要卖破烂的人家，他们只有在几个垃圾桶里翻找着，眼看就要到中午了，他们在摊点前买了两碗凉粉吃。然后将捡得的破烂和收购的纸箱，提到废旧物品收购站去了。不错，半天就卖了 20 元，挣了 13 元钱呢。

第三十九章　五味杂陈

冉龙跟在阿姐后面跑了许多地方，天快黑时他们回到了小棚子。这时，阿姐叫冉龙自己去煮饭吃，她说，花儿已经饿了，在叫我呢，我得去挑潲水了。你煮你自己的饭，我在外面吃。”

“阿姐，你告诉我地方，你在家里煮饭，我去挑。”冉龙关切地说。

“只有我去，我跟店里有约定，别人去挑不着。”说着挑起潲水桶就走了。

冉龙没有煮饭，他钻进小棚子里把花儿的屎尿打扫干净，学着阿姐的样子，将花儿的屎尿倒在外面的菜地里，转身往小棚子里走时，他看见刘妈正好回来，就问刘妈：“你好，刘妈，你知道我阿姐在哪儿挑潲水吗？”

“在‘江湖菜’饭店。沿着前面山坳过了立交，往前走一公里就到了。你姐挑潲水去了？”刘妈热情地回答道。

“是的，我去接她。”冉龙给刘妈挥了挥手，高兴地向刘妈指的方向走去，没多大工夫，他就找到了‘江湖菜’饭店。过了公路，他看见‘江湖菜’饭店门前摆放着阿姐挑的那担白色的潲水桶，只是没有看见阿姐。他想也许是阿姐在里面吃饭呢。冉龙往饭店门口走，他伸长脖子也没有看见阿姐。一个站在酒柜前的服务员看见冉龙在门口东张西望的，就问他：“你好，先生是找人，还是吃饭？”

他说：“找阿姐。”

“你阿姐在里面吃饭吗？”

“不知道，她是来挑潲水的，是不是在里面吃饭我不清楚。”

“挑潲水的？冉姐呀，她在里面打扫卫生。”服务员显得有点亲热。

“我能进去吗？”

“可以，她这个时候好像在左边第三个包房里。”服务员扭头向里面指了指。

“谢谢。”冉龙按照服务员指的方向，走过大厅往里面左边第三个包房走去。他小心翼翼地推开大门，里面已经没有顾客了，阿姐正在清理桌上的碗盘。冉龙正要叫阿姐，可是他发现阿姐一边收拾碗盘，一边把碗盘中剩的饭菜往口里送。阿姐说她在外面吃饭原来是吃别人的剩菜剩饭啊。

这时冉凤发现了他，尴尬地说：“你怎么来了？”

“我来接你。”冉龙揉了揉眼睛，哽咽着继续说：“阿姐我们回去吧。”

冉凤很快调整了一下自己的语气，淡淡地说：“你先回去，我要把这几个包房收拾干净了才能走，我跟老板有约定，我每天得把所有包房全部收拾干净，他们才把潲水给我。”

“阿姐，以后别给他们收拾了。”冉龙伤感地报怨道。

“不这样花儿吃什么？挑潲水的人很多，要不是这儿的老板照顾我，阿姐还挑不成呢。”冉凤严肃中略带责问。

“阿姐，往后你在家里吃饭。”冉龙心情复杂地说道。冉凤知道阿弟的意思，停了停说：“我算了一笔账，我就算再节约，一个月也得花几十块钱伙食费，可学费到哪去找？”她看了看冉龙接着说：“城里人做什么都大手大脚的，一盘盘的鱼啊肉啊动都没有动就剩在那儿，太可惜了。”

冉龙没有说什么，只是心里堵得慌，觉得难受，泪水从眼里掉了出来，他默默地帮阿姐收拾起包房。挑着潲水走在前面。

晚上，冉凤躺在床上对冉龙说：“阿弟，明天你还是回学校吧，如果在附近能找一份工作，就找一份，找不着就算了，自己在学校好好复习功课，要学会自己照顾好自己。阿姐这里不适合你，你也知道在阿姐这儿住起很困难，一点也休息不好，这样因你不习惯这儿的环境，而影响你的健康和学习。要是你真的想阿姐了，就偶尔过来看一看。好不好？”冉龙没有回答，只是默默地流泪，他在这儿好像是多余的，为了他，阿姐还要单独给他买饭回来吃，这可是多余的花销，还会给阿姐增加负担，阿姐反而会更苦更累。他知道现在自己说什么也不可能改变阿姐的现状。他并不怕捡破烂，更不怕丢人，但他怕自己反而给阿姐增加负担。所以，不管阿姐说什么，冉龙都是发出嗯嗯声，没有回答具体的内容。

第二天，冉凤同样是天不亮就起来准备去挑潲水。冉龙起来要去帮阿姐挑潲水。冉凤说："阿弟，你昨天累了，多睡一会，你等会起来帮我把周围的卫生打扫干净就行了，要不然城管来了真的要把我们赶走的。"

冉龙还是起来了，拿起用编织绳绑成的扫把，帮助阿姐打扫起环境卫生来。冉凤也没有坚持，她对冉龙说："阿弟，那你就先做着，等我回来给你带点吃的，然后你就回学校去好吗？"冉龙静静地望着阿姐，毫无表情地目送着阿姐远去，等阿姐走远了，他将周围环境打扫干净后，就将阿姐小棚里的破烂分类打捆，堆放整齐。然后用手梳理了一下自己的头发，就去接阿姐了。在山坳上，冉龙笑嘻嘻地接过阿姐的挑子，就往小棚子走。

回到小棚子，冉凤从包里摸出了两个热乎乎的肉包子，递给冉龙说："吃了吧，干净的，我给你买的。"冉龙接过包子，眼泪又差点掉了出来。冉凤装着什么都没有看见，直接进入小棚里喂花儿去了。然后若无其事地回头说："阿弟，一会儿我去捡破烂时，送你到车站，你回去要好好学习，能打工就打工，打不了工也不要勉强。记住了，新学期我会直接把学费给你送去，就不汇款了。往后，每个月的一号早晨七点，我在你们校门口等你。记住哦。"

八月的天气，一大早，太阳像一个大火球挂在山坳那边，已经晒得人们汗流浃背，小棚子周围的垃圾窜出臭气，熏得脑壳痛，直想呕吐。但冉龙强忍着，含着眼泪跟在阿姐后面，没有说话。很快到了车站，冉龙拉着阿姐的手说："阿姐，你也别太苦了，我会努力学习，这个暑假我也会努力工作挣钱，等毕业后找到工作再好好报答你。"

"傻阿弟，阿姐不要你什么报答，只要你好好读书，毕业后找份好工作，成家立业，阿姐就放心了。也算完成了阿妈和婆婆的心愿了。"

“嗯，阿姐多保重。我会来看你的。”冉龙含着眼泪挥着手，慢慢地上了公交车。他用挥手的手将自己的眼睛挡住，他不想让阿姐看见自己的眼泪，他没有勇气再让这弱不禁风的阿姐看见他的眼泪。他心疼啊！他知道自己唯一能做的就是好好学习，尽量利用业余时间多挣点钱，给阿姐减轻负担。

第四十章　拆迁风波

这天，城中村突然热闹起来，早上九点刚过，城管就来了，领头的手执一个白色的电子扩音话筒在那里喊话，其他城管有的在张贴告示，有的在挨家挨户的发放宣传单。

刘妈挤进人群，从一个城管手中要了一份传单来看。原来是城中村要在一个月内被“灭”，因为这儿早就被征用了，要建一个工业园区。

这下刘妈傻眼了，原以为城管来了，跟往常一样管管卫生什么的，宣传一阵子也就没事了。这倒好，是要大家搬“家”呀！

不行，得争取一下，刘妈想到这里，突然跑到那个领头的面前大声地说：“城中村是个老大难问题，也让你们头疼，可是住在城中村的都是农村来的农民，我们虽然是在这里捡破烂挣钱，但同样也是城市的义务清洁工。我们有的是为了给父母治病，有的是为了让孩子读书，有的是为了养家糊口……都是为了生活从农村来到这里的，并没有干违法的事，你们要治理脏乱差，大家也尽力配合了。现在要搞开发，要把大家赶走，总得有个安排，有个说法吧。”没想到刘妈说起话来还一套一套的。听说刘妈在农村当过几天代课老师，后来老公病死后，为了给儿子找学会，就到城中村来了。

领头的城管，看了看刘妈，说：“市里搞开发，这儿早已经是被征用了的，你们事先也是知道的。这儿既影响市容市貌也存在安全隐患，本来就是非法的，迟早是要搬迁的，只是让你们多在这儿住了几年而已。这次不搬不行了，今天我们就是来给大家提前通知的，希望你们自己尽早想办法。”

“能不能再宽限一点时间，让大家准备准备，大家也不容易。”刘妈话音刚落，人们就闹开了，现场开始混乱起来，那个领头的又拿起话筒，把音量开到了最大，喊道：“不行，工期太紧。我们只负责宣传告知，你们还是快点搬走吧，到时候如果还没有搬走，推土机、挖掘机一进场，损失的还不是你们自己。我们也知道你们不容易，所以才提前给你们打个招呼。”人群突然安静了下来，毕竟都是农村来的，虽然在城里“混”了这么多年，但还是没有见过多大的市面。听他这么一讲，大家也没有话说了。领头的城管也随之离开了城中村。看见这情景，刘妈对大家说：“好了，大家还是去想办法，忙自己的事吧，看来这次是真的了，大家也相互转告一下，早做打算。”她完全像业主委员会的主任，讲完了向大家摆摆手，就匆匆离开了。

然而，刘妈是强装的，其实她心里很慌，她知道，自己儿子就要上大学了，这学费还没有挣够，要搬到哪儿呢，租房子一个月一两百元呢，而且能堆放破烂的地方又不是那么好找。这时她突然想起了冉凤。对！冉凤还不知道呢！她送阿弟去了，肯定中午才回来，必须尽早告诉她。于是刘妈打算今天上午就在附近捡一点破烂，等冉凤中午回来给花儿喂食时，一是告诉她一声，二是想听听她的意见。

中午的太阳依旧毒辣地烤着大地，烤着来来往往奔波的人们，冉凤提着蛇皮袋，翻过山坳，向小棚子走来。早已焦急万分的刘妈迎了上去，把宣传单递给了冉凤说：“城中村下个月要被推掉了，你看，怎么办？”

冉凤接过传单，看了看，眼前一黑，差点倒地。刘妈以为她没站稳，立即伸手抓住冉凤，没有拉住，冉凤一下子瘫倒在地上。这可吓坏了刘妈，慌乱中刘妈弯腰抱住冉凤，用右手大拇指紧紧地卡住她的人中穴，并大声喊：“来人啊，冉凤晕倒了。”

李兰听到喊声第一个跑过来，从衣服包里摸出清凉油就往冉凤的太阳穴上抹。这时，有的人端来开水，有的人拿来扇子，有的人说快点把她抬到阴凉处……一会儿聚集了不少人，大家说的说，做的做，非常热心。刘妈将冉凤抱进了小棚子里的床上，李兰叫其他人离开，说，谢谢大家的好意，因为小棚子太小，实在容不下太多的人，何况中暑的人需要通风休息。大家随后慢慢地散开了。大约过了十几分钟，冉凤醒了，她疲倦地有气无力地问刘妈："城中村真的要被推掉了吗？这可怎么办，我的花儿还没有长大呢。"

刘妈看着冉凤醒来，紧锁的眉头终于有所放松，她关切地摸了摸冉凤的额头说："别急，你先好好休息一会儿，我给你下碗面，吃了后再说。"这时，李兰在一旁插话道："对，你先休息一下再说。"她一边说一边用扇子给冉凤扇风，但另一只手则把鼻子紧紧地捏着，原来是花儿的粪便发出的臭味让她难受。刚刚醒过来的冉凤，看见李大姐的狼狈相，不由得笑着对她说："谢谢你，你还是先回去吧，我没事了，休息一会就好了。"

"要得，你先休息，那我就走了。"

不一会工夫，刘妈端来了面条。然后，帮冉凤打扫起花儿的粪便来。冉凤看见后，不好意思地说："谢谢你，刘妈，给你添麻烦了。"

吃过面冉凤精神好了许多，脸色由白转红，有了点水色。刘妈坐在冉凤的床边像关心自己女儿一样心疼地说："你也不要着急，你不能有事，否则你阿弟怎么办？实在不行，我们搬远点就是，在附近农村想想办法，天无绝人之路嘛。"

"可，我的花儿怎么办，阿弟下学期的学费还差呢。"

"嗨，我儿子今年也考上了蓝冲师范学院。学费同样还差一截呢。"

"哦，恭喜你了，刘妈，你儿子真有出息。"冉凤突然兴奋起来，像是自己的亲人考上大学似的。

"唉，累啊，我也着急啊，可办法总会有的。"刘妈紧紧地握住冉凤手说。

"对，办法总会有的。我们得好好想一想。"冉凤来了精神。

"不是还有一个月吗，我们一边捡破烂，一边找新的落脚点。"

“要得，这个月努力点，应该问题不大，等当场天我到附近的乡场上去问一问，看花儿能卖多少钱。”

“这就对了，提前把花儿卖了，要不到时还真的是拖累。”

“好的，就这么办。”

太阳从西边出来，晚上从来不在家的李兰，破天荒的第一次在家过夜。她看见冉凤挑潲水回来，就钻进了冉凤的小棚子里。

“冉凤，你今后有什么打算？”

“还有啥打算，现在只想早点把花儿卖掉。”

“你就没有想过回家？”

“家？没有想过。”

“你的家在哪儿？”

“平顺青龙羌寨。”

“你是羌族人？”

“也算，也不算。”

“怎么讲？”

“因为我的爷爷是汉人，我的阿妈也是汉人。”

“你阿妈是汉人？”

“嗯，蓝冲嘉陵明家沟的。”

“明家沟？你阿妈姓明？”

“啊，我阿妈姓明，怎么了？”

“你是不是有亲戚在重庆？”

“听阿妈说过，好像有个舅公早年去了重庆，他有一双儿女。”

“他儿子，也就是你舅舅，是不是叫明亮？”

“嗯，我舅舅叫明亮，姑姑叫明媚。”

“哟，缘分，这就是缘分，我叔叔跟你舅公在重庆还是邻居呢！”李兰故作惊喜地拍了拍大腿说。

“真的？你不是说你是贵州毕节的吗？”

“是啊，当初你舅公和我叔叔搬到了重庆江北机械厂总装车间农场，你舅舅和我表妹还是好朋友呢。”说这话时李兰心里在想，看来不是冤家不聚头啊，想当初我出嫁时，你舅舅不懂我们那儿哭嫁的规矩，让我出嫁不吉利，害得老娘后来离了婚。并且，还不领我表妹的情，害得我表妹好苦。没想到在这千里之外尽让我遇见了他的侄女。

“嘛，要不我该叫你阿姨了？”

“傻丫头，你也学会了贫嘴。乖，侄女。”说话间李兰闪过了一丝怪异的奸笑。重庆的那段经历在她心中升腾起了仇恨的烟雾，这一切让涉世未深的冉凤一点也没有察觉到。而冉凤却兴奋地说：“看把你美得，老辈子，你不得了哟。”

“当然。既然你有这么一个舅舅，那你自然就是我的侄女了，今后我们就是一家人了，有什么事一定要给我讲，我会尽力帮助你的。”

“是，阿姨。”冉凤举起右手调皮的做了个军礼。

“乖，早点休息，明天还要劳动呢。”说完，李兰起身就离开了。

在城中村，冉凤有了近似阿妈一样关心自己的家乡人刘妈照顾，她已经很知足了，今天又多了一个阿姨，在这种困境下自然又多了一条希望之路。她把未来的希望寄予了这个阿姨，而这个阿姨却在酝酿一个阴谋。

第四十一章　火烧连营

城管来宣传后的第三天晚上，很热，忙碌了一天的人们正在各自的小棚子里休息，冉凤还在“江湖菜”饭店帮工。突然，一辆辆消防车在马路上呼啸而过，在大街上留下了一串串“嘀嘟，嘀嘟……”的鸣笛声。

“不好了，城中村着火了。”随着消防车的急驶而过，人们惊奇地发现城中村的上空红红的，并时不时地传来阵阵爆炸声。

冉凤冲出饭店，朝城中村方向一望，立即慌了神。她迅速放下手中的抹桌布，连潲水桶都没有顾得上要，拼命地往城中村跑。当她翻过山坳，看见城中村一片火海时，被眼前的一幕吓傻了。只听得城中村传来人们阵阵哭天喊地的声音。她寻声看去，无奈风威火猛，泼水成烟，那火舌吐出一丈多远，舔住就着，烤也难耐，谁敢靠前？那一个个小棚子化作火的巨龙，疯狂舞蹈，随着风势旋转方向，很快连成一片火海。数米长的火舌舔在附近的棚子上，又接着燃烧起来，只听得棚子内破烂瓶子激烈地爆炸，塑料、废纸片满天纷飞与火龙共舞。一片爆响，一片惨号，人们滚滚爬爬逃离火场，向山坳这边跑来……

还没等冉凤冲下山坳，刘妈、李兰等人已经失魂落魄地向山坳爬来。冉凤抱住刘妈就哭了起来。李兰拉住冉凤，边哭边说："这火也烧得太怪了啥，城管刚来没几天就着火了，这么多年都没有发生过的事，就这么发生了。太不可思议了，这里面肯定有问题。"

"嗨，都什么时候了，你还火上浇油。"刘妈一边安慰冉凤，一边责怪李兰。

"好，好，好，我不说了，反正我也没有多大损失。"好像跟她没有多大关系，并且还有点幸灾乐祸似的。

再说城中村没有公路，消防车开不进去，消防战士拖着水带尽量靠近火海灭火，经过三个多小时的扑灭，火势终于被控制住了，消防战士开始清扫火场。

警察封锁了现场，不准人员进去，好让消防官兵认真勘查现场，所有人都只能在山坳上等。

天亮了，那惨象，不用说大家都知道，到处是黑黑的、脏兮兮的，完全成了一个垃圾场。从灶具到床、桌等各种没了形的破烂彻底没有尊严地暴露在大庭广众之下。大家傻看着，摇头叹息，悻悻地说："还好没有人受伤。"

九点，警察取证完毕后，同意小棚子的主人去收拾自己的东西，冉凤第一个冲了进去，她用力地在早已烧焦的自己的小棚子里不停地用手在刨，边刨边喊："花儿，花儿。"当她掀开已经被烧成一砣砣焦块块的塑料瓶时，一股烧煳了的肉味扑面而来。天哪，花儿变成了一坨黑乎乎的圆棒棒。

冉凤一下子瘫坐在地上。她望着煤炭般的花儿，哭了起来，这该怎么办啊？这时李兰也凑了过来，说：“算了，死都死了。找几个人帮忙把花儿弄来吃了吧，反正也变不成钱了。”

“不行，把它埋了。”冉凤哭着说。

“傻丫头，埋了多可惜了，还是找几个人把它打整出来吃了吧，也让大家开开荤。”李兰若无其事地上前用手摸了摸冉凤的头说。

“不行，刚才警察说了，凡是烧死的鸡鸭什么的通通交给环卫工人统一处理，预防疫情发生。”刘妈过来阻止道。

“算了，算了，跟你们这些没见过世面的女人说不到一块去。明明是烧死的，还什么疫情，哼。”李兰愤愤地，自知没趣地回到自己的棚子边找东西去了。

大家努力地在烧焦了的各自的棚子下面寻找着还可能有用的东西，将凡是能卖钱的东西都整理出来，能卖多少是多少。冉凤忙了一天，滴水未进，已经严重脱水。刘妈过来安慰，希望她想开一点。这时，政府已经派人在山坳上搭起了临时帐篷，给大家提供了食宿，大家算是被临时安顿下来。天快黑之前，刘妈拉着冉凤，让她将整理完的破烂装进袋子，拿到回收站去卖了。但这与弟弟的学费还是差得太远，怎么办。冉凤第二天一大早就出门了，她得去捡破烂挣钱，但她心里明白火灾后花儿死了，弟弟的学费在开学前无论如何也挣不够了。正因为如此，她知道自己得拼命捡破烂，而且还得当天捡来当天卖，因为再没有地方囤积破烂了。所以这样一来，她每天只能赶在废品收购站关门之前将当天捡的破烂卖掉。她正要将当天捡的破烂卖掉后向帐篷走去时，李兰来了。她非常热情的将冉凤拉到一边，问道：“乖侄女，你阿弟的学费还差多少？”

“还差 800 多元。”

“你看这样好不好，我有一个远房亲戚在深川做生意，我昨天打电话过去说我们这儿火灾了，让他想想办法，他同意了。正好有两个岗位缺人，月薪 900 元，如果我们现在过去，他还可以提前支付一个月的工资。”

“真的？有这样的好事？”

“亲戚嘛，听说我落难了，而且我说你也是我的侄女，自然也是他的亲戚了啰。”

“谢谢了，阿姨。”冉凤非常兴奋。

“乖，那就这么定了。我到公用电话亭去给他回个电话，我们明天就去，好吗？”李兰喜出望外。

“这个……”冉凤突然犹豫起来。

“这个啥，不就是你阿弟的学费吗，这样吧，明天我将钱先借给你，到邮局先寄给你阿弟后，我们就坐火车到深川去。我怕去晚了，人家那儿招齐了，就不好办了。”

“可我怎么还呢？”

“傻丫头，到了深川，老板会提前支付一个月的工资，你领取后再还我不就是了。”李兰反倒有点着急。

“嗯，好吧，那我得跟刘妈说声，能否带上她？”

“不行。能带上你就不错了，我们得悄悄离开，知道的人越少越好。要是有人知道了，到时候都要去，我可帮不上忙。人家那边只需要两个人，何况火灾后警察正在调查失火原因，不可能让这么多人一下子就离开。我们每个人不是都登记了吗？晚了谁都走不成。”

“好吧。”冉凤没有多想，就答应了。

第二天冉凤在李兰的带领下，早早地到邮局给阿弟汇了款，然后和李兰一起踏上了南下的火车。

第四十二章　深度调查

再说，刘妈发现冉凤一夜未归，早上也没有见李兰回来，她心里已经有了几分不安。在她眼里冉凤就是自己的亲生女儿，冉凤是一个乖孩子，从不在外面过夜。而李兰却琢磨不透，从来就是夜出昼归，与大家反其道而行之，她对李兰没有好感，也没有恶意，就是看不惯。刘妈四处打听冉凤都没有下落。

就这样过了一天，依旧不见冉凤的身影，刘妈再也坐不住了，她准备报警。然而就在她准备报警时，远远地走来两名警察。

“您姓刘？和冉凤、李兰在城中村是邻居？你们三个的棚子挨得很近，是不是？”一名女警察走到刘妈跟前递过工作证后问道。

“对啊，你们是警察？我正要来找你们反映情况呢。她俩已有一天没回来了，我很着急，正准备报警，没有想到你们就来了。怎么，她们出事了？”刘妈有点惊讶地回答。

“嗨，请跟我们回派出所一趟，把您知道的情况详细地告诉我们。”女警察没有正面回答刘妈的提问。

刘妈没敢再出声，一种不祥的预感让她顿时紧张起来。她紧紧地跟在两个警察后面，心跳加剧。十几分钟后，警车在经开区东城派出所停下。女警察热情地将刘妈领进了接待室，让她坐下，并给刘妈递上了一瓶矿泉水。这时，同行的男警察夹着一个笔记本也进来了，等男警察刚坐下，女警察立即坐在男警察身边，开始与刘妈面对面地进行交流。女警察说：“哦，是这样，我们请你来主要是想了解一下城中村的一些情况，特别是冉凤和李兰的情况，希望你能将知道的情况尽量详细地告诉我们。”

“哦。”刘妈握住矿泉水瓶的手在发抖。

“老人家，您别紧张，我们只是调查调查。因为您也知道，城中村这一烧，流言蜚语很多。有怀疑是城管干的；有说是开发商干的。各说不一，人心不稳，所以我们现在是要尽快查明，还原事件真相，给大家一个交代。”女警察用手摆了摆，微笑着示意刘妈放轻松一点。

“记得事发后第二天的早晨，冉凤被李兰叫出去了，说是给她阿弟寄学费，当时我就在想冉凤给她阿弟的学费还差很多，何况开学还有一个月，怎么突然就有钱了呢，我正要问她，却被李兰一把拉走了。冉凤这孩子老实，就怕被别人骗了。李兰这个人不好说，看上去不是一个正经人，反正她们出去后就再也没看见回来，我现在很担心冉凤。”刘妈双手紧握矿泉水瓶说。

“冉凤有个阿弟，在哪儿读书？”

“就在南都大学。”

“怎么，有问题吗？”

“哦，顺便问问。是这样的，消防队已经查明了起火原因，这次城中村失火是有人故意纵火所致，着火点就是冉凤的小棚子，所以我们要详细了解一下冉凤的情况。听说她阿弟前不久也来住过一晚。有不有可能，她阿弟不愿意他阿姐做这种地方，自己又无法阻止，只好采取这种极端的方式，放火烧掉自己阿姐的棚子呢？”

“她阿弟确实来过，人很老实，冉凤在她阿弟心中完全就是“慈母”形象，冉龙不可能，也没有理由烧自己阿姐的小棚子，姐弟俩感情很好。而冉凤则是一个乖孩子，她更不可能纵火烧自己的棚子。而且她也没有仇人，不可能烧她的棚子。”刘妈惊讶、激动而肯定的回答道。

“不急，会不会正因为他们姐弟俩感情深，阿弟不忍心阿姐在这样的环境生活，而采用了不当的阻止方式呢？今天，我们找你来仅仅是希望您能提供一些有价值的情况，帮助我们调查、分析一下案情而已。”女警察再次提醒并安慰刘妈。

“这不可能，他们两个一直相依为命，她阿弟是大学生，很心疼他的阿姐，绝对不会的。冉凤平时跟我们一起在开发区捡破烂卖，她要给她阿弟挣学费和生活费，从来不干违法的事，只是今年要缴学费，为了早点给阿弟挣到学费，她在棚子里悄悄喂了一头猪，这次也被烧死了。当时李兰说找几个人把猪整来吃了，反正是烧死的，也没病，但被冉凤和我拒绝了。后来，我们向消防人员反映后，市防疫站的人来将死猪拉走了。李兰这个人倒是有点神秘，平时都是晚上出门，白天在家睡觉，她到底是干什么的，我们都不知道，反正不像什么正当职业，每天出去那个脸都化的花里胡哨的，穿得也妖艳，跟我们城中村的人反差太大，完全像生活在另一个世界的人。但最近不知怎么的，她和冉凤走得很近，还说是亲戚，以前冉凤叫她李大姐，这几天改口叫李阿姨了。”刘妈对李兰颇有微词。

“李兰是哪里人？”

“不清楚，好像听说是贵州毕节的。”

“哦，很好，今天我们就谈到这里，到时候我们很有可能还要请您来了解一些情况。谢谢您，我们现在就用车送你回去。”

“不用了，我自己回去，我还要去捡破烂，儿子的学费还差点呢。”

“哟，耽误您了，那您赶紧去吧。”

“可怜冉凤这孩子，苦啊，请你们一定要找到她。”刘妈一边起身离开一边恳请警察道。女警察听了这话，严肃地说：“大妈，放心吧，我们会尽力查清事实真相的。”

第二天一早，刘妈又被叫到了派出所，她被告知李兰有重大嫌疑，现已查明：李兰，31岁，贵州毕节人，1982年嫁到重庆江北机械厂。结婚后三年离婚，原因不详，无子，随后回到老家毕节。半年后与同村三名女子到深川打工。三年前来到南都市经济开发区，伙同他人从事卖淫活动，这次城中村失火案很有可能就是她所为，只是目前纵火原因不明。而冉凤也很有可能卷进了这个案子，虽然现在还没有直接的证据证明她有犯罪动机，但对于两人同时失踪，目前公安部门还无法做出准确判断。所以对她们二人均发出了通缉。如果您有什么新情况应该立即向我们报告。

听到这里，让刘妈大为震惊，她不敢相信自己的耳朵，怀疑自己是不是听错了。冉凤会是同案犯？她拉住女警察的手激动地说：“冉凤绝不可能，她是无辜的，她完全没有理由烧自己的棚子。退万步说，即便如此，也只能是上当受骗，这孩子太单纯，太善良了，绝不可能干坏事。”

“她干没干坏事，是不是受害者，只有等抓住李兰，找到冉凤本人后，事情才会有结果。您就放心去吧，一旦发现她们的踪迹，要立刻报告我们。请相信我们警察会调查清楚，还原事实真相，我们既不会放过一个坏人，也绝不会冤枉一个好人。”

在回去的路上，太阳特别猛，晒得刘妈只好将一块纸板拿来遮阴，她一边捡破烂一边在想为什么是在冉凤的棚子着火呢？冉凤为什么会突然和李兰这么好，又一起消失了呢？冉凤为啥会在一夜之间有钱了呢？难道她俩真是同案犯？可纵火理由又是什么呢？难道是收了城管的钱？不，城管不会干这事！那是收了开发商的钱？对了，开发商，一定是开发商！不然冉凤哪来钱给阿弟汇学费，不是说还差几百元吗？可警察明确地告诉自己，冉凤已经给阿弟的学费寄够了，这到底是怎么回事？刘妈越想越害怕，但她还是坚信，这不是冉凤干的，即使是，也是受了李兰的骗。

第四十三章　水落石出

一月后，逃到深川的李兰被押解回南都市。也就在李兰被押解来的三天，冉凤在警察的陪同下也回到了南都市。

被押解来的李兰，在警察的一夜突审中，交代了自己的犯罪事实。

原来，李兰在无意中知道冉凤就是明亮的侄女，而明亮在当年她出嫁时笑了她们的“哭嫁”，她认为这是不吉利，使得她三年就离婚，同时，明亮还无情地抛下了她的表妹，跟别人好上了，害得她表妹后来也不幸福。因此李兰一直恨明亮，一直想报复，但都没有机会。这次机会终于来了，她没想到明亮的侄女就在自己身边，于是李兰就精心设计了一个骗局。她原本只想烧了冉凤的小棚子和她养的猪，断了冉凤的“财路”，把她逼上绝境，然后再想法将她弄到深川去卖了。只是没想到刚刚点燃，就起风，结果把整个城中村所有的小棚子都引燃了。李兰看见自己把事情搞大了，警察开始调查起火原因，她感到不好收场。但她又不甘心就这样一走了之。于是，她继续实施自己的阴谋。她知道冉凤舍不得她的阿弟，学费问题解决不了，她是肯定不会离开南都市的。舍不得孩子套不住狼，她将事先编好了的故事继续演下去。她知道只要冉凤跟她到深川就会卖2000元钱，所以自己先拿出800元钱，说成是对方老板提前预付的工资，让冉凤深信不疑。这样自己还能净收1200元。结果她成功了，冉凤在给阿弟寄了钱后，愉快地跟她到了深川。她顺利地将冉凤卖到了当年她从向建华那儿出来掉进的那个淫窝“得月楼”，因为她在南都一直干着给“得月楼”供货的角色。不过，让她没有想到的是，冉凤寻死寻活就是不从。在坚持了近一个月时，冉凤突然同意接客，结果就在那天晚上，冉凤逃跑了。“得月楼”的保安没有抓住她，老板要李兰赶快带人去找冉凤，怕坏了她们的好事。

就在李兰准备出门时，警察却找上门来。原来，警方接到群众报案，说“得月楼”在进行违法经营，强迫妇女卖淫。于是，深川警方迅速出击，一举捣毁了“得月楼”，但大姐跑了，只抓住了李兰等一群手下。而正在当天上午，南都警方已经掌握了李兰跳往深川的准确信息，并与深川警方取得联系。没想到李兰果然潜回到“得月楼”，这次行动居然意外将李兰抓住。深川警方第一时间就通知了南都警方，并将其移交给了南都警方。

李兰交代：她到南都市经济技术开发区，一边从事卖淫活动，一边给深川的“得月楼”物色小姐，所以她才有意住在城中村，专门寻找单身贫穷的姑娘下手。其实，她早就发现了冉凤，很早就想将其弄到深川，但冉凤身边一直有刘妈罩着，她没敢轻举妄动，何况她也觉得冉凤怪可怜的，所以后来就打消了这个念头。然而，要不是前不久她知道冉凤是她仇人的侄女，她也不会这样做。因为从她手上送到“得月楼”的女孩已经有十多人，她并不缺这点钱，她之所以这样做，不仅仅是为了钱，而更多的是为了报复。她不但要报复明亮，还要报复她前夫，她不但要报复向建华，还要报复天下所有男人。因为在她看来，不仅明亮害了她，也害了她的表妹，而且因为她前夫的事，后来慢慢地她开始恨天下所有男人。

她的前夫是个搬运工，力气大，没文化，不会疼人。结婚后，一天到晚只会忙人口“生产”，每天晚上都要她做好几次，即使李兰那个来了，他也不间断，只要李兰求情，他反倒变本加厉，做得更猛，次数更多，李兰实在受不了啦，提出了离婚。回到老家后不久，与三个姐妹想到深川去淘金，没有想到自己没能玩过人家，倒被别人玩了，掉进了“得月楼”当小姐。命运对她再一次的不公！她彻底丧失了做人的勇气，开始破罐子破摔。她的心灵开始严重扭曲，她要让更多的女人陪她一起卖淫，一起受罪。

她要让那些臭男人用钱才能搞到女人，不能太便宜了那些臭男人。

这都是些什么乱七八糟的想法，警察听了完全无法理解。这完全就是一个变态的女人，一个疯狂报复社会的女人！同时，办案警察也为李兰的无知给那些无辜的少女造成的伤害而感到憎恨。

由于，冉凤也回到了南都，经过警方调查，案子真相很快弄清楚了。案情大白于天下，原来冉凤真的是无辜的受害者。这让刘妈非常激动，她把冉凤接回到安置房，通知了冉龙。冉龙得知阿姐有惊无险，平安回到南都，高兴得从学校冲到了安置房。

看见瘦弱的阿姐，他激动得上前抱住阿姐，大哭起来："阿姐，我不读书了，我要照顾你，现在我已经大了，我们回家种地去，我养活你，我要保护你，绝不允许再有人欺负你！"

"傻阿弟，你不读书了，你对得起死去的阿妈吗？阿姐这不是好好的吗，你哭啥。"冉凤强装坚强，但很快也哭了，她没有想到自己会活着回来看到阿弟。没有想到这世间还有像阿妈一样爱着自己的刘妈，还有这么多热心的人。

"好了，好了，都这么大了，还在阿姐面前撒娇。"刘妈上前打趣地说。

"嗯，阿弟，吃饭了吗？"冉凤摸掉泪水，关心起阿弟来。

"没有吃饭，但不饿。"冉龙一边回答，一边用手抹着自己吧嗒、吧嗒掉下的眼泪。

"走，我们去吃饭。"冉凤拉着阿弟，看着刘妈说道。

"你哪来的钱？"冉龙和刘妈几乎同时道。这一问，反倒缓和了气氛。

"向叔叔硬是给了我 1000 元钱。"

"哪个向叔叔？"

"阿妈的同学，同乡。"

"是吗？怎么认识的。"刘妈惊奇地问道。

"说来话长，回头再说，先吃饭去。"

显然冉凤不想急于解释，但刘妈还是心里有点不安……

第四十四章　临时夫妻

再说李兰，在拘留所里也留下了忏悔的眼泪，一幅幅往事也涌上了心头。

浮现在李兰眼前的是那一列南下的火车，火车里全是挤得满满的来自五湖四海的到深川淘金的人。她与三个同乡的姐妹也混在其中。她们是一起从老家毕节到深川打工的。她们比起火车上的其他人算是幸运的，因为一下火车就遇到了“建华摩配”厂招人，姐妹四人全部应招进了建华摩配厂。建华摩配厂坐落在深川城乡接合部，厂房是一栋一楼一底的农舍，楼上有三间房是用于住宿的，一间是厂长向建华的，另外两间则分别是男女宿舍。12 平米的房间里挤满了 10 多个人，挤是挤了点，比起当地其他小厂的住宿还是好多了。楼下也有三间房，一间库房两间作坊，其中一间作坊里装有两个砂轮机，这是这个厂唯一的两台设备。厂里共有职工 20 多人，吃饭在院子里，有专门的大妈负责煮饭，一天三顿饭管饱，大家除了跟吃跟住在这里外，每个月能领到 50 到 100 元不等的工资。

摩配厂实际上是一个中间打磨环节的作坊。就是专门负责给摩托车离合器厂打磨离合片毛刺的。离合片厂冲压出来的毛坯件送到建华摩配厂进行打磨，由于工作量大，需要的人手多，而且不需要多大的体力，厂方招女工工资可以少支付。然而，对于李兰她们来说，一到深川就遇到这等好事，完全没有想到进厂后还包吃包住。工资虽然不高，想当初他男人在国营大厂一个月也只有 30 多元。

李兰毕竟是见过世面的人，她在大工厂待过，前夫所在的江北厂，职工就有万人之多，见过当官的也不少，一个班长就可以带二三十人。所以她并没有把向建华这个厂长看上眼，一点也不害怕这个厂长。

平时，李兰喜欢打扮，而且还有点时髦。干活也比别人干得好，向建华也越来越喜欢她，而她的胆子也很大，有事无事就找向建华聊天，根本没把他当成厂长。这样一来二往的，她对向建华已经有了全面的了解。原来向建华是有妻儿的人，他为了让老婆孩子过上好日子，只身一人来到深川打工，一干就是好多年。开始他给一家摩配老板打工，后来专门给老板销售离合器，因为他能说会道，销售业绩又好，老板就让他当起了片区销售经理。市场大了，交往的人也多了，客户的资源也丰富了，他自己也找了一点钱。于是有了单干的想法，就这样说干就干，他自己试着开了一间打磨作坊，投入少回报快，风险也不大。结果不到一年，作坊就从一个人发展到今天20多人的小厂。李兰开始有点敬慕这个人了，处处开始关心他，做活也特别卖命。一旦没事的时候，李兰总会找向建华吹牛。李兰得知向建华几年没有回家了，她就有意接近向建华，两人就如同干柴遇到烈火，开始熊熊燃烧起来，几小时不见心里就空空的。再说向建华知道挣钱不容易，想在外面打炮放松一下，可又舍不得钱，目前虽然自己的小厂发展较快，但家里还有老婆娃儿等着用钱呢！如今有人送上门来，自己又何尝不做个顺水人情，就这样两个人很快好上了，都是过来人，两人就很快开始公开同居了，俨然就是一对临时小夫妻。因为李兰知道向建华有妻儿，而向建华当然知道李兰是离了婚的，而且比自己的老婆好看，年轻，洋气。

很快，李兰取得了向建华的信任，他让她掌握起厂里的现金往来，就是人们常说的出纳。由于李兰经过打扮后还真有几分姿色，长长的头发，越来越有女人味了，所以外出收款，总是很顺利，厂子基本上没有欠账了。每次只要货一出手，对方就会痛快地付清货款，有的甚至还要提前付款等货，这样一来厂子资金周转越来越快，物资自然周转也快起来，厂子发展也就迅速了，产量一月比一月高，产值也随之成倍翻番，利润自然也是成倍增长。向建华心想，这个女人还真“旺夫”带财运，比起老家那个黄脸婆好多了。

是的，李兰“旺夫”，两三年时间，工厂就由20多人发展到100多人。向建华越来越离不开李兰，他决定要娶这个女人，而这个女人也求之不得。而且，李兰已经准备给他生一个儿子了，只是向建华知道自己还没有离婚，还不能操之过急。所以，晚上当他俩做那事时，向建华总要给他的小兄弟穿上“工作服”，尽管李兰每次都说带上那玩意儿搞起不舒服，但向建华还是要坚持。时间一长，李兰就真的有意见了，向建华怕失去她，就同意先回老家一趟，和自己分居九年的老婆离婚后再说……

第四十五章　弥天大谎

再说向建华，1982 年就来到深川，当初他说去挣钱，让老婆和娃儿过上好日子，老婆明正兰相信了。她带着三岁的女儿向阳红和两岁的儿子向前进在大山里生活，可向建华这一走，明正兰天天还念着向建华，盼着原本讨厌的这个男人早点回来。开始的时候向建华还寄一些钱回来，隔三岔五拍个电报来个信什么的，总之还有联系，可随时间的推移，电报少了，信断了，钱没了。不知道是向建华忘了自己大山里的老婆娃儿，还是自己在大城市里当起了陈世美呢！总之，一不小心在人间蒸发了，反正是失联了。

明正兰坐不住了，她四处打听向建华的下落，却一无所获，万般无奈之下，她只好将前几年向建华寄回的那点钱在乡场的边边上租了一间房子，摆了个水果摊，每天早出晚归挣点小钱糊口。

一晃九年过去了，向建华像从地下冒出来似的，突然回来了，西装革履，看似衣锦还乡。所有人都认为明正兰的苦日子到头了，明正兰也是这么认为的。

可是就在那天晚上，向建华迫不及待地与明正兰欢爱。刚一做完向建华就来了一个 180 度大转变，他冷冷地告诉明正兰，说他这次回来是要和她离婚的。明正兰问他为什么。他告诉明正兰他们分居这么多年，早已经没有了感情。事实上向建华在外面打工发了点财，身边已经有了女人。向建华的话让明正兰一点也不感到意外，只是没有想到他会找这个理由。于是明正兰强压心中怒火慢吞吞地问道：“我们真的没感情了吗？那你刚才为什么还急于犯贱？”

“我不是为了安慰你吗，这么多年了，怕你那地方多年没有人光顾了。反正我现在非离不可。我可以将挣的钱全部都给你，算是给你和娃儿的补偿。”向建华厚颜无耻地说。

“流氓。”明正兰愤愤地将向建华蹬下床骂道。

向建华离婚的态度是坚决的，明正兰知道不可挽回，何况她早已经对这个男人不抱任何幻想了，尤其是面对这种无耻的男人。只是在想当初这个男人以迷奸的方式占有了自己，自己因怕“丑事”外扬才顺从了他，如今自己已经是两个孩子的母亲，说对这个男人一点感情都没有，恐怕也是假的。原本想就这样过下去的她，没有想到这个男人居然会主动跟她提出离婚，而且是这样的无耻！想到这里，她冷漠地说：“可以，但娃儿我要。”

“看你也不容易，娃儿的事就由他们自己选择吧，反正他们已经这么大了。”向建华突然好像良心发现般说道。

“不行，娃儿必须跟我。”明正兰非常坚决。

“那就让法院判吧，这样公平。”向建华奸笑道。

明正兰没有再坚持，她想法院就法院，到时候娃儿肯定会选择自己，因为娃儿是自己一手一脚带大的，感情很深。而这么多年来向建华一直在外面，跟孩子们没有一点感情，当然娃儿不会选择他的。

然而，离婚那天法官问孩子们愿意跟爸爸还是妈妈，女儿向阳红的回答是非常明确而肯定的，是在明正兰的意料之中的。而儿子向前进的回答却让在座的人都感到惊讶，当明正兰听到儿子的回答，就像一把尖刀刺进了明正兰的心，她的心开始流血，她差点当场晕过去。她完全没想到儿子居然毫不犹豫地回答：“我跟爸爸。”姐姐听后大声地责怪弟弟：为什么？向前进看都没有看姐姐，直接回答“因为爸爸有钱，要买零食和衣服给我。而妈妈太穷，既不给我买零食，又不给我买好看的衣服”。

弟弟虽然说的是实话，爸爸有钱，有钱给他买喜欢的零食，有钱给他买好看的衣服和喜欢玩的玩具。而妈妈这么多年没有给他买过零食，没有给他买过玩具，甚至他想吃一个水果也是妈妈将没有卖相的（运输中压烂的）给他吃；因为他的调皮，妈妈还骂过打过他，毫无疑问弟弟的选择看起来也是不无道理的。向阳红想到这里，她不知道应该如何来帮助妈妈留住弟弟。只觉得弟弟太现实太物质，太不顾及妈妈和自己的感受了。

然而，明正兰不肯放弃，这么多年她把两个孩子养大不容易，她望着儿子明显带有期盼的语气问道：“你为什么不跟我和姐姐过呢，从今往后我可以给你买零食也可以给你买玩具……”

姐姐也在一旁说：“弟弟，你太没有骨气了，你忘了妈妈是怎么爱我们的吗？自己不吃都要让我们先吃，起早摸黑一心为了我们，这么好的妈妈你不要。你却要一个扔下我们9年不管的爸爸，他不就是有几个臭钱吗。他不会对你好的，你太天真了。弟弟，你回来吧，等姐姐长大了，和妈妈一起照顾你好吗。”

向前进坚定地摇了摇头说：“我不喜欢你，你老是骂我，说我不懂事。妈妈也不喜欢我，她喜欢你。”说这话时向前进流下了眼泪，不知是委屈，还是悔恨，只有他自己知道。

向建华听了，得意地笑了。心想，看来这次回来给儿子买好吃好玩的起作用了。原来向建华回来后就一直跟儿子套近乎，因为在他心中只有儿子，至于女儿，他心里从来就没有。

那天，明正兰捂着脸当庭号啕大哭了起来，那声音让人肝肠寸断。她怎么也没想到自己一直心疼的最爱的儿子居然会说自己不喜欢他，关键时刻居然“摆”她一刀！那一天她连死的心都有了。

不知过了多久，她才平静下来。因为她转念一想自己不能就这么死了，得好好活着，也许儿子是为了她好，何况如果儿子真的也留在自己身边，恐怕真的会让儿子受苦。现在女儿愿意留在自己身边，自己只能尽量把女儿养大，给女儿更多的快乐。还有就是，说不定那一天儿子受不了后妈的虐待，会重新回到自己的身边呢……

那天，向前进跟他爸爸走的时候，明正兰给他买许多零食和玩具，但让她没想到的是儿子居然从车里把零食和玩具都扔了下来，还哭着叫司机赶紧开车，说他不想再看见妈妈和姐姐，要快点离开这个鬼地方。明正兰望着远去的汽车，再次伤心地放声大哭起来，女儿扶着妈妈一边安慰一边跟着哭了起来……

此后的明正兰带着女儿相依为命，艰难的生活着，她依旧早出晚归摆水果摊。只是她水果摊的生意比以前更差了，因为她总是心不在焉的。她一直想着远去的儿子，她不知道他过得如何，总是魂不守舍。

很多次，她突然将水果摊推回家，跑到长途汽车站准备去深川找儿子，可是每当她走到售票窗口时，又转身出来。因为她知道偌大的一个深川，她该去哪儿找儿子，即使去找到了又能怎样，儿子能跟自己回来吗？自己真的去了深川，正在上学的女儿又怎么办？这一切的一切"炙"着她的心！

突然有一天，明正兰收到了一张100元的汇款单，那是从深川寄过来的汇款，汇款人是"我爱你"。明正兰感到莫名其妙，她不知这是谁寄给她的，没敢去取钱。但是，一个月以后明正兰再次收到一张一模一样的汇款单。这么说来，是有人在帮助自己了？她百思不得其解，这些年来她在深川没有朋友啊，是向建华良心发现给她女儿寄的？是儿子？可儿子才16岁，又没有工作哪来的钱，不可能是他寄的。这个落款"我爱你"，让明正兰是无法承受的，自己曾经没有，现在也没有初恋、暗恋什么的，会是谁呢？

从那以后，明正兰月月都会收到署名"我爱你"的人从深川寄来的100元钱。直到1997年8月的一天，明正兰不但收到了从深川寄来的200元钱，还一并收到了一封信。明正兰看到这封信的时候，一种强烈的欲望驱使她打开，她忍不住环视了水果摊的周围，长吁一口气，定了定神，鼓起勇气撕开信封。她的心在怦怦直跳，正如她之前猜测的那样，只有薄薄一张纸，她用颤抖的双手，小心翼翼地展开：

亲爱的妈妈：

您好！

今天，我终于能告诉您事实的真相了。八年前我是迫不得已而伤害了您和姐姐，只有这样才能取得爸爸的信任，才能成功"潜伏"。我之所以这么做，一是为了减少您的负担，我看见您太苦太累了，实在不忍心继续这样下去；二是想通过取得爸爸的信任，将本应该属于您和姐姐的钱骗到手给您们，起到报复他的作用。我知道这样做很不道德，这样不但会伤害爸爸，也会伤害您和姐姐，对不起了妈妈，这些年来我无时无刻不想念您和姐姐。我越想念您们，我就越会在爸爸面前表现得很乖，千方百计在他那里要零花钱。后来钱存多了，知道姐姐要读中学了，需要钱。我就在老师那里学会了如何汇款，我开始给您汇钱，但不敢轻易落名，怕您不原谅我，将钱退回来，要是让爸爸知道了，可就彻底完了。其实，爸爸还真的相信我了。凡是我要钱，他都会给我。后妈开始对爸爸还不错，但她不喜欢我。后来，好像是因为有我，爸爸不同意再生，她就更不高兴，开始动不动就骂我，但爸爸总是护着我，他们经常为了我吵架。我装着什么都不知道。我发现后妈背地里也弄爸爸的钱，好多次我都想提醒爸爸，不过我怕爸爸不相信我，我也就没有提这事。因为我也算是后妈的“同伙”。上前年，她跟爸爸彻底闹翻了，自那以后再也没有见她回来。现在爸爸身边不缺女人，但没有一个是真心对他的，都是爱她的钱，我也不想多嘴，反正只要他给我钱就行了。哦，扯远了，您和姐姐现在还好吗，姐姐上大学了吗，在哪儿读大学？我的录取通知书已经来了，是南都大学，上学前我会回来看您们的，我太想您们了。对不起，妈妈，我骗了您这么多年，我错了，我让您和姐姐伤心失望了，所以我只有通过好好学习，努力考上大学，等毕业后找到工作，回到您身边好好报答您和姐姐。

你的儿子“我爱你”

1997 年 8 月 18 日

天啊，明正兰眼前一亮，心都快跳到嗓子眼了。原来“我爱你”真的是儿子向前进，她激动得一口气看完了信。她模糊的双眼，好像看见儿子就在自己的面前，她看见儿子长高了，长帅了。这次，明正兰同样是放声大哭起来，但这次她是幸福的哭！她这一哭，几乎惊动了乡场所有的人。她立即把水果摊推回了出租屋，拿着信就往县城里跑，他要到县城里去找女儿，要告诉在蓝冲师范学院读书的女儿，弟弟就是那个叫“我爱你”的人，他一直都爱着我们，一直在帮助我们，他一直都在想着我们……

第四十六章　三者插足

记得向建华回深川那天，天空下起了小雨，他一下火车，便打的直接到工厂，李兰早早地在厂门口候着，车停门开，向建华下车后还跟着一个十多岁的男孩，向建华不慌不忙地将儿子拉到李兰面前介绍道：“这是我的儿子向前进。快，叫阿姨。”向前进怯生生地叫道：“阿姨好。”李兰没有答应，脸上由晴转阴，差点没下雨。但她还是控制住自己的心情，皮笑肉不笑地改口道：“厂长辛苦了。”

原来向建华和明正兰离婚后，带着儿子向前进回到深川，这让李兰始料未及，认为是向建华耍了她，让她的心情很低落。她原本想向建华离婚后会和自己重新组建家庭，然后她给他生儿育女，好好地经营这个新家。这下可好，看来自己的小算盘打错了，没想到他说好的离婚后什么都不要，怎么又把儿子带回来了呢？这分明是对自己留了一手，也让自己在同乡面前难堪。

其实向建华之所以这么做，也是这些年在外面闯荡后，知道江湖险恶，不得不防。他虽然喜欢李兰，但毕竟是“二道贩子”爱“耍秤”！不过通过这件事也可以考验李兰是否真的爱自己。因为在向建华看来，这年月不要太相信女人，她们大多数看钱不看人，所以他在回老家的路上就想好了，要千方百计把儿子骗到手，带回深川，养儿防老，子承父业嘛！他做到了，成功了。但为了安抚李兰，他就说是离婚的时候，老婆坚决不要娃儿。结果闹到法院，儿子坚决不跟他妈，女儿坚决不跟我，最后法官只有把儿子判给我了，不得已才将儿子带回来的。

李兰并不相信向建华的解释，自从向建华从蓝冲回来，李兰就像变了一个人，没有以前那么多的话了，晚上向建华跟她亲热，她也只是草草地应负了事，有时还表现得极不情愿！这让他或多或少感到有些失落，他知道李兰在生他的气，可又能怎样呢？时间一天天地过，向建华对儿子百依百顺，对李兰也是热情有加，两边讨好，谁也不得罪。好像自己做错了事，天天赔笑脸，但就是热脸贴在冷屁股上，自讨没趣，始终得不到李兰的笑脸。慢慢地向建华失去了耐心，他的测试结果证明，李兰不爱他，其实他也没有真心想跟李兰过，要不他也不会做出那么多不珍惜李兰的事。他自然是找找借口而已，所以向建华另有打算也不为奇。

一天，向建华老家来人了，说是蓝冲县人民政府办公室主任。原来，向建华回老家时，在他父亲的要求下，希望儿子回乡办企业，并通过他的铁哥们联系到县府办公室主任，办公室主任正好是他铁哥们的儿子，叫郝功铭。这次郝功铭专程来深川市就是为他回乡办企业探路子的，是来考察向建华厂子的。晚上，向建华将郝功铭安排在离工厂不远的宾馆里，吃饭就在宾馆楼下。席间，郝功铭看见李兰丰乳细腰，浓妆艳抹，完全是大城市的靓女一个，看得这个来自贫困县的“干部”垂涎三尺。向建华看在眼里，心领神会地安排李兰坐在郝功铭身边陪酒。李兰看见挺着一个“腐败”肚的郝功铭，人也长得俊，就频频敬酒，结果李兰不胜酒力，很快就败下阵来，晕睡中被向建华扶进了郝功铭的房间。之前，向建华在房间里悄悄安装了摄像头。当李兰醒来，发现自己躺在郝功铭房间，她什么都明白了，自己只不过是向建华手里的一个玩物！玩腻了当作礼物随意送人！想到这里，李兰彻底灰心了。于是，她开始了自己的计划。但让她万万没有想到的是，她跟郝功铭睡觉的事已经被向建华拍成了录像。当然郝功铭也是不知道的。

再说，向建华从那以后，就很少跟李兰同床做爱啦。而会计已经多次提醒过向建华，货款收入方面最近出现了不少“差错”。开始向建华没有放在心上。可后来发现差错越来越大，于是，他开始警觉起来，暗地里展开了调查。这一调查，真叫不查不知道，一查吓一跳！上月工厂应收货款为 9 万多元，可实际到账的只有 8 万多，差错仅然高达万元之多，而且有些支出项目中含有许多不合理因素。于是，向建华不动声色在人才市场招了一个中专毕业的会计郝丽。郝丽来自东北，人高皮白细腰，脸蛋漂亮。她不仅人长得漂亮，而且人年轻，事也干得漂亮，来厂不到一个月，就将以前那个会计一年要干的事全部整理得清清楚楚，不愧是专业会计。郝丽做事讲原则，严格按照财务制度办事，她进厂后从不顾及李兰和向建华的关系，一视同仁，这么一来，李兰的很多账报不了啦，应该回来的货款一分钱也不能少，一旦少了，就立即向厂长报告。这样一来，郝丽与李兰的关系自然紧张起来。而向建华则以工厂发展为由，将原来的会计改为出纳，逐步接管李兰的工作，慢慢地，李兰除了晚上陪向建华睡觉外，基本上就无事可干了。

一天，李兰闲得没事做，跑到厂房跟三个同乡姐妹聊天，胖妹对她说："李兰姐，这下可难啦，先是向厂长突然带回一个儿子，隔在你们中间，现在又招回一个会计和你作对，这往下的日子你难啊。"

这让李兰原本不好的心情更加沉重，她沉着脸瞪着胖妹没好气地回答道："李兰，你难，你就不知道叫李姐。我的事关你屁事，我日子不好过了，有你什么好处，哼。"李兰恶狠狠的甩下一句话，走开了。现在李兰的心里已经容不下别人的话了，哪怕别人是关心或者同情，她全都会理解为嫉妒和憎恨。

望着李兰远去的身影，胖妹好久才回过神来，吐了一句："好心当作驴肝肺。"引起了工友们的阵阵哄笑。

不久就听说李兰在外面凭着老关系，仍以工厂出纳的名义骗收了一笔高达两万元的货款跑了。而向建华好像也没有报警，只是给其他业务单位打了招呼，今后所有货款全部走银行……

第四十七章　好运连连

那天，李兰离开胖妹来到平时跟建华摩配厂业务最大的一家单位，原本想来散散心，可没曾想遇到了对方公司分管财务的赵副经理。赵副经理以为她是来收款的，正好公司的钱刚刚到账，考虑到是老客户，赵副经理热情地招呼李兰在会客厅坐下，并毫不犹豫地吩咐财务人员将公司应付账款两万多元现金交给了李兰。

“这……这，”李兰声音里充满了惊讶，但她还是很快聚眉凝神、斟词酌句地想了想，索性一咬牙，十分肯定地说：“谢了，赵经理，你们太守信誉了，跟你们做业务，简直是我们向总的福气。”李兰的话令赵副经理忍俊不禁，他咯、咯、咯地大笑起来：“妹子，严重了，今天你为何变得这般贫嘴？”

“我原本是想过来看看你们最近业务如何，并不是来催款的，没想到赵经理这么爽快，我自然是有感而发哟！”

“嗬，老客户了，只要钱到账，你不来我们都会打过去的，何况你亲自上门来了，钱自然是要给的嘛！”

“诶，那就多谢了，我还有事。再见，不打扰你了。”说完，李兰就起身往外走。赵副经理也起身送李兰到公司门口，说了声请你代问向总好！就回去了。

李兰摸着厚厚的钱，心里热热的，她想不拿白不拿，反正向建华也不是什么好东西，玩完了就不要自己了，还将自己当礼物随意送人。既然钱都到手了，又不是第一次，干脆存入自己存折算了。她这样想也就这么做了，但她知道这样一来，自己肯定是不能再待在工厂里了。于是，她迅速回到工厂，悄悄回到宿舍，拿起自己平时常用的衣物，趁没人注意急急忙忙溜出厂门，在街上拦了一辆的士跑了。上车司机问她走哪里，她才想起自己该往哪走呢？回老家？不行！找朋友？谁？突然，她想起了老乡王大哥，对就到他那儿去！于是，她坚定地回答司机走城南西街 14 号。城南是深川的“红灯区”，上次她带客户到那儿唱过卡拉 OK，认识了自称是老乡的王大哥。王大哥开了一家卡拉 OK 厅，生意还不错。

李兰提着大包小包行礼往卡厅里走，因为是上午，卡厅里没有人唱歌，老板王大哥正在里面喝咖啡，他一眼就认出了李兰，立即迎了上去，问她这是干什么？王大哥瘦骨嶙峋的，看上去就像农村的脚猪（种猪）配种太久太多虚脱了一样，有气无力！走起路来都在飘！李兰听王大哥这么问，大哭起来，可怜巴巴地说：“王大哥，你得帮帮妹子，小妹落难了，那个没良心的向建华有了新欢，把我从工厂撵出来了，我在深川又没有亲人，只有哥哥你啦，我得在你这儿住几天，不知哥哥容不容小妹？”

“容，容，哥哥求之不得呢！你想住多久就住多久，老乡见老乡两眼泪汪汪吗。何况谁叫我是你哥呢？”王大哥喜出望外，怜爱般地接过李兰手里的行礼。

吃过中午饭后，卡厅仍然没有人来，王大哥闲得没事，就开始放起录像来。录像是成人片，里面的男女赤裸裸的正搞得欢，李兰起初害羞坐在沙发边边用手将眼睛蒙住。但录像里那声音那画面太诱人了，李兰挡不住录像的诱惑，悄悄地分开手指，露出眼睛看了起来。

这时，王大哥悄悄地关上了门，慢慢地靠在李兰身边，手轻轻地在李兰身上跟录像里那样开始摸了起来。起初，李兰还挡了两下，嘴里说，王大哥别这样，但还是慢慢地让王大哥的手任意游荡。天热，衣服穿得少，李兰穿的是裙子，王大哥顺势将手伸进了李兰的裙底，李兰挪动了两下将夹得紧紧的两腿慢慢地松开了。王大哥顺势将李兰放倒在沙发上。两人学着录像里的动作开始搞起来，一下午随着录像里的高潮，两人搞了好几次，但王大哥显然没有向建华那么有冲击力！最后，还是王大哥投降了，他起身对李兰说，我去冲洗冲洗，你随后就来，晚上还要营业呢。

晚上，王大哥的卡拉 OK 厅来人了，李兰帮助王大哥烧水上茶，严然就是一个贤内助！没多久，又进来一个人，来人是王大哥的老朋友，叫龙虎。

他一见李兰就喳呼呼地叫道："标致、有味。"然后回过头对王大哥淫笑道："这就是你给老大找的打工妹？"王大哥有点难为情地支支吾吾地说："是自己的老乡，暂时住在这儿，不是打工妹。"龙虎靠近王大哥，嘴贴在他耳边低声嚷道："你好大胆，老大让你找打工妹，你居然还敢藏私货，不想混啦？""龙老弟，不是这样的，这真是我老乡，是暂时借住我这儿的，我过两天就想办法，给老大找打工妹。"王大哥毕恭毕敬地回答道。

"什么打工妹？我去行不行。"这话被一旁的李兰听到插话道。

"行，行，老大那儿就差你这样的打工妹呢。"龙虎兴奋地说。

"这没你的事，去给客人倒茶。"王大哥一边推李兰一边给她递脸色并小声地对李兰说。

"嗨，还是妹子懂事，跟我去见老大，老大那儿比他这儿强多了，吃香的喝辣的，工资少不了你的。王大哥你滚一边去，小心我给老大讲你藏私货。"龙虎恶狠狠地瞪着王大哥。

因为卡厅灯光较暗，噪音也大，李兰没有看见龙虎的表情，也没有完全听清楚龙虎与王大哥的谈话内容。她只是觉得好像王大哥要留下自己，不想自己跟龙虎去见老大。难道王大哥真的就想把自己留下来当老板娘？不行呀，他那么瘦弱，下午干那事就这么费力，像吃了粉的。到时候真有个什么，老娘还真负不起责，这不让老娘从米箩筐跳到糠箩筐了吗？还是跟龙虎到老大那去看看，碰碰运气吗！

其实，王大哥自从下午跟李兰做那事后，还真想把她留下来当老板娘，因为他知道老大那儿去不得，但他也惹不起龙虎，因为龙虎有老大给他撑腰。自己也只好打消了留下李兰的念头。

龙虎知道夜长梦多，他当急就决定带走李兰。说是过了这个村就没有这个店，说不定老大那儿名额就满了。结果李兰还真的信了，连夜就跟龙虎去老大那儿了。他们一出门龙虎就招了一个的士，没多久车子就进了一栋大楼的后院。随后龙虎把李兰带进了楼道，进入楼道，李兰闻到了湿霉味和老鼠换毛的那种类似雨后阴沟的气味。进入负二楼，楼道两端是铁门，各有一个虎背熊腰满面孔油、条肉的小平头。一股又酸又腐败的气息，从走廊中溅出来，李兰倒退了两步，后跟踩在了小平头的脚上，他的脚像石头一样硬，钢瓜般的手抓住李兰的胳膊："怕老鼠？我们这儿没有，安全得很。"他没有骂李兰，反而开心地笑着，一嘴的烟臭。龙虎没好气地看着小平头说："做好你自己的事，少空话。"一边说一边把李兰引进了一个房间。说是让她先休息，明天一早，老大就来给她安排工作。然后，就匆匆离开了。李兰放下行礼，观察了一下房间，发现房间里面电视机、电话、空调样样齐全，床单、被子还算洁白干净，卫生间很大，比起过道那黑暗而酸腐的气息有着天壤之别。突然，她听见铁门被锁的声音，她打开房门看了看，铁门已经上锁。她再看了看这层楼的房门上面都有门牌号，好像一家宾馆。李兰回到房间，准备洗个澡好好休息，因为下午干得太累了，没有想到那个瘦子王大哥会搞自己这么多次！不过现在，她正得意地想着明天老大会给她安排什么工作呢！

然而，命运给李兰开了一个玩笑，一个让她走向深渊的玩笑。

第四十八章　狂风暴雨

李兰关好门，脱掉衣服进入卫生间准备沐浴。

然而，回到控制室的龙虎，看见李兰的裸体，下面已经欢呼雀跃顶了起来，眼看李兰就要洗完穿衣，他脱掉衣裤，悄悄钻进了李兰的房间，吓得李兰半天说不出话来，一直愣在那儿。原来，这里的每一个房间都装有摄像头，每一个房间都有一个暗门。一是为了将整个性交易的全部过程录下来，制作成 A 片拿到国外黑市上去卖；二是防止警察突然检查，让嫖客和卖淫女及时跳脱。李兰刚来，根本就不知道这里是干什么的，更不知道这里有机关。她一直在想，自己明明关好了房门的，而且龙虎也离开了的，怎么就进来了呢？龙虎趁李兰愣着还没有反过来时，就冲上去把她按在床上，将他那根发烫的硬棒伸进了李兰的下体。等李兰回过神来时，反抗已经没有用了，就这样李兰被龙虎强奸了。就在龙虎一泻千里之后，另外又进来了三个垂涎欲滴的男人。他们很快脱掉了自己身上的衣服，一丝不挂地站在了床边，其中一个男人上前去摸李兰的头发，被她啪的一声狠狠地将那只手打了回去，同时惊叫道：“别碰我！离我远点！”龙虎赤身裸体在旁边快活地说：“都看见了，过瘾噻，她的演技不错吧，这个女人有形有味，接下来就看你们怎么和她演了，老大还等着审片子呢！”

“你们想干啥子？”李兰惊慌失措地赶紧用被子将身体遮住。其中一个男人嬉皮笑脸地说：“我们想和你玩玩，好好演戏，你很快就会成为明星，挣大把、大把的钞票了。”说完，他冲上去掀开李兰的被子，手被李兰打回去的那个男人冲上去抓住李兰的两条腿使劲地分开。

“你们到底想干啥子？”李兰的叫喊声，反倒引起哄堂大笑：“你明知故问，挺会煽情的嘛。”李兰又挠又咬，不过她敌不过四个大男人，身子在床上变成了一个“大”字。她累得脸蛋绯红，使那张原本就有几分姿色的脸更加有了魅力。挣扎中李兰呛进了口水，拼命咳嗽起来。到后来，她已经没有力气挣扎了，只是静静地淌泪。她已经是一丝不挂地袒露在众人面前。她就算被人按住手脚，那凹凸的身材同样展现出来，雪白的肌肤有着石英的光泽。看着她傲人的胸部，优雅的脖子，细嫩的手臂，无遮无蔽的下体。高个子男人最先趴了上去，一阵活塞式冲击运动后败下阵来，第二个、第三个紧随其后，李兰泪眼汪汪凄惨地叫着，声音越来越小……

几个男人大施淫威，变着法子虐待李兰，享受着胡作非为的乐趣，在这几个男人们看来如此销魂的场面却让李兰泪湿枕巾和床单。她白皙的身躯，已被几个男人的手揉捏得红彤彤。她终于明白自己进入了狼窝！怎么办？她想到了死！但很快打消了这个念头。她此时想得更多的是报复！她要报复前夫，要报复向建华，她要报复天底下所有的男人。怎样才能达到自己的目的呢？她想了很久，就在这群男人离开后，她没有再哭，她使劲地用淋浴冲洗下体，她要将所有的污物全部冲掉，洗净！

当然，李兰并不知道刚才发生的一切已经被制作成了录像带。一是可以用来威胁李兰不能逃跑，如果要逃跑就将录像带寄给她父母，还卖到她的老家的那些录像点；二来录像带可通过黑市在国外销售，老板可以得到一笔可观的收入。不过放心，片中的“男主角”的头像是打了马赛克的。

第二天，自称是老大的人来了，让她没有想到的居然是一位体态约胖的，看上去比她约大的，很有气质的女人！老大开口就说:“你昨天受苦了，我将龙仔他们收拾了，让他们从今天起好好服侍你一个月，你看如何？”听了这话，李兰倒吸了一口凉气，心想，这明显是要给我一个下马威。让他们服侍，且不是要老娘的命吗？想到这里，李兰强装笑脸道：“老大，不用他们侍候，妹子本身就是苦命人，既然来了，就没有打算来享福，只是为了糊口而已，今后还望老大多多关照才是！”

“哟，妹子是个爽快人，我就喜欢和聪明人打交道，今后叫我大姐就行了。”老大大声地说道。

“多谢老大夸奖。”

“诶，叫大姐。”

“是，大姐，请多关照。”

“嗯，好好干，大姐不会亏你的。”说完，离开了房间。房间又是死一般的静。李兰打开电视，只有一个录像台，放的全是昨天龙虎他们施暴的场面。她猛然心跳加剧，原来这些人居然如此狠毒，看来自己这次栽惨了，已经无脸回去了，再无回头路。想到这里，她要复仇的心更加坚定，她愤然地关掉了电视。

第四十九章 丧心病狂

大姐今天特别高兴，她把李兰叫到楼上，这是李兰在这儿三个月后第一次离开负二层楼。外面的阳光真艳，外面的空气真好。透过窗户看见云儿在漂移，鸟儿在自由飞翔，李兰心中不由得有些酸楚。

大姐等李兰坐下，开口就说：“最近你表现得很好，这是特别奖励你的。”大姐将一对金耳环和一条金项链递给李兰，继续说：“从现在起你就是领班，今后带领姑娘们好好干，我会重重有赏的。”李兰接过项链和耳环复杂的说：“谢谢妈咪。”

“你不能这样叫，我不是告诉过你，叫我大姐吗？”

“嗯，谢谢大姐。”

“这就对了，你是我的姊妹，不能像那些小姑娘一样叫妈咪。”大姐满脸堆笑地走过去拍着李兰的肩膀说。

“好的，大姐，没什么事的话我回去了。”

“行，胖妹的事还得要你去用心开导开导。”

“嗯，我一定照办。”

李兰又回到负二楼，她这才发现这座宾馆地上有十五层，地下三层，刚才到达的是顶楼，从电梯的按键判断，顶层是直接通往负二楼的。这是一个专用电梯，因为其他按键全是被胶水封住了的，按不下去，而且龙虎始终跟着她。她明白，大姐还没有完全信任自己，虽然自己把三个同乡的姐妹都骗来了。

胖妹的性格是倔强的，她坚决不从，虽然来了一个多月，但没有一个男人敢近她的身子，就连龙虎也拿她没办法，大姐今天叫李兰来看似奖励，实则是让她做胖妹的工作。李兰非常明白这一点，但她也深知胖妹的性格，她为了尽快得到大姐的信任，决心摆平胖妹，回到房间后，她在龙虎的耳边低语了一阵，龙虎开门离去。

再说胖妹进了“得月楼”夜总会，知道这儿是干什么的以后，她就非常恨李兰，杀了她的心都有，可自己现在已落入淫窝，又如何能逃脱，自己都自身难保何以报仇？胖妹被关在一个不足两平米的楼梯间，没有阳光，通风又不好。一天只能吃两顿饭，人已变得“骨感”，跟胖妹这个名字已经名不副实了。龙虎从李兰的房间出来后，带了两男保安，直奔胖妹所在的楼梯间打开门，一股臭气扑面而来，原来不足两平米的地方，胖妹在这里吃喝拉撒一个多月，能没有味吗？严重虚脱的胖妹被两个保安拖了出来，安排在李兰的隔壁房间，龙虎指着衣柜对胖妹说：“从今往后不管你从还是不从，都住这儿了，身体养好后，你就可以回去了，这是你的同乡李兰，今天提升为领班后，在老大那儿求的情，才把你放出来的。你先洗一洗，这衣柜里有换洗衣服，你随便挑，好好休息吧，算你遇到贵人啦，不过今后出去你绝不能说出这儿的事，否则等着你的只有死路一条，别无选择。”

听着带有“希望”和威胁的双重语气，胖妹无神的双眼望着皮笑肉不笑的龙虎面无表情。龙虎假装同情地上前拍了拍胖妹的肩膀说：“妹子，放心吧，到了这儿，你就安心休养。以前是哥对不起你，现在有李兰罩着你，妈咪是不会强迫你的啦。”说完笑眯眯的关门走了。

胖妹毕竟是从农村来的，思想很单纯，她虽然不敢相信龙虎的话，但也没有先前那么犟了。这儿的环境简直是一步登天，她从小到大也没有见过如此豪华的房间，席梦思大床，彩色电视，空调，卫生间……她环视着房间的四周，听了听门外没有了动静，才转身从衣柜里取了两件自己心仪的服装。走进卫生间，她趟进了热气腾腾的浴缸里，边洗边想，这宾馆就是宾馆，在农村冬天只是在木盆里洗过澡，在建华摩配厂也只是用水管冲着洗过。今天，她要在这里将一个多月的龌龊洗得干干净净。她一边洗一边哭，想起了家乡的父母和弟弟，也想起了和她一起被骗的两位同乡姊妹，不知她们现在如何。她自然也想到了骗她过来的李兰……

洗完澡，她回卧室，看见桌上的点心才知道自己饿了，她顺手就往嘴里送。她一边吃一边打开电视，里面播放的居然是男欢女爱的事情，差点没有把她吓得半死。她立即关掉电视，望着房顶发愣，心跳加剧，作为一个十七八岁的农村小姑娘，哪见过这般录像。就在她发愣的一瞬间，龙虎和三个彪悍的男人赤条条地从衣柜的暗门冲了出来，不等胖妹反应过来，就将胖妹死死地按在了床上。如今的胖妹已经被折磨得无力敌四个壮男人了，龙虎上去就撕掉了胖妹的衣裤，胖妹虚弱的身体特别迷人，毫无遮挡地展现在男人们的面前……随着胖妹的一声惨叫，龙虎得意扬扬地从胖妹的身体上滑下来，其他三个男人不顾胖妹痛苦的哀求，一个接一个扑了上去。床单上留下了一块红红的印迹……

完事后，龙虎打开电视，仍然一丝不挂地走到胖妹面前指着电视里播放的内容，说："今天的事已经录下来了，你自己好好看一看，你表演得很专业哟。"然后，伸出手去拉胖妹用被子遮住的身体说："如果你继续不听话，我们就将录像寄回你的老家，让你的父母好好看看你的精彩表演，要不我们就将录像带卖到你们老家那些录像厅，让所有的人都能看见你的完美表演。就算你寻死，我们也不怕，到时也会将录像带寄给你的父母作纪念的，如何？"龙虎厚颜无耻地说着，突然一用力将胖妹的被子再次掀开……

随后，龙虎来到李兰房间，说："姐，我完全按你说的方法去做的，成功了。我想，胖妹现在应该不会不听话，还是你的方法行！"龙虎竖起大拇指得意忘形地讨好李兰。

"滚，我在录像里都看见了，你们也太狠了。"李兰没好气复杂地回答道。

龙虎感到莫名其妙，也不知道李兰为什么发这么大的火，这明明是按她的意思办的，难道又错了？龙虎丈二和尚摸不着头脑，只有灰溜溜地走出房间。其实当龙虎他们在糟蹋胖妹时，李兰想起了自己被骗进"得月楼"的一幕，有点触景生情而已。不过她很快恢复了本来面目。李兰被大姐用传呼器叫到了顶楼，表扬了一番，并给了她 200 元奖金。李兰拿着钱高兴地回到负二楼，她又开始酝酿起更大的阴谋。

第五十章　潜伏南都

一封封热情洋溢的信从深川飞向了李兰老家毕节，她的小学、初中的女同学几乎都收到了她的信。信的内容大体都相同，说她在深川开了一家小工艺品制作公司，能赚好多好多钱，她的公司现在正处于发展阶段，急需人手，特别是手巧的女孩子。当然工作难度不大，一学就会，只要愿意来的，可以先来试试，不满意的来回路费全免！一经录用，工资每月 800

到1000元不等。半年时间，已经有好几位姑娘被骗到了“得月楼”。时间一长，她这一招也不灵了，因为凡是经她介绍的姑娘到了深川就与家人失联，而乡亲们也不见李兰和姑娘们回来。所以，已经引起了当地人的高度警觉。可李兰也因此获得了大姐的信任。

这天，李兰跟一个嫖客做业务时，偶然从嫖客那得知，在南都开发区有个“红灯区”，那儿来自全省的人都很多，人员很复杂。特别是乡下妹子较多，有的是洗脚妹，有的是洗头妹，也有兼职做你们这一行的，就是价格有点低，“快餐”每次50到100元，陪夜也不过200到300元一夜。说者无意，听者有意，她发现这是个找钱的好时机。于是，她使出了从业多年来的经验，三下五除二就让这个嫖客缴了械。事完后，李兰迫不及待地找到大姐说：“大姐，我想到南都去弄一批价廉的乡下妹子到德月楼来，如何？”大姐听李兰这么一讲，也来了兴趣，问道：“怎么弄？”

“我想去看看，一旦时机成熟，就带几个新鲜的过来。”

“可以，但一定要做得干净。”

“应该没有多大问题。”

“小心驶得万年船。我让龙虎跟你一起去，相互有个照应。一旦得手，就让龙虎带回来，每个妹子按2000到3000元一个，我直接现金支付给你。”

“谢谢大姐。”李兰表情很不自然。心想，都怪自己说成廉价的妹子，大姐才出这个价，现在只好自认倒霉。

“很不错，这是一个难得的商机，好好去准备一下，等忙过这阵子你们就可以出发了。”

“好的。”

两人一拍即合，又一个罪恶而肮脏的交易就这样形成了。李兰和龙虎坐上了北上西进的火车……

李兰变得聪明了，她知道大姐让龙虎给她当手下实则是监视她，一是怕她借机跑了，二是怕她另开炉灶。所以李兰想给龙虎来个下马威，一路上她摆足了架子，让龙虎处处伺候她，一旦有点怠慢她就大喊大叫，弄得龙虎服服帖帖的。其实，她那儿知道大姐早就料到李兰会出这一招，早就给龙虎交代过，让他一定要忍。于是，李虎也故意做出百依百顺的样子，好让她得意忘形！这样会让她打消顾虑，相信自己彻底取得了大姐的信任。龙虎完全是为了照顾她，让她死心塌地的给得月楼做事，这样才能实现“共赢”！

而李兰一到南都，反而低调起来，她让龙虎在郊区租了一间民房，对外称夫妻，晚上则自己选了一家发廊，当起了“发廊妹”，干起了老本行。暗地里给“同行”的妹儿吹嘘深川的“业务”如何好，价格如何高哟什么的，一旦有上钩的，她就立马通知龙虎“送货”。当然，李兰为了抓住龙虎为她卖命，笼络其心，白天回到出租房休息时，她偶尔也同意龙虎上她的床。到了下午，他们会满城踩点，扩大寻找猎物的范围。

经过一个多月的寻找，他们发现了城中村有很多农村来的乡下妹，靠下苦力挣钱。于是，李兰跟龙虎商量，让龙虎在离城中村不远的地方重新租一间屋自己住，而她则学着城中村乡下人的样子，找了一些塑料，搭起了塑料棚，每天住在城中村，找机会和乡下妹子套近乎，伺机下手。在她的花言巧语之下，已经成功地骗得了多位乡下妹子的信任。最终均在她描绘的“美好生活”诱惑下，跟着“龙经理”南下淘金去了。可又有谁知道，她们这一去却从此掉进了万丈深渊……

冉凤自然也成了李兰的猎物。

起初，李兰认识冉凤也是巧合，她搭的棚子紧靠在冉凤的小棚子。每次冉凤早晨挑潲水回来时，李兰也从发廊回来，她们经常见面，慢慢地李兰对冉凤有所了解，当她得知冉凤的悲惨遭遇后还是动了恻隐之心，她没有将冉凤骗走。只是后来得知冉凤就是明亮的侄女，也就是说冉凤是她仇人的侄女，这才有了报复的想法，将黑手伸向了冉凤。

然而，这次她失手了，也是她唯一的一次失手。李兰万万没有想到，自己精心策划的自认为天衣无缝的骗局，成功地将冉凤骗到深川的“得月楼”。但更让她没有想到的是，这不但让自己暴露了行踪，而且还终结了她的“美好生活”，更严重的是连“窝”都被警察给端了。让她没有想到的是还连累到了得月楼！真是应了那句话，不是不报，时机未到，坏事做绝，立即就报！让李兰在监狱想不通的是：自己也算是老江湖了，自己的潜伏生涯为什么就断送在一个黄毛丫头的手里呢？当初自己都没有跑脱的地方，怎么就让她这个小丫头轻易跑掉了呢，而且还招来了警察……

第五十一章　逃出魔掌

黑夜中，一个披头散发的少女拼命地向一辆行驶中的桑塔纳轿车跑去。

轿车里不是别人，正是向建华。向建华见一少女向他车子赴来，吓得他猛踩刹车。随着惯性，他差点没有从座位上撞在挡风玻璃上。还好他有系安全带的习惯，才没有冲破挡风玻璃。他原本不想刹车的，其实他早就看见有一个十七八岁瘦骨嶙峋的姑娘，在人群中晃来晃去，就像大风吹过的小草，摇摇摆摆的，只是没有想到会朝他的车子跑来，起初他还以为是遇到了碰瓷的，所以他才猛踩一脚急刹。正要冒火，小姑娘却在拍打他的车窗，好像在叫喊什么。向建华摇下车窗，只听得小姑娘在叫："大哥救救我，有坏人在抓我。"没等向建华反应过来，小姑娘已拉开车门，钻进车内，听见小姑娘着急地喊道："大哥，救救我，快点开车"。向建华这才发现在车子的前方果然有几个男子追了过来。他也顾不了多想，锁上车门，摇上车窗，一踏油门，桑塔纳向离弦之箭朝几个男子追来的方向冲了过去。看见有车对直冲过来，几个男人吓了个半死，赶紧向四周散开。向建华趁机冲了过去，甩掉几个男人后，有意在大街上转了几圈后，确定没有尾巴，才向郊区自己的公司驶去。

向建华将轿车停到了公司的办公楼前，他回过头来给惊魂未定的小姑娘说："妹子，这里安全了，你可以下车了。"

"大哥，这儿是哪里？"呜呜……小姑娘突然哭了起来。

"别哭，妹子，你住哪儿？追你的又是谁？"向建华掠过一丝淫笑问道，想不到今晚还有意外收获。

“我是被人骗到深川的，他们要我接客，我不从，他们就打我，不给饭吃，都三天了，我实在忍不住，只好同意了。”

“同意？怎么跑出来的？”向建华突然睁大眼睛。

“是的，我假装同意，等他们安排客人后，我再想办法逃跑。”

“要是跑不掉呢？”

“我就去死！”冉凤激动起来。

“别，别激动，先到我办公室休息一会再说。”向建华下车，拉开了后面的车门，冉凤下了车跟向建华到了办公室，向建华这才看清小姑娘的脸，消瘦的脸蛋透着美丽。当向建华正要关门时，小姑娘突然叫道，别关！向建华下意识地把关门的手缩了回来。莫名其妙地笑着说:“不关就不关。”然后打电话叫来住在隔壁的会计兼秘书郝丽给小姑娘倒了一杯水。郝丽看了看女孩，笑了笑出去了，向建华问道：“后来，你是怎么跑出来的？”

小姑娘喝了一口水，环视了一下办公室，松了一口气说：“客人进了房间后，我发现他喝酒不多，人也精神，像个干部，四十多岁，看起来不是很坏。我就试着将实情告诉他，并说如果不放，今天我就死给你看，到时你也肯定脱不了关系，所以请你做个好人，放了我，这样对你对我都是好事。客人先是惊讶，自认倒霉，但很快平静下来，同情地对我说，行。他想了想又说，这样，我先叫服务生进来将其控制住，你换上服务生的服装，把头发盘在帽子里，从这儿出去向走廊的右边往楼道走，上一层就是大厅。到了大厅，你要趁人不注意就往外走，走出门口就是大街，你就拼命地往右手边跑，那边人多，有夜市，离派出所很近，便于逃跑。接下来的就得看你自己的运气了，我也帮不上你啦。客人边说边给前台打电话要果盘。不一会服务生就来敲门了，服务生将果盘放在茶几上时，客人立即上前将服务生逼到墙角，让他别出声，脱下衣服，然后让他躺在床上不准动。接下来客人将服务生脱下来的衣服递给我，让我快点换上，并叫我按他事先说好的路线跑上楼。我来到大厅，发现没有人注意，就往门口走去，刚一出门，就听见有人在喊，走哪去？我头都不敢回，撒腿就跑，正好遇见你的车，我就冲了过来。”

“你就不怕我也是坏人？”向建华故意问道。

“我没有想那么多，只是想开车的一定是干部或老板。”

“干部和老板就没有坏人了？”

“应该吧，放走我那上客人看上去就像一个干部。”

“嘿，嘿，干部和老板中也有坏人，要不他们会到那些地方去？”

“这，我当时，只想跑出来，没有想其他的。”

“哦，对了，你说被人骗到深川来的，是谁，你知道吗？”

“知道，是李兰。”

“李兰？圆圆的脸蛋，身材不错，爱打扮，贵州口音。”向建华突然变得激动起来，两眼血丝地望着冉凤，吓得冉凤脸青面黑的，以为他们是一伙的。冉凤不知道怎么回答，只是不由自主地点头。向建华则大叫道：“这个骚货，这么多年没有消息，居然还躲在深川。她现在还在那儿吗？”

“在，就在得月楼，应该还没有走，昨天她还来安慰我的，被我骂出了房间。”

向建华没有说话，抓起电话就拨打，“喂，请问是派出所吗？得月楼是淫窝，贵州的人贩子李兰也可能躲藏在里面。”放下电话，向建华问道：“小姑娘，听口音，你好像是四川的，叫啥名字？”

“我叫冉凤，四川平顺人。”

“平顺人？”向建华惊奇地看着冉凤。

“嗯，平顺。”冉凤刚平静的心又紧张起来。

“平顺哪点的。”向建华追问道。

“平顺青龙山寨的。”

“青龙山寨，你是羌族人？”向建华惊奇地问道。

“难道，你也是青龙的？”冉凤瞪大了眼睛。

“你阿爸阿妈叫啥？”

“我阿爸叫冉林生，阿妈叫明文。”

“啊。”向建华站了起来，两眼发光地问道：“他们还好吗？”

“他们都不在了。”冉凤掉下了眼泪。

“哦，怎么会这样，孩子别哭，你到叔叔这儿，就当回到自己家里了。”

“你是？”冉凤疑问道。

“我是你阿妈的同学，同乡。蓝冲人。”说这话时，向建华心情复杂，心想还以为自己走了桃花运，没想到仅然是同学的女儿，而且是暗恋情人的女儿。当得知明文已经不在了，心里是失落？是兴奋？他自己已经想不明白了，但他很想知道原因，但又不好继续问下去。

“哦，真的，没想到在这里还能遇见阿妈的同学，同乡。真是老天有眼。”冉凤一下子高兴起来。

“时间不早了，你也累了，这样，今晚暂时就跟郝秘书住在一起，其他事明天再说。”向建华一边说，一边叫郝丽很快过来，其实郝丽就在阳台没有离开。一来是想听听这小姑娘的来历；二来想看向建华到底想干什么。郝丽听见向建华叫她，她就进了屋，并笑着将冉凤引到了自己的房间里……

第五十二章　意外惊喜

这天晚上，向建华失眠了，他在想，自己原本以为走了桃花运，在大街上捡到一个大姑娘。而且让自己没有想到的是这个大姑娘居然是自己单相思情人的女儿，想她妈当年那么绝情，连正眼都没看过自己一眼，让他在同学、民兵们面前非常没有面子。更可恨的是几年后想整散她父母，结果也没有达到目的。现在倒好，听说她父母双双去见阎王了，这也算老天替自己出了一口恶气。现在，老天又将他们的女儿送到了这儿，没想到母债女还，这也是我向某人前世积的德。向建华相信总有一天会把冉凤骗上床。这一夜，他满脑子就是如何让这个“侄女”相信自己就是一个大好人，会给她带来幸福，因为他们有缘，才会在这南国之城相遇！

是的，冉凤也没有睡好，经过惊心动魄的一夜，总算逃出了淫窝。而且还认识了阿妈的同学，同乡，真是天无绝人之路！

天亮了，一切是那么的平静。她环视四周，发现房间里除了床以外，还有电视、书桌，有一个保险柜放在床头，特别显眼。墙壁上有一个相框，是艺术照，居然是秘书郝丽的。冉凤起床推开门发现外面还有一间屋。透过窗户看见了远山和绿水，这时窗外的秘书郝丽笑嘻嘻地迎上来问候道：“你醒了，走，我带你去洗漱。”

“谢谢。”

冉凤这才发现，昨天晚上自己睡的是郝丽的房间，而郝丽则睡在她外面的这个房间，这是一间会客厅，有一个侧门是通往向建华办公室的，正门通往办公大楼的走廊。而向建华自己的办公室也有一正门是通往走廊的。看来这个侧门平时很少打开的，不注意是不知道这三间房是相通的。不过，这也很容易让人联想到金屋藏娇！

走廊的尽头是洗漱间，洗漱完后，郝丽给冉凤换了一身好看的衣服，因为她知道冉凤是向总同学的女儿，得伺候好一点。

郝丽带冉凤到公司食堂吃完早饭回来时，向建华把冉凤叫到办公室，问她今后有什么打算。冉凤说还没有想好。向建华说：“这样吧，你愿不愿意到我的公司来工作，每月 1000 元，包吃包住。”冉凤心想，既然是阿妈的同学，那还有什么不放心的呢。这自然是一个惊喜，当然愿意留下了，这样弟弟的学费，生活费就不愁了，于是她爽快地同意了。向建华叫郝丽将冉凤带到人事科去签合同，让冉凤当库房管理工。

刚签完合同，警察就来了。

原来向建华昨天报警后，警察迅速出击抓住了李兰，并捣毁了得月楼。警察原本是来核实向建华的报案经过的，却意外地发现向建华所救的少女，正是南都警方要求协助调查的冉凤，于是，警方将冉凤带回了警局。

深川警方初步证实了李兰组织妇女卖淫，拐卖妇女，故意纵火等犯罪事实，并通报了南都警方。近日，李兰将被押解回南都，而冉凤也将回南都作证。警察到向建华的公司来还有一事，就是调查李兰盗窃建华公司现金一事。

向建华知道自己想打冉凤的主意几乎成了泡影，但他还是埋下伏笔，存有一丝希望，他想放长线钓大鱼。于是借冉凤帮他找到潜逃多年的盗窃犯为由，以冉凤已经是自己公司员工为由，特奖励冉凤2000元现金。而冉凤只是想跟着警方回到南都，协助警察弄清案情后再回来工作，没有想到向建华如此大方，还真把她吓住了，毕竟一次还没有见过这么多现金，最后在警察的建议下，冉凤勉强收了1000元。

北上的火车，让冉凤的心情越来越好，而郝丽又何尝不是好心情。因为她太了解向建华了，她知道向建华这个人总是到处寻花问柳，而冉凤如此单纯，如果留下来，向建华会利用自己是救命恩人大做文章，小姑娘又怎么能不上他的当呢。就连昨晚上她都特别小心，防止向建华做出出格的事，所以特意让冉凤睡自己的卧室，自己则睡在接待室的沙发上，将向建华挡在了自己的房间外。因为向建华在修建这个办公室时就别有用心。

对了，还是说冉凤吧，她回到南都就被带到派出所录口供，不但说清楚了自己不是城中村纵火案的同案犯，而且证明了李兰的犯罪事实。同时，还得到了《南都日报》的同情，《南都日报》作了详实的报道：冉凤如何主动放弃学业、帮助弟弟完成大学梦以及她的不幸遭遇如何机智跳离“魔界”等等，得到了社会各方的同情和南都大学的高度重视。经南都大学校务会研究决定，重新录取冉凤，并通知了她的弟弟冉龙。虽然冉龙已经知道阿姐当年放弃学业，但他却不知道阿姐当年居然还是全县高考状元。

然而，这都不重要了，重要的是阿姐成功逃出了淫窝，而且即将成为自己的校友。他简直高兴得想飞起来。

但当冉凤得到入学消息时，她却高兴不起来，因为她无法找到学费。校长找冉凤谈话时，发现她并不高兴，于是校长笑着说：“冉凤同学，我们知道你吃了不少苦，你很坚强，很有爱心，为了弟弟，牺牲了自己的前途，因为你要挣钱供弟弟上学。现在你不用了，学校得知你们的具体困难之后，决定免去你和你弟弟的所有学杂费，并且已经得到你们当地政府的帮助，解决了你的生活费和每学期回家的路费。而且社会各界还为你们成立了专门的基金会，用于类似你们这样的孩子上学。”

听校长这么一说，冉凤不敢相信自己的耳朵，她睁大眼睛，望着校长，傻傻的久久没有出声。校长看见面前这位身材娇小瘦弱的女子，流下了酸楚的眼泪，她又是心疼又是同情，起身走到冉凤面前，摸着冉凤的头说：“傻丫头，是你的经历，你的所作所为感动了社会，打动了身边的人，这是你的付出得到了回报，这个暑假就好好地准备，把弟弟带回老家看看吧。”

冉凤狠狠地揪了一下自己的大腿，发现这不是做梦，是真的。她一下子扑在校长的怀抱里，像女儿遇见久别的阿妈痛哭起来。她要将这一年多的委屈和痛苦释放出来，她重新找到了阿妈的温暖，她终于流下了幸福的泪水。然后，她如梦般走出校长办公室，拉起在办公室外等她的弟弟，向校园外跑去。

第五十三章　返乡风波

经过长达10年的拉锯谈判，加之郝功铭担任了副县长，向建华回乡办企业的事有希望了。土地征收、厂房建设等都已水到渠成。听说向建华要回来办什么厂，明正兰还是有点始料未及的感觉。那天，她正准备收水果摊。在蓝冲师范学院读大专的女儿向阳红却突然从县城回来告诉她：“县城都传开了，爸要回来。”

“你提他干吗？这么多年了，你弟弟知道吗？”明正兰愤愤地拽了一句。

“妈，他毕竟是我的爸呀！弟弟肯定知道。你这么大声干吗？”向阳红拖长了声音说道。

“他回不回来，关我们屁事，你激动哪门子？”明正兰带着责问的口气。

“我不管你们过去如何，可这次回来我想认他。”女儿心虚地试探着。

“你还记得我是你妈，我一个人把你拉大容易吗？你要去认你那个畜生，我拦不了你，你现在翅膀硬了，给我滚，从此你就没有我这个妈！”

明正兰心里咯噔一下，像是一根簧断了，牵引得双肩一震，身子差点儿塌下去。此时此刻她对向建华的恨又一次一览无余地泛了上来，恣肆横流，她悲伤地含着眼泪怒视着女儿。

“妈，我也是为你老人家好呀，这么多年你一个人不容易，不但要照顾外公外婆，还要供我读书，我不忍心让你这么继续累下去了，我是想认他，让他给我学费，我准备“专升本”。等毕业后，找到工作好孝敬你老人家，你看弟弟不是回来了吗？”向阳红带着哭腔委屈地申辩道。

明正兰心里泛起了波澜，怎么姐弟俩采取的回报方式就这么惊人的相似呢？她理解女儿的想法，但心里还是酸酸的五味杂陈，翻江倒海，有一种丢了东西的感觉，心里空空的。她原本想教训女儿做人要有骨气，不能向金钱低头。但话到嘴边还是没有说出口。她沿着乡场向“家”的方向走去，“家”其实是在乡场边租的那一间农舍，平时只要 10 分钟就可以到的，这天，她却用了 30 分钟。推着水果板车，太沉，太难走，路变得太长，脸上身上不知不觉全是汗，眼前慢慢地变得模糊了……

明正兰知道女儿这样做肯定是经过深思熟虑的，女儿从小都懂事孝顺，今天既然做出这样的决定，女儿是不会改变的！

在性格的反作用下，明正兰对生活的心里反应也变得迟钝了，她想起当初向建华迷奸她后，自己抱着“家丑不可外扬”的无知想法，委屈地嫁给了这个衣冠禽兽。开始向建华还像一点男人样，她也就嫁鸡随鸡，嫁狗随狗啦！后来向建华则依仗自己“官二代”的特殊身份开始寻花问柳了，在儿子刚满一岁就带着不可告人的目的到深川去了。后来明正兰才知道他是跟村上一个相好的女子到深川去了的。不过，听说那相好的到了深川就把他给甩了，跟一个小老板跑了。几年前，向建华又跟一个名叫李兰的女人打得火热。也就是在向建华去深川 9 年后回来找明正兰离婚，并带走了儿子。今天听说又要回来，好像还带了一个女秘书，女儿恐怕也知道，就是没有给她讲，怕她伤心！其实，对于明正兰来说，这已经不重要了，因为她早就忘了这个不值得她回忆的男人。只是她想到自己女儿今天的一番话，深深地刺痛了她的心，她连自己女儿“专升本”的学费都无法满足！

平静了近20年的山村，再次风起云涌，向建华的返乡再次打破了明正兰平静的生活，她蓦然回首，惊叹自己已经在大山里平静地度过快20年了！

向建华回乡的阵势就好似山间夏季的雷阵雨，山雨未来风满楼，人还没有露面，四面八方都传来他的风声。

这个向建华，真是今非昔比了，而对于他怎么发迹的，一时间各有各的说法。什么贵人相助，什么走上层路线，什么靠女人吃软饭，什么黑道上打拼，每个版本都有一个传奇的故事。不过大致的情节都是雷同的，他去深川打工，靠三尺不烂之舌，应聘了一家摩托车厂的销售员，加上他的马屁功夫见长，耍一点小聪明，坑蒙拐骗和诸如送小姐等各种损招齐上阵，销量大增，领导赏识，从一个销售员很快成为片区经理，从片区经理很快爬到了销售老总的位置，然后时机成熟，他就投资办起了摩配厂，经过多年积累发展成公司。

这次回来，听说要在家乡办摩配公司，生产什么消声器、刹车皮，厂址就在三元明家沟！

到三元场这天，乡政府那辆“长安”面包车早早地停在了三元场与明家沟交界处，下午两点刚过，乡长就接到一个电话，说客人在一位副县长的陪同下快要到了。

下午的太阳刚向西移动，几辆小车组成的队伍便缓缓地出现在前面的公路上。乡长立即招呼：“来了，来了。”工作人员随即从面包车里扛出一挂鞭炮，在路上一字摆开点燃，如同一条躁动不已的火蛇，弹跳，硝烟弥漫，专门组织前来迎接的村民队伍挥起了手中的鲜花：“欢迎欢迎，热烈欢迎。”

小车队伍便在这浩大的声势中刹住，每辆车都下来几个人，前面的是副县长郝功铭，后面的是向建华和他的“摩帮”投资商。乡领导、村领导自然迎上热情握手。

一帮人握手复握手，寒暄复寒暄，在太阳底下站了10几分钟后向三元乡的明家沟进发了。

向建华一行人的考察只持续了半天，他就回县招待所住了，用他本人的话说，家乡的一草一木都是记熟了的，再怎么看山还是那山，水还是那水。

女儿向阳红在招待所认了向建华这个爸，向建华很是感动，表示愿意拿出一笔来供她上完大学，算是这些年对她的补偿。

经过多方的努力，公司算是办起来了，不过所谓的摩配公司，就是生产摩托车消音器和刹车皮。需要除锈、打磨、粘胶和镀铬等，环境污染十分严重。由于当时合同签的是30年，没法，乡政府后悔也没有用。而且，向建华基本上不出面，全由他出狱后的父亲向永德帮忙打点。

村里留守妇女、老人中的人绝大多数都在公司里打工，只有明正兰仍然经营着她的水果摊，不为所动。加之女儿的学费不用她操心，儿子每月也要寄钱给她，日子也一天一天地好起来了。

下篇 巨 变

明亮从老家蓝冲以及侄女冉凤所在的平顺县回来后，所见所闻让他进入了沉思。他决心要为亲人们做点什么，当然走南闯北的他知道竟凭自己的力量是不可能的，他知道要改变亲人们的命运不是易事。然而，强烈的亲情促使他这位国企中干决心利用自己所有的资源为亲人们穿针引线，为亲人们圆梦，让自己和亲人们的人生变得更加精彩，促成了平顺和蓝冲两县的巨变……

第五十四章　兄弟情深

为人在世，亲情何其珍贵。生活中，无时无刻不感受亲情的温暖，并且曾经或许就正在向外抒发亲情。

谁言寸草心，报得三春晖。

明亮打开电脑，登录QQ，分别在专科同学群、本科同学群、研究生同学群里发布了寻亲启示：“我堂姐的小叔子，冉林东，羌族，1986年毕业于华东农业大学，后与家人失去联系。望帮忙寻找。拜托各位同学，谢谢。”明亮的同学群遍及全国各地，这是他在中央党校和市党校、川大读函授时的同学，都是一些有头有脸的神通人物。所以他很有信心找到从未谋面的亲戚。

寻亲启示发出不到一周，明亮华东的同学传来好消息，说是找到了，他现在就职于华东鲁城林业局，任副局长，并且把他的QQ号告诉了明亮。正当明亮与同学聊天时，明亮的QQ提示有人请求加入。明亮发现了这个请求加入的QQ号正是冉林东的，于是他点击了同意。一个“漂东思西”的网名跳动起来，并跳出一段文字:“十年生死两茫茫，不思量，自难忘……纵使相逢夜不识，尘满面，鬓如霜。”

是冉林东吗？我是明亮。回车。

是的，你是怎么知道我的？回复。

23年，你消失在茫茫人海之中，让你永远失去了你的阿妈，阿哥和阿嫂，你真狠心。明亮激动地重重敲打了键盘“Enter”键。

我有愧，对不起家人，当初我不敢面对坐牢的阿哥，年少轻狂的我选择了背负不孝的罪名，消失在亲人的视线之中，选择了看似平静的生活。怎么叫永远失去了他们？回复。

他们已经到天堂去了。回车。

冉林东发来了一个伤心落泪的表情，并索要明亮的电话，想了解详情。明亮立即把电话输进了对话框。猛打回车。

明亮的电话响了。明亮摸出手机，推开滑块，听筒里传来带有浓重川味的声音：“喂，是明亮老弟吗？”

“嗯，我是明亮。”

“转眼间23年了，你怎么就找到我了呢？”

“前不久，我回了趟老家，听说了你嫂子明文的事，就想到了找你。”

“他们怎么了？”

“1998年3月，你阿哥饮酒后掉进青龙河到现在也没有找到，5月你嫂子病重身亡，你阿妈经受不了打击，旧病复发也没有活过夏天。可怜你的一双侄儿男女，他们在短短的几个月里就痛失父母和婆婆，成为孤儿！侄女冉凤为了让弟弟上大学，自己放弃了上大学的机会，靠拾垃圾供弟弟上大学。后来受人欺骗，被卖到深川，多亏机灵逃脱。回来后受到社会各界关注，被南都大学重新录取，现在毕业回到家乡，在“黄牛乡羌族民俗文化旅游开发项目办公室”当主任。目前在果木种植方面遇到了一些问题。说你当初就是学这方面的，所以我希望你这个当二爸的能帮她一把。”

电话那头传来了哽咽的声音：“天啦，没想到20多年没与家人联系，就永远失去了他们。当初仅仅是认为阿哥给家人丢了脸，不想回来，这一决定就让我痛失亲人，我有罪啊！我愧对家人，明亮老弟，我对不起家人啊！我不知道我该如何面对我的晚辈。”

“你也不要过分自责，20多年已经过去了，你的几位亲人也走了10多年，你阿妈走的时候，告诉过冉凤冉龙，说一定要找到你，希望你回家看看，能帮帮他们。”

“嗨，愧对她老人家了，虽然她已经走了，但我哪有脸回去见她哟。”

“慢慢来，一切会好的，如果你能回去，我想他们在九泉之下也会原谅你，会为你能回去而感到高兴的，何况侄女冉凤还需要你的帮助呢。”

“唉，听老弟的，是该回去看看了。”冉林东伤感地在电话那头说道。

“老哥，现在听说你还不错吧，孩子快毕业了，你也是副局长了，听说有援藏指标，你有条件，不如申请一个援藏指标，过去帮冉凤几年再说。”

“对呀，明亮老弟，你真会想，我怎么就没有想到呢？反正我也不可能有升职空间了，孩子也大了，不如找个理由回家帮冉凤几年也算是赎罪。”

“你也不要有负担，能回去就不错了，你多久回去，我也找时间过去看一看。”

“明亮老弟，你现在如何，在干什么。”

“我在重庆一家国企党群部门任职，同样没有升职的空间，只是守着自己这一亩三分地而已，上次听我表姐说起明文姐的事，就利用五一节回去了一趟，才知道他们那么多惊心动魄的悲惨故事。所以，我想我们这些在外地工作的亲人也应该为他们做点什么了。我们不能为了自己能享受平静的生活，而失去了对亲人的牵挂，也许他们还真的需要得到我们的帮助呢。”

“明亮老弟，你说得太对了，在今天这个社会假的太多，唯有亲情假不了啊。”

“是啊，我们都是奔五的人了，应该好好珍惜。国庆节我要到北戴河学习，到时我过来看看你和嫂子。你欢迎吗？”

“当然，必需的。我这就抓紧时间申请援藏指标，争取在春节前出行。”

“你不跟嫂子商量商量？”

“当然，我想她会支持我的。”

“但愿吧，你还是要好好给她说。”

“明亮老弟，你咋就这么了解我的事呢？”

“我是搞政工的，你别忘了，当年国民党中统是如何行事的。”

“哈哈，明亮老弟，看来我得提防一点什么了。”

“什么都可以提防，就是亲情不能防，只能相信。”

“是的，绝对相信，我在鲁城等着你。”

“不见不散，再见。”

“再见。”

明亮关掉手机，望着空空的办公室，高兴地唱起了小曲。

第五十五章 艰难抉择

冉林东，1986年毕业于华东农业大学环境与文化专业，被分配到华东鲁城林业局，暑假回了一趟老家，在青龙山赛热闹了一把。阿妈冉依娜专门为他搞了一场羌族锅庄舞，欢庆儿子放学归来，在短短的一个月里，几乎只要不下雨的晚上，都在跳舞，强烈的民族自豪感让冉林东热血了一把，随着“周周来”锅庄舞音乐的结束，冉林东的假期也结束了。他背上背包踏上了东进北上的人生旅途！这一走就是20多年，并且与老家的亲人“失联”了！

2009年，已经是华东鲁城林业局副局长的冉林东，突然接到局长电话，叫他立即过去一趟。冉林东听得出局长的口气很激动，他小心翼翼地推开局长办公室的门，局长热情地迎上来，示意他坐下，局长待冉林东落座沙发后递过一个纸条，说：“省办公厅的刘主任打来电话，说重庆有一个叫明亮的亲戚在找你，这是他的QQ号。”

“嗯，好像是有这么一个亲戚。”

“那好，请把你的QQ号告诉我，我好转给刘主任。”

局长立即拨通了刘主任办公电话，将冉林东的QQ号告诉了对方。然后回头对冉林东说，你回去吧，现在就可以跟你的亲戚联系了，听说他有急事找你。

冉林东连声说谢谢，退出了局长办公室，他在想，难道是自己嫂子的堂弟在找自己？他又是怎么与刘主任认识的？20多年了找我有什么事？是阿妈出事了？嫂嫂怎么样？哥哥现在又怎么样了？想当初，由于自己害怕阿哥坐牢的丑事外扬。自己决定工作后不再回家，从谈恋爱，到结婚生子，都没曾回去过。每当有人问起他都以路途遥远，自己是地震孤儿，没有亲人为由给忽悠过去了。爱人底华娟从来就没有怀疑过，认为这一切都是真的，在她心中老公就是一个孤儿！

这倒好，明亮老弟搞出这么大的动静，这怕是瞒不过去了。冉林东从局长办公室出来，想到这些，他也不打算继续隐瞒下去了。他突然产生一种强烈的愿望，一种从未有过的冲动！以前不愿意回老家是怕失去自己已经拥有的幸福生活，因为当校长的女婿在好多同学眼里就是一个“灰姑娘”的美丽传说，他想维持这种神话般的生活，这很正常。不过现在，他的家庭地位得到了巩固，自己又是局级干部。何况，今天局长又是这么热情，今后在单位的地位也将得到巩固。他回到自己的办公室立即打开 QQ，输入局长给他的 QQ 号，开始查找朋友，终于联系上了，原来真是阿嫂的堂弟。在得知阿妈、阿哥、阿嫂都已经离世，听说侄儿男女的不幸故事后，一种冲动让他暗下决心……

晚上，冉林东，早早地钻进了被窝，爱人底华娟背对着他，他用肩碰了爱人，低声地说，晚饭时跟你说的事，你考虑得怎么样了？华娟没有理他，他又碰了碰爱人，爱人带着哭腔说：“你就舍得我们娘儿俩，真的要走？”

“我已经决定了。”冉林东肯定地回答，不容置疑。

“我们结婚 20 多年了，一点感情都没有吗？”

“不是这么回事，我这次必须走。”

“一点挽留的余地都没有？”

“没有。”

呜——呜——呜，底华娟哭了，并用被子将自己捂住，冉林东用手去抱她，被推了回来。冉林东几次伸手过去抱老婆，都被推了回来，底华娟反而声音越哭越大，冉林东忙哄她，让她别大声了，让爸妈听见不好。

“滚”随着一声怒吼，冉林东被一脚拽到了床下……

第二天晚上，两眼红肿的底华娟问老公：“你决定了？”

“决定了。下个月就走，明天我就交报告。”冉林东坚定地回答。

“你这个没良心的，只顾自己，一点都不顾及我们多年的感情。”华娟忧伤地说道。

“早走比晚走好，始终要走的。”冉林东坚持道。

“要走，也要等孩子大学毕业，找到工作再走，就算看在我的多年的夫妻份上，我求你了，就再等两个月，行吗？”华娟伤心地哭着。

“这个，也行，那我晚点打报告。”冉林东忧虑道。

冉林东最终还是采取继续隐瞒，只是说自己去援藏，是为了报答当年家乡人民的养育之恩。因为他知道，只要自己提前离开家，到时候明亮老弟就不会来家里找他。这样就可以继续隐瞒下去。于是，他给明亮老弟打去电话，说是自己两个月后就动身回老家，他要准备先到北京去一趟，可能就等不到你来家做客了。不过还是希望能在平顺相聚。明亮同意了他的建议。

两个月时间，很快就到了，孩子也找到了满意的工作。底华娟知道自己无法留住老公，她相信老公的选择是正确的，最终，她同意老公去“援藏”，她知道，再舍不得，也只有认了，她相信老公……

第五十六章　乡音未改

清晨，太阳出了一个大早，把东北初冬的大地照得雾气腾腾。一声汽笛拉动了冉林东20多年的情感旅途，为了妻儿的20年，失去了家乡的亲情，而今要捡起这已经淡薄的亲情谈何容易。横下一条心的冉林东在明亮的鼓励下坚定地选择了回乡援藏！

妻儿的挥手已经让他的视线模糊，好似没有对好焦距的照片，他独自一人坐上了西进南下的火车。火车与铁轨擦出的节奏奏响了他回家之歌。20多年前就是从这条路北上东进的。虽有这条轨道已经相连了几十年，但却出现了20多年的相思断裂，这让冉林东留下了太多的内疚和悔恨！人的一生又有多少个20年，他现在才被老弟明亮唤醒。当然，唤醒的不仅仅是亲情，更重要的是唤醒了一份良知和责任。

冉林东随着火车的加速，也显得有些自信，在他眼前浮现出阿妈善良和期待的面孔，浮现出阿哥的委屈和阿嫂的凄凉，浮现出侄儿男女的辛酸，刚刚建立起来的自信又被车窗外的凉风彻底吹走了。

温度在悄悄地上升，不知不觉地在火车上窜来窜去，温暖着车上的乘客。冉林东感受到了窗外熟悉的暖风，他意识到这是来自家乡的风，有一种清新鲜美的味道。他离开卧铺车厢向列车前面的硬座车厢走去，他想在前面看看，想早早地看看久别的家乡。

他笑了，自己真傻，火车还没到呢，就算到了，也得下车再说，何况下车后还不知道自己有没有勇气回到山寨。虽然自己给自己重复了无数遍，就是被亲人们责骂，自己也要在火坟前给阿妈阿爸阿哥阿嫂以及家族的祖先叩头认错，只要不被轰走也要留下来为山寨做点什么。想到这里他又安静了许多，回到了自己的车厢，准备迎接人生的又一次大考……

客车在山间盘行，冉林东理清了思路，这就是回家的路，一条已经能够看见终点的路。作为援藏干部，冉林东被安排在平顺县任副县长，分管农林、文化、宗教、旅游，县里考虑到他的具体情况，安排他定点扶持"黄牛乡羌族民俗文化旅游开发项目"中的白虎村种植园和养殖园。

冉林东到县里的第二天就迫不及待地想回家看看，一大早，他没有给任何人打招呼，就悄悄地来了个微服私访。大巴车吐着大烟，喘着粗气，急匆匆地爬穿山越岭，随着群山的移动，冉林东也越来越激动，山对他来说太熟悉了，虽然经受地震撕裂，但他一点也不感到陌生。只是这 20 多年变化最大的莫过于山上披上了果树织成的外衣，显得时尚大气，从前牛羊成群的山间如今已被一片片站立的樱桃树、车里子树、桃树所代替，但繁华的外衣依旧没有遮挡住去年那场大地震给大山带来的灾难，破烂的山体已被撕得七零八落，牛羊自然也就躲在了山衣的深处……

空气越来越清新，越来越熟悉，还是儿时的味道，前方就是前锋电站，就是青龙山寨。

他隐隐约约地听到了鼓声，他的心跳加剧，这鼓点应该是家乡迎接亲人归来的那种，随着鼓点传来了歌声。冉林东在想，这可不是欢迎我的吧，我今天可是悄悄回来的，没有告诉任何人，难道是山寨在欢迎其他贵客，于是他加快脚步，跨过了山寨的大门。

“喏叭呢　日阿噻　溃坝。（你好，客人，辛苦了）”村长（原民兵连长）骆朗杰热情地上前迎接。骆达娃（村长的孙子）乐呵呵地迎上前接过行李，高兴地叫道：“二爸，欢迎你回家。”没等冉林东回过神来，他就回头喊道：“冉凤，县长来了。不，二爸回来了。”

“哎，马上就来。”随着一声清脆的回答，一个穿着羌族礼服的女子从挂有“黄牛乡羌族民俗文化旅游开发项目办公室”牌子的碉楼里跑了出来，后面还跟着一个大约四岁左右的小姑娘。冉林东这才发现挂有牌子的碉楼就是他的家，看来这一位肯定就是自己的侄女冉凤了。他在想，自己明明是悄悄来的，怎么他们就在寨子里等着自己呢？但他哪里知道，这是细心的县委黄书记，也就是原黄牛乡的党委书记黄为民安排的。黄书记一大早就发现县招待所里不见了冉林东，就知道他肯定是思乡心切，回青龙山寨了。于是，立即电话通知了已经是水银镇副镇长的冉凤，冉凤迅速从水银镇赶回到青龙山寨，并告诉了骆朗杰大爷准备迎接。

然而，当冉凤看见面前这位文质彬彬的官模官样的长者，一下子就认出了这就是他 20 多年未见面的二爸。虽然冉林东头发花白，是他那张酷似冉凤阿爸的脸出卖了他。所以，冉凤毫不犹豫地迎上前去抱住了二爸，不由分说地大哭起来。

“对不起，冉凤，二爸混蛋，在你们最无助的时候没能回来帮助你们，让你们受苦了。”冉林东伸出双手抱着冉凤轻轻地摸着她的头自责和安慰道。

“二爸，你能回来就好，前几天我就接到明亮阿舅的电话，说你要回来，我们高兴惨了，就等你回来，我们现在还真的需要你呢。”冉凤像小孩子一样破涕为笑。

“阿妈，阿妈，他是谁，是县长大人吗？”小姑娘看见又哭又笑的阿妈，好奇地伸出小手拉着冉凤的衣带问道。

“傻丫头，这是你二爷，你亲亲的二爷，也就是我们的县太爷。”冉凤高兴地给女儿讲道。

冉林东俯身抱起小姑娘，一边亲，一边逗笑道：“你阿妈是不是叫冉凤，你阿爸呢？”

“我阿妈是主任，我阿爸是主任秘书，就是那个人。”小姑娘指着骆达娃的背影天真地说道。然后伸出小手要祖祖抱，骆朗杰伸出手抱住曾孙女，对冉林东说：“冉林东，不，县长，欢迎你回山寨视察工作。”

“骆大爷，还是叫我林东吧，什么县长不县长的，听起来不自在，我就是罪人一个，你老人家就别折杀后生了。”

“好勒。”山寨空地上随着骆朗杰的喊声，响起了欢乐的鼓声，几十个羌民唱起了迎宾歌，跳起了迎宾舞。

“跌（请）。”骆朗杰弯腰放下曾孙女，突然用羌语给冉林东打起招呼来。

“跌（请）。”冉林东立即回答道。

“喏叭呢（你好）。”突然从人群中走来一位老者，笑眯眯地迎上来并递过一支烟。

“喏叭呢，喏呃温景多吉噻波日阿（你好，你是景多吉老人）？”冉林东一眼就认出了释比老人景多吉，他立即迎上去握住老人的手。

“呃温（是）。”

“他现在是我们旅游公司的顾问了。”骆朗杰插话道。

歌舞一个接一个，午餐时间到了，骆朗杰举起酒杯对羌民们说：“骞鉴（看酒）。欢迎县长回家。”羌民们则将麦秆伸进酒坛吸了起来，他们以吸咂酒的传统风俗欢迎这位久别的亲人。

冉林东醉了，他是第一次被家乡的酒熏醉的。

第五十七章　粮草先行

事情还得从冉凤毕业说起。

这些年来，让冉凤需要回报社会、感恩家乡的事太多，所以她早有打算。

毕业后的冉龙回到了平顺县人民检察院当实习律师，他开始给阿姐寄钱，这是冉凤感到最欣慰的事。就在冉凤毕业前三个月，她将自己的毕业论文交到了省文化旅游局。怎么？毕业论文交给省文化旅游局，有没有搞错哟。毕业论文应该交给答辩老师才对呀。也许大家都会这么认为。对的，冉凤就是将自己的毕业论文打印后交了一份交给指导老师，一份送到了省文化旅游局。这自然有她的想法，可畏“兵马未动，粮草先行”。因为她的论文题目就叫《羌族传统文化及旅游的保护与开发研究》。其主要内容讲的就是：民俗文化作为地区最具特色的文化，是旅游文化中的一个重要组成部分，开发地区民俗文化旅游，打造民俗文化精品，必将推动民俗旅游及旅游产业的发展。

她在毕业论文中强调：

民俗文化是一种人文旅游资源，民俗文化是人类的一种基础文化，这是长期以来不断的消化吸收人类各种文化因素的过程中，不断地被过滤、筛选和沉淀，从而凝聚在民众的心理机构中的深层文化。而羌族传统文化的活态存续与良性发展不仅是中华民族“和而不同”的历史经验与人文智慧的生动体现，也符合“保护文化多样性”这一理念在当今世界的实践趋势。羌族传统文化遭遇过 1976 年大地震的打击。随着羌族自然的聚居地遭受重创，羌族原生的文化栖息地受毁严重，羌族传统文化面临着消失的危险。民族文化是一个民族的根脉所系，因此民族文化重建具有重要的意义，民俗文化在现代的旅游资源中占有不可代替的地位。

文中写道：

国内一次抽样调查表明，来华外国游客中主要目标是欣赏名胜古迹的占39.6%，而对中国人的生活方式、风土人情最感兴趣的却高达68.7%。目前，无论发达国家和发展中国家，民俗旅游均已蓬勃发展。同时，民俗文化能够满足旅游者的审美需求；能够满足旅游者的娱乐需求；能够满足旅游者的精神需求。

她认为：羌区经济可持续发展，要靠优良的生态环境，优良的生态环境为人类创造出一个美好、长久的生存环境与发展空间，是生态产业的良好基地。除此之外就要靠开发丰富的旅游资源，发展旅游业。保护好生态环境，可以依靠洁净、清新、秀丽、壮观的山川美、生态美招徕八方游客发展旅游。将生态环境保护和文化旅游活动结合起来，这对于实现我省羌族地区经济和社会发展的长远目标，提高全社会的文明程度具有十分重要的意义。

一是开发文化旅游具有优势。在旅游资源比较丰富的贫困地区发展旅游业，同其他产业相比有明显的优势。钱其琛（1998年3月—2003年3月任国务院副总理）副总理曾深刻指出："过去我们有许多地方搞经济热衷于小烟厂、小酒厂、小纺织厂，现在这个观念应改变一下。一个县也好，一个市也好，你能够把环境搞好一点，交通搞方便一点，旅游就可以搞起来了。旅游有收益，这个收益不亚于烟厂、酒厂"。冉凤还强调，旅游业是新兴的经济产业，投资少，回收较快，市场化程度高，在实现"两个转变"中，旅游完全可以成为各地新的经济增长点。我国许多贫困的民族地区产业基础薄弱，商品经济滞后，发展旅游业与第一、第二产业相比，占有较好的优势。

二是有利于拉动整个民族地区经济社会的发展。在羌族地区发展旅游业，包括办"羌家乐"，搞羌家观光旅游，不仅旅游业自身具有显著的效益，而且它还有很大的带动功能，起到“一业带百业”的作用。旅游业发展了，为景区服务的蔬菜、花卉、水果、禽、蛋、奶，以及旅游市场需求的特种养殖业也会随之而发展起来，促进了传统农业生产结构的调整；旅游业发展了，也拓展了为景区服务的第三产业，加快了饮食、旅馆、流通、交通、邮电、通讯等服务业的发展；山区的特产如民俗工艺品、药材、香菇、木耳等也随之发展起来，从而拉动整个民族地区经济社会的发展。

三是有利于羌区经济可持续发展和社会全面进步。在“九九生态环境旅游年”我省还为海内外展示出八条诱人的生态旅游线路，其中两条黄金旅游线——九寨沟、黄龙“人间仙境”线，卧龙、蜂桶寨“大熊猫生态”线，都在羌族聚居区。如：世界自然遗产黄龙、九寨沟和秀美的卡龙沟等自然风光，是具有特殊魅力的顶尖级旅游资源。

文中也深刻查找到了羌族传统文化保护与发展的现状与问题：一方面是羌族传统文化传承机制存在羌族语言与口承文化、羌族村寨与社区主体性和羌族文化传承人等困境问题。一方面羌族传统文化保护发展过程中存在基于特殊文化事项所进行的专项性保护与发展，基于特定村寨社区所进行的文化资源的开发利用，以县域为单位由地方政府主导的文化保护项目等存在不足。还有一方面是羌族传统文化保护发展过程中存在静态保护、动态保护和开发利用等制约因素。

文章还从羌族传统文化的开发如何处理好保存、保护与利用的关系，如何坚持羌族传统文化及旅游中关照全局的整体性、突出区域特色的重点发展、充分尊重羌族民众主体意愿、呵护文化传承的适应性与创新性等保护原则等方面进行了阐述。

她还在文章中重点强调了开发和利用羌族民俗风情旅游资源的途径。如：饮食文化的开发和利用，民居建筑的开发和利用，“行”的方式的开发和利用，民俗节日、庆典活动的开发利用，羌族民俗旅游商品的开发利用，羌族民俗娱乐活动的开发利用，宗教文化资源的开发利用等。

她最后提出了羌族传统文化及旅游保护与发展的建议和开发策略：

一是全力推进“羌族文化生态保护区”的建设。为营造一个有利于羌族文化传统发展的文化生态环境，建议在具体实施过程中，将整体保护与重点保护相结合。一方面维护羌族文化的整体性，一方面突出羌族文化的多样性。将一些文化特色较突出的羌族聚居区划为重点保护区域，把一些传统文化传承机制保持较为完好的羌族村寨建为“民族文化生态村”。实施点面结合，建立一套综合立体的文化保护体系。

二是建立“非物质文化遗产”的保护体系。通过仔细甄选最能代表羌族文化精髓的文化事项，从而进行重点保护，对那些具有地方特色和稀缺性的文化事项，也要按照一定层级体系来进行相应的保护发展。在保护体系中要注意突出地域特色和文化特点，对不同文化遗产中的文化传承人与文化承载物的保护就能做到相辅相成。基于目前羌族传统文化的保护现状，建议应在两年时间内完善羌族地区文化保护的四级名录体系，为开展非物质文化遗产保护和文化生态保持及修复搭建基本框架。

三是全面开展文化传承的“社会持续工程”。围绕村寨、乡镇与城镇社区打造一个形式多样、途径多元的文化保护格局，针对羌族地区四级非物质文化遗产名录体系的建设，开展代表性传承人认定体系，为代表性传承人创造良好的生活和传承条件。在有条件的羌族村寨中重点开展文化传承人的培养工程；在一些乡镇中建立文化传习所，恢复相关的文化场所如祭坛等，创造一个文化传统的动态保护的社会环境；在县城一级的城镇中重点建设一批文化广场、民族博物馆、图书资料中心等文化场馆和民族文化教育基地，形成一个静态保存与活态发展相结合的文化传承的“社会持续工程”。

四是加强对羌族文化进行深入的全面研究和抢救整理工作。重点在于推出一些系统梳理和深度挖掘相结合的保护研究项目，加大力度收集非物质文化遗产文献、音像、图片等资料及相关实物，为保护工作和学术研究提供参考依据。同时建立羌族文化数据库和羌族文化数字博物馆，运用数字化存储手段，对资料进行全面、真实、系统的记录和归档。结合现实情况和发展趋势，羌族传统文化保护与发展的研究要注重系统性与动态性，在尊重地方情况之时，要避免地方利益的纷扰。因此，保护研究项目一定要有综合性，特别是一些跨学科、跨地域、地方学者与外来专家相互合作的研究项目应被重点推出。

五是加强文化发展重点项目的投入与管理，使传统文化保护与现代产业开发有机结合。加大灾后羌族文化保护发展的资金投入，同时加强对重点项目的管理和推进，将地震灾难转化为文化保护的契机。羌族丰富多彩的传统文化是一笔宝贵的具有极大开发潜力的文化资源，开发过程时要逐步加强人才培养、资金支持、生产经营等机制建设，对文化产品的研发、制作、经销等方面实施系统性扶持，促进当地文化产业的良性发展。

六是系统开展羌族传统文化展示与传播，打造一个适宜羌族文化保护与发展的生态空间。积极开展丰富多彩的民俗文化活动，促进羌族传统节日、礼仪风俗等特色文化活动的恢复，使得羌族的文化传统在村寨生活中就获得一个活态的展示空间与传承环境；利用“文化遗产日”“非物质文化遗产节”来举办各种羌族文化传统的展览或展演活动，扩大对羌族传统文化保护与发展的宣传普及，不断增进全民珍爱传统文化和参与传承非物质文化遗产的自觉意识；注意利用各种媒体加强对羌族文化保护的宣传，推动羌族文化知识的普及。

冉凤的论文已经清楚地告诉了我们，她的真实想法和毕业的求职方向。是的，她已经决定毕业后将完成阿妈未竟事业，她要为传承羌族文化做贡献，要为弘扬青龙山寨的羌族文化做点事。

事情果真如此，毕业后，她选择了回到青龙山寨，回到生她养她的故乡。她又能做点什么呢？

第五十八章　运筹帷幄

自从冉凤回到南都的那天起，就一直倍受社会各界关注，她也没有让大家失望，四年的大学生活中，她年年拿奖学金，自己还勤工俭学兼做家教，不但姐弟俩的生活问题得到解决，她们还帮助其他贫困生一起进步。她毕业前的论文送到省文化旅游局后，引起了相关部门的高度重视。媒体在冉凤指导老师那儿得知冉凤撰写此篇论文的真实意图后，获得无数点赞。省教委在看见相关报道后，建议平顺县文化旅游局接纳冉凤。平顺县政协、县妇联等组织也大力支持冉凤回乡创业。一时间冉凤再次被媒体被社会所关注，这无形之间再次给了她很大的压力。当然，这恰好也是她回乡创业的动力！

工作来得顺利。

毕业后，冉凤被平顺县文化旅游局录用。冉凤并不满足，她潜下心，认真开始钻研起羌族文化。在局里工作的一年多，冉凤跑完了县辖的各个村镇，特别是有羌寨的村镇，她将自己的所见所闻进行了认真整理，形成了一篇长长的调查报告。调查报告中说：羌族文化的表现形式有从语言、服饰、饮食到村落布局、羌族建筑、民间习俗、民间艺术、礼仪节庆等，都展现出了浓厚而独特的文化底蕴和地方色彩。平顺县是我国羌族聚居县之一。这里蕴涵了丰富的文化资源，大禹故里、古老的羌族文化都让这片神奇的土地散发着迷人气息。但羌族文化由于没有文字，历史文化只能口口相传，加之近年来的旅游开发，导致羌族文化遭到严重冲击，许多羌族特色文化符号已经被遗忘或丢失。

这天，刚上班不久，冉凤就拿着调查报告往汪局长办公室跑。汪局长见冉凤来了，正好有事找她，就请她在沙发上坐下，并问她有什么事。她说，她想将自己一年多来对本县羌族文化庄旅游方面的调查作个详细的汇报。

汪局长眼前一亮，说：我今天也正想找你来谈这方面的事。冉凤激动地问道："真的？"

"嗯。你说吧。"汪局长一边说一边将一瓶矿泉水递给冉凤，示意她可以讲了。

冉凤高兴地接过矿泉水，开始了她的详细汇报。她说：

"目前，各方面已经对羌族文化进行了抢救性的保护，其中包括对文物古迹、建筑民居、民族服饰、民族文学等十个项目进行抢救，并作为旅游资源支撑着平顺的经济建设和发展。

"一是羌族语言。语言作为民族文化的核心载体，本身就是民族重要的非物质文化遗产。但是很遗憾，在我的走访调研中，始终不能遇到一个完全精通羌语的人。即便是年纪较大的老人也只能说或是听懂几句零星的羌语。从资料中得知，羌语支语言是我国汉藏语系藏缅语族内的一群语言，全部分布在我国境内，包括一二种现行语言和一种文献语言。羌语支语言有明显的共同特点：语音方面复辅音丰富，单辅音声母有小舌塞音和擦音，塞擦音有四套，元音有长短、卷舌、鼻化，但很少有松紧，韵尾大体已丢失，声调的作用不大；语法方面，人称代词有格，量词与数词结合为数量型，但不如彝语支丰富，动词有人称、数、体、态、式、趋向等语法范畴，用前后缀方式表达，各语言表示相同语法意义的前后缀有明显起源上的共同性，形容词没有级的范畴，结构助词比藏语支语言丰富；词汇方面，有较多的汉语借词和藏语借词，各语言之间的同源词一般在20%左右，最多达30%。由于各地的羌语相互不通，缺少语言充分使用的环境，目前使用羌语的人越来越少，其中青少年更是少之又少。在一家羌族手工艺品店里我遇见了一个对羌族文化相对比较了解的店员，在她的笔记本上记录了几句简单的日常用语，当然因为羌族没有自己的文字，都用汉字标注。我饶有兴趣地学起来，但是语言不去运用总归是要遗忘的，当时记得很清楚的现在也都忘光了，这大抵也是羌语渐渐消失的原因之一。

"羌族没有文字，这个我与生俱来就知道，现在我能说的一点羌语也是当年婆婆阿妈教的，现在有的也记不着了。我在羌民族工艺品上见到的文字往往都是云南的东巴文字。当年在我婆婆及民间艺术家口中得知，其实羌族历史上曾经有过文字，早在远古的时期，羌人就曾有过文字创造。有些刻在后来的甲骨文和金文中还能找到，大体可以释读。至于后来遗失也有一段民间传说。相传那时的文字是记载在羊皮上，而懂文字的也仅限于祭师。有一个祭师由于多喝了些酒，不慎把羊皮掉到了河里，从此羌族文字也就消失了。当然传说终归是传说，我觉得最重要的原因是羌族因与汉族人民的长期交往，很早就用汉文记事，羌族文字长期不使用也就失去了存在的价值。经专家学者的努力及地方的支持，《羌族拼音文字方案》于在 1991 年创制完善并试行成功。在 30 余所中心小学、5 所初中高中学校和百余所村小开设羌文课程羌汉双语教学试点，约一万多名羌族学生接受了羌文学习。

“二是羌族服饰。绣满花朵的羌族服饰告诉我们羌族人民从古以来就爱美，家里的成员都穿着自己做的衣服，上面绣着形态各异的花朵，甚是美丽。羌族服饰上绣的羌绣是不得不提的。

“羌绣是我国传统手工艺中浓墨重彩的一部分。早在明清时期，羌绣已在羌族地区十分盛行。羌族刺绣工艺的针法，主要有挑绣、纳花绣、纤花绣、链子扣、扎花、提花、拼花、勾花和手绣等。取材于现实生活中的自然景物，如人们日常所见的花草、飞鸟、游鱼、禽兽等。这些充满生命灵性的自然存在被创造成为色彩缤纷的花纹图案，多象征吉祥如意、憧憬未来的美好愿望。如‘团花似锦’‘鱼水和谐’‘凤穿牡丹’等等。表现出羌民族粗犷豪放又不乏细腻的性格。

“羌族刺绣主要用来装饰衣裙、鞋子、头帕、腰带、飘带、通带、背带、袖套、裤子、裤管、鞋帮、鞋垫、枕巾、手帕、衣边、衣袖口、香包等，从中折射出羌民族服饰文化的历史。稍作统计，我就得知，用于羌族服饰的刺绣图案就有百余种，真是五彩缤纷。这些装点其美好生活愿望的刺绣工艺精湛，朴实严谨，布局巧妙合理、深浅适度，使审美形式与功能形式自然地结合起来。

“羌绣凝聚了我们羌族人民对生活的祈祷和祝福，反映了羌族人超越现实的梦想，与羌族人的现实环境紧密相关。羌族内心存在的感恩情节使得我们羌族人崇尚大自然，将自然绣于身上，这是我们的信仰。

“我县羌族男子的服装一般是蓝布长衫，外套羊皮褂子，包青色头帕。男子长衫过膝，梳辫包帕，腰带和绑腿多用麻布或羊毛织成，一般穿草鞋、布鞋或牛皮靴。喜欢在腰带上佩挂镶嵌着珊瑚的火镰和刀。

“我县羌族妇女的服饰比较鲜艳，多穿蓝色或绿色的花边长衫，腰系绣花围裙和飘带，戴黑色头帕。女子衫长及踝，领镶梅花形银饰，襟边、袖口、领边等处绣有花边，腰束绣花围裙与飘带，腰带上也绣着花纹图案。未婚少女梳辫盘头，包绣花头帕，已婚妇女梳髻，再包绣花头帕。脚穿云云鞋。喜欢佩戴银簪、耳环、耳坠、领花、银牌、手镯、戒指等饰物。

“羌绣已经成为一种文化产业，这种产业的发展也必将带动整个文化的发展。我从小就知道羌绣是以它的针法特点、色彩的鲜艳明亮、用的粗线而与众不同的。羌绣对羌族文化整体来讲起到了不可估量的作用。

“三是羌族舞蹈。我县羌族民间舞蹈大致可分为自娱性、祭祀性、礼俗性三种类型；但从活动的目的性看，许多形式都带有祭祀神灵，祈福攘灾的含义。主要形式有：“萨朗”“席步蹴”“羊皮鼓舞”“跳盔甲”“忍木那·耸瓦”等。舞蹈多是围着火塘和相互牵手进行的，羌族民间舞蹈多和民俗活动相结合，一般无乐器伴奏，舞者边歌边舞，或以呼喊声、踏地声协调表演。动作没有严格地规范，变化比较自由，形式古拙，风格质朴，生活气息浓郁。羌族民间舞蹈基本上是集体表演的形式，参加者人数不限，围着火塘或在院内围成圆圈进行。羌族长年生活在特定的高原环境，人们为适应山地环境所进行的劳动方式和行动往来的体态，逐渐升华为羌族民间舞蹈的风格特点 。羌舞美丽是因为这里的人们是听到羌族的音乐后自然而然地想要和着音乐跟着节拍翩翩起舞，正是这种由内而外产生的对舞蹈的热爱，进而对生活的热爱是感动我们的地方。

“在不同节日或礼俗活动中，有相应的舞蹈和歌曲，歌曲的名称即该段舞蹈的名称。舞蹈组合虽因曲而异，但基本动作多相同，一曲一舞，不断反复，跳完又换新曲，又会有不同的舞蹈动作，与音乐合二为一。所用的歌曲旋律优美，节奏明快。这独具魅力的羌舞也给我们留下了深刻的印象。

“四是羌族建筑。我县羌族建筑以碉楼、石砌房、绳桥、栈道等著名。在我们白虎村羌寨里，建于村寨住房旁，高度在 11 至 30 米之间。碉楼有四角、六角、八角几种形式。建筑材料是石片和黄泥土。墙基深一至五米，以石片砌成。石墙内侧与地面垂直，外侧下而上向内稍倾斜。据骆朗杰大爷介绍，以前他们修建时不绘图、吊线、柱架支撑，全凭高超的技艺与经验，神奇的是建筑稳固牢靠，经久不衰，即便是七六年的松潘大地震也较少有倒塌的。碉楼各层有独木梯上下，底层圈牲畜，二楼以上作卧室、贮藏室，顶部供神灵。号层开斗框形射击孔；也作窗户。建筑石碉为羌人生活中的大事，择日、祭神、款待匠人都要放火炮、摆酒宴。呜铁铳、跳锅庄、喝咂酒，载歌载舞。我县羌族民居多为石片砌成的平顶庄房，呈方形，多数为三层，每层高三米余。房顶平台的最下面是木板或石板，伸出墙外成屋檐。木板或石板上密覆树丫或竹枝，再压盖黄土和鸡粪夯实，厚约 0.35 米，有涧槽引水，不漏雨雪，冬暖夏凉。房顶平台是脱粒、晒粮、做针线活及孩子老人游戏休歇的场地。有些楼间修有过街楼（骑楼），以便往来。当然现在当地这样的建筑都比较少了，基本上是在政府规划的旅游区中才能见到，主要的功能也从原来的居住、防御转变为现在的旅游观赏。

“五是羌族历史。历史上的羌族分布遍及青藏高原，其重心在高原东部北部及其周边，包括黄土高原西北部和秦岭西段两侧。我们羌族在中华民族中具有特殊的历史地位。‘羌’原是古代汉人对居住在我国西部的游牧部落的泛称，秦汉时期，今甘肃、青海的黄河、湟水、洮河、大通河和四川岷江上游一带是古代羌族的活动中心，羌人中的冉駹部落则活跃在川西北岷江上游一带 。在历史上曾处于强势地位。汉代以后，随着中央王朝和西藏地区两个权力中心的扩张，羌族的地域文化和人口逐渐萎缩。唐宋以后，则羌族多融入汉族或其他民族。在长期的历史过程中，羌族中的若干分支由于战争、迁徙等种种条件和原因，逐渐发展、演变为一个人口较少的少数民族。而如今的其他民族大多由羌族而来，可以说是羌族的后代。这一场兴衰史向我们展现了一幅唯美的画面，让我们更了解了这个古老的民族。经过几千年的演变，我们羌族大部分与其他民族融合。

“六是文化现状。目前，绝大多数长期从事羌族文化工作和文化研究的本土专家越来越少，保存在县里的大量羌族文化资料被掩埋在七六年地震的废墟中。但幸运的是，我发现我们青龙山寨的原生羌族文化总体上保存基本完整。我们青龙羌族非物质文化遗产代表性传承人骆朗杰大爷健在、白虎村羌族非物质文化遗产代表性传承人景多吉老人健在和非物质文化遗产传承主体的羌族民众群体仍在；文化部门自八十年代初以来系统记录的最具价值的大量羌族原生态非物质文化遗产音像、图文、录音资料保存基本完好。值得我们注意的是，我们羌族巫师释比在八十年代初已经只有几位老释比能够解说部分经典内容、传说中原有五十多部经典也仅能背诵二十多部。我们青龙山寨、白虎羌都已经没有巫师释比了，做法事等都要到其他乡镇或外县去请。

“保护好羌族文化，在一定程度上也是保护好中华文化之根、保护好巴蜀文化之源。同时，羌族聚居区旅游资源丰富，是世界自然遗产‘大熊猫栖息地’和我国世界文化遗产预备遗产‘藏羌石碉和村寨’所在地。而且还是我国最佳旅游城市成都、世界文化遗产都江堰、青城山至世界自然遗产地黄龙、九寨沟和中国世界自然遗产预备遗产‘若尔盖湿地’的必经中继区。保护好羌族文化及其文化空间环境，对于羌族地区乃至西部地区文化产业和旅游产业的发展意义重大。

“然而，在我所见到的当地对羌族文化的保护与发展中，感到当地过分重视羌族的旅游开发价值，忽视了对羌族文化的保护与传承，因此我县逐渐失去了以往独特的魅力。从中反映出一系列的社会问题：对传统文化的保护意识不强，旅游开发中不注重可持续发展等，这些问题困扰着一个地区乃至一个国家文脉与经济的和谐共生。现在很多羌族年轻人已经被外来文化所同化，对于本民族的文化知之甚少，让我不得不对我们羌族文化的保全前景感到担忧。”

最后，她谈到了具体开发建设的建议。她说：“基于对我县羌族文化现状的调查，我对开发建设本县羌族文化有了以下建议：

一是大力推行羌族拼音文字方案及配套政策。在我县羌族地区的中小学适当恢复羌语文教育，并在升学时对羌语文学习者予以一定的政策倾斜；并且应在相关的研究机构和民族高校，如中国社会科学院、中央民族大学、西南民族大学等设置课程培养更高层次的羌语言文化人才。

二是充分发挥民间组织的作用。民间组织可以成为也应该成为政府建设和谐社会的有力助手。

三是培养羌族文化研究、传承和文化传播的骨干队伍。保护和传承羌族文化，需要一大批从事羌族文化研究和传承的人才，对羌族青少年和羌族文化消失较为严重地区的羌族群众进行羌族传统文化的教育。大力培养有关方面的人才，形成一支羌族文化研究、传承和传播的骨干队伍，解决羌族文化保护的人才问题。

四是挖掘历史文化资源和民俗文化资源，大力发展文化产业和旅游产业。嫘祖和大禹文化、古蜀文化、“昆仑”文化和仙道文化是羌族文化的核心历史文化内涵，挖掘这些历史文化资源，具有十分重要的文化意义和产业经济价值。羌族地区部分区域自然生态环境良好，适宜发展自然生态旅游，羌族地区的山地适宜发展山地种植业和养殖业，对于羌族地区恢复经济生产、促进羌族文化的保护和传承具有重要价值。

五是体现羌族文化特色，建设羌族文化传承的公共空间。羌族文化的保护重点在于其文化特色的保护，尤其是非物质文化的传承极为重要。非物质文化的传承必须依靠一定的文化传承空间及其环境，其中建筑风貌、公共文化活动空间、自然环境等要素最为关键。”

汪局长听得连连点头。整个上午就听冉凤一人讲。如果换到平时，汪局长早就要打断冉凤的汇报了。但今天，却听得汪局长精神焕发。她完全明白了冉凤的真实意图，于是激动地问她今后有何打算。冉凤是一个爽快的女孩子，也是一个经历过风雨的女孩。她将自己如何想为家乡人做点实事的想法、全面真实地告诉了汪局长。最后汪局长起身握住冉凤的手，说：“组织相信你，等我向上级汇报后，相信会有一个好的结果告诉你。请将你的这份调查报告一式两份，打印出来，局里留一份，交县里一份。现在你好好去准备下一步的工作吧。”

“谢谢汪局长。”冉凤满面春风地走出了办公室，太阳一路追着她跑，在办公楼的大院里，冉凤仰望天空深深地吸了一口气。好像要将太阳拉近，来个亲密接触。

第五十九章　不谋而合

在冉凤的调查报告出炉之前，就已经得到了骆朗杰大爷的大力支持。正因为如此，冉凤的一个大胆的计划与骆朗杰大爷不谋而合。

这几天平顺县的天是艳阳天，青龙山寨的天是晴朗的天，彩云挂着笑脸在平顺县城与青龙山寨之间奔跑。最终在青龙山寨上悬浮着。为了趁热打铁，冉凤将自己的想法给阿弟商量后，利用星期天到骆朗杰大爷家共商开发一事。

一进碉楼，骆朗杰大爷热情地高规格接待了这一双后生。因为他们是山寨的骄傲，是山寨唯一姐弟双双大学毕业，进入县政府部门工作的山寨人，能干、聪明，他们给山寨增添了无比的荣耀。而骆朗杰是羌族非物质文化遗产代表性传承人，也是一个受过教育的人，想法也非常前卫。当他得知姐弟俩的来意后，哈哈大笑起。他摸出手机，笑着将自己发给孙子的信息翻给他们看。说："你们看，昨天我才给孙子发了信息，让他从深川回乡创业，并且帮助冉凤妹子搞文化旅游开发。这不，他回信息说：月底就回来。"

"是吗？"冉凤惊喜地拉着阿弟的手，望着骆大爷兴奋地睁大了双眼。

"当然，军中无戏言。"骆大爷一改严肃的形象，孩子般的玩笑起来。

"好，我回去就打报告，将开发项目策划书弄出来，我们先讨论后，再交给汪局长。上周我将调查报告交给汪局长后，听她的口气，好像县里面也很支持这个项目。"冉凤自信地讲道。

"真的？"骆大爷深深地吸了一口烟，吐出一串串烟圈，呛得冉龙直喷嚏。

"哈哈，这就受不了了，一点不像羌族汉子，来吸两口。"边说边将烟杆儿递给冉龙。

“谢谢，阿爷，我还是抽这个吧。”冉龙从包里摸出了一包熊猫牌香烟。

“哟，长本事了，你什么时候开始抽烟的。”冉凤明显带有责怪的口气对阿弟说道。

“嗨，这都是同事们硬要我抽，没法，我做做样子而已，只是买来放在包里，还没有抽呢，不信，你看，还没有开封。”冉龙红着脸递给阿姐看。

“对，不抽烟，大爷逗你的。”骆大爷拍着冉龙的肩膀笑着说。

“就是。”冉凤附和道。

“阿姐，还是早点回去，把策划书做好吧。”冉龙笑着把话题转开。

“我想，你阿姐早就有方案了，要不郎个看上去胸有成竹的样子。”骆大爷盯着冉凤打趣地说。

“姜是老的辣，什么都瞒不过你老人家。你们看看，这是我起草的初稿。”冉凤一边说一边从挂包里掏出写好的策划书。

“我说什么来的？今天有的人就是奔着目的来的。”骆大爷接过策划书笑哈哈地说。

“阿姐，你怎么就不早点给我透露一点呢？”冉龙望着阿姐问道。

“啥都讲了，还有啥思呢？”

“嗨，我是说策划书。”

“这不，已经拿出来了。一会骆大爷修改后，你这个大法官再把把关。”冉凤还是第一次在阿弟面前以调皮的口气说话呢！

“嗯，有领导潜能。我们还是认真讨论一下这个策划书嘛。”骆大爷看着冉凤笑道。

“要得。”再龙回答得很快，顺手从阿姐手中抢过策划书高声地念了起来：

黄牛乡羌族民俗文化旅游开发项目

一、项目名称：黄牛乡羌族民俗文化旅游开发项目

二、项目承接单位：平顺县文化旅游局

三、项目建设地点：黄牛乡

四、项目概况：以“羌民族文化”为内涵，以羌族民俗风情为特色，以羌民族特色旅游项目开发建设为载体，以羌寨碉楼建筑形态为原型。突出古羌建筑风格和羌族民风民俗，打造具有浓郁羌文化特色的村落，建设生态农业旅游示范区和原生态羌族文化旅游区，全面推进羌族文化与旅游的有机融合。充分利用白虎村和青龙羌寨现有资源，使青龙山寨和白虎村羌寨成为集游客观光、游览、科考、娱乐、休闲、购物、食宿为一体的独具特色的旅游目的地和展示我县古羌文化的主阵地，创羌民族文化特色旅游品牌。

为保护羌族文化遗产以及生态环境和旅游质量，让游客充分领略羌族民俗文化，使旅游服务设施和活动项目既能足量利用，又不超负荷运转。根据白虎村和青龙羌的情况以及旅游区总面积、旅游中心区接待能力，我们把旅游区最大正常接待容量定为日综合接待1500~2000人次。项目建成投入营运后，旺季日综合接待能力平均达到2000~2500人，年综合接待能力达到30000人次。

五、项目建设内容：

（一）生态旅游示范区

1. 黄牛山休闲养身生态旅游景区开发项目：黄牛山位于我县南部，青龙山寨以东白虎溪流域，是到青龙山寨的必经之路。景区至今仍保持着天然“本色”，是块尚未开发的处女地。白虎溪流域雪峰参天，群山环峙，奇峰孤耸，峻岭峡谷，堆苍叠翠，溪流潺潺，飞泉悬瀑比比皆是。云海佛光、大小海子、高山草甸、烂漫杜鹃相映成趣，自然风光原始粗犷，集雄、奇、险、秀为一体。其生态环境优美，天然植被类型丰富，森林覆盖率95%，动植物资源种类多样，被专家称之为“天然的自然宝库”，空气清新怡人，也有“天然氧吧”之称。漫步林区，常可与珍禽异兽相遇。是开发以亲近自然、体验文化、享受生活、关爱生命为目标，打造户外生态、运动、探险式旅游不可多得的理想场所。我想完全可以将景区打造成避暑、休闲、观光、养身为一体的天然胜地，这样肯定能够吸引大量外来游客。

2. 白虎村中药材种植与加工项目、畜牧业养殖与加工项目。规划建设用地100亩。

（二）建设民俗观光展示区

1. 建设以青龙峡古栈道、青龙河竹筏、绳桥和前锋电站环形旅游项目。

2. 从前锋电站修一条观光索道上青龙山寨，以青龙山寨空旷的活动场地作为开展羌族文化民俗的表演场所。

（三）建设相关旅游配套设施

1. 扩建黄牛乡至前锋电站的沿江公路，将整条路改为柏油路。

2. 在前锋电站旁建一个能停放50辆车的停车场。

3. 将白虎村养殖园与种植园进行套建设。

六、项目总投资及经济效益分析：

该项目预计总投资100万元。投产后正常年份接待游客30000人次，人均消费按200元计算，则营业收入为600万元。年利润60万元。

七、经营模式：

1. 政府投资。以国营为主体，规划引领并指导整个开发区的发展方向。

2. 开发商投资。吸引一定资金，在政府规划的框架下指导开发。

3. 集体集资。鼓励羌民回乡创业，搞羌家乐等。

"这个策划书下了功夫的，写得比较完整。基本上没有修改的地方，只是在提法上再好好想一想，尽量弄准确一点。"骆大爷看完后认真而严肃地讲道。

"谢谢。"冉凤若有所思道。

"对。冉龙，你得向你阿姐好好学呀。"骆大爷伸起大拇指说。

"阿爷，我阿姐一直是我学习的榜样。"冉龙非常认真回答。

"这就对了。冉凤呀，你这事我看已成功一半。如果上面让你来牵头的话，我已经帮你找好了助手。"骆大爷一边给冉龙交流，一边对冉凤讲。

"这得看上面的意思了。不过你说的助手不会是冉龙，应—该—是？"冉凤试探性地问道。

"骆达娃。"骆大爷和冉凤几乎是异口同声说出了这个名字。

冉凤居然一下子就想到了骆大爷给她找的助手是骆达娃！她也知道骆达娃在外打工，短期内不可能回来，但不知怎么的，她就想起了这个人，骆大爷的孙子。当她和骆大爷异口同声说出骆达娃的名字后，脸突然红了。

第六十章 返乡创业

月底很快就到了。

骆达娃下了火车，转乘大巴。西装革履的他拖着大包小包的行李显得格格不入，在大巴车上有点鹤立鸡群的感觉。他坐在大巴车的前排，将久别家乡的变化尽收眼底。八年了，家乡的变化真大。大巴车在大山里转悠，他透过车窗外松枝间隙，极目远眺，对面的远山，在秋色的阳光下，泛出一片深深的金黄色。高低错落的山巅连成一条条金色飘带，向山外延伸到天际。新修的青龙河沿江公路缠绕在宽厚的大山之下。与翠绿的青龙河并排而行，就像一对恋人依偎在大山的怀里。大巴车驶进了一个相对开阔的地方——黄牛乡。

苍茫起伏的群山，太阳已经爬得很高，雄鹰在蓝天上盘旋，鸟儿在树枝上跳来跳去，“叽喳喳”地叫着，唱着一曲曲欢快的大森林进行曲。骆达娃下了车，再次拖着大包小包的行李向一辆三轮摩托车走去。因为再往前走，没有大巴车，唯一的交通工具就是两轮摩托车或三轮摩托车。骆达娃上了一辆三轮摩托车。三轮摩托沿着青龙河的基耕道颠簸前行，江边起伏的草甸上满目金黄，三轮车哗哗的噪声惊起了一群群鸟儿飞向天空，偶尔能见到一些牛羊沿江边四处闲卧、吃草。大约一小时，那曾经百十回跋涉过的梯道隐隐约约地掩映在松杉翠柏间，家就在眼前。三轮摩托车停在了前锋电站的大门口。骆达娃心跳加速，他背着大包小包行李，沿石梯而上，进入山寨已是大汗淋漓。几个孩童在追打嬉闹，青石板间的杂草点头迎接着这位外出回归的游子。骆达娃激动的心快要跳出嗓门，他轻轻地推开了自家碉楼的大门，放下包袱，整理了一下西装，打理了一下领带，然后向二楼爬去，他边爬边喊："阿爷、婆婆我回来了。"

"达娃回来了？"骆朗杰探头望了望。达娃的婆婆放下了手中的纺织线，满是惊喜地望着久别的孙子，突然哭喊道："你还晓得回来啊？八年了，你高考落榜后，就跟你阿爸阿妈赌气，一声不吭就去了深川，过年也跟你阿爸阿妈一样不回来看我们，八年呀，你这个没有良心的小东西。你阿爸阿妈从小就把你放在家里，两口子出去打工至今不回，你也跟他们一样想气死我们呀！"

"婆婆，都是孙子不孝，不懂事，今天回来了，你老人家就痛痛快快地骂吧，打吧。往后我再也不离开你们了，我还要把阿爸阿妈找回来，一起孝敬你们。"达娃边说边上前扶着婆婆坐下，自己则毕恭毕敬地跪在婆婆面前，任凭婆婆责罚。骆朗杰则在一旁一语不发地望着婆孙俩，好像在看戏似得，眼睛早已潮湿。

第二天，骆朗杰等他们婆孙俩都安静下来后，他把孙子叫到身边说："这次叫你回来，一是想让你回乡创业并且帮帮你冉凤妹子；二是顺便解决你的个人问题。你冉凤妹子准备把我们羌族文化旅游搞起来，现在政策有利，鼓励农民工返乡创业，省委省府最近出台了一个文件，文件中说：政府将引导扶持有创业意愿、技能和项目，但又有资金困难的农民工自主创业，推动农民工以创业带动就业，获批创业的，可获 1 万元的启动资金。若年底通过项目考核，每个项目将总共获 5 万元资金补助。我想让你把白虎村的中药材种植与加工和畜牧业养殖与加工两个项目搞起来，你在深川这几年也应该学到一点管理经验吧，我对你有信心，你说呢？"

"可以试一试，必要时，我叫阿爸阿妈回来帮我。"达娃显得成熟稳重。

"那就好，这样一来，冉凤策划的总体项目，你就帮她解决了两个，她的策划书通过的可能性就更大了。"骆朗杰拍打着达娃的肩膀，高兴地说。

"是吗？"达娃也兴奋起来。

“就是，她毕业后就一直在做这方面的努力，她已经将策划方案上报县政府，县委、县府都很重视。如果再加上你们这些返乡创业的青年助阵，事情可能就变得简单多了。”

“我们这些？难道还有人回来创业。”

“当然，只要你回来带头搞好了，还怕没有人回来？”

“哦，明白了，我是回来吃螃蟹的，是搞试验田的。”骆达娃调皮般回答。

“你这个调皮蛋，明白就好，我想一旦你回乡创业，与政府开发项目不谋而合，政府将在这个项目上加大投入。这样有利于带动农民工群体返乡创业。我想县政府会比我这个老头子想得更长远些，他们会尽快让这个项目上马。”骆大爷兴奋地拍着孙子的肩膀说。

“还是阿爷想得周到。我明天就打报告。”

“不用了，我已经帮你把报告写好了。”骆朗杰一边说一边从抽屉里拿出一沓写满文字的纸张。

“谢谢阿爷。”

“去准备吧，今天就动身，把报告交到县里去。顺便到县文化旅游局去看一看你冉凤妹子。”骆朗杰故意将“顺便”二字说得轻松，是想让孙子在冉凤面前表现得自然一点。

“要得，有好多年没有见到冉凤妹子了，怪想她的，我这就去了。”骆达娃高兴地向县城出发了，摆在他面前的是一条什么样的路？他已经非常明白，这既是阿爷给他设计的一条光明大道，也是一条幸福之路！虽然，有些事是不可能跟自己想象的一样。但纵然有千难万险看来也拦不住骆达娃了。

第六十一章　一帆风顺

2004年春天，冉凤的项目得到县政府的批准并启动。听说要打造羌族习俗文化旅游村而且是以青龙山寨为依托来开发的。一时间青龙山寨外出打工的青年男女纷纷回到了青龙。周多巴也是其中之一。

整个开发项目有序展开，政府投入了大量资金。在成熟一个开放一个的指导思想下，白虎村的中药材种植与加工项目、畜牧业养殖与加工项目在骆达娃的操办下进入了正轨，经过一年的运作已经初见成效。羌寨乐，雨后春笋般地开起来。周多巴在没有征得“项目办”同意，就擅自在自家门前的青龙河里搞起了快艇游玩项目。但总的说来，整个羌族民俗文化旅游就这样红红火火地搞起来了。整个羌族民俗文化旅游开发项目的周边地区漫山遍野的尽是彩旗飘飘。游客要想转完整个地区得花上一两天，省内的来了，国内的来了，国外的也来了，整个发展方向正朝着冉凤最初设计的方向发展。所以冉凤整天都笑得合不拢嘴了，总是信心满满的，而骆达娃也是乐在其中。因为他是黄牛乡羌族民俗文化旅游开发项目办公室主任助理。整天能够陪伴在这样一位面目清秀、聪明能干的又是青梅竹马的女主任身边，比起他在深川打工的八年不知要好多少倍，这自然是他为这个项目奋斗的理由之一。而对于冉凤来说有这样一位真心实意地在经济开发最早之一的大城市闯荡过的两小无猜的帅哥帮忙，还怕项目搞不成功？也正因为如此，让冉凤有信心将整个民俗文化旅游项目的重点放在青龙山寨。这样不管是从地理位置还是从管理人员上讲，都有利于工作。于是她将办公地点也放在了自家的碉楼里，挂起了“黄牛乡羌族民俗文化旅游开发项目办公室”的牌子。这样方便了项目顾问景多吉开展工作，他的侧重点放在白虎村，因为景多吉的家就在离青龙山寨不远的白虎村。而骆朗杰大爷更方便，他的侧重点自然是放在青龙山寨了。因为冉凤知道，要搞羌族民俗文化旅游项目，就要研究、恢复、传承羌族民俗文化，这就必须得在民俗文化上下功夫，必须得到两位德高望重的“传承人”的支持，而这两个人都是上了年纪的，不能让他们到处奔波。所以她必须这样做！而办公地点设在这儿，也是最好不过的了。这样还有利于集中开发，有利于羌族文化的传承。至于后续资金来源问题，她早就计划好了，只要有骆达娃等人的实体项目的推动，还怕没有资金？

这些问题对于吃过苦，受过难，又在学校受过系统教育的冉凤来说，她知道怎样变废为宝，知道在整个工程项目中如何循环利于资源。也正因为如此，她深受黄书记的器重，所以整个项目进展得非常顺利。

再说，骆达娃的养殖场是套在中药材种植基地里面的，这样效果很好，鸡、牛、羊可以吃住在种植场里。这段时间一直是好天气，日头在高高的大山上吐出千万根金丝银线，把整个养殖场秘密地围住，春风吹来软软凉凉，弄得到处都是绿幽幽的影子。骆达娃从青龙山寨过来，爬上山坡，推开养殖场围栏的门，已经浑身冒出毛茸茸的细汗，心里暗骂自己没出息。一进围栏，一群鸡围了过来，鸡是土鸡，靠吃药材上的虫、花、果实等，但也得喂些粮食，所以这些鸡像是被揪着脖子一样长得飞快。骆达娃像见了自己的儿女一样唠唠叨叨地数落着鸡来。他弄了大半盆碎米和碎包谷子，洒在山了坡上，这些鸡顾不得脸面，你推我搡地抢起来。骆达娃训斥道，几辈子没吃过食儿啦，看把你们馋的！狼狗看见骆达娃给鸡喂食，在一旁吃起醋来，叫个不停，它是在提醒主人为啥不给他吃呢？骆达娃转身去摸了摸狼狗的头说，少不了你这忠于职守的好保安的。边说边从塑料袋里拿出一块肉来。处理完这一切后，骆达娃露出了少有的幸福笑容！

不过，骆朗杰的计划也进展得十分顺利。

骆朗杰的计划又是什么呢？

原来呀，在山寨男子 26 岁已经是老大难了，而女子 24 岁也算是大龄青年。八年来，孙子虽然没有回过家，但一直跟家里保持书信和电话联系。

骆朗杰知道孙子在深川打工很苦，但不管怎么叫他就是不肯回来，这次听说是冉凤的项目，答应得特别爽快。所以骆朗杰对孙子特别满意，他对自己的计划也就有了信心。当然，骆朗杰老人也担心大学毕业、国家干部的冉凤会不会看不起自己高中毕业、无固定职业的孙子。不过他相信缘！相信自己孙子的魅力！

再说冉凤冉龙这两个苦命的孩子，骆朗杰一直在暗中保护他们，同时也为冉凤的聪明、坚强、大爱和吃苦耐劳而欣慰，当然，也因冉凤冉龙的遭遇引起了骆朗杰的同情。何况冉凤这几年女大十八变，随着生活学习环境的变化，冉凤越来越水灵漂亮。自然骆朗杰会把冉凤当作孙儿媳的不二人选。所以，早在冉凤进入南都大学学习开始，他就有一个大胆的计划，就是把孙子想法弄回来，促成这对年轻人共同创业。上苍也许早有安排，巧事就这样稍稍地来了。这不，冉凤主动找他商量文化旅游项目的事，这也是骆朗杰原本想通过文化旅游项目来促成此事，要不怎么叫“冥冥之中自有安排”呢。事情完全按照骆朗杰的计划发展。

第六十二章　绿色春风

冉凤被调回县文化旅游局，但仍以下派挂职的形式兼职黄牛乡羌族民俗文化旅游开发项目办公室主任，这是县里有意培养冉凤而特别安排的。

周五早晨，冉凤正在局里电脑前赶写材料，手机铃声响起，莫名的一阵心烦，就任由那铃声响到寂静为止，但很快手机锲而不舍的再次响起铃声，冉凤瞄了一眼，是达娃的婆婆，冉凤立即拿起手机：

“您好。”

“小冉啊，晚上回来吧，我炖了你最爱的冬瓜排骨汤。”

“局里事情挺多的，我这周就不回了。”

“你看我和你骆大爷都挺想你的，我叫达娃骑摩托来接你……”

“他忙，还是我自己坐公交车回来！”

“反正他今天都要到县委党校听课，下午你们一道回来吧。”

“也行，就这样吧！”

“好。”

对方挂断了电话。

24岁，如果放在城市，也不算什么，但是在农村，24岁还待字闺中，那简直是给祖宗十八代抹黑，冉凤俨然成了不孝女，好在自己没有阿爸阿妈管，但她非常明白骆大爷和婆婆的想法，因为达娃也是26岁的人了。

平时，冉凤在项目办工作时，都要到几个实体经营点去了解情况，当然去得最多的还是达娃的种植园。

记得冉凤第一次去达娃养羊和牛的山上，她顺着山溪向山腰爬去，快到半山腰时，她远远地看有几尾羊和牛在山溪边吃草。溪边鲜花盛开，鸟语声不绝，山腰上的山溪边搭有三间草房。

草房里的达娃看见了冉凤。她的上身露在花丛外，胸前两个大大的乳房耸立着，给人一种青春活力的健美感。只见她在溪边大石头上，一边洗脚、一边对着静如明镜的溪水洗着青丝般的秀发，溪水中映出了她那窈窕的倒影，口中轻轻地哼起了古老的山歌。

突然，“乒乒，乒乓”一阵泅水声打破了这幽静而鸟语花秀的仙境，一声“噢 ... 罗 ... 罗”的吼声在山谷里回荡，她抬起头发现是达娃，她美丽的脸蛋上泛起了红晕。达娃端详着冉凤那嫩红似苹果般好看的脸蛋，兴奋地冲过来抱住冉凤说：“我们一堆坐吧（结婚的意思）。”

“别，别这样，让别人看见了，快点放开，我有正事给你谈。”达娃的突然举动羞得冉凤瞪大双眼命令道。

“是，领导。我这就放开。”达娃被冉凤的表情弄糊涂了。

冉凤让达娃引她到草房去，说是专程来调查他们生活情况的。她知道达娃和工人吃住都在这里，但当她走进房间，发现屋子虽小，却五脏俱全，连空调都安上了。冉凤笑着说：“你真会享受。”心里却对他敬佩之极，在大山中不是谁都能忍受的。冉凤知道他这是在这片土地上帮助自己实现抱负。

“你不会是来查腐败的吧？”达娃玩笑似的说道。

“不敢，万一你哪天发了，六亲不认，我不自讨没趣吗。如果睁只眼闭只眼，说不定还能吃香的喝辣的呢，你说是不是啊骆老板。”冉凤笑嘻嘻地说道。

“你这是支持我单干吗？”

“你敢。”

“当然不敢。还是你了解我，美人！”

“去你的。”

“我又说错了吗？美人，不，主任，欢迎视察工作。”

“就会贫嘴，小心别人听见。”

“听见又能怎么样，我说的是真话。”

“你到底哪句话是真的？”

“领导，你就这样不相信你的下属。”

“像你这样聪明的下属我管不了。”

“只要你不嫌弃我没有文化，你想郎个管就郎格管。”趁没有人，他又一把将冉凤拥入怀中，紧紧地箍住冉凤。风吹过来，荡起一波松涛。冉凤这次没有反对，而是要达娃带她到山台子上去看药材的长势。达娃松开冉凤，将她往山台子上带。山台子上全是草地，鲜花盛开在嫩绿的草地上让人有一种舒畅感，达娃将冉凤紧紧拥抱，两人在像地毯的草地上翻滚着……

人生有些选择和等待是值得的，命运早在某个路口安排好了一切。而冉凤，接受了这一切。

时间过得真快，面对星罗棋布的羌家乐，冉凤看见了整个项目办的“名片”，诠释着青龙羌寨的殷实和富足。几个实体是项目办的大戏台，发生在它周围的场景活脱脱一幅幅羌寨乡村民俗图。

山寨与山寨之间，各个景点之间有弯弯曲曲的基耕道相连。阳光下，目光所及处，身着五颜六色新颖的羌族服装的男女或骑车或坐车或步行，向不同的景点奔去，小路上流淌着欢歌笑语。

游客们在羌寨的土地上看出了秋雨的神韵，漫步田埂，手举雨伞，听雨声淅沥在伞面上跳跃，心就会不由地想跟其舞动。斜伞仰望，那颗颗雨滴如粒粒圆滑的晶莹，饱满地从天际飘落。如果再丢掉雨伞，闭上双眼，任雨丝滑过面庞，淋漓的清凉会让每一根心弦随之颤动，迅速产生一种既熟悉而又陌生的感觉。此时若再情不自禁地将雨伞转上一圈，雨滴会向四周飞溅，仿佛是一个巨大的涡轮，秋雨里便多了一些童趣和欢乐。

冉凤在城市生活久了还是想乡村生活，因为她的心在那儿，离不开那儿，亲切的脸和风土民情；山寨前那条河、那片田，屋后那座山、那片庄稼地……想着、想着心都暖了！

山寨的田园生活不用问自然是好的，伴着山川、河流、炊烟，那美是城市不能及的。比起城市的快节奏，还是喜欢在山寨乡村看庄稼每天都在长高。冉凤曾经种过菜，那时十来岁，种菜是为了给阿妈减轻负担。放学后，在一个雨天种上小菜苗，总共才不到十棵，却载满了冉凤的期待与快乐。从种下的一刻起，它们就成了冉凤的牵挂，浇水、施肥、除草，每天放学都要看它们好几次，有时候干脆蹲在那里看一会，仿佛能看到它们在长高，能听到它们钻出土壤的声音，能感觉到它们在欢乐地允吸大地的养分，在雨露的滋润下，在春风的吹拂下快乐生长。

田野也是一片烟雨蒙蒙，却不知冉凤这个逃离县城喧嚣回到家乡，正在欣赏自己绘制的一幅彩画。此情此景让冉凤不禁想起东晋诗人陶渊明的诗：种豆南山下，草盛豆苗稀。晨兴理荒秽，戴月荷锄归。道狭草木长，白露沾冉凤裳。衣沾不足惜，但与愿无违。可以想象这位山水田园派的鼻祖诗人孤芳自赏、悠然自得的心境。冉凤想此刻每一位种豆的羌民都体会着当年陶渊明的心境，劳动带来的快乐！

今天，回想起来，这一切好像就是昨天。

连日的大雨让青龙河的水都涨的满满的，河岸边高大的梨树经暴雨洗涤后，嫩绿的叶子湿漉漉的，它们在雨后变得安静起来，不再理会时时袭来的轻风。山寨碉楼屋顶上的白石显得特别光亮，几只麻雀抖动着湿漉漉的羽毛在梨树上跳来跳去。好像在为骆达娃获得平顺县首届“农民工返乡创业标兵”而欢呼，好像在为冉风被共青团平顺县委评为“优秀团员”“新长征突击手”而歌唱。

雨后的空气异常清新，山间的负氧离子特别让人兴奋，因为明天冉风就要出嫁了，证婚人自然是黄书记！主婚人是她的汪局长。清晨冉风走出家门，天已放晴，东边的天空依然是满天的云，太阳躲在云层后面，洒下缕缕金光，映成一片绯红的朝霞。路面上湿漉漉的，低洼处的积水映照着深蓝的天和彩色的云。冉风舒展着酸痛的身躯，缓步向周多巴的快艇娱乐中心走去。因为那儿最近出了点问题。

第六十三章　青龙风雨

就在冉风看来顺风顺水的事，突然也出现了问题。

也就是在冉风和骆达娃国庆新婚不久，项目办下属的几个实体陆续被游客投诉。

原来，国庆期间，游客以每张10元的票价购买了6张快艇票，在乘坐时，管理人员以 6 人坐不满两艘快艇为由，要求刘先生等 6 名游客乘坐一艘快艇，而刘先生因座位不够，要求 6 人分乘两艘快艇，管理人员不答应。刘先生等 6 人只有 4 人上船，其他二人要求退票，双方发生纠纷，引发了投诉。还有周多巴的羌家乐被投诉，游客投诉他存在未明码标价等违规行为。而其他羌家乐由于对客人数量估计不足，饭菜数量准备的太少，致使客人没有吃饱吃好。其中，老板周多巴以经验不足为由不与理会，拒绝给游客道歉……

放在冉风办公桌前的投诉信在慢慢增多，而投诉的对象则大多是来自周多巴经营的项目。周多巴的所作所为让冉风越来越感到失望，甚至有些后悔。因为早些时候，骆朗杰大爷就提醒过她，周多巴儿时就因其阿爸当年被你阿爸打死的，而处处欺负你们，并一直在打你的主意。这么多年过去了，也不知道在深川干了些什么，30多岁的人至今还没有安家，最好不用他，一旦用了，就要严格管理。但冉凤坚持认为时间会改变一切，要向前看，只要是真心回乡创业，就支持，三十而立吗，他应该成熟了，他既然愿意回来，而且又积极报名参加，就给他一个机会吧。就这样，周多巴混进了“革命”队伍！

让冉凤万万没有想到的是，自己的宽宏大量却没能换来周多巴的感激，反而是给她处处添乱，甚至是得寸进尺。

节日刚过，冉凤就组织召开项目办党支部委员会，讨论解决节日中暴露出来的问题。会议由冉凤主持。她说：“我们先来解决青龙河快艇景点的投诉一事。景点快艇只有五个座，而且还包含驾驶员在内，五个座的快艇要超员二人，肯定存在安全隐患。游客刘先生的要求是合理合法的，我们应该给予支持。我认为应当责成经营承包人周多巴按照对方留下的联系方式办理退票和适当给予赔偿。大家看如何？”

“可以。”骆朗杰立即表态。

“同意。”顾问景多吉也点头支持。

其他支委也完全赞成。这事就这样定了。

冉凤打开“青龙峡牌”矿泉水，喝了一口又说：“第二件事，还是周多巴的经营范围，就是周多巴的‘多巴’羌家乐没有明码标价，短斤少两的事，经查游客投诉的内容属实。当然，景区内其他羌家乐也或多或少存在着这方面的问题。我认为应当对周多巴给予严重警告。因为他的‘多巴’羌家乐在我们羌语中就是‘欢迎’的意识，既然是欢迎，就得拿出一点诚意来，你们说是不是？我想：我们必须登报向游客赔礼道歉，并按照客人留下的联系方式退回所收餐费。大家认为这样处理如何？”

“总的看来，周多巴的问题比较突出，应该给予警告，如果整改不合要求，可以解除合同，取消经营资格。他的问题应该形成一个会议纪要，介于冉主任与周多巴的历史因素，就由我来出面找周多巴谈话，这样比较好。你们说行不行？”骆朗杰深深地吸了一口烟。

“如果大家没有意见，这个事就这样定了。接下来就这些问题如何整改，大家讨论一下，形成一个制度。”

大家开始你一言我一语讨论起来。最后与会7名支委一致同意，形成了几条意见。一是项目办内所有羌家乐必须统一价格明码标价，不得短斤少两。二是各个经营户必须制定出相应的安全卫生管理办法，严格遵照执行，并上报项目办备案。三是如果同一经营户被游客投诉二次的，必须集体谈话，给予警告，警告无效的解除合同，直至取消经营资格。四是打造“微笑旅游服务”品牌，开展“不让一位游客在青龙受委屈”的承诺活动。五是立即上马青龙羌寨观光缆车索道项目。

会议结束后，支部宣传委员及时传达到各经营户。项目办下属各经营户及时响应项目办号召，开始自查自纠，从安全隐患，从食品卫生，从价格管理，从文明接待……一个也不漏下。项目办也加强了巡查力度。

同时，青龙羌寨观光缆车项目进展顺利。该“项目”就是在从前锋电站到青龙羌寨的石梯上方架设一条观光索道。这样项目办就形成了一个旅游环道。就是游客从县城必须经过黄牛山生态旅游景区到达白虎村生态旅游区，过青龙河绳桥，坐快艇到前锋电站，再从索道（也可以爬石梯）上青龙羌寨，参观羌族民俗文化，感受羌族人的生活民风，到羌家乐品尝羌寨特色美食，然后走青龙峡古栈道，进入白虎村中药材种植与加工基地和畜牧业养殖与加工基地，最后带上自己心仪的纪念品结束旅程。

这样一来，整个项目办就形成一个相对封闭的环道，游客少走重复路，既节约时间，又观赏了风景，既品尝了美食，又观赏了羌族民俗民风，既感受了大自然的美丽，又带着丰盛的礼物回去。这同时也给项目办所在地区的羌、藏、汉民带来了经济收入，改善了人们的生活条件，鼓励了更多的农民工返乡创业。

很快，整个项目办景区就成为全县，不，全省的标杆单位，景区内还专门设置了游客意见箱，将游客对项目办景区提出的意见和建议，由专人负责定期汇报处理。同时，成立以县农办监管牵头的由旅游、工商、物价、卫生等部门组成联合检查组，不定期进行巡查。形成随时向黄书记汇报的监督机制。

实践证明冉凤提倡的“不让一位游客在青龙受委屈”的承诺，已逐渐成为广大干部羌民的共识，项目办景区提倡的“微笑旅游服务”品牌，全面提升了旅游经营服务质量，全力打造出“青龙，来了都说好”的口碑。

青龙山寨的名头越来越大。冉凤的名气也越来越大。

第六十四章　云雾笼罩

青龙山寨的美名传到重庆，春节期间，一群来自重庆的客人慕名而来，他们一行三辆车，来到前锋电站停车场，将车停好后，看见下游青龙河边的不远处有一家“多巴羌家乐”，就迫不及待地走了过去，因为他们赶路还没有吃中午饭呢。但，老王两口子出来不是为了吃，而是为了玩，特别爱钓鱼。他们是市“猫协”（钓鱼协会）的会员，早就在车上“偷吃”了一些水果，现在不饿，所以下车第一个动作就是取渔具，因为他们看见“多巴羌家乐”有钓鱼项目，他们要在等待做饭的时间钓一会儿鱼。

“老婆，快点，这个位置很好，就在这儿下杆，一定好钓。”

“来了。”

“耶，郎个这里还有摄像头哟？”

“可能是怕客人偷鱼吧。”

“有可能，想当年，我们当知青的时候，就爱偷鸡摸狗。”

“耶，郎个嫁给你几十年了，没有听你说起过呢？”

“嗨，这又不是啥子光彩事，当时我们在巴中平昌县那两年，生活条件十分困难，一年吃不到半斤肉。”

“真的呀。”

“这还有假，不信你去问老刘。有一次，我们被发现了，老乡要打死我和老刘，结果被民兵连长救下了。当时，老刘正在跟他女儿耍朋友。要不然，我们死定了。”

“哟，老刘还有浪漫史。”老婆调皮地开着玩笑。

“去去去，别乱说。看，鱼儿上钩了，快点拉。”他们正在吹牛的时候，突然有鱼咬饵。

……

其他的人去了“多巴羌家乐”，大约半小时，老张就叫老王两口子过来吃饭了，这时，不知从哪儿冒出来一老一少两个和尚和一名中年妇女，中年妇女突然跪在老和尚面前说：“高僧呀，谢谢你，全靠你救了我们一家人，要不这会儿就在阎王那儿报道去了哟。”边说边叩头，将一叠厚厚的100元大钞硬是要塞给老和尚。

老和尚说：“阿弥陀佛，快点起来贫僧见施主与佛有缘，才出手相助。”

“我们一家人都不晓得郎个感谢你，高僧呀，你是我们的再生父母。”妇人并没有起身的意思。

“施主，我不是什么高僧，只是与佛有缘而已，起来吧，这会折我寿的。”老和尚很有礼貌地说。

“阿弥陀佛，起来嘛，师傅只是行善！”小和尚双手合十道。

妇人起身顺势将钱放在了小和尚手中。

“收吧，就算香火钱。”老和尚看了看，示意小和尚收下。

老王原本就是一个爱看热闹的人，看到这一幕，就忍不住在一边搭讪道：“好感人哟！到底发生了啥子事？”

“那天，高僧路过我家，说我最近不宜出远门，否则会有血光之灾。原本我们要回老家的，因为听了高僧的话，就没有回去，结果那趟车真的就出事了，全部死了，好险哟。今天又这么巧，我原本上青龙山去还愿，结果在这里却遇到了高僧。”妇女激动地说。

“这么巧？这么灵？要不，请高僧也给我看一下？”

老和尚看了看老王后微笑道：“阿弥陀佛，施主莫信狂言，我佛慈悲，如果老衲能说出你以前的事，只望施主多行善事。”

“没问题。”

老和尚眯上眼睛，双手合十说：“施主是哪年生、哪里人？”

“1958 年 6 月 22 日，重庆。”

“哦，你前生是个教书先生，得罪了官员，今生注定要在山野苦修两年多，险遭灭顶之灾，后因他人施救，方躲过一劫。”

“什么，那后来呢？”老王激动地问道。

“阿弥陀佛，天机不可泄漏，施主请便吧。”

“高僧，需要多少钱？”

“阿弥陀佛，贫僧视金钱如粪土。不过，施主最近要走财运了。善哉，善哉，施主自行到庙中还愿吧。这儿没有寺庙，只有青龙山顶有一座‘青龙寺’。”

“要到青龙山顶，有 3000 多米，好高哟，就交给你们吧。”

“不过，山即是佛，佛即是山，青龙山就是‘祈愿得愿，祈福得福’的地方，在哪儿烧高香都行。”

“要多少？”

“小的 168 元，中的 1680 元，大的 16800 元。”小和尚抢先回答。

“那帮我烧一炷中等高香，如何？”老王死要面子地说。

“慢点，好像有点巧。”在一旁观察很久的老婆突然怀疑地插话。

正在这时，远处传来狗吠声，老王好奇地朝来人方向望去，是几位执法模样的人朝这边走了过来。待几位带有红袖章的来人走近时，和尚一行却突然“蒸发”了……

来人上前笑道：“最近，有人举报说：近段时间以来，有极少数不法分子，扮成僧人，利用‘羌家乐’防盗监控录像等高科技手段进行诈骗，我们是项目办的监督巡视员，如果我们有什么地方做得不好的，请多提意见，随时欢迎你们举报不良行为和违法行为，谢谢。”

“哎呀。”老王好像突然明白了什么，心跳十分厉害……

再说执法者，就是冉凤为了实现“不让一位游客在青龙受委屈”的承诺，专门组织的一支监督巡逻队。她知道上次处罚了周多巴，怕他不服，又从中搞出什么花样来，所以重点对他进行监督，因为他的“羌家乐”远离山寨，不好管理。结果通过调查发现，周多巴的“羌家乐”确实跟假和尚有染，除了经营的“羌家乐”继续缺斤少两外，又跟这些不法分子勾结诈骗游客钱财。这让冉凤下决心要关闭周多巴的“羌家乐”。这自然也让他们之间的矛盾越来越大！

第六十五章　青山绿水

转眼一年过去了，冉凤有了一个女儿。喝满月酒那天，骆达娃抱着小丫头，对亲朋们说，看，肉嘟嘟的都会笑了，真想不到，这白里透红的小丫头会是我的女儿。亲朋们一听，均不解地望着达娃。达娃知道亲朋误解了他的意思。于是他立即解释道，一年前，我还不知道这小丫头藏在哪儿，而现在却跃世而出，就好像我们黄牛乡羌族民俗文化旅游项目办一样，没多久就横空出世了，这真是奇迹呀。为了让亲朋感受到他的兴奋之情，他抱起小丫头在篝火旁跳起了欢乐的丰收舞蹈。老人们在酒足饭饱之余也跳起了羌族民间舞蹈。

再说骆达娃抱着小丫头跳了一曲丰收舞后，突然觉得自己进入了一个梦幻世界。天上的星星在朝他微笑，月亮在为他歌唱。歌声将他拉回到了一年前……

一年前爱情踏歌而来，刚从南方归来的骆达娃看到近十年未见面的已经长得水灵亮丽的冉凤时，心里有一丝甜蜜，有一丝幻想，更有一种慌乱和自卑。因为眼前这位已经是国家干部的女大学生还会是从前那个善良单纯的小女孩吗？自己一个高中生，她能看得上自己吗？何况而今又是自己的顶头上司。真是癞蛤蟆想吃天鹅肉！

爱情就是蜜糖般的毒药，对于任何处境的人都是，无法抗拒，虽然每一种爱情的成分都差不多，但它们会组成各式各样甜蜜诱人的味道，叫你欲罢不能。

自然，达娃每天都要猜测冉凤在做什么，看到美好的事情，情不自禁地想到她。创业过程中，受点小委屈，遇到一点困难也会放下男人的尊严想找她倾诉。虽然许多没有付诸行动，只在自己心里来来回回，但也过足了瘾。背着人时，脸上露出隐隐笑意，幸福得很。恋爱的季节，是如此美好，如此动人心魄，让人难以忘怀。

真的，冉凤的一举一动都吸引着他，这让他的生活变得丰富多彩，达娃经营的几个基地进展也非常顺利，加之阿爷婆婆在暗中助阵加油，自己也开始参加党校组织的函授学习，恶补文化，想把自己跟冉凤的距离越拉越近，自信心也越来越大，力争让自己的幻想照亮现实。

才六月底，天就发了疯似地热，现在的夏天真可怕，不知道地球是真的变暖了，还是人的耐力差了，总之每年的夏天都热得非比寻常。人的心情也随之懈怠下来，有什么计划，总是说，过了夏天再说吧，仿佛大家都跟随学生放个暑假似的。然而达娃却不这么想，他趁热打铁，经过整个夏天的努力，他经营的中药材种植与加工基地和畜牧业养殖与加工基地已经开始出成果，收获多多。

正因为如此，他获得了冉凤的芳心，终于在这个秋天，在这个丰收的季节收获了自己人生的最大果实，在亲人的帮助下，他们这对青梅竹马也就终成了眷属。

回想至此，达娃将小丫头递给了婆婆，自己则走到冉凤面前，拉着她的手，扶起来，给了一个深深的拥抱，弄得冉凤嗔怪地说："你这人都当阿爸了，还这么不稳重，让亲朋们见笑。"

"我是发自内心地想谢谢娘子，给我送来这个小丫头。"达娃笑得意味深长。

"我的傻老公。"冉凤噗嗤的笑道。

"走回家，我有事给你讲。"达娃拉起冉凤就往碉楼跑。

"这里还有客人呢？"冉凤妩媚一笑。

"管他们的呢，有阿爷婆婆在就行，我有重要的事情要讲。"达娃眉飞色舞的讲道。

“搞得神秘兮兮的。你能有什么重要的事？”冉凤故意皱眉责怪道。

“是这样的，我在党校听人说，你下个月就会调到镇政府任副镇长，分管民俗文化旅游。”达娃一边拉着冉凤往屋里走，一边喜得眉里眼里都在笑。

“道听途说？”冉凤瞅着达娃。

“真的，我是下课后听见县委组织部部长在给县委办公室主任摆龙门阵时说的，当时就只有他们两个在。我上厕所回来后，在过道听见他俩在说，元旦过后水银镇镇政府将有人事变动，牛镇长调县城任县长，你任水银副镇长。他们发现我过来，就点头一笑，闪人了。这是千真万确的事。”达娃讲得跟真的一样。

“行了，行了，少在这胡说八道，说不定是有人故意说给你听的，开你玩笑的，你还信以为真呢！快点回去把丫头抱回来，外面风大。”冉凤故意转移话题，她心想你真是个傻老公，这事既然在外面都传开了，如果是真的我还不知道吗，何况组织上早就找自己谈过了，只是不想声张而已。

“是，镇长。”达娃作敬礼。

“严肃点，别胡闹。”

“是，领导，我这就去执行任务，将公主抱回来。”

看着达娃高兴地向篝火跑去，冉凤这才注意到篝火的上天空星光灿烂。在她眼前浮现出整个景区的青山绿水。

第六十六章　危机四伏

冉凤在春节后调到了水银镇当副镇长，分管文化旅游及妇女工作。仍然兼任黄牛乡羌族民俗文化旅游项目办主任，党支部书记。

这个对于冉凤来说不是秘密的任命，她自然是显得平静。她将自己县文化旅游局属于自己的办公用品装上了车，给所有支持帮助过她的同事深深鞠了一躬，尤其是给汪局长来了个拥抱，就像妹妹在姐姐怀里撒娇一样，久久不愿放开，眼泪啪嗒啪嗒的掉。

“傻丫头，都为人母了，还像孩子似的，已经是领导了，还不注意点形象。”汪局长摸着冉凤的头语重心长地说。

“谢谢大姐，我的好领导，感谢你对我的帮助，我会回来看你的，也希望你多到基层来指导工作。”冉凤莞尔一笑。

“是，到时我们来给新领导助阵。”汪局长松开冉凤望着她笑呵呵地说。两人虽然在一起工作的时间加起来不到一年，但她们之间互相支持，相互理解，相互帮助却盖过了上下级的同事关系。所以，她们之间自然是战友加姐妹情。天下没有不散的宴席，好在还是一个县里的嘛，冉凤怀着复杂的心情踏上了新的征程。

就在冉凤到水银镇上任的同时，县纪委办公室却收到了一封举报信。信的内容是冉凤在项目办任职期间打击报复，公报私仇。举报信是周多巴实名举报。县纪委特别重视，周多巴在举报信中说，冉凤对他年轻时犯的错误与他父亲的偷盗行为联系在一起，偏见固执，打击报复，对自己经营的快艇和“羌家乐”进行严厉处罚，故意刁难，针对性显而易见。

县纪委办公室立即将此事向县党委汇报，县党委分管纪委的史副书记做出批示，立即将此事查清楚。

两位纪检干部用了两天的时间就将此事查得水落石出。原来，周多巴的阿爸因盗窃电线被冉凤的阿爸冉林生失手打死，周多巴就一直寻机报仇。读书期间，约懂人事的周多巴趁冉凤阿爸坐牢、阿妈南下打工，婆婆又生病之际，想趁机占冉凤的便宜，结果被骆朗杰大爷发现，狠狠的教育了一顿。之后，他仍然怀恨在心，可一直苦于没有机会。后来，他长大了，也到深川打工去了。这次听家乡人说羌寨要办民俗文化旅游项目，鼓励羌民回乡创业，他抱着回乡看看的想法回来了。结果发现牵头的仅然是冉凤，他眼珠子一转，心想这是个难得的机会，正好伺机报复。于是，他故意装作不懂政策，擅自购买快艇，办起了快艇旅游项目。冉凤得知后，没有责怪他，而是鼓励他既然办起来了，就好好经营。然而，周多巴却处处制造麻烦。只不过他也发现今天的冉凤再也不是从前无依无靠的弱女子了，要想报复不是那么容易的事了。但他仍然不死心，一计不成又生一计。看见冉凤领导的“开发项目”越办越好，冉凤又升职当官，他更是新仇旧恨涌上心头，所以想趁冉凤立足未稳，将她从副镇长的位置上拉下来。所以才来了个恶人先告状，组织上很快查清了事实，立即进行了澄清，并对周多巴给予了严重警告。周多巴表面上认错了，但他发现自己不但没有告倒冉凤，反而看见冉凤的业绩越来越好，名气越来越大时。周多巴再也坐不住了，他将手伸向了骆达娃的养殖场。

这天，骆达娃发现养殖场里散放的土鸡有些不正常，鸡公也不上树了，母鸡也不出窝了，一个个像被雪霜打了似的，明显没有以前精神了。骆达娃怀疑这些鸡得病，就立即叫来兽医，通过兽医检测发现全部是中毒所致。达娃立即派人在林中查找原因，发现了许多“毒鼠强”口袋。达娃立即意识到有人投毒，达娃第一时间拨打了110，并通知冉凤赶紧回来。

经公安机关初步判断，养殖场的林地里确有人故意投毒，并迅速展开排查，发现周多巴嫌疑最大。于是，公安机关立即布控，传唤了周多巴，在强大的政策攻心面前，没有几次交锋，周多巴就败下阵来。他将事情的缘由全盘托出，此事确系他所为，原因很简单仍然是报复。冉凤非常难受，她想不到父辈的恩怨为啥就解不了呢，何况她早就忘记了此事，而且给他创造了这么好的机会，结果他不珍惜，反而没完没了。

由于发现得早，抢救及时，大部分的鸡救活了，但想恢复供景区羌家乐和游客消费，恐怕还得作一些努力才行。镇政府做出指示，继续全力施救，一是全面消毒，对中毒死亡的鸡全部深埋处理。二是派出专业救治人员，对中毒较轻的鸡继续实施抢救，减少损失。三是立即从其他区县引进鸡苗和采购成品鸡，以备景区羌家乐的日常使用和游客所需。

一切又恢复了昔日的平静。

羌家乐里飘出来的道道美味依旧吸引着八方来客，尤其是经过整改后的多巴羌家乐换成了合作经营模式。镇政府安排返乡创业青年来经营，更名为青龙羌家乐，将整个山寨的所有羌家乐变成连锁店，统一标准，统一管理模式，统一推出了竹笋炖猪膘、清蒸鱼、仔公鸡、韭菜炒羊肝等特色羌菜。

说起这些特色菜呀，还有点来头，这都是冉凤专门派人到县城学来的。夏天有泉水炖仔公鸡这道菜，就是将未开叫的小公鸡宰杀后，先用竹篮晾干，再放入洗净的粗瓷罐，用木勺舀入从山上接回的泉水，慢慢吊在柴火架上，开始慢火清炖。一道浓烈的炖鸡鲜汤就出锅了，这是青龙羌寨夏季的招牌菜。冬天有韭菜炒羊肝，这是冬天的特色菜。羊肝之鲜，韭菜之温，还有比这更合适的组合吗？这是一道几乎无须料理的一味浓郁大菜。春天有竹笋炖猪膘，在深山羌寨碉楼品尝竹笋炖猪膘，可谓人间不多之美味。憨厚，沉香的陈年猪膘与初入人世的山笋匆匆相遇，握手便是忘年交。灶架上吊着慢火煨炖，自得天成，好似一段无法复制，绵长幽深的高台古曲，回味无穷。秋天有清蒸涪鱼，这道菜关键在“清”字，鱼肉细，味鲜，是每年秋天青龙河最名贵的宝物。一旦端上桌来游客们会一动不动地盯着它。一入口，便不再开口，害怕那不可言说的鲜味，从牙齿缝中偷偷溜走。

羌寨有了这四道名菜，游客一年四季都有了念头，自然整个山寨充满了活力。加之中药材销售和土鸡销售专卖的“纳吉纳噜”（吉祥如意）连锁店以及羌寨民俗歌舞表演等让游客流连忘返，美景似画！然而，天有不测风云，就在人们的一片点赞声中，一场天灾时隔三十多年再次降临，将这幅美景再次撕裂……

第六十七章　阿舅探访

再说明亮听二爸讲完堂姐明文的故事后，早已坐卧不安。他不知道侄女冉凤和侄儿冉龙的现状。他更想知道地震一年后他们的变化如何。他主意已定，不能耽误，必须得去看一看。他原本想带上二爸二妈一道去的，可考虑到二位老人年事已高，加之堂哥明武重病在身，正值农忙，无法分身。所以，明亮决定一人独往。因为他也帮不了二位老人多少忙，他早就有自知之明，知道自己做农活已经不是从前那么顺当了，这些年来他也变得有些娇气啦。

第二天，明亮匆匆告别二爸二妈和明武，开车向平顺县去了。

震后的平顺，建设很快。特别是道路建设，清一色的沥青路面，像一条盘在山间的青蛇环绕其间，中间雪白的分界线和边线构成了青蛇的斑纹。这条青蛇舞动着她的身躯，将明亮从蓝冲一路送到了平顺。在明亮的眼里除了路，除了在建的房屋，大山的伤口还没有完全愈合。越往大山里走，大山深处遍体鳞伤，植被受到严重破坏，许多建筑荡然无存。

在导航的指引下，明亮来到了水银镇，寻找已是副镇长的侄女冉凤。然而他被镇办公室秘书告知她现在可能在黄牛乡羌族民俗文化旅游项目办，并将冉副镇长的手机号告诉了这位自称是阿舅的明亮，明亮立即拨打了电话，对方传来了清脆干练的声音："喂，你好，请问重庆的朋友有什么事？"

"我是你阿舅，明亮。"

"哦，明亮阿舅！您在哪？我看手机显示是重庆移动的号码，我还以为是重庆的什么业务电话呢！"

"我在水银镇，你呢？"

"我在青龙，我马上派人过去接您。"

"不用，我自己有车。你在青龙等我就行了。"

"那好，阿舅，我在家等您。"

"嗯，见面谈。"

"好的，欢迎您。"

明亮确定冉凤在青龙后，立即驱车前往。

沿着青龙河滨江路一路南下，水银镇到前锋电站的道路是双向两车道的省级标准公路。路边的建筑提示牌标有华东援建。让明亮一下子联想到了冉凤华东鲁城的二爸——冉林东。

在前锋电站的停车场，冉凤已经远远地迎了上来，还有一位羌族汉子和一个3岁左右的小姑娘，明亮一看这就是幸福的一家子。因为在电话里，明亮事先告诉了冉凤自己的车型、颜色和车牌号，何况来的是一辆渝A打头的SUV，冉凤自然就知道这是阿舅的车。

寒暄一阵后，冉凤给阿舅搞了一次特殊化，搭乘观光缆车到了青龙山寨。据说缆车票后来冉凤让达娃补上的。在摆谈中，明亮得知冉凤目前遇到了一些问题，不但缺乏环保、林木种植以及水土保护等方面的知识，而且还缺少这方面的专家。地震后由于山体松动，滑坡时有发生，达娃负责的中药材种植基地和畜牧业养殖基地就增受损严重，中药材是要在山坡上栽培的。其中，土鸡是放在种有中药材的山坡上的药材林里的，这些土鸡靠吃中药材的花、种子和叶子，还有叶子上的虫子。灾后药材林没了，新种植的药材又因山坡土质松动，下雨就被冲走，土鸡自然就没有了生长的自然环境，如果靠圈养，其肉质肯定没有先前的鲜美。供牛羊生长的草坪也受到严重破坏，所以两个基地基本归零，旅游项目办中的土特产生态链就这样掉链子了。明亮听说后皱了皱眉头说："听说你有个二爸当年所学的就是中药材及生态旅游与环境保护专业，他现在好像还在华东鲁城，对吗？只是有好多年没有回来过了。"

"先前听阿妈说过，二爸是因当年我阿爸的事一去不回的，就连婆婆去世他也没回来过，不过听说他当时所学的确实是这方面的专业。"

"哦，你们也一直没有联系吗？"

"没有，以前没有条件，现在我又没有时间。"

"那你们想他回来吗？"

"当然，不过他会回来吗，我们也联系不上他啊。"

"试试吧，不是现在有援藏项目吗，你二爸在华东，而华东对口支援的贫困县正好是平顺县。"

"嗯，对，我怎么就没有想到呢。"

"等我回去后想法联系到你二爸后再说。"

"好的，谢谢了。"

"谢啥，舅舅来晚了。"

"阿舅，不晚，您来得正是时候。今晚我们这儿有一个篝火晚会。一来是欢迎你，二来是让游客在品尝喝青稞酒的同时，尽兴地观赏我们羌家歌舞篝火晚会，让您和游客在丝丝篝火的辉映下跟着我们羌家姑娘、小伙翩翩起舞，从中领略我们古羌文化的精深内涵。好吗？”

“好，好，好，这个提议好。”明亮连连点头，忘记了一路奔波的疲劳。

晚上，在篝火边，一群游客围坐在一起，有的在品尝青稞酒，有的学着羌人饮咂酒，欢天喜地好不热闹，歌舞一开始就唱起了“迎舅歌”，跳起了欢歌舞，这是冉凤专门为阿舅准备的。乐得明亮合不了嘴，像个孩子似的，完全失去了长辈的尊严。他将一碗青稞酒一饮而尽，高兴地说道：“看来吃了人家的嘴短，我得给冉镇长做点什么事才行哦。”

“阿舅，您醉了，折煞晚辈了。”

“你阿舅啊，就是一个长不大的孩子。”明亮拖着腔调自嘲地开心道。

“早年我听阿妈讲过，今天一看果然名不虚传，阿舅就是阿舅。”

“是吗？早年你阿妈就出卖我了。嗨，可怜我姐，走得太早啦。”明亮突然伤感起来，而且也传染给了冉凤，明亮知道自己高兴过头，说漏嘴了。真是言多必失。明亮立即调整情绪跟着羌族姑娘、小伙跳起了欢乐的羌族民俗舞蹈！

第六十八章　春暖花开

明亮离开青龙羌寨，回到重庆后第一件事就是千方百计动用所有资源找到了冉凤的二爸冉林东。并且成功的劝说他通过援藏回到阔别20多年的家乡挂职任平顺县副县长，分管文化旅游和林木业工作。

对于已经是水银镇副镇长的冉凤来说，这是个利好的消息，于公于私二爸都成了她的顶头上司，而冉林东也马不停蹄地上任，他一头扎进了青龙羌寨，并通过以此辐射全县，并开展了全县调查工作。一个多月后，在征得黄书记的同意的情况下，冉林东主持召开了平顺县灾后羌族传统生态文化保护与民俗文化旅游可持续发展模式研讨会。

县委小会议室座无虚席，为了让与会人员在研讨会上畅所欲言，冉林东特地让秘书将会场布置成圆形，不论职务高低，自然入座，自由发言。会议开始时冉林东喝了一口茶说："今天我和黄书记都是来当学生的，是来听你们献计献策的，你们是羌族生态文化和民俗文化旅游的专家，大家不要有任何顾虑，大胆发言。"

"就是，我们是来当学生的。"黄书记手摸茶杯微笑着补充道。

"好，研讨会正式开始，看谁先发言。"冉林东放下手中的茶杯环视会场一周说。

"如今，传承人外热内冷。如水银白虎山寨的释比在2008年6月由县文体局组织到了北京参加了中国非物质文化遗产展演的民间歌舞专场演出；又如青龙河龙沟寨的释比于2008年10月到韩国参加了2008世界萨满艺术大会的演出。这些团体与演出虽然对于宣传羌族传统文化具有积极的意义，但是村寨内部的仪式活动却没有得到相应的重视。目前，我作为青龙羌寨非物质文化传承人，已经75岁了，明显感到有些力不从心，白虎村羌寨的景多吉老人还大我一岁，民俗文化旅游项目办在青龙、白虎的专项表演也只有停止了。还有就是文物损坏严重。虽然，在震后由国家文物局牵头启动了抢救保护工程，但这些外来的保护单位与当地居民的互动过程中，在尊重地方文化、吸纳民间匠人和传统工艺方面仍有不少问题。如保护项目出现了不熟悉羌族文化、不尊重传统技艺，过于粗暴地以文物保护的名义将住在碉楼旁的居民排挤出施工过程中，且在修建过程中很少参照我们当地匠人的经验技艺，而过于依赖现代的技术手段。这不仅打击了当地居民对文化保护的参与积极性，也造成了不少矛盾。"骆朗杰抽着烟第一个发言道。

"就是，这两个方面的问题尤为突出。但好在我们平顺县整个羌族地区目前有青龙、白虎两个羌寨和大批的羌碉被定位重点文物保护单位，而我县羌族传统民族文化进入国家级非物质文化遗产名录的就有三项，分别为'羌族刺绣''羌族羊皮鼓舞'和'羌年'。这些特色鲜明的羌族传统文化负载着羌族的价值取向，形塑着我们羌族的生活方式，是羌族人民自我认同的凝聚点，为羌族居民提供了有益于其生存与发展的社会生活经验和精神价值支撑。”黄书记在一旁插话道。

这时，冉凤站起来。示意秘书将她事先准备好的资料分发给大家，待与会人员都拿到资料后，冉凤说，这是我今天的发言提纲，现在我给大家谈谈我的想法。大家一边听一边认真地看资料《关于我县羌族传统生态文化研究》，只听见冉凤在讲：

“羌族，作为中国最为古老的少数民族之一，从游牧到农耕，通过长期不断地总结积累经验，逐渐形成了本民族的生态文化观，具有极富特色的生产生活方式、宗教信仰和风俗礼仪等，而羌族的传统生态文化就蕴含于此，并具有其内在的合理性和自身的演进逻辑，闪耀着羌族人民智慧的光芒。然而，经过 1976 年和 5.12 大地震的羌族，其生态文化损失惨重，生态环境也遭到前所未有的破坏。对于一个只有语言而无文字传承文化的民族来说，羌族的传统文化正经历着前所未有的挑战。因此，加快对羌族传统文化的研究工作就显得尤为重要。鉴于此，我想借以通过对羌族传统生态文化的探讨，抛砖引玉，推动社会各界对于我县羌族生态文化的关注和研究，并希冀为我县羌族地区的灾后重建有所裨益，为反思和推进我县羌族，甚至于少数民族地区乡村社会事业改革提供参考。

“我们羌族原始宗教信仰中的‘万物有灵’使得羌族人有着积极的生态意识。在羌族地区，人们普遍认为‘山有山神，树有树神，石有石神，树林有护林神’，每一个羌寨都有自己的一片神林，神林中通常为柏、杉等树，它们被视为圣地，不能任意砍伐，严禁狩猎、放牧。为了更好地保护神林，羌寨要在神林举行‘祭山会’‘封山会’‘开山会’等仪式，这些活动中有大量涉及保护神树林的内容。当羌民们感到山林出现或有可能出现过度采伐或滥伐情形时，就会举行‘吊狗封山’仪式。即时，由寨中一位德高望重的老人对着吊在树上的一只狗祷告，其大意是：‘为了全寨的幸福安宁，必须保护好这一片树林，谁违反戒约砍了树木，将会受到惩罚，像这只吊在树上的狗一样没有好下场’。祷告完毕，参与仪式的人们依次走到狗面前并向着狗吐唾沫，并保证自家拥护封山，如有违反，愿受与此狗一样的惩罚。另外，羌族还有一种祈雨活动。如遇干旱，羌寨禁止上山打猎、砍柴和挖药等一切活动，以顺天意，若有违背则遭谴责或痛打。

“在羌族地区流传着的不同的创世神话，无不与树木有着关联，从而使得羌族民众对树木和森林有着特殊的情感，也形成了不能乱砍、乱伐的有益于生态环境的生态意识。比如：在羌族神话《羊角花的来历》中讲道：天神‘木比塔’和王母用羊角花树枝削成人形放入地洞，经过九天之后，这些羊角花树枝变成了人类。这则神话讲述了人的来历——由树生而生。在流传于雅都羌区的神话《开天辟地》中讲道：很古的年代，天上有九个太阳，把大地都快烧焦了。有两兄妹由于躲到一颗敬神的大柏树上，才没有被烧死，随后兄妹成婚，继而开始有了人类；另一则流传于沙坝羌区的神话《开天辟地》中则提到：太古的时候，岩上有两扇磨子，一扇磨眼里长了一株松树，这就是姐姐出身了，她是吃食松油长大的。过了五年，下面一扇磨眼里长了一株青杠树，弟弟出身了。两姐弟长大后，成了亲，就有了人类。正是因为人类的起源与树木有着莫大的关系，因此，我们羌民对树木存在着诸多的禁忌，视树木的生命如同自己的生命一样。

“另外，在我们羌族释比的‘上坛经’《波》里面提到，为羌族人带来宁静的神仙‘雪龙堡’就栖息于大杉木林中。杉木林作为神仙的栖息地，自然也就成了我们羌族人心目中的圣地，神圣而不可侵犯；在《默勒格》中，释比会专门提及禁止烧山、反对在他人土地、山林里采药、砍柴、放牧等破坏生态环境的行为；在《不灰》中，有警告羌人不可进山乱砍神林，不能杀猎猛兽的语句。由此可见，我们羌族对自然界的直观体验中所得出的流传于世的神话传说，从不同侧面揭示了羌族人民的朴素的生态理念，即自然是社会的基础、是人类生存和发展的前提。”

冉凤喝了一口茶后继续说：

“我们羌族依山而居，很多羌寨建在高半山，林业也就成了羌族人保护的重要资源。比如：如我县水银镇现今尚存一块封山石碑，立于清朝光绪十六年，碑文内容为：

“立写禁猎家林，以培林木，永不准（偷）伐，我村众姓人等公立。想我村地处边陲，九石一土，遵先人之德，体前人之道，禁猎家林，只准捞叶积肥，不准妄伐林株，其家林盘，上至长流水为界，下至河脚为界，左至四里白为界，右至大槽水井为界，四至分明，以遗后世子孙永远禁猎。不料今岁有本村杨洪顺父子起心不良，偷砍家林烧炭，被众拿获，罚钱壹仟贰佰文以作香资。众姓公议自禁之后，所猎林盘无论谁滋偷砍者，罚钱肆仟捌佰文，羊一只，酒十斤以作山神宫香资。看见者赏钱捌佰文，以作辛苦费，……大清光绪十二年十月初一日绵簇众姓公立。”

从规约碑刻可以看出，我们羌族人非常重视对自然资源的保护，碑文字里行间充分反映了羌族人民热爱大自然，爱护山林，保护生态，造福后代的美德。再如我县水银镇白虎村的《白虎村村规民约》第三条规定：所有村民应积极植树造林，自觉爱护林木，保护生态平衡，严禁乱砍滥伐，私买私卖木材，乱捕乱猎珍稀动物。如有违反者，除按“森林法”和有关政策处理外，另给予下列处罚。（一）凡乱砍乱伐木材者，村上处罚每立方米一百元，没收全部木材，十年不批自用木材指标，罚栽五百株树木，经验收合格为准。（二）乱在村上的封山林里砍柴一背，罚款五十元，罚栽树木一百株，经村委会验收合格为准，乱砍一根者，罚款十元，罚栽树木十株。

“从这里不难看出，我们羌族民众从对神林的崇拜到保护神林，形式从宗教教条到碑刻与书面形式，人们也从非理性的情感行为到理性的自觉行为，共同维护着羌族地区的生态环境和生态平衡。

“人生礼俗反映出一个民族的心态，它从出生到死亡贯穿于人的一生。对于每一个羌族人来说，每遇人生的重大转折点都有着一套完整的礼俗。比如：出生礼仪、成年礼、婚嫁礼、丧葬礼，而这些人生礼俗都与树木有着千丝万缕的联系，传达和体现了羌族人对自然界的敬仰，这种敬仰使得羌族人一直都致力于维护生态环境的和谐与平衡。

“一是出生礼俗中体现的生态意识。在我县部分羌区，新生男孩出生之时，要为其新栽种‘花树’，该树被视为此新生男孩子的守护神。每逢过年或过节，父母都要带小孩于树下礼拜，并系红色布条或红线于树枝上，当孩子在成长过程中遇到疾病、伤害发生时，本人还向‘神树’许愿祈祷，以消灾去凶（病）；当男孩长到成年时，要对其行‘成年冠礼’。

“二是冠礼中所蕴含的生态观。一般说来，‘成年冠礼’要在神树中进行，由释比领着加冠少年向杉树或松树进行叩首跪拜仪式，然后将羊毛线或者彩色布条系在杉木或松树上，表示命有所系，并希望该少年与树同长，生命之树长青。从此，受礼者享有和负有了成年人的权利和义务。

“三是婚礼习俗中所显示的生态文化。在羌族人看来，男女的婚配是‘喀尔克别山’的守山女神掌管，女神让每一个将要出生的羌人去采摘属于自己的羊角花，而每一朵羊角花都有与之相匹配的另一朵羊角花，夫妻就是凭借着采摘的羊角花在凡间相认。因此，羌人在婚配前都要请示神的旨意，将男女的庚帖放置于男女保护神的香炉下，七天之内没有任何器皿破碎，表示这对男女可结成夫妻，否则不吉利。在婚礼过程中，主持婚礼的司仪通常会说道：‘今天是吉祥的日子，天地开明，新娘进门。诸事如意，东边桃花盛开，西边杏花绽放，千树万花笑迎新郎进厅来’。

“四是丧葬礼俗中映射出的生态观。《荀子・大略篇》中记载：‘氐羌之虑也。不忧其系垒也，而忧其不焚也。’由此可看出，羌族的丧葬是以火葬为主。火葬是比较卫生、比较科学的葬俗，对生态环境的保护作用也是明显的。

“当然，我们羌族的人生礼俗是羌人传统文化的流传，必然良莠不齐，既有科学进步的一面，也有迷信落后的一面。‘但是随着社会的进步，科学的发达，人们文化程度的提高，一些迷信事像在流传中逐渐失去了原来的神异色彩，失去了神秘力量，人们在长期生产与生活的经验中找到了一些合理性，于是把这些事像从迷信的桎梏中解放出来，形成了一种传统的习惯’。由此可见，我们羌族人对水土、森林等生态环境的保护，是经过神化并作为传统信仰被巩固了下来，这已经成为全体羌族人所认同和履行的一种秩序和规则。”

冉凤讲得津津有味，她又谈到了羌族传统生态文化的现实意义，她说：

“一是有利于我县羌族地区经济社会的可持续发展；二是有利于形成

人类对自然负责的态度；三是有利于形成我县羌族族群的心理认同感。然后，她又讲起了平顺县羌族传统生态文化的保护。

“5.12 大地震已过去近一年多，我县是羌族人口聚居的核心区，国家在灾后重建中抢救与保护羌族地区民族文化，专门设立羌族文化生态保护实验区。我认为我们应该紧抓文化部进行文化生态保护区建设的契机，以民族非物质文化遗产共生为研究核心，对我县羌族民间文学、传统音乐、传统舞蹈、传统戏剧、曲艺、传统游艺、杂技与竞技、传统美术、传统手工技艺、传统医药、民俗等文化类型与藏汉族和谐共生的项目进行实证研究。探索利用非物质文化遗产传承发展的共生，推动灾后我县羌族地区经济、社会、环境效益的可持续发展。

“我县需要保护的对象包括羌族建筑、羌族民俗、羌族服饰、羌族文学、羌族艺术、羌族语言、羌族传统工艺以及相关实物、图片、音像资料等重要内容。如非物质文化遗产中，我县的羌笛是羌族乐器中最著名的，是我国古老的双管双簧气鸣乐器，已有 2000 多年历史，被称誉为中国民乐之‘父’。还有白虎村羌寨的羌族头饰是世界独一无二的‘万年孝’，被民族专家称为世界民族的文化奇观。当然，白虎村羌寨是羌族独具特色的建筑之一。是长江上游地区目前面积最大、时代最早、文化内涵最为丰富的大型中心聚落，它代表了 5000 年前长江上游地区文化发展的最高水准。

“我认为要坚持政府主导、社会参与、明确职责、形成合力的原则；要坚持长远规划、分步实施，点面结合、讲求实效的原则；要坚持落实科学发展观、注重原生态、原真性保护、以人为本遵循统筹规划、协调发展的工作原则；要正确处理非物质文化遗产保护和发展经济、发展旅游和文化创新的关系，坚持保护为主，抢救第一的原则。要尽量保持我们羌族原有的建筑风貌、民风习俗、祭祀礼仪的原则；要在建立我们羌族文化生态保护区的同时，建立羌区文化旅游特色产业集群，充分体现羌族文化聚集区与旅游资源富集区的相融互动，形成灾区经济恢复重建新的经济增长点，实现可持续发展和建设与保护的有效结合。

“至于保护方式，我认为一是采用维护生态文化；二是采用生产性方式保护及其价值利用；三是重点是保护传承人。而保护措施我认为首先要对我县羌族文化生态的物质文化遗产和非物质文化遗产的种类、数量、现状及传承人开展全面的普查，摸清家底，建立档案，为开展保护工作提供决策依据。其次，重点突破，以青龙羌寨重点，逐步展开，加大教育培训力度。第三，宣传普及，利用‘文化遗产日’‘非物质文化遗产节’，举办展览、展演活动，不断增进全民珍爱传统文化和参与传承非物质文化遗产的保护意识；出版羌族文化生态保护及羌族文化研究的相关成果，加强文化生态保护的宣传和推动非物质文化遗产知识的普及。设立非物质文化遗产专题博物馆、民俗博物馆和传习所等。”

冉凤刚一讲完，景多吉老人就迫不及待地讲开了，他深深地吸了一口烟，抖了抖烟斗将其放在桌上，说：

“民俗文化旅游在国外旅游业中占有重要地位，民俗文化旅游活动随处可见，不但众多发达国家，如美、英、法、德、意、加拿大等国掀起了‘民俗文化旅游热’，一些发展中国家也把民俗文化旅游当成国际旅游开展中有力的竞争手段，以此来促进本国经济的发展。随着我国旅游业的发展和人们对旅游的需求的丰富化和多样化，游客对丰富多彩而又略带神秘感的中国民俗文化产生了浓厚的兴趣，从而使民俗文化旅游成为中国旅游资源的重要组成部分之一，其发展前景极为广阔。我省羌族地区作为我国唯一的羌族聚居地，地处边陲，偏远闭塞。在几千年的历史长河中，羌族人民创造了辉煌灿烂的文化，形成了具有浓郁民族特色和地域特色的习俗。而在 5.12 大地震后，这些极具特色的民族文化和习俗同当地的旅游业一样都面临着前所未有的威胁。如何既保护当地的民俗文化又开展旅游，成为灾后羌族旅游开发急需解决的一个难题。所以，我希望通过将民俗文化和旅游开发的有机结合，找到一种可持续的旅游开发模式，在开发民俗文化的同时，保护民俗文化，而民俗文化反过来又作用于旅游开发，让二者达到和谐发展的态势。下面我讲三个问题：

“第一个问题是认清形势，了解现状。我们羌族民俗旅游存在四个方面的问题：一是人文旅游资源受损较大。如水银镇瓦布赛的三座黄泥羌碉的上部全部坍塌，白虎村羌寨的二座著名古碉楼出现裂痕，楼尖部分坍塌；青龙羌寨房屋受损也较为严重等。还有大量具有历史价值的文物被掩埋。如我县羌族博物馆、文化馆等都在地震中倒塌。大量文物和羌族文化档案资料、文化器物被掩埋或严重毁坏，许多关于羌族历史的文物在地震中被毁。据县文物局统计，5.12 地震中被埋的国家二级文物有 1 件，三级文物 72 件，一般文物有 200 件，以及大量的文字图片音像资料。这无疑对我县羌族的整个民族历史和文化传承有所损伤。还有一些有价值的历史遗迹受损严重或将不复存在。如水银石砌古城墙多处坍塌，城门开裂变形，白虎村新石器时代文化遗址、青龙峡栈道、石棺葬墓、火坟等无不遭到严重破坏，虽已经经过一年多的修复，但有的已经失去了原有的历史风味。二是羌族人受到了较大影响。人是文化的创造者和传承者，对文化的保护首先是对作为文化载体的人进行保护。羌族没有本民族的文字，其历史和文化是以口授方式进行传承的，这样人在文化传承中的地位就更为重要。5.12 地震造成部分羌族人口伤亡，其中不少是通晓羌族语言和历史文化的人，也包括少数羌绣、羌笛、羌碉等民间传统工艺、能工巧匠等，这无疑增大了羌族文化保护的难度。三是自然风光受损严重。相比于人文旅游资源损失，羌族聚居地自然环境破坏更为严重。恶劣的环境迫使部分羌族同胞移民，当然也有许多羌族人仍然选择继续留在自己的家园。这提醒我们今天开发羌族民俗文化旅游的可持续发展和构造和谐的生态环境的重点应当放在保护上而不是开发。四是基础设施受损。经过一年多的重建，与旅游息息相关的道路，通讯和一些旅游设施虽然得以恢复，但很多羌寨道路被破坏后，至今还无法修通。

“第二个是灾后重建，持续开发的问题。之前，我先后参考了绵羊区、汶川等其他较好的开发模式，结合灾后平顺县羌族自身的现状和特色，我认为可以采用四种模式。即：一是可以采用民族民俗博物馆模式。首先要重建传统博物馆，重新收集民族民俗的各种实物资料和声像资料在馆内分展示，演示，收藏，科研等。全方位展示我县羌族传统历史文化和民俗风情，同时办成我县羌族学术研究中心。博物馆的总体布局、建筑风格等都充分体现我县羌族特色。对于遭受地震灾害的羌族民俗文化来说，建立这样的传统博物馆是很有必要的。这是保护我县羌族文化的首要方法，只有最大限度地保护好现存的羌族文化旅游资源，才能做好后续的旅游开发。其次要建生态博物馆，这是灾后民俗文化旅游可持续开发模式中的主流模式。冉凤主持的青龙羌族民俗文化旅游项目办就是这种模式。所以我建议严格按照历史记载，挖掘题材，努力恢复民俗文化原貌，并注重民俗文化的原真性，运用和根据各种历史文献，历史记载或者是口头流传的民间故事、传说，不断更新民俗文化旅游产品的内涵。二是可以民俗节庆活动模式。就是以我们羌族特有的传统民俗节日、民俗活动即民俗文化为主题。比如可以通过举办演奏羌笛，跳锅庄舞，唱劳动歌，表演羌族饮食习惯和礼仪习俗等羌族节日文化吸引游客积极参与。还可以利用节日期间的民俗民艺表演，展示羌绣等民俗工艺品，使之成为游客愿意消费的旅游产品。三是可以采用民俗主题园模式。就是在原有的青龙羌族民俗文化旅游项目办的基础上，将白虎村寨作为基地，重要表演民俗节目或再现民俗中的歌舞，形成规模展示。从理论上讲，主题公园里的民俗是民俗文化“复制品”，它只能是一种或通过表演装扮而形成的民俗或通过静态展示手段将民俗生活生产中的某些内容外显出来，用这种方法展示的只是民俗的生活、生产过程中的一部分，如生活、生产工具及场景等，而不是民俗活动本身。四是可以采用原生态民俗村寨模式。同样以青龙羌寨为中心，这既不改变羌人日常生活或生产秩序，目的是要让游客在旅游的过程中能最大程度的接触和体验真实的羌族生活。总之，通过以青龙羌寨原始的羌族习俗展现被现代物质文明包裹起来的历史文化“活化石”，用活生生的现实生活给游客讲述羌族的历史，把民俗文化旅游与体验旅游结合起来，形成原生态的民俗体验旅游是一个很好的结合点，所以目前只要把青龙羌寨民俗体验旅游和白虎村民俗主题园搞好，我们就成功了一半。

“第三讲的是要遵循规律，科学开发的问题。灾后羌族文化旅游的可持续开发是一个长期的过程，这个过程将伴随着灾后重建和人们精神文化需求程度的不断要求而提高。从这个意义上讲，它是一个动态过程，因此我县羌族民俗文化旅游的开发不是一种短期的获利行为，而是一个长期的可持续开发的行为，在这个过程中既要遵循文化发展的规律，又要遵守经济规律。要从各地区的实际情况出发，将内部要素与外部要素结合起来，形成优化组合与有效配置，提高整个效益，增强羌族民俗文化旅游开发能力。”

景多吉一讲完，副县长冉林东没有等黄书记发话，就激动地扶了一把自己的金边眼镜，说：

“1990 年以来，在很多场合下，民俗文化不再被权力、政治约束，一些少数民族地区打破了昔日的宁静古朴，一批批来自国内外的游客穿梭往来，许多已经消失的民俗事项被知识分子挖掘发明出来，策划、包装成为动态性、参与性展示古代民俗生活的旅游产品。据旅游研究者的说法，民俗旅游是一种高层次的文化旅游，由于它满足了游客‘求新、求异、求乐、求知’的心理需求，已经成为旅游行为和旅游开发的重要内容之一。这样一来，民俗风情旅游不仅仅成为政府部门发展经济、吸引外资的重要文化资源，而且也已经成为满足西方人想象，成为‘了解’中国人生活方式的一种途径。

“旅游业已成为世界第一大产业，其在创造外汇收入、增加就业机会和扩大税收等方面发挥的经济作用不容各国政府忽视，人们的旅游需求不断增长，旅游者人数大幅增加，各国政府在加快开发旅游潜力以满足需要和增加收入方面都面临着压力。如何精心规划旅游和审视旅游发展对人、环境的影响，尤其是近段兴起的民族旅游对传统民族文化的影响变得越来越重要。

“民俗，即民间风俗，指的是一个国家或民族中广大民众所创造、享用和传承的生活文化。尽管民俗本质上只是一种‘生活文化’，但它所具有的现实意义却非常重大。建设社会主义和谐社会不仅需要完善的法规和制度，还应该利用传统的民俗文化。维持不同文化之间的和谐，就要尊重各国人民的风俗习惯。因此，我认为民族文化与旅游二者间的关系主要体现在八个方面。一是民俗文化使旅游丰富化。一般来说，旅游业包括游客的吃、住、行、游、购、娱六大要素，而民俗文化涵盖了每个地区。民族居民的吃、住、行、游、购、娱六个方面，因此可以说，民俗文化极大地丰富了旅游的内容。二是民俗文化使旅游深刻化。也就是说，民俗文化增加了旅游的内涵。民俗涉及每个地区和民族自己独特的生活方式、风尚习俗和风土人情等。而且，民俗能满足游客“求新、求异、求乐、求知”的心理需求，因此开展民俗旅游有助于推动旅游向深层次发展，走向深度旅游。这一点在文化强国的背景下，有着特殊的意义，因为它是文化强旅的一个重要动力。三是民俗文化使旅游生动化。因为民俗文化拉近了与游客的距离。民俗文化具有群众性、异质性、无政治倾向等特征，与旅游的大众化趋势，与游客的求异心理吻合。四是民俗文化拓宽了旅游的对象。它增加了游览的对象，因为没有民俗文化的旅游，可能只是游山玩水；增加了游客的群体，因为民俗旅游超越国界，据国内一次权威抽样调查表明，来华游客中主要目标是欣赏名胜古迹的占 30%，而对我国人民的生活方式、风土人情最感兴趣的却达 70%。总之，民俗文化对旅游能起到很好的促进作用。五是旅游促进了民俗文化的保护。旅游的经济前景，促进了景区民众保护当地民俗文化的自觉性和主动性。六是旅游促进了民俗文化的传承。旅游使一些古老的民俗工艺等得以传承而不至于消失。七是旅游促进了民俗文化的传播。民俗文化具有民族性和地域性的特征，而旅游导致旅游目的地和旅游游客地之间的人口流和信息流，促进了民俗文化的宣传和传播，使其知名度和影响力超越了地域甚至是民族。八是旅游也导致部分民俗的异化。在旅游发展过程中，一些民俗文化的传袭为追求经济利益，一味迎合游客的猎奇心理，将其商品化，使民俗偏离本来的面貌，破坏了民俗文化的真实性。”

冉凤接过冉林东的话题说：

“就是嘛。冉县长对民族文化与旅游讲得非常透彻了，这让我们认清了利弊，这对做好我县羌族民俗文化资源的旅游开发工作很有帮助。目前，我县的民族文化的开发市场前景好。其旅游产品具有竞争力，主要表现在以下几个方面：

“一是具有独特性或代表性。

“二是具有完好性与现实性。我县的羌寨在建筑、服饰、生活、生产、艺术等方面，较好的保存了本民族文化的形态。虽然5.12强震遭受破坏，但仍然可以恢复，延续古今。

“三是具有艺术性与魅力性。民族文化的价值与品位在于历史悠久、风格独特、艺术品位高，这是确保旅游开发成功的一个重要因素，例如，古埃及的建筑艺术、韩国的济州岛民俗、澳大利亚的毛利人文化。相反，如果民族文化仅是生活的一种常态，而没有相应的艺术成就或品位，就很难在旅游开发上有所挖掘和提炼。我县的羌绣、羌笛、羌族锅庄舞等都具备了这些因素。

“四是具有可展示性或参与性。旅游产品是供游人参观欣赏的，因此，如何把我们文化资源的优势和特色展示出来，是我们旅游开发中很值得研究的问题，要进行专业性、多学科策划和创意研发。

“五是要科学、客观评价我县羌族文化。对民族文化资源评价的过程，也是寻找、确认发展优势的过程，找准了优势可以事半功倍，找不准优势则要事倍功半，不仅劳神费力，还可能耽误和丧失发展机遇。在对民族文化资源的评价上，不要自视过高，觉得‘人有我有’、一点不差；不要觉得‘唯我独有’，有眼不识泰山。”

冉林东听冉凤这么一讲，放下手中的茶杯说：“从前期羌族文化资源开发的成功经验来看。我们一是要选准突破‘亮点’。就是以青龙羌寨这个‘亮点’区域实施集中开发，带动白虎村等周边区域的旅游资源开发，使这一地区尽快成为旅游热线中的一个点，或者一个段，或者一条支线。二是要有高起点、新思路的发展战略。就是说不要在发展模式、策划理念、配套管理等方面落俗套子、走老路子。三是突出我们羌族文化与地域特色。四是要认真办好我们羌族民俗节庆活动，大力营造羌族文化的氛围，把主要心思用在提高当地旅游产品的吸引力上。总之，羌族民俗旅游资源的开发，将带来文化效益和经济效益的双赢，为我县经济和文化的发展带来贡献。所以，我们应该有效的保护好我县传统的羌族优秀文化，合理地进行开发和利用，将羌族民俗文化与旅游资源相结合，从而产生更高的经济效益。”

黄书记听到这儿非常高兴，他说：“非常好，大家讲得很有深度、广度，看来今天的座谈会开得很成功，会前大家都做了大量的准备工作，这说明我县羌族文化要传承的东西还很多。

“悠久的历史与长期闭塞的生活环境，使我县羌族的精神文化中保留了不少淳朴厚重的古代遗风。我国古代最早产生的两种文学形式是古代诗歌与古代神话。这两种文学形式至今在我们羌族民间仍有巨大影响，而且，传承了不少优秀作品。羌族的男女老幼大都会唱民歌，歌词多为四个或七个音节一句，类似于汉文中的四言诗与七言诗。从内容来说，有苦歌、山歌、情歌、酒歌、喜庆歌和丧歌等。羌族神话著名的有《开天辟地》《山沟和平坝的形成》《造人类》《斗安珠和木姐珠》等，其中所说的姐弟成婚、射落八个太阳的故事，曲折地反映了原始社会羌族的生活。

“羌族乐器中最著名的首数羌笛。东汉许慎在《说文解字》中说：‘羌笛三孔’。马融《长笛赋》言：‘近世双笛从羌起’。唐代《乐府杂录》载：‘笛，羌乐也。’宋代陈（左日杨右）《乐书》记有：‘羌笛五孔’。可见其历史久远。近代流行于四川羌族地区的羌笛，管身竹制或骨制。竹是岷江上游的油竹，削成方形；骨是羊或鸟的腿骨。今羌笛管长 17 厘米，直径 1 厘米，单簧，双管，竖吹，六声阶，多独奏。音色明亮柔和，哀怨婉转，悠扬抒情，牧人常于山间吹奏自娱。古羌笛既是乐器，又是鞭杆，因有‘吹鞭’之说。

“我县羌族民间舞蹈主要有锅庄舞‘跳沙朗’‘跳皮鼓’‘兰干寿’等。‘跳盔甲’也就是‘铠甲舞’是种古老的传统祭祀风俗舞，过去多在有战功的将士葬礼上跳。这些都是我们羌族的优秀民俗文化，我们不但要将这些文化传承下去，而且也要把我县我经济搞上去。”

……

元旦前夕平顺县县委召开了常委扩大会，会议通过了冉林东所做的重建报告，并纳入了 2010 年县委县府重点工作。

平顺县的又一个春天开始了。

第六十九章　微服私访

明亮知道冉林东回乡后，心里的石头落了地，他知道冉林东有能力帮助冉凤，这让他放心了许多。

第二年明亮再次回到了自己的老家蓝冲县，他放心不下二爸二妈和堂兄明武。当然，他还记得去年回老家的情景，那片被污染的土地。他在QQ里添加了已经是平顺县检察院副院长的冉龙，并向他咨询有关法律知识，同时，他打电话向已经回到平顺的冉林东了解相关环境污染的知识，自己也在网上搜寻相关材料。

不学不知道，一学吓一跳。原来环境污染后患无穷，其危害之大难以想象，简直就是祸及后人！这让明亮无法容忍这种以牺牲环境来换取经济发展的政策。然而，转眼又想，你明亮又算什么东西，只不过是一个央企的中层政工干部，未免也管的太宽了，即使想管也爱莫能助。这一点明亮的心比谁都明亮，他知道不能仅仅靠自身的力量，他得利用他当年在党校积累的人脉，他得唤起家乡各级领导的重视，要让他们也明白不能以牺牲环境来求得经济发展，这样会付出惨重代价的，甚至会伤害几代人的利益。所以，当他再次踏上这片故土的一瞬间，他的心被眼前那污水横流，臭气满天的溪流，溪边一片片死去的植被，深深地刺痛着。同时也给他注射了强心针，像打了鸡血般的亢奋，他不停地给自己打气，必须行动，必须铲除这个毒瘤！于是他的第一站就是到蓝冲县委大院。他轻轻地推开了县委副书记路光明的办公室。

“请问，你找谁？”一个戴着银边眼镜的秘书模样的人走出来问正在向办公室里探头张望的明亮。

“我找路光明。”明亮微笑道。

“市委组织部来人了，正找他谈话，恐怕还得等一会。”

“喃，那我就等等。”

“哦，你是？”

“我是他同学，找他有点公事。”

“那好，请你稍等一会。”

“好的，你忙去吧。”明亮向秘书模样的人摆了摆手说。

“没事，你请坐。”秘书模样的人满脸堆笑地一边说一边示意明亮进屋在沙发落座，并转身给明亮倒水去了。

“谢谢。”明亮刚接过茶杯，落座沙发。这时，路光明拿着笔记本满面春风地到了办公室，他一眼就认出了明亮，热情地喊了起来：“我说嘛，今天喜鹊叫个不停，原来是有贵客呀。明亮老弟，是什么风把你吹来了？这么多年了，你还是老样子一点也没有变。”

“这次吹的是西北风哟。”明亮玩笑般起身上前握手。

“路书记，您回来了。”秘书模样的人看见路光明回来立即上前说道。

“嗯，这儿没你的事了。”路光明不温不火地回答道。秘书模样的人点头微笑着退出了办公室。

“好久不见，你还是老样子，就是胖了许多。”明亮立即接过话题。

“嗨，同学，你是拐弯抹角在骂我腐败，是不是？”路光明故意怪笑道。

“不敢，只能说生活水平高了，心宽体胖了吧。”明亮哈哈大笑起来。

“这还差不多，不过你还是那么幽默，还是那么开朗。”路光明用手指着明亮也大笑起来。

“彼此彼此。”明亮紧紧握住路光明手，而路光明则来了个激情拥抱。说：“稀客，稀客，真是难得，你不在重庆好好待着，跑到我这儿来干什么？”

“没事就不能来？”

“能来，请都请不来。难怪昨晚我梦见我们县一片山清水秀哟，原来是有朋自远方来，不亦乐乎！”

“嗨，搞得文绉绉的，整得酸酸的。直说了吧，今天我老明来是无事不登三宝殿，就看你这个县大人帮不帮了哟？”

“帮，只要不是杀人放火，坑蒙拐骗，我路某一定为朋友两肋插刀。”

路光明一边说一边拍着明亮的肩膀，将他拉在沙发上两人肩并肩地坐在了一起。

“够朋友，快20年了，你还记得我这个草民，还一诺千金不问缘由帮我，此生足矣。”明亮开怀大笑道。

“明亮老弟，严重了，不妨讲一讲，有何事需老兄效劳的。”

“是这样的，我去年回了一趟老家三元，在三元发现许多儿童和老人留在家里，壮劳力都外出打工去了，留在家里的这些老人和儿童生活很困难。更严重的是乡镇企业环境污染严重，这种杀鸡取蛋的做法，既坏了环境，也害了子孙。长久下去这青山绿水恐怕就要不复存在了哟，我心伤痛呀。”明亮越说越激动。

“这哪是要我帮你，分明是老弟在骂我嘛。不过责怪得好，我这儿就差说真话的，你今天不说，环境污染的事我只是听说，但不知有你说的这么严重。儿童和老人的问题我倒是知道，只是现在还没有更好的解决办法而已。我就想听听你这个大城市来的小孔明有何高招。”路光明一拍大腿从沙发上弹了起来。

“我只是急呀，那有什么想法。孔明的更不敢当。”

“哦，你肯定有想法，请讲，当年你在我们班上就是一个奇才子。”

“客套话我就不多说了，我就班门弄斧一回吧。我是想对那些污染严重，经济效益差的企业坚决关停并转，对要求整改的企业不整改，尤其是警告后仍不整改的企业按照法律程序依法查处，将查处所得用于恢复环境、新办养老院和学校等。同时，鼓励这些因企业关停而失业人员以及外出务工人员回乡办林场，办果场，搞农牧业，整养殖业等。这既解决了环境问题，也解决了老人和儿童的留守及企业关闭后相关人员的失业等问题。”

“有意思，这正是我这些年来一直在思考和想要解决的问题，请继续讲。”路光明也听得激动起来。

“我想，只要县政府肯扶持农民，多渠道筹集资金，鼓励农民返乡承包林地、鱼塘等，在林地里科学规划种植黑桃树、广柑树、药材、花卉等经济作物。同时在果林里养殖鸡、鸭、鹅、野猪等，并在期间合理种植玉米、红薯等粮食作物，在水稻田里养鱼等等。我想做到这些，完全可以改变家乡的现状。好了我能想到的也就只有这些，在县长大人面前多嘴了。”明亮一口气噼里啪啦像放鞭炮似的讲完了。

“明亮老弟，你简直就是农业专家，就是市委领导，哪是什么企业政工干部哟，屈才了。”路光明拍着明亮的肩膀哈哈大笑起来。

“我是从我侄女和她二爸那儿学的，见笑了，也不知对不对。”明亮放下手中的茶杯认真地说。

“侄女？侄女的二爸？有这般见解？何方圣人？”路光明半开玩笑，半认真地发出连环问题。

“侄女在平顺县水银镇任副镇长，她二爸是援藏干部，挂职任平顺县副县长，他是当年华东农业大学毕业的高才生，是我去年将他从华东鲁城劝说回乡的，他目前很不错，得心应手。”

“真的？那我得拜访拜访这位高人。”

“哟，高人谈不上，不过我跟他讲了这里的情况，他愿意过来交流取经，这是他的电话，我早就把你的电话告诉了他，只要你给他打电话，他定会跟你聊上，我这舅子很可靠。”

“嗨，我说嘛，这哪是要我帮你，分明是你在帮我，明亮老弟费心了。”

“我这都是在关公面前耍大刀哟，其实这些方法你早就知道。”

“看你说到哪儿去了，听君一席话，顿觉醍醐灌顶。”

“严重了，严重了。是草民我请你这位县大人帮忙，改变改变我家乡的窘状而已。”

“看，看，看，还在本末倒置，你是在责怪我不作为，是不是？你在这样说别怪我摆官架子了。”

“是，是，是，县太爷，草民这就闭嘴。”

“哈，哈，哈，你还是这么风趣。”

“这叫恶习难改。好了，事已拜托，我这就告辞了，不耽误县大人的宝贵时间啰。”说完明亮就准备起身走人。

“这怎么能行，小张备车。”路光明边说边向办公室外大声喊道。

"你这是干啥，我自己有车，不用。"明亮质疑般望着路光明。

"嗨，知道你发了，早有私家车了，我不会在这里自作多情的。我是想要你跟我跑一趟三元，调查情况。"路光明一半认真一半开玩笑。

"哟，没有看出来，还是一位雷厉风行的父母官。"

"看，看，又在戏说老夫了，别磨嘴皮子了，走，微服私访去。"

"对，微服私访去。"

两人相视而笑……

第七十章　风雨欲来

择时不如撞时。

路光明拉上明亮，带上秘书小张向三元场一路飞奔而去。秘书小张就是刚才那个戴银边眼镜的年轻人。

奥迪车越往山里开，山里的景象就越吓人，公路边的蓝溪河水黑黄黑黄的，散发着刺鼻的臭味，小溪两旁的草木已经枯黄，柏油路上几乎没有其他车辆，但奥迪车显得并不孤单，因为与之同行的还有这条冒着异味的"黄布带"，路光明皱了皱眉头，问坐在副驾驶的秘书小张："这是哪儿？"

"这已经是三元乡境内，再往前就是明家沟村。"

"哦，前方是不是有个摩配公司，叫什么来着？"

"蓝冲建华摩配工业有限公司。"明亮在一旁眯着眼睛漫不经心的插话道。

"这你也知道？"路光明侧过身子有点诧异地问。

"前面还有呢。"明亮睁开眼睛慢条斯理地说。

"前面还有什么？"路光明侧坐起来看着明亮问。

"一会就到了。"明亮这时半眯着眼睛。

说话间奥迪车进入了一个山沟，沟的两边全是大山，大山上千疮百孔，到处都是拖着黑黑尾巴的山洞，像一条条留在洞口外的蛇尾巴。不用说，这些都是小煤窑。路光明看见这座浑身上下长满洞疮的大山，显得有些沮丧，脸上的笑容早已隐退，他看了看明亮，发现此时的明亮紧缩眉头，咬牙闭目。他没有出声，只是在想自己知道有这些小煤窑，知道有这类乡镇企业，也知道有人反映污染严重，但完全没有想到会达到这种程度。他虽然几次问过副县长郝功铭，但毕竟不归自己管，何况郝功铭总是说问题不大，是别有用心之人胡说八道。想到这些路光明进入了深深的自责之中，自己很快就要提升为县委书记，市委组织部刚刚找他谈了话，下周就宣布到任，可自己对得起这个职务吗？对得起党组织的信任吗？显然路光明进入了沉思之中，他要新官上任三把火，第一把火就是要在这儿点燃。他知道这把火应该是明亮帮他点燃的，他得感谢身边这位 20 多年才见一面的同学……

奥迪车内死一般寂静，只有外面的风声，路光明打开车窗望着这没有鸟儿和暗淡的天空，因为鸟儿不在据有这片天空，它们早已不得不背井离乡，在外求生去了。这种凄凉的春天让路光明感到前所未有的不安。他的心一下子回到了仲冬……

经过一路颠簸，车停进了三元场，他们在路边店简单吃了午饭。因为这午饭是路光明私人掏的钱，虽然这对于他来说只不过是毛毛雨，但主要是明亮不想让他“腐败”，何况在这样的乡场想腐败恐怕也难。加之，他们此时谁也没有胃口，仅仅是为了填饱早已闹革命的肚子而已。不管是回锅肉，还是鱼香肉丝，这些家常菜对于他们都没有了吸引力，几个人三下五除二很快就结束了战斗，直奔十里之外的蓝冲建华摩配工业有限公司。到了公司门口，被门卫挡在了外面。张秘书上前交涉后，门卫勉强放行。他们走进厂房，一股强烈的刺鼻异味迎面扑来，钻进了他们的呼吸道，毫无顾忌地占领了他们的肺。突如其来的侵略让他们一行险些将中午的那点午饭全部倒出来，好在都是经过风雨的人，只是秘书小张没能扛得住，红着脸跑到水沟边卸完了肚里刚刚进的货。就在他们即将进入镀铬车间时，经理向永德和一个胖女人不知从哪儿冒了出来。向永德满脸堆笑地迎了上来，他那扭曲微笑的老脸比那刺鼻异味还要让人作呕。路光明没有在乎旁边胖女人的介绍，径直走了进去，明亮紧随其后，他给路光明介绍道：“这是镀铬车间，是重度污染源，他们这儿设备落后，生产环境恶劣，排放出的废水含有大量的重金属和有害沉积物，未作任何处理就直排蓝溪河。这些物质一旦进入河流，渗透到地下，不但河流受到污染，地下水同样被污染，土壤污染更为严重，这将直接影响到人畜饮水和农牧业生产。周边植物也无法成活，这种污染程度，不亚于绝收或绝生。从某种意义上讲，就是断子绝孙，轻微也是要几代人付出惨重代价。”

就在明亮义愤填膺地讲述时，向永德则在旁边点头哈腰，又是递烟，又是赔笑脸。路光明看他是一位老人，也就没有发火，只是一语不发地领着一行人向油漆车间走去。进入油漆车间，这里完全就是一副杂乱无章的三维立体油彩画，墙上、地上、房顶上全是油漆，五颜六色。明亮再次作起了解释，他说：“未作任何环保处理的油漆直排空中和地面，对环境的危害和操作者的伤害同样很大，严重的会导致操作者得白血病等……”

路光明大步走出车间，向厂房外走去，板着脸对被胖女人介绍为经理的向永德说：“你们的年产值有多少？年利润如何？有多少工人从事有毒有害工作？整个公司有多少工人？”

当向永德吞吞吐吐地说出一串数据后，路光明紧锁眉头，一言不发，他毫无表情地离开了这里。

就在路光明一行离开后不久，向永德对路光明一行突如其来的光临，已感事情不妙，立即打电话给远在深川的儿子向建华，让他赶快回来一趟。因为当过大队党总支书记的他，明显感到大有风雨欲来的趋势，他有一种不祥的预感，而且在工人中得到证实，跟在路光明身边的那个中年男子就是明亮，也就是明家沟现任村支书明二军的侄儿。他回来干什么？怎么会跟路光明在一起？

话说回来，路光明离开公司，他们沿路返回，一路上向明亮咨询环境污染后的各种治理方法。而明亮一边回答，一边给他推荐了冉林东，并拨通了电话，让他有空的时候到蓝冲县来找路副书记，就环境污染整治工作献计献策。冉林东听说是阿弟找他帮忙，二话没说，在电话里就同意了，他说明天是周末，明天就有空过来。

路光明喜出望外，说冉林东也跟明亮一样是个痛快人，既然如此，你明亮就得多留两天，等你哥哥过来一起好好商量商量。原本要走的明亮只好同意留下来，他决定当回“红娘”，给路光明和冉林东签牵线搭桥后再回重庆。

晚上，路光明与明亮交谈到深夜。

第二天一大早冉林东就到了蓝冲，他们又一次前往明家沟，不同的是，这次他们没有进公司，而是在山上溪边转了一阵后，回到了县里。冉林东毫无保留地将自己所知道的，所想到的一股脑儿的倒了出来，这让路光明饱餐一顿，激动万分。经过三人合计，一个大胆的计划在路光明的脑海中终于形成了。

第七十一章 阴谋诡计

就在冉林东和明亮离开的第二天，也就是路光明被宣布担任蓝冲县委书记的第一天，整治县内企业，恢复农牧业生产，解决留在家乡的儿童和老人的办公会在县委大院召开了。会议足足开了一整天，各路专家、学者汇聚一堂，畅所欲言，最终形成了会议纪要，要求全县各级部门遵照执行。

然而，会上持反对意见的副县长郝功铭却在心里有个过不去的坎，原本认为这次升县委书记的应该是他，没想到居然会是资历排在他后面的路光明，更让他没想到的是路光明一坐正就要拿他开刀。整顿什么乡镇企业，乡镇企业明明是自己一手抓起来的，尤其是那个蓝冲建华摩配工业有限公司，是自己好不容易从深川引进的标杆企业。现在却要求整治，这不是明显的要跟我郝功铭过不去嘛，路光明啊路光明，你也太欺负人了。老子也不是省油的灯，在省里、市里也有人，小心我让你坐不稳。郝功铭越想越是气，他抓起电话就给向永德打去，告诉他县委工作会的会议纪要内容，要他找到儿子向建华，立即拿出一个可行的整改方案来，等这阵风吹过后再说。郝功铭知道如果建华公司关了，明家沟小煤窑封了，自己的主要“外快”就没了，而且一旦得罪了向建华这些人，自己的仕途也就到头了，更严重的还可能引来牢狱之灾。小煤窑里不但自己入了股，向建华的公司自己也在拿空饷，他知道自己上了向建华等人的贼船，一时半会儿是下不来的。现在路光明新官上任三把火，第一把火就烧着自己的屁股，这让他坐立不安，于是一个针对路光明整治计划的应急方案悄悄浮出了水面，其核心就是一个“瞒”字。向建华在父亲和郝副县长的两道令牌召唤下火速赶回了明家沟，经合计决定做好两件事。一是在公司周围修高围墙，在外地运来新土，到山上挖来树木移栽，在溪河边用盆栽的方法种上小草，并让工人在上面种点蔬菜。二是将一些出煤少，显眼的煤窑炸了，种上树，实在不能种树的，在石壁上涂上绿色油漆，然后制作成照片上报县委，以展示其整改成果。

纸是包不住火的，靠弄虚作假是混不过关的。郝功铭也深感压力越来越大，而且他也得知路光明正在调查整改落实情况。当然，他并不知道路光明开始怀疑他，正在组织调查。由于郝功铭的所作所为，早已引起了路光明的警觉，于是他找来县委办公室副主任也就是他先前的秘书小张，让他悄悄去调查一下蓝冲建华摩配工业有限公司的背景情况。小张心领神会，不到一天的工夫就将该公司的关系网理了个底朝天。

原来，早在10年前，蓝冲建华公司董事长向建华就找到了时任明家沟党总支书记的父亲向永德，说自己想回乡办企业，让他去找当年的老战友郝胜利，请他的儿子蓝冲县人民政府办公室主任郝功铭帮忙。很快向建华就与郝功铭取得了联系，郝功铭还带队到深川考察，回来后时任县长李国强认为时机不成熟，就把这事给搁置下来。直到郝功铭担任副县长后重提此事，加之这是他分管的分内之事，所以蓝冲建华摩配工业有限公司一路绿灯，顺顺当当，热热闹闹的开办起来。在掌握了这些信息后，路光明经过认真冷静的分析思考后找到了突破点，他组织召开了县委常委扩大会。

在会上，他宣布经过调查和取证，蓝冲建华摩配工业有限公司作业环境严重超标，已经给当地造成了严重环境污染，并且有弄虚作假对抗环境整治等行为。情节恶劣，现已要求公检法等机关提前介入，依法予以严处，必须强行关闭。方案得到参会人员压倒多数的通过，并责令相关部门立即执行，任何人不能以任何借口阻挡。同时，要求由分管企业的副县长郝功铭挂帅全权负责。路光明知道只有拿下“建华摩配”，其他问题才能迎刃而解。因为大家都知道“建华摩配”的后台是郝功铭。

这是路光明在将他的军，郝功铭知道在强大的压力推动下，自己也无可奈何。会后，他迫不及待地给向建华打去了电话，讲明了情况。

电话那头传来了向建华强硬的声音：“我不管，兄弟，这么多年来，我养你供你，关键时刻你却要放鸽子，下软蛋，不得行。我这百多万的损失谁来买单？”

“向总，话不能这么说吧，我努力了，是路光明他新官上任第一把火要烧你，我也没办法啊。”

“恐怕是烧你吧，你们官斗把我拉进来垫背，不得行，你得想办法。要不到时候我会竹篮倒豆子，把你那些烂事全部抖出来。”

“什么，你在威胁我？”

“威胁？我的损失谁买单？”

“我也没办法，该想的办法已经想了，你得讲理。”

“讲理？这个时候你跟我讲理，你在我这儿吃喝玩乐拿空饷，就连我老婆都让你搞了，你还跟我讲理？”

“话别说的那么难听，不是你主动送来的吗？”

“主动送来？你当我是傻子呀，还不是想靠你这棵大树，现在你罩不住了。我有病呀？”

“其实，这都怪你儿子要灭你，要不是他跟路光明一起非搞什么环境污染整治，抓住你的公司不放，能落到今天这个地步？”

“别提我那不孝的儿子，他只不过是你们官斗中的一颗棋子，充其量也是一个牺牲品。反正你必须给我摆平这件事，否则我将你 10 年前在深证睡我老婆的爱爱录像寄给你们市纪委。”

“你有点恶毒哟！当初还不是你主动灌醉了把她送给我的，何况她只不过是你的女朋友，又不是你婆娘。”

“这个还重要吗？反正我是把自己最喜欢的女人都让给了你，我够朋友了。现在说我毒，我还说你不讲江湖道义呢！现在说这些都不重要了，重要的是你必须摆平，否则别怪我翻脸不认人。”啪，一下向建华挂断了电话。

嗨，江湖上的人翻脸比翻书还快。郝功铭正在感慨的时候，电话那头传来了嘟－嘟－嘟的响声，好似警笛声，他顿时感觉天旋地转。不过在官场上混了十多年的他，还是很快就有了对策。说是对策，倒不如说是搬起石头砸自己的脚。他立马又将电话拨了回去：“喂，向总，事到如今，我们也是一根藤上的蚂蚱，谁也别怪谁了。”然后，他放低声音悄悄地说了他的想法。然后他说：“只要你按照我的方法去做了，保你没事，我还可能当上书记。到时继续当你的老板，你经你的商，我当我的官，咱俩井水不犯河水，如何？”对于郝功铭的妥协，向建华松了一口气，再想了想他提出的解决办法也不是不可行。于是，他在电话里又与郝功铭进行了详细的策划，一个阴谋行动就这样悄悄上路了……

第七十二章　鬼使神差

3 月 11 日，一大早，路光明就和张副主任、秘书、环保局长向前进，坐上路光明的专车准备向三元乡监督检查蓝冲建华摩配工业有限公司环境污染整治落实情况。这时，路光明的手机突然响了，是市委宣传部曾部长打来的，说有一个重要政治任务，需要路光明亲自接待。无奈，路光明只好临时改变行程，叫张副主任通知副县长郝功铭代表他去一趟三元乡。大家足足等了半小时，郝功铭才慢吞吞地从办公大楼走出来，坐上了路书记的奥迪车。郝功铭满腹怨气，心里骂道，这不是故意刁难我吗，派谁不是派，为什么非要派我去？转念一想，也对，我去不就是走走过场而已，虽然向前进随同，但我不着声，谅他也不敢怎么样。不对呀，他突然想起一件事，脸由红变青，额头上冒出了一串豆大的汗珠！就在他看见前面路边有一个临时厕所时，突然叫司机在路边停车，说是要方便一下。张副主任关切地问道："郝副县长，身体不舒服？需要去看医生吗？"

"不用，今天早晨在面馆吃了二两小面，可能不卫生，我去去就来。"郝功铭边说边往厕所跑。刚一进厕所，他看没有人跟来，立即摸出手机，拨打了向建华的电话，非常慌张地要求向建华立即通知对方，取消今天的行动。他说车里没有路光明，是我和你儿子在里面。向建华在电话里埋怨道："你为什么不早说，这恐怕来不及吧，不过我会尽量通知对方。要不你今天就不去了行不？"

"不行，这样会引起路光明的怀疑。你赶紧通知对方就行了，我会照顾好你儿子的，我会让司机开慢一点，给你留足时间。"郝功铭握手机的手抖得非常厉害。

"好吧，你要多加小心，别伤到我儿子。我这就给他们打电话。"打完电话，郝功铭深深地呼吸了一口气，忘记了自己是在厕所里，臭得他差点没有吐出来，赶紧走了出去。

上车后，他依然坐在副驾驶位置上，只是让司机开慢一点，说是自己要休息一会，说完就眯上了眼睛。很明显，心情平静了许多，额上的汗也没了。也许他是在想向建华一定会通知到对方，取消今天的行动。车内安静得很，随行都怕影响副县长的休息，谁也不敢出声。只是没有过多久，郝功铭突然咳起嗽来，车内的气氛顿时又紧张起来。其实是郝功铭突然想，要是向建华没有通知到对方，今天的行动继续怎么办？想到这里，他这一紧张，被口水呛了一下咳了起来。他看了看自己的手机没有信号，于是他那刚平静下来的心，又吊在了嗓门上，他让司机再开慢点。奥迪在山间缓慢地爬行，进入三元乡境内不久，郝功铭就发现有一辆小车一直不快不慢地跟在他们后面好，于是他紧张地叫司机又开快点，搞得一车人莫名其妙。

就在大家想问个明白时，突然迎面飞速开来一辆农用车，重重地与奥迪车来了个对吻！

车祸发生了，郝功铭被送到了蓝冲医院急救，随行人员包括司机在内全部受伤。

躺在医院重症监护症的郝功铭做梦也没想到，他不但没有把对手除掉，反而阴差阳错地把自己搞成了植物人。对了，此时此刻，恐怕他已经没有思维了。

车祸出得有点蹊跷离奇，交警在现场发现的农用车是一辆报废车，而且是前几天有人从回收站偷出来的。这一点让办案民警预感此次事故并非一般的交通事故，所以立即上报了县公安局。县公安局高度重视，将些次车祸定名为“3.11 大案”，立案侦查。

再说郝功铭躺在医院里好多天没醒来，这让他老婆伤心透了。虽然丈夫以前对她并不怎么好，但想当初丈夫那温暖的大手，有力的胳膊，饱满的肌肉，粗壮的大腿，微微突起的小腹，还有他的毛发和帅气的脸蛋……都让她有着不同的联想和感觉，这让她走在县城的每条大街上都自豪和骄傲！而如今这突然的变故，让那种感觉变得越来越模糊，联想自然不复存在。丈夫的身体再也没有回应她的触碰和呼吸，不再让她有依偎的冲动，不再带给她兴奋和愉悦，不再让她有可以依靠的踏实感，完全让她丧失了自豪感。然而，更让她感到无法接受的是，从前门庭若市的家如今已变得门可罗雀了！

一个月过去了，郝功铭还是没有醒过来，静静地躺在医院的病床，好似在反省自己为官为父为夫的是与非……

这时，医生告诉他的老婆说：要么放弃，要么就这样永远地躺着，几乎没有奇迹发生！但，他老婆没有放弃，还是坚持护理。几个月过去了，郝功铭老婆的身体也随着他的身体变化而发生了变化，先是她的脸颊像起皱的水果慢慢地起皱塌陷，颧骨上出现了零星的黄褐斑，手也越来越粗糙，生出了老年斑，乳房也不再饱满坚挺，晚上脱掉胸衣，像两个霜打的茄子，要死不活的挂在胸前。与之相随的是，身体的欲望也像落潮海水似的退了下去，她再也听不到海的浪涛声，感受不到海水的强劲冲击力。她望着先前精明能干的丈夫，如今活尸体一个，原本的联想彻底断了。更让她感到不安的是，她忽然间发现自己的丈夫之所以躺在病床上不动，其实是故意装成沉默不语，是变得老谋深算了，是不想说出他那不可告人的秘密！总之，她的美貌，她的骄傲，她的自豪，她的幸福，被彻底击垮了！想到这些，她的泪水不断地涌出，掉在病床上汇成了一个湖，湖水里冒出了一个惊天的秘密……

第七十三章　真相大白

郝功铭的老婆万万没想到自己老公居然会做出这种事来。

当公安机关将案情通报给她时，她简直要疯掉了。她对病床上这个活尸体彻底失去了信心。几个月来的幻想和精心照顾，换来的是一场噩梦，这让她恶心透了。泪水已将她冲到了另一个世界，再也不愿回来……

县委常委扩大会突然召开。会上，县委政法委书记严正明宣布：“3.11大案”为重大刑事案件，犯罪嫌疑人已全部落网。

原来据公安机关调查取证，2010年2月26日，也就是春节过后上班不久，原县委书记调任市委副书记后，路光明接任县委书记不久。同学明亮突然造访，提及家乡三元的环境污染问题，这让路光明下定决心在县内展开了治理环境专项行动。没想到这个专项整治行动影响到了许多人的利益，尤其是郝功铭。许多企业都有后台，而蓝冲建华摩配有限公司的后台就是副县长郝功铭。路光明的这次行动砍断了他的利益链，这让有着严重受贿行为的副县长郝功铭深恶痛绝。同时，郝功铭受到了利益共同体的不法商人向建国的威胁后，两人狼狈为奸，密谋决定除掉路光明。他们精心策划，分工合作，郝功铭负责提供情报，向建华负责找人实施。杀人方案制定后，郝功铭就通过电话将路光明的生活规律及专车活动详情等提供给了向建华。而向建华则雇佣黑社会成员赖五等伺机制造交通事故，神不知鬼不觉地将路光明置于死地。

然而人算不如天算，就在一切准备就绪，郝功铭得知路光明于3月11日再次到三元乡明家沟去检查环境整治专项活动执行情况时，就将这一消息第一时间提供给了向建国，向建国又将这一信息传递给了已经潜伏在三元乡的黑社会成员赖五。但是让郝功铭万万没想到的是，当天并不知情的路光明突然接到上级通知，告诉他有专项接待任务。路光明只好临时改派郝功铭前往，郝功铭虽感情况不妙，但也不敢公开反对不去。为了怕伤到自己，郝功铭在路途借机拨打了向建华的电话，告知他情况有变，要求向建华通知赖五放弃当天的行动。然而，由于赖五等人已经进入山区，手机没有信号，向建华怎么也联系不到赖五。而且，赖五等已经到达了作案现场，更要命的是赖五等人并不认识郝功铭和路光明。所以，郝功铭就这样阴差阳错的成了这次重大交通事故的主角。这真印证了那句话“机关算尽太聪明，反误了卿卿性命”！

事故发生后，公安机关通过认真调查，办案民警在现场目击证人那儿了解到：事发后从农用车上下来两个陌生人，他们查看了奥迪车上的情况后，没有报警，也没有实施抢救，而是立即往公路后面跑去，跳上了迎面开来的一辆小车，小车原地调头，迅速离开了事故现场。警方通过多方取证，最终发现了向建华有重大嫌疑，于是通过刑侦手段与深川警方紧密配合，查看了向建华的通话记录，结果发现向建华与伤者郝功铭事前通话频繁。进一步证实了办案民警的早期判断。两地警方积极联动，将犯罪嫌疑人向建华及其黑社会成员赖五等人一网打尽。郝功铭虽然捡回来一条命，但已经是植物人，废人一个！他已经得到了应有的惩罚。永远没了思维，哪怕是一瞬间的悔过机会恐怕上苍也不会给他。

案情最终大白于天下。

第七十四章 善有善报

上苍对每一个人都是公平的。

再说向前进，从南都大学毕业后，在已经是蓝冲县中学教师的姐姐向阳红的帮助下，参加了公务员考试，在蓝冲县环保局里当了一名公务员，负责县内企业环境保护与监测。这样，既离家近一点，又便于和姐姐一道照顾母亲。

一直以来向前进跟姐姐一样为人低调，孝敬母亲，他跟姐姐商量后在县城租了一套房子，姐弟俩将母亲从乡下接来住在了一起，一家三口其乐融融。对于父亲回乡办企业的事，从不对外提及，虽然同事们都知道，但他不提，大家也不好问。

再说向阳红毕业工作后就再不与父亲向建华来往，她重新回到了母亲身边，给母亲明正兰下了跪认了错。而母亲知道她是跟弟弟向前进当年的想法一样，其目的是为了减轻自己的负担，所以明正兰重来从没有真正对女儿失望过，只是埋怨女儿不该这样对待自己的父亲。在明正兰心里，向建华虽然是个陈世美，但毕竟夫妻一场，所以也不想让儿女们去报复他，而且她不希望子女落个不孝的名声。因为明正兰知道向建华虽然有钱，但缺少的是亲情。她也听说向建华现在的老婆郝丽同样是为了他的钱，在外面早就养着小鲜肉、小白脸。

就在向前进工作不久，局里面就收到了群众的举报信，王局长是郝功铭离开环保局后一手提拔起来的，所以王局长直接将举报信交给了郝副县长，在郝功铭的授意下，王局长将举报信转批给了向前进处理，心想自己的儿子总不能不顾及亲情吧。

然而，向前进接到举报信仔细阅读后，发现群众举报的竟然是自己父亲投资的爷爷代管的蓝冲摩配工业有限公司。信中说：如今的蓝溪河污水横流，臭气熏天，鱼死光光了，鸭、鹅饮水后也会死，洗衣淘菜更不可能，人畜在溪水里游泳后皮肤溃烂，溪河两岸草木都枯黄而死……

如此严重的污染那还了得，对于环境保护与治理专业的向前进来说，当然知道问题的严重性。他想领导将这事件交给他来办理，肯定是对他的信任，他得组织相关人员借此对全县企业进行一次全面普查，尤其是群众举报的蓝冲摩配工业有限公司。经过检查取样监测后，发现排污最严重的企业居然就是蓝冲摩配工业有限公司。其次，是三元乡的小煤窑。于是，向前进和同事们研究制定出了蓝冲县企业环境污染整治报告，并提出了相应的处罚建议。

当向前进将报告递给王局长后，王局长面带喜色地看起报告来。然而，当他看见报告后面的处罚建议后，突然拍案而起，晴转雷阵雨，将报告扔给了向前进，骂道："你这样搞，不是县里百分之九十的企业都要关停并转和整改了吗？这样严重的处罚，谁还敢到我们县里来投资办企业？县税收从何而来？这么多职工下岗后的生活问题怎么解决？"

一连串的责问犹如机关炮，射个不停，搞得原本以为要受到局长表扬的向前进丈二和尚摸不着头脑，结果弄得他一时间支支吾吾的，无从应答。王局长一挥手将报告扔给了向前进，让他滚出办公室，回去重新考虑。向前进稀里糊涂地离开了办公室。王局长发完火，抓起电话就打到了郝副县长办公室。郝功铭说这事就交给他爷爷和父亲去管吧。

就这样，正当向前进回到办公室还没有想明白，不知所措时，突然接到了爷爷打来的电话，叫他回明家沟一趟，说是婆婆生病了。向前进虽然对他父亲没有感情，但对爷爷的话还是要听的，于是他请假回到了明家沟。晚上，爷爷好酒好菜招待了向前进，说是向前进平时工作太忙，很少回家看望婆婆，婆婆想他了，才不得不借故骗他回来。一来是顺便回家吃点婆婆亲手做的米豆腐，二来是看看父亲公司的整改情况，公私兼顾吗！

向前进不敢责怪爷爷，只是不停地陪爷爷婆婆说笑，将话题尽量引开。但爷爷说不了两句，又将话题转到了公事上，他举起酒杯若带醉意地说："其实你爸的公司对环境虽然有一点污染，但没有想象的那么严重，我们正在想办法整改，今后这个公司还不是你的，凡事别太认真。何况郝副县长已经来过好几次，也给我们提出了整改方案，你就放心吧，一个月之后，肯定有所改变。所以听说你整理的那个报告就不要再往上交了。”

“环境污染造成的后果非常严重，有的会牺牲几代人，甚至造成断子绝孙的恶果。我们不能只顾眼前利益，杀鸡取蛋，不要做千古罪人。”

“孩子，有些事你还不懂，环境污染没有你说的那么严重，但如果要关闭这些企业，这就事关众人的生活问题，事关县政府税收及财政收入问题，事关很多人的切身利益，你要慎重考虑，小心被别人当枪使，你是受过高等教育的，千万不要干糊涂事。”

向前进没有正面回答爷爷的问题，但经爷爷这么一洗脑，向前进反倒不知自己应该做什么了，因为自己才刚刚进入社会，有些事情他的确还弄不明白。于是，他仅仅是给爷爷讲了一些关于环境污染的直接和间接危害的理论。当然，他也知道这些理论在爷爷这儿显得苍白无力。他也知道自己不可能说服爷爷。自然，他也不可能被爷爷说服。向前进在爷爷家住了一晚，第二天一大早就往县城里赶。

空有一腔热血的向前进就这样被浇了一盆冷水，想当初父亲想留他在深川继承父业，他没有同意，父亲就到家乡投资，继续想让他来打理，但他仍然不干，父亲只好让他爷爷代管。因为当时的向前进心里只有母亲，他并不爱父亲，他恨父亲。一心只想着如何孝敬母亲。所以他听取了姐姐的建议，考了公务员，回县城工作。他虽然不爱父亲，甚至恨父亲，但他也不愿与父亲甚至爷爷为敌。他开始犹豫了，他知道自己初入社会，要学的东西还多。在内外交困之中，他选择了放弃。但责任感让他心中的痛一点、一点地在加重。

光阴如梭，向前进随波逐流违心地生活着，结婚生子，孝敬母亲。

有了孙子的明正兰自然当起了“研究生（孙）”。这也是通过努力才在儿子儿媳那儿争取来的唯一权利。因为儿子儿媳不准她做家务，家务大多由向前进包了。此时的向前进在单位没有多少事可做，于是，他将精力全部投入到了经营小家之上。在他看来，母亲辛苦了半辈子，该享清福了，不能再劳累。而母亲明正兰从女儿那儿搬过来就是为了给儿子减轻负担，带带孙子，做做家务。却没有想到被儿子拒绝了。他拗不过儿子最终只争取到了“研究生（孙）”的权利。孙子上托儿所后，只剩下接送了。其他就没有可“研究”的了。于是，她就跟小区里的老太们打打太极，跳跳坝坝舞，偶尔也打打小麻将。对于明正兰来说，算是过上了小康生活。让她没有想到的是，儿子居然给她介绍了一个老伴，对方还是一名丧偶的退休干部。

第七十五章　大义灭亲

向前进的心病依旧在加重。

事隔多年，向前进再次回了一趟明家沟。所见所闻深深地刺痛了他的神经。

蓝冲建华摩配工业有限公司对周边环境的污染越来越严重，达到了令人发指的地步。在它的“带动”下三元小煤窑的环境污染也变本加厉！

这些年来，向前进一直没有停止过思考，积累的社会经验，让责任心占据了主导地位。他再次进行了调查，结果让他吃惊的是蓝冲建华摩配工业有限公司仍然在环境污染方面是位居全县第一，对周边环境的污染有的地方已经达到了无可挽回的程度。向前进将调查报告和收集的证据直接越级上报递给了跟郝副县长有不同政见的刚刚被任命为县委书记的路光明，路光明看见报告内容非常吃惊，他拍案而起愤愤道：“简直是鼠目寸光，祸害乡里，这将成为千古罪人。”路光明在发完火后突然温和了许多，他一改怒容，和谐地对向前进说：“小伙子，你先回去，回头我找你们王局长商量商量，我要让他和你亲自抓这个问题，抓不好我撤了他的职。”向前进高兴地离开了路光明的办公室，这是他工作以来第一次感到畅快，第一次看到了希望。也是第一次摆脱了良心的谴责。他知道自己终于做了一件自己早就应该做的事，他早就应该告诉世人，要大家做事对得起良心，对得起子孙，不能再让这种断子绝孙的事情在家乡继续下去了。他越想越觉得自己伟大，做了一件大事！心情自然就愉快得多啦。当然他回到办公室时，还是强压内心的激动，默不出声。

不久他就被提升为科主任，专门负责监测与整治。与此同时，县里整治企业环境污染专项活动也拉开了序幕，路书记亲自挂帅，郝功铭任副组长，环保局王局长、县委办公室张副主任、向前进任组员，具体业务由科长向前进来抓。然而向前进的整治方案却一次又一次被局长和郝副县长否决，同时来自爷爷、父亲的阻力也越来越大，最终落了个不肖子孙的罪名。这次与上次不同的是，向前进没有退缩，而是依然锲而不舍，巧妙地采用斗争策略，在层层上报的同时，直接与张副主任和路书记联系，结果牵出了郝功铭及其同党……

拉锯战仍旧持续着。

当初，路光明在明亮的求助下亲自去了趟明家沟。加之向前进此时也正好将调查报告和收集的证据递交了上来，这应该是让他有决心对全县污染企业开刀的原因之一吧。他选中的人选自然就是向前进，这些日子以来，向前进的工作能力和作风也让他倍感欣慰。同时，郝功铭和王局长等的所作所为却让他感到痛心。于是，他找来组织部长进行了深谈，最后召开了县委常委会，决定破格提拔向前进为环保局局长，原局长就地免职。这无疑是路光明给郝功铭发出的严重警告！

得到重用的向前进，开始大刀阔斧整治工作。

向前进首先要面对的就是自己的爷爷和父亲，父与子，爷与孙之间的针锋相对，同时，也拉开了蓝冲县全面整治企业环境污染活动中县委书记与副县长的拉锯战。一场原本是环境整治活动，如今却演变成一场生死搏斗！以至于最终爆发了“3.11 大案”。这起重大案件的发生自然与向前进的推波助澜和大义灭亲有着直接的关联！

路光明的第一把火在向前进不断添加助燃材料的情况下烧得红红的。而路光明是一个永不满足的人。为了让这第一把火烧得旺旺的，也为了烧第二把火，他再次请求“参谋”明亮献策，明亮在电话里说了四个字，路光明哦了一声，高兴地挂断了电话。

第七十六章　两地联姻

按照明亮的指点，路光明亲自到平顺县再次找到冉林东，谈了自己的下一步想法。冉林东热情地款待了路光明，并隆重推出了自己的侄儿冉龙和侄女冉凤。午餐虽然不算高档，仅仅是平顺县有名的羊肉汤锅而已，但这绝对算得上是家宴。公事以家宴的形式出现，能不算盛情吗？当然算。因为冉林东给路光明推荐的侄儿侄女可不是一般人！侄儿冉龙，平顺县检察院副院长，省内有名的大律师，可以帮助路光明解决企业环境整治过程中的遗留问题，如赔偿、“3.11 大案”、农民工讨薪等问题。侄女冉凤，刚刚提升为平顺县副县长，平顺羌族民俗文化旅游战略策划组组长，农民工返乡创业办公室主任。她可以帮助蓝冲县解决乡镇企业转型后人员就业安置及农民工返乡创业等问题。路光明听后，反客为主，激动得频频举杯，在官场上叱咤风云的路光明差点栽倒在官场新手面前。也许是路光明确实太高兴的缘故吧，要不，他怎么会在冉林东和他的两个晚辈面前拨通了明亮的电话。在电话里一会说明亮是诸葛亮，一会说明亮是观世音菩萨，派了三员大将，组团来帮助他们蓝冲县。说什么如果事成后他将代表蓝冲县父老乡给明亮嗑三个响头，以表示感谢，等等。弄得冉林东哈哈大笑起来。这顿羊肉汤锅吃的路光明心花怒放，彻底释放，完全没有了官样，他也许真就把冉家人当成了自己的亲人呢！

按照家宴上约定，冉龙先后三次去了蓝冲县，冉凤也去了两次，冉林东自然成了蓝冲县的常客。

路光明的第一把火烧成功了。

向建华不但依法被逮捕了，他的蓝冲建华摩配工业有限公司也被责令关闭，财产清算后用于赔偿职工和当地村民。钉子被拔出，郝功铭也被老婆放弃，到了他应该去的地方。那些失去保护伞的三元乡小煤窑陆续关闭，县内污染企业像多米诺骨牌效应一样纷纷倒下。

路光明的第二把火便是农民工返乡创业和关闭企业职工的再就业问题。路光明这次干脆组团到平顺县取经，被冉凤带到了她的根据地水银镇。参观学习了黄牛乡羌族民俗旅游项目办的蓝冲考察团回到蓝冲县，在路光明主持召开的蓝冲县企业发展专题研讨会上畅所欲言，经张副主任整理，最终形成了完整的会议纪要。纪要强调蓝冲县发展方向主要定格为：一是将关闭的小煤窑全部填埋，改善其土壤后，栽种核桃树。二是将关停的企业进行转型，生产生态特色产品，如粉丝，苕粉等。三是将农作物收成不好的地方改种经济作物，如种植梨树，苹果树等。四是养殖鸡、鱼、鸭等。鼓励立体养殖，如在山上种药材、果树等经济植物，在种植林里养鸡、野猪等，在灌溉池里养鱼、鸭等，在山沟地平处种红薯、玉米、水稻等农作物。不但可以解决关停企业人员的再就业问题，还可以鼓励更多的外出务工人员返乡创业。县规划局要主动征求林业局、农业局等部门意见，统筹兼顾、科学指导，拿出切实可行的方案来，具体指导各乡镇根据各自特点搞出特色来。

会后，规划局很快拟定了县企业发展纲要，路光明立即指示执行。各乡镇立即行动起来，按照县规划局实施纲要，结合自身实际，因地制宜地办起了立体养殖、种植基地。特色生态加工业雨后春笋般地发展起来。路光明这第二把火算是烧旺了。

他的第三把火仍然需要冉龙帮他助阵。

在路光明的邀请下，冉龙带领平顺县检察院一行到蓝冲县交流学习。说是交流学习，倒不如说是专程给蓝冲县传经送宝来了。

诚然，这一切都是真的，谁叫明亮牵线搭桥呢，让原本就亲如一家的两个县更加亲上加亲了呢？这不，在冉龙的帮助下，蓝冲县针对农民工讨薪问题等成立了法律援助办，免费替农民工讨薪打官司，尤其是农民工的职业病救助，理赔等。

其实，有人会说明亮是自私的，最终他是要让路光明帮他解决其亲戚的具体问题的。这就是当初明亮的想法！错了吗？他就想通过路光明这个县官来改变家乡亲人窘状！当然在解决了他亲人们的实际困难的同时，自然是“有福同享”哟！这不，明亮办到了。在蓝冲县法律援助办的帮助下，他的堂哥明武的职业病理赔案获得成功，引起全国媒体关注。为此蓝冲县收到了省委省政府的通报表扬，《南都日报》做了大量报道。

明亮高兴了，他心中的石头落地了。

而路光明的道路也因此越走越宽，三把火烧红了整个蓝冲县的天空。也烤红了周边县镇！最近，他真有一点想给明亮磕头的感觉，因为他又想到了一个新的方案！

第七十七章　两面旗帜

路光明在明亮的启发下，他非常想将冉林东和他的两个侄儿侄女弄到蓝冲县来为己所用。当然，他知道这是异想天开的事。不过，他很快有了一个大胆的想法，就是提议将平顺县和蓝冲县结为友好县，这样一来所有的事不就顺理成章了吗！

路光明就是路光明，他就喜欢搞点“阳谋诡计”，而且总能得逞。

在没有外人的情况下，他叫冉林东为阿哥，叫冉凤、冉龙为亲侄，在他们面前他一点面子也不要，一点官架子也不摆。因为在他们那儿他不需要经过“九九八十一难”就能取到真经。面子又值多少钱呢？路光明是个聪明人。他在短短的一年时间里就初步形成了蓝冲县整体发展规划。而且已经初见成效。在当初受环境污染最为严重的三元乡，如今已是核桃种植基地，在原蓝冲建华摩配工业有限公司的地基上建起了“蓝冲三个核桃饮料食品公司”，开始了生态加工业。在高山林立，坡斗路榨的二元乡建起了苹果基地，其苹果省内外闻名，其“蓝冲二元果汁厂”的产品畅销全国。

在那两山夹一沟的夹皮沟一元乡建起了农业基地。红薯、玉米在沟谷地带连片种植，收获的红薯、玉米、豌豆、黄豆等不但供养殖场的猪、牛、鸡、鸭、鹅作饲料外，还建起了粉条厂，其豌豆粉、红苕粉销往重庆等地。还有……

由于上次明武的职业病理赔案轰动全国，小县城很快名声在外，关注度几乎爆表，所以这一年来蓝冲县就没有逃出媒体的掌心，更不可能淡出人们的视线。不管是三元乡，二元乡，还是一元乡的变化，都在媒体的跟踪追击中，这也给路光明带来了很大的压力。他虽然把蓝冲县的环境治好了，但最近他发现自己脑袋上的环境出了问题，脑袋上的头发在不停地脱落！他虽然让蓝冲县百姓越来越喜欢自己了，可他老婆对他的意见却越来越多大。这一切、一切的变化，他都明白，因为自己永远还在路上，尤其是他想到明亮当初求他办的事，还有一件没有办好。他可以对不起自己，可以对不起自己的老婆，但他不能对不起父老乡亲，不能对不起自己的朋友，他要实现对朋友的承诺！

七月的天，热！特别是大山，湿热！路光明在办公室张副主任的陪同下，再次来到了三元乡，步行到了明家沟，拜望了明亮的二爸二妈。

他为了给朋友、同学一个承诺，他在炎热夏天给了明家沟的老人们一个承诺，给了大山里的孩子们一个承诺。就是年内将进山道路全部硬化，在村里建老年公寓，造希望小学……

再说，冉凤当初调平顺县人民政府任副县长后，援藏干部冉林东协助她的工作。其实明白人一看就知道，这是组织上要她的叔叔扶她一程的意思。冉凤没有路光明那么多的“阳谋”，但她身边就有“高参”指点。而她原本就是“高参”级人物，她不会忘记自己阿妈的遗言，这也是她对羌族文化的热爱，她的工作重心依然是民俗文化旅游，她要把平顺县打造成特色县，自然就要找到突破口。在她的主持下，在平顺县建起了羌族小学、中学。她请来了景多吉任县教委顾问，让骆朗杰任中学校长顾问，还专门聘请了精通羌语的老人给孩子上羌语课，讲羌族历史。同时，还请来了羌族艺人，在学校开设了羌绣、羌舞、羌笛等传统专业课程。这不但让羌族手艺得以传承，而且让羌族文艺也得到了传承。她还成立了羌族释比研究协会。有了这些，她还认为不够，她还在县里层层选拔，挑选出优秀选手，与其他县的羌族专业人员比赛、交流。在此基础上，她还组织选手参加国内外羌族文化交流，并办起了羌绣手工艺制作厂，其产品远销东南亚和欧美，受到了中央电视台“远山乡土”栏目的“年度人物”专访。一时间冉凤成了全国的名人，一个自强不息的羌族少女如何成为副县长的传奇人生传遍了高山河流，游人们慕名而来。她的微博爆表，天天刷屏，这让远在重庆的阿舅都感到了粉丝的拥挤。这让明亮担心起瘦弱的侄女能否经受得了阳光的如此“暴晒”！

然而，更让粉丝们惊喜的是，冉凤被评为2012年度“省劳动模范”，平顺县被评为“少数民族民俗文化传承与生态旅游示范县”。无独有偶，路光明也被评为省“年度优秀党务工作者”，蓝冲县被评为“农民安居乐业示范县”。

第七十八章　述职报告

转眼三年过去了。

冉林东的援藏任务结束了。他给平顺县人民政府递交了最后一份报告，给平顺县人民交了一份满意的答卷，也是他回华东鲁城的述职报告。以下是他的报告内容。

援藏述职报告

刚来的时候，我的内心充满自责，以一个愧对父老乡亲的游子面对一切，但当我重新踏上这片生我养我的故土后，深受感动，决心真诚感恩，融入羌藏，尽自己微博之力，多为父老乡亲办点实事。有了这种想法，我就有了工作的动力。通过向县文化界朋友、单位同事、羌藏同胞的虚心学习，真诚请教，在县志办、政协文史委、文体局等部门的大力支持下，我在较短的时间内掌握了“羌藏文化”的重要内容。在县环保局熟悉了解了震后平顺县环境保护现状，对自己分管的工作有了大体的认识和理解，具体地讲，三年来我做了以下几个方面的工作。

一、深入基层，掌握现状

从 2009 年底回到家乡后，我走访了平顺县的村、乡、镇，对全县震后的旅游资源现状及灾后重建情况进行了调研和总结，尤其对震后旅游情况了解较多。

（一）人文旅游资源受损较大

主要表现在几个方面：一是平顺县羌族的古老民居以及碉楼的坍塌较多。如水银镇布朗寨的三座黄泥羌碉的上部全部坍塌；黄牛乡李渡坪羌寨的一座著名古碉楼出现裂缝，楼尖部分垮塌；青龙羌寨的碉楼比起 1976 年的松潘大地震受损要严重得多。二是平顺县具有历史价值的文物大量被掩埋。如羌族文化保存较完好的县羌族博物馆、文化馆、图书馆、大禹纪念馆、羌族民俗博物馆、禹羌文化研究中心等文化场馆都在地震中倒塌，大量文物和羌族文化档案资料、大禹研究史料文献、文化器物被掩埋或严重毁坏，许多关于羌族历史的文物在地震中被毁。据不完全统计，在此次大地震中被埋的国家二级文物有 1 件，三级文物有 58，一般文物有 180 余件以及大量的文字、图片、音像资料。这无疑对平顺县羌族的民族历史和文化传承有所损伤。三是平顺县一些有价值的历史遗存受损严重或将不复存在。如水银堡石砌古城墙多处垮塌，城门开裂、变形；青龙山新石器时代文化遗址、北虎村羌族聚居遗址、古栈道等无不遭到严重破坏。

（二）羌族人口受到重大影响

人是文化的创造者和传承者，对文化的保护首先是对作为文化载体的人进行保护。平顺县羌族没有本民族的文字，其历史和文化是以口授的方式进行传承，这样人在文化传承中的地位就更为重要。“5.12”地震造成了大量羌族人口的伤亡，其中有不少是通晓羌族语言和历史文化的人，这无疑增大了羌族文化保护的难度。此外，能传承极富羌族特色的羌绣、羌笛、羌碉等民间传统工艺、传统技术的能工巧匠在此次地震中也有伤亡，这些人才的遇难或伤残对于羌族文化而言是很大的损失。但总的来说，平顺县羌民俗文化的传承人虽然在地震中损失严重，但这并不代表平顺县羌文化丧失了可继承的载体。

（三）自然风光受损严重

相比于人文旅游资源的损失，平顺县羌族居民所处的自然环境破坏更为严重。恶劣的环境迫使部分羌族同胞移民，而更多的羌族人仍然选择继续留在自己的家园。因此，这就给未来的民俗文化旅游开发提出了一个必须解决的命题：羌民俗文化旅游的可持续发展必须建立在和谐的生态环境之上。而鉴于现在的情况，在旅游的重建过程中，又必须侧重对自然环境的保护，而不是开发。

（四）基础设施受损

与旅游息息相关的道路、通讯和一些旅游设施受损严重。由于羌寨很多是位于高山半坡的平地之上，因此，很多羌寨通往外界的道路都被破坏，如青龙羌寨至水银镇的旅游滨江公路就有十几处地方塌陷、滑坡，有些地方甚至出现了路基坍塌。虽然经过近半年的援建，但要实现寨寨通需要解决的问题还很多。

二、灾后重建，持续开发

我通过对全县的走访调研，参考了其他县市发展较好的开发模式，结合灾后平顺县羌族自身的现状和特色，提出了平顺县羌族文化旅游开发的几种模式，这些模式最大的特点是把民俗文化旅游开发放在了灾后重建的大背景下，其在实施的过程中必须与灾后重建的总体规划相统一，并侧重在灾后将旅游资源的修复、开发和保护集于一身。

（一）民族民俗博物馆模式

这种模式一般有两种形式：一种是传统的封闭式的博物馆，其主要功能为参观、展示，但游客亲身的体验和参与性不强；另一种被称为生态博物馆，是一种开放式的博物馆，突出游客的参与和体验。

1. 传统博物馆是指广泛收集民族民俗的各种实物资料和声像资料而建立起来博物馆，馆内一般可分为展示、演示、收藏、科研等区。博物馆全方位展示该地区民族的传统历史文化和民俗风情，同时也是该民族的学术研究中心。博物馆的总体布局、建筑风格等都充分体现该地区的民族特色。对于遭受地震灾害的羌民俗文化来说，建立这样的传统博物馆是很有必要的。这是保护羌族文化的首要方法，只有最大限度地保护好现存的羌族文化旅游资源，才能做好后续的旅游开发。这就是我工作中要求尽快修复平顺县羌族博物馆、文化馆、图书馆、大禹纪念馆、羌族民俗博物馆、禹羌文化研究中心等文化场馆都理由。

2. 生态博物馆是指不移动文物的原始位置，而是把文物、文化保持在其原生状态下的一种“博物馆”建设形式。这是当今国际上最新的博物馆建设理念，它打破了传统的集中收藏式的博物馆建设模式。它的意义在于能够让人们了解文化遗产的本来或原始面貌，能够满足人们对文化的“本性追求”。这应该成为平顺县灾后羌民俗文化旅游可持续开发模式中的一种主流模式。冉凤主持的“黄牛乡羌族民俗文化旅游项目”就是这一种模式，这就是我在工作中支持她继续恢复和开发的原因。因为灾后的羌民俗文化旅游开发的目的之一就是要引起全社会对羌族文化的关注，如果只是局限于参观博物馆，游客是无法获得对羌文化更深入的体验的，更无法与其他民族的文化旅游产品相区别。这样的民俗文化旅游产品只可能成为一次性的观光产品，丧失了可持续开发的基础。因此，对于平顺县灾后的羌民俗文化旅游开发，应该严格按照历史记载，挖掘题材，努力恢复民俗文化的原貌，并在此过程中注重民俗文化的原真性，运用和根据各种历史文献、历史记载或者是口头流传的民间故事、传说，深入挖掘民俗文化资源，不断更新民俗文化旅游产品的内涵。

（二）民俗主题园模式

民俗主题园的旅游开发模式，是在一处专门为开发旅游而建设的园区内，通过仿造民俗环境、表演民俗节目或再现民俗中的某些活动，形成规模展示的一种民俗旅游开发方式。从理论上说，主题公园里的“民俗”是民俗文化的“复制品”，它只能是一种或通过表演、装扮而形成的“民俗”，或通过静态展示手段，将民俗生活、生产中的某些内容外显出来，用这种方法展示的只是民俗生活、生产过程中的一部分（如生活、生产工具和场景等），而不是民俗活动本身。

民俗主题园可以作为平顺县灾后民俗文化旅游开发的一种形式，但绝对不能成为主要的形式，因为其自身存在某些局限性：它只是一种较为浅显的开发模式，不能展现最完整的活态羌族文化。由于这种方式不需要较大的资金投入，并且不会对羌族民俗文化的原始状态产生破坏，同时可以起到弘扬羌族文化的作用。因此，在灾后重建的背景下，这样的模式也是可以采用的，但这只能作为羌族民俗文化旅游开发的一种辅助形式，因为真正的可持续发展的旅游开发模式必须植根于最真实的情境之中。

（三）原生态民俗村寨模式

原生态民俗村寨模式是指在一处有人和人的生活的区域，在不改变人们日常生产和生活秩序的前提下进行旅游开发的一种模式。它以当地特色民俗文化为依托，目的是要让游客在旅游的过程中能最大限度地接触和体验真实的当地文化。原生态民俗村寨与民俗主题园有共同之处，即都是依托民俗为旅游开发的资源。但民俗主题园主要是一种原生态民俗的模仿，而原生态民族村寨更侧重于在民俗中加入现实生活的活动，只有在现实的生产和生活过程当中，民俗才能被活生生地展现出来。因此，应该在羌民俗旅游开发中融入当地居民的现实生活，例如青龙羌寨仍然保留着最原始的羌族习俗，它就像一块被现代物质文明包裹起来的历史文化“活化石”，用活生生的现实生活在讲述着羌族的历史，因此将民俗文化旅游与体验旅游结合在一起，形成原生态的民俗体验旅游是一个好的结合点。

原生态民俗村寨模式最能体现灾后羌民俗文化旅游开发的可持续性。因为地震导致一些羌族村寨的大面积破坏，这种模式可以集灾后羌族民居的重建和民俗主题园的开发为一体，高起点、高水平地进行民俗文化旅游的开发。在灾后重建的大背景下，通过对原生态民俗文化的开发，原汁原味的羌族民俗文化不仅可以吸引游客，还可能引起社会对羌族文化的关注，从而获取丰厚的旅游收入和广泛的社会资金。这是我当初大力主张将原生态民俗村寨模式作为平顺县灾后羌文化旅游开发的一种最主要开发模式的原因，也是我为什么后来支持冉凤规范青龙原生态羌族民俗村寨和白虎村民俗主题园的原因。

（四）民族节庆活动模式

这种开发模式是以传统的民俗节日、民俗活动或民俗文化为主题，以举办大型节庆活动为形式而进行的一种民俗旅游开发模式。根据利用资源本身的特征和节庆活动的形式，其又表现为两种类型：一种是以一个民族的节日文化为主体，综合运用各民族的文化，如音乐、舞蹈、服装服饰、饮食习惯、礼仪习俗，使其汇聚在一起吸引游客积极参与。如傣族的泼水节、福建的妈祖节等，平顺县完全可以利用好羌族的“传歌节”“敬山节”等；一种是直接利用节日期间的民俗风情、民俗工艺品、民俗民艺表演、节日美食，使之成为旅游者愿意消费的旅游产品。

民族节庆活动模式可以作为羌民俗文化旅游开发的补充模式，通过这种模式的开发，不仅可以创造旅游收入，还可以保护羌族的各种传统的节日、庆典等，也可以解决农民工返乡就业的问题。但是，这一模式需要与前述的几种模式互动和互补，只有这样，才能保证羌族民俗文化旅游产品的丰富性和多样性，增强竞争力。

三、持之以恒，合理开发

平顺县灾后羌民俗文化旅游的可持续开发是一个长期的过程，这个过程将伴随着灾区经济的重建和人们精神文化需求程度的不断提高。从这个意义上来说，它是一个动态的过程。因此，对于平顺县羌民俗文化旅游的开发不是一种短期的获利行为，而是一种长期的、可持续开发的行为。在这个过程中，既要遵循文化发展的规律，又要遵循经济规律，要从各地区的实际情况出发，将内部要素与外部要素结合起来，形成优化组合与有效配置，提高整体效益，增强民俗文化旅游开发能力。总之，在灾后羌民俗文化旅游开发中，只有保护好自己的文化之根，坚持自己文化的独特性，才能使羌族的文化基因在旅游开发中延续下去，才能真正实现可持续发展。

四、踏实工作，初见成效

正因为有了上述认识和思考，我积极组织召开了全县灾后羌族民俗文化旅游可持续开发模式研讨会。会上听取了来致全县的专家、学者的意见，最后采纳了水银镇副镇长兼黄牛乡羌族民俗文化旅游项目办公室主任冉凤的意见。以黄牛乡羌族民俗文化旅游项目为核心，利用灾后重建机会，建成了青龙原生态民俗村寨和白虎村民俗主题园。将白虎村土鸡养殖场，中药材种植基地，一并纳入到主题园建设之中，以最快速度恢复了生产，修通了县城到水银，水银到前锋的公路，不但拓宽了道路，而且还将路面硬化为泥青路面。更可喜的是在绳桥边修起了黄牛公路大桥，把白虎村与黄牛乡、前锋电站连成了一片。

除了在文化旅游方面做了上述工作外，我还特别注重环境保护。一是积极组织专业队伍开展巡查，巡查到达13个乡镇，20多个企业，10余个重建项目，对在巡查中发现的各类问题和不足，与同事一起共同研究，及时制定解决办法，绝不允许任何影响环境问题的行为从眼皮底下溜走。二是妥善完成环保投诉处置，第一时间带领执法人员到现场调查，通过宣传教育，以真诚和责任说服当事人，如平顺磊拓砖厂因环境污染问题，在接到处理决定后，积极主动赔付相关损失，完善设施，达到群众满意，既维护了群众的利益，也保护了当地环境。三是全力推动项目建设，灾后重建在平顺县有很多工作要做，如聚能活力饮料厂、矿泉水项目办、主题园建设、公路建设、桥梁建设以及羌族博物馆、文化馆、图书馆、大禹纪念馆等恢复性重建工作，在这些工程项目的建设中，我们深入开展环保宣传、治理“三乱”宣传和爱国卫生宣传，并强调在建设项目中注重“三同时”。到目前为止均没有破坏生态环境。

通过上述努力，我认为自己在三年内做了大量工作，在同事的大力支持下，取得了以下几个方面的亮点。

一是建成了白虎村民俗主题园。恢复重建了白虎村土鸡养殖场和中药材种植场，并将养殖场和种植场科学搭配，融入民俗主题园内，形成互补。

二是恢复重建了青龙羌寨原生态民俗村寨。

三是建成了白虎黄牛青龙河公路大桥。

三年来，不足之处就是羌族博物馆还没有建成，羌族文化服装服饰、羌锈等产业工业链还没有形成。

述职人　冉林东

2013 年 2 月

第七十九章　欣慰返乡

明亮听说冉林东春节后就要离开平顺县回华东鲁城了。于是，他早早地给家人请了假，驱车赶往平顺为他送行。当然，他忘不了，要邀约路光明一道前往。两人在电话里约好了，大年初二在平顺见。自然，就算春节再忙，路光明是不会拒绝明亮的邀约的。

初二，明亮到了平顺县，侄女冉凤，侄儿冉龙也如约到了县府大院，齐聚冉林东的办公室。冉林东见他们来了，非常高兴，决定请他们到县城那家有名的涮羊肉店吃羊肉。这时，院子里传来了路光明的声音。他一下车看见明亮的车停在院子里就往楼上喊道："到底还是远的先到了，哥哥紧赶慢赶还是迟到了。"

过节嘛，院子里没有别人，很静的，他这么一叫，明亮他们在屋子里听得清楚。明亮忙从屋子里出来，说道："不敢，书记大人，草民迎驾来迟，罪过，罪过。"明亮上前做鞠躬状，引得紧跟其后的冉凤咯咯咯地笑了起来。

"三年不见，你老弟还是那么风趣，真是印了那句话：江山易改，本性难移！看来小日子过得不错吗。"路光明上前握住明亮的手，激动地说道。

"好，好，托书记的福，吃得饱，睡得着，免得蚊子咬脑壳。"明亮玩笑道。两人你一言我一语完全忽略了闻声出门的冉林东和两个后生的存在。冉林东见状在一旁故意干咳两声说："书记大人，有点目中无人了吧。

还有明亮阿弟可不能忘了阿哥就在你身后哟，你要晓得阿哥是被你骗回来修行的哟。如今阿哥我修行已满，你是来给我送行的，我今天可是男一号哟。”

“哈哈，阿哥吃醋了。阿哥功德圆满，修成正果，如今哪敢得罪，都是小弟不懂事。罪过。罪过。”明亮赶忙打趣道。

“就是，就是，你我同学只顾热闹，可不能忘了恩师啊。”路光明对着明亮故意提高调子玩笑道。

“路书记，阿舅，二爸，你们就别在这儿打嘴战了。走，都中午了，我们还是先去解决温饱问题，再谈小康吧。”冉凤笑嘻嘻的接过话道。

“走啦，坐我的车。虽然没有你们的坐骑好，但很管用，一车就可以全部将你们拉过去了。”冉龙在一辆长安之星上伸出头喊道。

“走，走，走，坐冉院长的车，喝点小酒，还可以节约两个车的油钱！”冉林东一手拉一个示意冉凤先过去。众人在有说有笑中鱼贯而入钻进了面包车。这时，路光明才想起给大家介绍，给他开车过来的办公室主任小张。明亮说：“认识，我三年前来找你时，就是张主任给我倒的水，他当时还是秘书。现在已经是主任了，好好干，老弟，说不定哪天路书记良心发现，就提拔你接班了呢。”明亮望着张主任在车里开起了玩笑。

“路书记对我已经很好了，去年底刚刚将我的‘副’字取消了。跟着路书记干有奔头。这个领导我跟定了。”张主任红着脸，认真地说起来。

“对，就是要这样，我这个同学本事很大，尤其爱才、惜才，就是不会耍滑。”明亮指着路光明对张主任说。

“哎呀，伯乐都说不来，还这么啰唆，是不是老了哟。”没等路光明发话，冉林东就抢着说道。

“对头，伯乐与千里马，这下可行了吧。”明亮笑着把双手摊开。

面包车里载着满满的欢乐，满满的亲情、友情到了目的地。大家刚落座，冉林东就说，今天是冉凤私人请客，请大家放开了整，一会还有几位客人要到，他们已经在路上了。”

“谁呀？神秘兮兮的。”明亮问。

“嗨，一会就知道了。”

“哦，还打埋伏嗦。”

“啥埋伏，不就是冉凤的阿爷、婆婆、老公和女儿。”

“嗯，应该，应该，还是阿哥想得周到。”明亮拍了拍自己的脑袋。

“哪里，是冉凤这孩子非要给我饯行，我说饯行就算了，有好些日子没见面了，请大家聚一聚，还是可以的。尤其是我这一走，又不知道好久才聚得齐了。”冉林东说着、说着眼睛显得有些湿润了。”

明亮望了一眼路光明对冉林东笑道：“阿哥，随时都可以回来，现在交通如此发达，下次一定要将阿嫂和儿子带回来，不管是平顺或是重庆、蓝冲，我们都欢迎，说不定哪天我和路书记，还有侄儿、侄女们一起就到你们华东来了呢。”

“好，好，好，欢迎，欢迎，说起你阿嫂也不知她这三年是怎么过的，也不知道她原谅我没有，真对不起她和孩子哟。”冉林东有点伤感起来。

“前几天，我在微信圈看嫂子发表的微信评论，应该已经原谅你这个‘地震孤儿’了。”明亮伸手拍了拍阿哥的肩膀。

“嗨，都是年少轻狂惹的祸，但愿她现在已经原谅了我当年犯下的错误就好了哟。”

“相信嫂子会原谅你的，不过你还是要负荆请罪，回去好好跪搓衣板吧！算了，不吓唬你了，搞得那么伤感干吗。”路光明也伸出手来玩笑般拍了拍冉林东的肩膀。

说话间骆朗杰带着老婆和孙子骆达娃已经入席。不知什么时候从骆达娃身后窜出了冉凤的小女儿。乐得冉凤起身紧紧地抱在怀里亲吻，因为她们母女也有好些日子没有见面了……

席间，路光明突然举杯走到冉凤面前说：“我现在是叫你冉副县长呢？还是叫冉局长呢？反正今天是家宴，而且我也早就是你冉家的阿舅了，大家就不要藏着掖着的了，所以我把这个小道消息不妨提前透露给你，也犯不了多大个错误。来敬你，今后对我们蓝冲县可要多多关照哟。”说完他先将酒一饮而尽。冉凤被路光明这一说搞得有点蒙，一时接不上话来。旁边的冉林东站起来说：“消息我也听说了，只是不知道是不是真的，前些日子，省里来人找过我，我只是举贤不避亲，如实汇报了冉凤的工作能力和对文化旅游方面的专长。”

“管他是真是假，这都不是坏事，全当小道消息吧，来接着喝酒。”明亮打起圆场来。

“慢，我还听到一个小道消息，是关于冉龙的。听说接冉凤班的可能是冉龙哟。”路光明神秘兮兮的。

“路书记，你喝多了吧？省委可不是你说了算，你想提谁就提谁，何况冉凤冉龙是姊妹，那就是一家亲，就不怕落个任人唯亲的骂名？”明亮兴奋地试探性假作正经地举杯说道。

“嗨，这叫任人唯贤嘛。”路光明眯着眼睛得意地说。

难道是路光明推荐的不成，他怎么知道得那么多，听起来像铁板钉钉的事。明亮突然想起了他当年在党校读书时，路光明跟省委现任组织部长关系很铁，难道是他们有“私下交流”？不该呀，组织原则大于同学情。就在明亮胡乱猜测的时候，路光明起身越过冉林东来到明亮身边，好像看穿他的心思似的，拍了拍他的肩膀说：“你就别胡思乱想了，文件节后就发，我没违背组织原则，节后省委组织部就会有人找冉凤谈话的，是调任省文化旅游局任局长。至于冉龙更不是秘密，他们县委书记还征求过我的意见呢。”

“那得祝贺，祝贺。”明亮故意醉眼惺忪的说。

“别，今天主题是欢送冉林东，别搞偏主题。”路光明突然话锋一转，提醒明亮道。

“对，对，对。”明亮拍起了脑袋。

“一样，一样，如果是真的，我自当高兴，这样返回鲁城的我也算没了牵挂。”冉林东举起酒杯向所有人敬酒。

“是啊，如果真是如此，我这次返乡也倍感欣慰，再——无——担——心——了。”明亮显然醉了。

“来，来，来，为了明天更美好，大家干杯。”路光明举杯一饮而尽。

包房里酒味浓浓，气氛暖暖……

第八十章　梦醒时分

太阳高高地挂在明亮的头上，明亮驱车来到平顺，进入眼帘的是双向六车道的平直柏油公路，两边的行道树频频向他点头，飞快向身后闪去，他像英雄一样一路往前冲，鸟儿唱着欢快的歌，紧紧追着明亮的车，明亮兴奋地将车开到了前锋电站，停好车。坐索道上青龙山寨，侄女冉凤第一个迎了上来，高兴地拉着他去了她家的碉楼顶上，让他观看青龙河大桥，远眺电站上游的旅游竹筏，又带他游青龙峡古栈道，过青龙河绳桥。溜青龙河公路大桥，还带他去了白虎村种植园和土鸡黄牛养殖场，随后又带他去参观了羌族民俗博物馆、文化馆、图书馆……明亮高兴得很，连声喊道：“搞得好！搞得好。”

冉凤说，还有更好的呢，我现在就带你去看二爸和冉龙在蓝冲帮助路书记干出来的杰作吧。

“好！好！好！”

“明亮像孩子一样坐上了冉凤的车，来到了蓝冲。冉凤带着明亮到她的外婆家，就是明亮的二妈家，结果家里没人。冉凤摸出手机给外婆打了电话，外婆在电话里说：她和外公在敬老院，叫冉凤过去玩。冉凤拉着明亮就往车里钻，车子在山里钻了两圈，来到了明家沟村委会所在地，村委会不远的地方有一栋新修的楼房，大门有一块白底红字的挂牌，上面写着“三元乡明家沟敬老院”。

冉凤进了大楼，在门卫那得知外公、外婆就住在二楼，冉凤拉着阿舅上了二楼的大厅，看见外公、外婆正在大厅和另外两位老人在玩扑克。看上去外公、外婆很精神，穿着整洁。他们看见明亮来了，高兴地放下手中的扑克迎了上来，对着冉凤说：“死丫头，你阿舅来了也不事先给我们说一声。”明亮笑嘻嘻地说：“我想你们了，是我不让她讲的。我听说你们到了敬老院，就想来看看你们。”

“好，好，好，来了就好，我们也挺想你的。如今我们过得很好，感谢党感谢政府，让我们过上了幸福的晚年生活，这是我们做梦也没有想到的啊。不过，听说建养老院的主意还是你给路书记建议的，真得谢谢你哟。”二爸二妈异口同声地说道。

“那里，这都是路书记的功劳，我只是动动嘴而已。哦，对了，明武哥呢？”

“明武。自从冉龙帮他打赢了官司后，得到了很好的医治，病情得到了有效的控制，精神比先前好多了。”二爸激动地说。

“哦，那就好，他现在在哪儿呢？”

“这个时间应该是到三元希望小学接他孙子了吧。”二妈插话道。

“哦，对了，我带你去。”冉凤这时抢先说道。

“嗯，那么我们现在就去。二爸二妈，我们回头再来看你们。”明亮边说边给二爸二妈再见。大约经过十五分钟车程，他们来到了一所崭新的小学，学校门前高高飘扬着五星红旗，琅琅读书声顺风而来。远远的他们就看见了明武在校门口守候着，冉凤将车停住后，上前拉住明武说：“大舅，你在等明珠吗？”

“嗯，你怎么来了？呀，这不是明亮老弟吗？”明武眼前一亮，高兴地叫了起来。

“啊，我来看你，你是接明山的儿子，明山回来了？”明亮看见明武如此精神，显得有些惊讶。

“嗯，路书记整治了对环境污染严重的乡镇企业后，办起了生态工业园，鼓励外出务工人员回乡创业。我想方设法联系到了在外打工的幺儿明山。明山也看见了有关媒体的报道，更加确定我说的是事实，他就带着媳妇和儿子回来了。他承包了整个后山，种植了核桃树，还与明家沟“蓝冲三个核桃饮料食品公司”签订了长期供货合同，平时和老婆就在该公司打工。”明武幸福地说着。

“好，好，好。”听得明亮一个劲地点头。

……

“阿舅你在说什么？”冉龙在床边一个劲地摇着明亮。明亮慢慢地睁开眼睛，一脸茫然地问冉龙：“我怎么在这里？”

“哈，哈，哈，阿舅，你终于醒了，吓死我们了。阿姐，阿舅醒了。”冉龙高兴地朝门外喊道。

“好，醒了就好。我这就端水来给阿舅洗脸。”屋外传来冉凤的声音。

明亮瞪大眼睛望着侄儿、侄女。嘴张得老大，就是没有音。

“阿舅，你可醒了，要是还不醒，恐怕二爸和路书记就要赶过来了。”冉凤心疼的对阿舅说。

“是吗，发生了什么，这是哪儿？”明亮仍然稀里糊涂的。

“这是我的家。”冉龙笑着说。

“我是怎么到你这儿来的？”

“昨天中午给二爸送行，你喝醉了，我们守了你一夜都不见你醒来。”冉龙的眼睛红红的。

“唉，有这种事，我可没有醉哟，怎么就喝高了呢？真丢人。”明亮自责地说。

“丢啥人嘛，这不你高兴嘛，又没有现场直播，只是大家还没散席的时候你就呼呼大睡了。”冉凤一边给阿舅洗脸一边轻轻地扶起阿舅心疼地说：“都奔五的人了，嫂子不在身边时，要学会自己照顾自己，注意身体，少喝点酒。”明亮望着侄女和一旁的侄儿突然大笑起来，说了声：“丢死人了，我饿了。”他拉起被子做害羞状。

“唉，饭来了，老顽童。”这时，一个明亮非常熟悉的声音从门外传来……

后 记

为了求证长篇小说《青龙三变》中有关羌族人的生活习俗，本人踩着“五一”长假的尾巴踏上了一个人的错峰旅行，独孤求证。

伴随着滔滔不绝的岷江，“小情人”载着我追随白云一路西进汶川。沿着杂谷脑河逢山钻洞，遇河上桥，7个小时后，嫩绿的樱桃树把我迎进了桃坪羌寨。我在“蜀羌”农家乐品尝完糍粑汤后，“夜袭”了桃坪羌寨的土司、寨主碉楼，让我对“桃坪”有了更深的了解。

桃坪，羌语“切子”，很容易让人联想到陶渊明笔下的《桃花源》。而桃坪本来就有诗意般的美丽，这里土地平旷，绿树成荫，南临杂谷脑河，北引溪流，羌雕高耸云天，古寨全是迷宫式的水网、地巷。桃坪土地肥沃，灌溉便利，加上阳光充足，盛产水蜜桃、樱桃等。尤以水蜜桃个大、味甜以及诱人的桃红色而得名……

晚上，我跟随穿着节日盛装的羌族姑娘跳起了锅庄舞。

第二天一大早，我就向坐落于海拔近3000米的佳山羌寨进发了。弯弯曲曲的盘山道，其惊险远超贵州的24道拐。刚过2000米，我的“小情人”紧张得叫了起来，我的心也一下子提到了嗓子眼，两眼死死地盯着前面的路，不停地鸣喇叭，时不时还要向上面望一望，看是否有车下来，因为折叠盘旋而上的水泥小路只能过一辆车，必须提前在会车点等待，否则危机四伏。经过战战兢兢近两小时的螺旋上升，我终于到了云雾缭绕的佳山羌寨。在路的尽头远眺对面的雪山，我心飞翔；俯视山下的桃坪羌寨，我心荡漾，原本高耸入云的土司、寨主羌雕，成了两根火柴棍！

沿公路我走家串户说明来意，听说我是重庆来体验生活的，热心的羌民们纷纷把我让进自家的碉楼，招呼我吃饭喝茶。还给我推荐了一位姓黄的老人。我轻轻地推开了黄家大门，两位忙着给孙子喂早饭的老人不正是我小说中描述的留守老人和儿童的情景吗?

男主人滔滔不绝地给我讲起了羌族的民风民俗。尔后他还将自己的姐夫哥，桃坪羌寨博物馆馆长王嘉俊介绍给我。激动的我急匆匆地告别黄老，向山下寻去。

在桃坪羌寨停车场安顿好“小情人”后，我抱着几本自己的第一部长篇小说《边缘人生》，准备去找王馆长。收停车费的保安看了看我的书笑着说：“你是卖书的？”

“不，我是来找王馆长的，书是我自己写的。”我一边说，一边将自己的“重庆市作协会员证”摸出来。

“你把证给我们组长，我只收停车费。不过你能送本书给我的话，停车费可免。”保安开门见山。

我一边递书，一边将会员证递给他的组长。组长双手接过会员证，仔细地看了看，说：“你可以进去了，博物馆在羌寨内，不——过——”组长拉长腔调说。

“送本书给你。”我心领神会地补了一句。

组长双手接过书，满脸堆笑地又将书递了回来，请求道：“能不能给我签个名。”

“行。”我在书的白页上龙飞凤舞后递了过去。

我兴奋，自己用书和证换得了景区门票和停车费。

随后，我在王馆长那儿又是品茶，又是求证，还做了书、书交换，什么《羌族文化拾零》《西羌壮歌》等等受益匪浅。

我带着羌族人的热情，满满的收获，像打了胜仗的战士一样凯旋而归，完成了我第二部小说《青龙三变》的生活体验之旅。

这就是说长篇小说《青龙三变》，是作者继第一部小说《边缘人生》后，先后到过平武、绵阳、南充、汶川、北川、桃坪羌寨、佳山羌寨以及北川羌寨民俗博物馆等实地调查，融入羌族人的生活，经过两年“怀胎”而生。

本人在小说中突出展示了农民工的劳保、法律援助等问题，探索了今天“留守儿童和老人”的问题。讲述了羌族民俗文化旅游的发展以及给青龙羌寨、平顺、蓝冲等地的发展变化。

本书的出版，承蒙重庆市江北区作协各位专家的指导；感谢重庆市江北区文联对本书出版的大力支持！承蒙重庆市江北区郭家沱街道文联的大力支持；本书的出版还得到了重庆普惠教学设备有限公司总经理刘丁同学的部分资金援助；本书的出版还得到了刘灵等好友的资金支持……

为此，作者在这里对本次出版给予大力支持的单位和个人表示最真诚的谢意。

张洪成

2016 年 7 月 1 日